Hoe ik mijn eigen moord oploste

W0217089

boekerij.nl

Kirsten Perrin

Hoe ik mijn eigen moord oploste

Frances zei altijd dat ze vermoord zou worden.
Ze kreeg gelijk.

Vertaald door Waldemar Noë

BOEKERIJ

ISBN 978-90-492-0284-2
ISBN 978-94-023-2286-6 (e-book)
ISBN 978-90-528-6692-5
NUR 330

Oorspronkelijke titel: *How I Solved My Own Murder*
Vertaling: Waldemar Noë
Omslagontwerp: Faceout Studio
Omslagbeeld: © Shutterstock / Buro Blikgoed
Auteursfoto: © Leo Wilkinson
Zetwerk: Mat-Zet bv, Huizen

© 2024 by Kirsten Perrin
© 2024 Nederlandse vertaling Meulenhoff Boekerij bv, Amsterdam

Niets uit deze uitgave mag openbaar worden gemaakt door middel van druk, fotokopie, internet of op welke andere wijze ook, zonder voorafgaande schriftelijke toestemming van de uitgever.

Voor Tom

De jaarmarkt van Castle Knoll, 1965

'In je toekomst verschijnen bleke botten.' Madame Peony Lane kijkt somber als ze aan een voorspelling begint die de rest van Frances Adams' leven zal dicteren.

Frances is stil en houdt haar blik strak op de vrouw voor haar gericht, maar haar twee vriendinnen moeten giechelen om het goedkope effectbejag van de hele toestand. Van het protserige kralengordijn dat voor de tent hangt tot Peony Lanes mottige zijden tulband – de Hollywood-kitsch spat ervan af. En al probeert ze met een raspend stemgeluid leeftijdsloos te klinken, deze waarzegster kan niet ouder dan twintig zijn. Het komt niet over. Het is allemaal zo onbenullig dat niemand van hen haar serieus zou moeten nemen, wat ook niemand doet. Behalve Frances dan.

Ze zuigt elk woord in zich op alsof het evangelie wordt verkondigd. En bij elke nieuwe zin over haar toekomst verstrakt haar gezicht iets meer. Als heet water dat met stoom zijn kookpunt verraadt, maar nog niet borrelt.

Als de meiden de duisternis van de waarzegsterstent achter zich laten, kijkt Frances met opengesperde ogen in de felle augustuszon. Er valt een roodgouden gloed over haar lange, loshangende haar. Een man die gekaramelliseerde appels verkoopt volgt haar met zijn blik, maar ze merkt hem niet op. Na de akelige voorspelling die ze net heeft gekregen zijn er niet veel dingen waar ze op let.

Emily steekt haar arm door Frances' linkerarm, Rose doet hetzelfde bij haar rechterarm, en zo lopen de drie meiden als ineengevlochten madeliefjes langs de kramen met antiquiteiten en snuisterijen. Ze halen hun neus op als ze een slager met worsten passeren, maar blijven staan om naar zilveren kettinkjes te kijken die warm liggen te blinken in het zonlicht. Het is alleen maar een truc om Frances' zinnen te verzetten, maar Emily koopt een kettinkje met een vogel eraan. Het is een goed voorteken, zegt ze, omdat haar achternaam Sparrow is.

Het is Rose die de kwestie aansnijdt.

'Je kijkt alsof de dood je al heeft gevonden, Frances.' Ze geeft Frances een por met haar elleboog om haar weer wakker te schudden, maar haar gezichtsuitdrukking verstrakt nog meer. 'Het is allemaal onzin, weet je? Niemand kan in de toekomst kijken.'

Emily bindt haar lange blonde haar op met een lint en doet het kettinkje met de vogel om haar hals. Het glinstert in de zon – een futiele echo van de spiegelende lemmeten in de kraam met jagersspullen achter hen. Emily ziet hoe Frances ontsteld naar het kettinkje kijkt.

'Wat?' vraagt Emily. Haar stem klinkt onschuldig, maar haar blik zegt iets anders.

'Een vogel,' zegt Frances met samengeknepen ogen. 'De waarzegster zei: "Laat de verraderlijke vogel niet zegevieren."'

'Dan heb ik de perfecte remedie,' zegt Emily. Ze verdwijnt in de menigte en keert een paar minuten later terug. Twee zilveren vogelkettinkjes glinsteren in haar handpalm. 'Voor jou en Rose,' zegt ze zelfvoldaan. 'Zo zul je nooit weten welke vogel je verraadt. Je kunt zelfs jezelf verraden.' Ze lacht, hard en uitbundig – Emily ten voeten uit.

Frances kijkt wanhopig naar Rose voor enig begrip, maar Rose lacht ook. 'Het is een geweldig idee, eigenlijk. Neem je lot in eigen handen!' Rose doet haar kettinkje om, alsof ze het wil demonstreren.

Frances aarzelt en stopt het kettinkje uiteindelijk in de zak van haar rok. 'Ik zal erover nadenken.'

'O, kom op, Frances,' zegt Emily. 'Ik zal degene zijn die je vermoordt als je zo blijft mokken.' Emily heeft rimpeltjes in haar ooghoeken, alsof een volgende lach onder de oppervlakte borrelt, en ze steekt haar armen door die van de andere twee.

'Willen jullie nu eens toegeven hoe eng dat was?' Frances maakt zich van hen los en houdt haar pas in. Ze veegt haar zweterige handpalmen af aan de simpele katoenen rok die ze draagt en slaat haar armen over elkaar. Uit haar andere zak steekt een klein opschrijfboekje, ze heeft inktvlekken op haar vingers omdat ze alle woorden van de waarzegster driftig heeft opgeschreven.

Met twee grote stappen overbrugt Rose de afstand tussen hen en slaat een arm om haar schouders. Ze staat zo dichtbij dat haar korte zwarte bobkapsel langs Frances' wang strijkt. 'Ik denk dat die vrouw je in de maling zat te nemen.'

'Maar móórd, Rose! Zoiets laat me toch niet koud!'

Emily slaat haar ogen ten hemel. 'O, ik meen het, Frances! Laat. Het. Gaan.' Ze spreekt elk woord van de zin uit alsof ze een hap van een knapperige appel neemt. Met het Sneeuwwitje-uiterlijk van Rose en Emily's gouden gloed heeft Frances plotseling het gevoel dat ze personages uit een sprookje zijn. En als een heks je in een sprookje de toekomst voorspelt, neem je dat serieus.

Emily en Rose geven Frances ieder weer een arm en ze vervolgen hun wandeling over de jaarmarkt, maar de drukte begint af te nemen, alsof er een wollen deken over de dag is gevallen. De zon schijnt nog steeds uitbundig, en de *ale* vloeit nog steeds uit vaten in de open tenten. De lucht is plakkerig van de gebrande karamel, vermengd met de zwakke geur van rook, maar Frances' voetstappen zijn zwaar en betekenisvol geworden. Binnensmonds herhaalt ze keer op keer de voorspelling, tot die in haar geheugen staat gegrift.

In je toekomst verschijnen bleke botten. Het vooruitzicht van je langzame ondergang begint als je de koningin in één hand houdt. Laat de verraderlijke vogel niet zegevieren, want dan is er geen weg terug meer. Maar dochters vormen de sleutel tot gerechtigheid en met één zul je vooruitkomen, houd de juiste dochter in de buurt. Alle tekens wijzen op je moord.

Het is zo'n onwaarschijnlijke voorspelling dat ze erom zou moeten lachen. Maar de woorden hebben een zaadje in Frances' hoofd geplant en kleine, giftige wortels zijn zich al in haar aan het verspreiden.

De drie meiden maken er een fijne middag van, en het lachen klinkt al snel weer minder geforceerd. De grappen, de roddels en de kleine dingen die hun vriendschap kenmerken keren terug. De hoogte- en dieptepunten zijn zo natuurlijk als ademhalen als je zestien bent, en deze drie hebben dieper ademgehaald dan vele anderen.

Maar als iets hun ongeluk zal brengen, dan is het wel het getal drie. Want binnen een jaar zullen er geen drie vriendinnen meer zijn. Een van de meiden zal verdwijnen, en het zal niet Frances Adams zijn.

Er zal een onopgeloste zaak bij de plaatselijke rechercheur liggen, het enige bewijs bevindt zich in een klein plastic zakje dat aan het veel te magere vermissingsrapport is vastgeniet. Een zilveren kettinkje, met een kleine vogel eraan.

1

Het is een van die zwoele zomeravonden waarop de lucht zo zwaar voelt dat je er wel op zou kunnen drijven. Als mijn reis op de Piccadilly Line erop zit voelt zelfs de mufheid van Earl's Court Station aan als frisse lucht. Ik ben buiten adem nadat ik de drie trappen naar het straatniveau heb beklommen en zoek in mijn rugzak naar mijn waterfles. Het enige wat ik vind is de thermosfles met oude koffie van vanochtend.

Slanke mannen in pakken zoeven als stadsgazelles langs me heen terwijl ik de koffie naar binnen klok. Hij smaakt precies zo smerig als ik had verwacht, maar ik heb de cafeïne nodig. Mijn telefoon gaat en ik haal hem uit mijn zak, ik weersta de verleiding om mijn e-mail te checken en neem op.

'Jenny.' Ik laat alle uitputting in mijn stem doorklinken. 'Zeg me dat je onderweg bent. Ik zet geen stap meer in mams kelder zonder hulptroepen. Er zaten spinnen toen ik er vorige week schoonmaakte. Heel grote.'

'Ik ben er al,' zegt ze. 'Maar Annie, ik blijf wel op het trapje zitten tot je er bent, want ik heb geen zin in je moeder die me meetroont om te vertellen welke muren er allemaal weg moeten.'

'Snap ik. Trouwens, ze mag helemaal geen muren slopen in dat huis, het is niet ons eigendom.'

'Nou, dan heb ik een goede smoes. En ze zal natuurlijk al haar creatieve lusten willen botvieren nu er een nieuwe tentoonstelling in Tate zit aan te komen.'

Ik huiver. Mam is kunstenaar, en dan ook nog eens een beroemde en succesvolle. Of dat was ze althans, tot de interesse in haar schilderijen begon te tanen. Ongelukkigerwijs viel deze carrièrecrisis samen met het verdampen van het kapitaal dat ze met haar eerdere werk had vergaard, dus we hebben het grootste gedeelte van mijn leven tussen een krakersbestaan en een armoedig maar artistiek en bohemien leven gebalanceerd. 'Haar creatieve lusten zullen me ervan weerhouden om de hele dag mijn lege inbox te checken, dus ik ben van de partij als er iets op dat gebied moet gebeurens. Ik heb een rugzak vol kleurstalen en een hoop opgekropte frustratie. Laat mij die kelder maar aanpakken... Maar die spinnen heb ik voor jou bewaard.'

'Fijn, mijn eigen spinnenkolonie,' kirt Jenny. 'Die had ik nou altijd al willen hebben.' Ze zwijgt even, alsof ze haar volgende woorden goed wil overwegen. 'Waarom maak je je druk over een lege inbox? Heb je nog meer schrijfwerk rondgestuurd?' Jenny is sinds mijn negende mijn hartsvriendin. Toen ik een maand geleden mijn slecht betaalde kantoorbaantje kwijtraakte, wierp ze zich op als de perfecte mix tussen een schouder-om-op-uit-te-huilen en een motivatiecoach. Ze overtuigde me ervan dat dit de kans was om mijn dromen na te jagen en een carrière als thrillerauteur te beginnen, temeer omdat niet elke beginnende schrijver een moeder met een gigantisch huis in het centrum van Londen heeft waarin ze in ruil voor vreemde klusjes gratis kan wonen.

Niet bepaald het standaardonderkomen voor een vijfentwintigjarige die naar huis moet terugkeren, maar daar tegenover staat dat ik mams stemmingswisselingen moet verduren. Het voelt als een stap terug omdat ik dit alles indertijd succesvol achter me had gelaten. Maar ik heb daar in Chelsea mijn eigen etage, en het huis verkeert in een romantische staat van verval. De slaapkamer uit mijn kindertijd heeft zijn eigen kroonluchter, hij is met stof bedekt, er ontbreken een paar kristallen en hij werpt een spookachtig licht op de ouderwetse typemachine die ik in een van de kastjes heb gevonden. Ik schrijf er niet mee, ik tik af en toe op een van de toetsen om de juiste sfeer te creëren. Er hoort een plastic koffertje bij met een Schots ruitjesmotief en ik houd van haar jarenzestiguitstraling.

'Ik heb mijn laatste manuscript naar een paar literair agenten gestuurd.' Jenny antwoordt niet, ik bijt op mijn lip. 'Het is nog maar een week geleden dat ik ze heb gemaild.' Ik veeg het zweet van de achterkant van mijn nek. Ik loop naar Earl's Court Road en steek over wanneer het kan. Mijn rugzak is loodzwaar; de bibliotheek hield een openbare verkoop en ik kon de verleiding niet weerstaan. En ik kan de zeven Agatha Christie-boeken die ik heb gekocht als researchmateriaal verantwoorden. 'Ik begin het gevoel te krijgen dat mijn boek eigenlijk verschrikkelijk is.'

'Het is niet verschrikkelijk.'

'Jawel, dat is het wel. Maar dat zag ik pas nadat ik het naar anderen had opgestuurd.'

'Maar je was zo enthousiast over dit boek!' zegt Jenny. Ik kan aan haar stijgende stemgeluid horen dat de cheerleadermodus niet ver weg is.

Ik snijd haar de pas af voordat het zover is. 'Dat was ik, maar ik weet nu beter. Stel je voor dat er een peuter op je af komt waggelen, en de moeder van het kind kijkt je stralend aan omdat ze ervan uitgaat dat jij het kind net zo schattig zult vinden als zij. Maar dat die peuter een snotneus heeft en onder de gemorste etensresten zit.'

'Gadver. Ja?'

'Ik ben de moeder van dat kind, ik laat het met een snotneus rondlopen en denk dat iedereen het net zo zal zien als ik.'

'Veeg zijn gezicht dan schoon en stuur hem daarna de wereld in.'

'Ja, dat is ook waarom een boek geredigeerd wordt.'

Ik hoor hoe Jenny aan de andere kant van de lijn naar adem hapt. 'Annie, vertel je me nou dat je een boek naar literair agenten hebt gestuurd dat je niet eens hebt laten redigeren?' Ze lacht lang en hard. Het werkt aanstekelijk, en als ik Tregunter Road insla heb ik een brede grijns op mijn gezicht.

'Ik was zo opgewonden!' zeg ik hijgend en lachend. 'Ik heb het gewoon gedaan, weet je? Ik heb veel woorden geschreven, en als klap op de vuurpijl heb ik er "einde" achter gezet.'

'Ja. En ik ben trots op je. Maar ik denk dat je het in elk geval eerst door mij moet laten lezen voordat je het naar een volgende agent stuurt.'

'Wat? Nee!'

'Waarom stuur je het naar vreemden als je het mij niet eens wilt laten lezen?'

'Ik hang nu op, want ik ben er bijna.' Ik sjok door naar het einde van de straat, waar Jenny op het trapje zit te wachten.

Mams huis is de miserabele afsluiter van een rij onberispelijke gevels, zoiets als het verschil tussen een zomers tuinfeest en Halloween. Ik zwaai naar Jenny, die het stof van haar chique rok klopt en een hand door haar lange zwarte haar haalt. Haar gevoel voor mode is feilloos. Mijn hand glijdt over mijn volumineuze zomerjurk en ik voel de twijfel over de aankoop van het monsterlijke ding. Op de een of andere manier lijk ik me aangetrokken te voelen tot jurken die een victoriaanse geestverschijning van me maken. Mijn bleke huid en blonde krullen dragen hieraan bij, dus misschien moet ik het ook maar gewoon accepteren.

Net zoals mam hebben Jenny en ik op de kunstacademie van Central St. Martins gezeten. Jenny's ouders waren van Hongkong naar Londen verhuisd toen ze een baby was, en ze behoren tot de liefste mensen die ik ooit ben tegengekomen. Ik heb het mam nooit verteld, maar wanneer ik behoefte had aan een vriendelijke omgeving met een vader en broers en zussen, dan ging ik in plaats van naar mam naar Jenny's huis, zelfs als ze tennisles had of ergens anders was. Haar ouders lieten me aan tafel zitten en huiswerk maken, en ik kletste met de hele familie terwijl de kookgeuren mijn neusgaten binnendrongen.

Nadat Jenny was afgestudeerd kwam ze zo goed terecht dat ze nu al de baan van haar leven heeft. Ze wees het werk als decorontwerper in de Royal Albert Hall af om deel uit te maken van het team dat de etalages bij Harrods doet. Ze gooit er haar ziel en zaligheid in en ze maakt de prachtigste dingen, vooral in de kerstperiode.

'Oké,' zegt ze terwijl ze haar arm door de mijne haakt, 'zullen we eens kijken wat jouw ma's kelder ons te bieden heeft?'

We kijken allebei even omhoog naar het huis. Een groezelige erker aan beide kanten van de stenen trap naar de voordeur. Hij moet lang geleden groen zijn geweest, maar de lagen verf zijn er in de loop der jaren afgebladderd en het hout is ietwat kromgetrokken. Maar ik houd ervan. Drie verdiepingen rijzen in al hun voormalige grandeur op, waarbij voor de meeste ramen nog de oude fluwelen gordijnen hangen.

'Bedankt voor je komst,' zeg ik. Hoewel ik eigenlijk niet weet waar ik dankbaar voor zou moeten zijn, want dit is het huis waarin ik ben opgegroeid. Ondanks het feit dat er niet meer personen woonden dan mam en ik is het altijd een gelukkige plek geweest. Ik denk dat ik dankbaar ben omdat Jenny gewoon komt opdraven als ik haar bel, ook al is het alleen maar zoiets als: *Hé, heb je zin om een oude kelder met me schoon te maken?*

'Geen dank,' antwoordt Jenny. 'En het zwaarste gedeelte had je vorige week al gedaan, toch?'

'Hou op. Er waren zoveel dozen en kisten. En de verhuizers die ik had ingehuurd waren een stel rauwdouwers, ze gooiden alles lukraak in hun vrachtwagen. Volgens mij heb ik een paar keer glas horen breken. Maar ik heb mijn naam op het stippellijntje gezet en ze hebben het naar dat vreemde landhuis van mijn oudtante Frances in Dorset gebracht. Ik hoop dat ze niet te ontstemd zal zijn als haar oude spullen opeens voor de deur staan, maar mam staat erop dat de kelder tot een studio wordt omgebouwd.'

'Frances is toch die tante die de officiële eigenaar van het huis is?'

'Zij en niemand anders.'

'Waarom heb ik nooit méér over haar gehoord? Of haar ontmoet?' Jenny's stem klinkt onbevangen, maar er zit ook een stekelig randje aan, alsof ze me ervan verdenkt dat ik iets belangrijks heb verzwegen.

'Neem het niet persoonlijk op, ik heb haar ook nog nooit ontmoet. Blijkbaar houdt ze niet van Londen, of van reizen. En ze is zo rijk dat ze niet eens de moeite neemt om hier langs te komen. Ik geloof dat mam zelfs elke week geld van haar krijgt. Het is nogal ouderwets, maar ze is niet te trots om het te weigeren. Ik heb haar wel eens gevraagd waarom oudtante Frances haar geld stuurt, maar ze wuifde het weg en haalde haar schouders op.'

'O,' zegt Jenny. Ik zie haar malen over deze nieuwe informatie, ze is er nog niet klaar mee. 'Het klinkt misschien wat macaber, maar wat gebeurt er als ze komt te overlijden? Heeft ze kinderen die jullie eruit zullen schoppen?'

'Nee, mam erft alles.' Ik zet me schrap voor Jenny's reactie, want dit is het soort informatie dat je beste vriendin sinds zestien jaar allang zou moeten weten. En het is niet iets wat ik voor haar heb verzwegen, het was iets wat gewoon nooit ter sprake was gekomen. Oudtante Frances stond zo ver van ons af dat ik er altijd van uit ben gegaan dat het ons huis was. Ik was haar bestaan vergeten totdat ik opeens haar oude spullen moest opruimen.

Jenny fluit wat voor zich uit. 'Een familieschat,' zegt ze terwijl ze haar ogen ten hemel slaat. 'Ik dacht altijd dat zoiets niet bestond, dat je dat alleen maar in films zag.'

We duwen de klemmende deur open – niet op slot natuurlijk. Mam sluit de boel nooit af. Als iemand van plan is om op Tregunter Road in te breken, dan zal hij ons huis voorbijlopen, zegt ze altijd. Mijn blik glijdt over de kale bakstenen in de gang, er hangt op sommige plekken nog wat pleisterwerk aan. Mam heeft gelijk – elke inbreker zal denken dat hier niets te halen valt als hij de afgebladderde lagen behang ziet. Maar daar kan hij zich lelijk in vergissen, want veel van ma's kunst is een fortuin waard. Al zal ze nooit iets van haar vroege werk dat in het huis staat verkopen, daar is ze veel te sentimenteel voor.

'Ik ben hier!' echoot mams stem vanuit de keuken, die zich achterin bevindt. We trippelen door twee enorme kamers die de meeste mensen als zitkamer zouden gebruiken, maar die mam als atelier gebruikt. Er staan grote doeken tegen de muren, en de vloer zit onder de verfspetters. Het gebruik van stoflakens heeft ze al tientallen jaren geleden opgegeven. Het licht dat door de erkers naar binnen komt is geel en groezelig, het heeft zich door een stoflaag van minstens vijfentwintig jaar moeten dringen. Ik kan me niet herinneren dat ik mam ooit de ramen heb zien zemen, maar ik ben zo gewend aan dit licht dat ik denk dat het veel te fel en verblindend zou zijn als de ramen schoon waren, alsof je op een heldere zomerdag je zonnebril afdoet.

Mam heeft haar asblonde haar in een dot op haar hoofd gebonden met een groene bandana en heeft een halfleeg glas rode wijn in haar hand; op tafel staan twee volle glazen. Ze staat over het enorme fornuis gebogen en bakt uien, wat haar enige culinaire verdienste is. Er staat iets in de oven, maar ik vermoed dat het een kant-en-klaarmaaltijd is en dat de uien er zo op komen.

'Er ligt post voor je op tafel,' zegt ze zonder zich om te draaien.

'Jij ook een goeiemiddag, Laura,' zegt Jenny tegen mam. Ze zegt het schertsend, maar mam ziet er ietwat verslagen uit als ze zich omdraait en Jenny vluchtig op haar wang kust.

Ze lijkt me te willen begroeten, maar reikt me in plaats daarvan haar halflege wijnglas aan en pakt een vol glas van de tafel.

Ik ruik gas, maar mam is me te snel af. 'De oven is uitgegaan, wacht even.' Ze houdt een lange lucifer in de brandende pit onder de pan uien, draait de ovenknop terug naar links en trekt de ovendeur open. Het is zo'n antiek geval waarbij je naar binnen moet buigen om hem aan te steken, wat in feite een levensgevaarlijke handeling is. Ik zeg maar niets meer over de aanschaf van een nieuw fornuis, het is de afgelopen jaren te vaak een onderwerp van discussie geweest. Mam vindt het zo lekker retro. Ik moet daarentegen altijd aan Sylvia Plath denken als ik het zie.

Ik plof neer op de hardhouten stoel naast mijn rugzak en pak de dikke envelop met mijn naam erop. Mijn hart slaat even over omdat ik onlangs aan een paar wedstrijden fictieschrijven heb meegedaan. Maar daar krijg je al jaren geen fysieke post meer over, alles gaat digitaal. Je gaat de gekste dingen denken als je verwacht dat iemand je schrijfwerk zal opmerken. Ik giet het laatste restje wijn naar binnen, hoogstwaarschijnlijk een goedkoop huismerk en het smaakt nu al naar hoofdpijn.

Ik snijd de envelop open en haal er een vel papier met een briefhoofd uit.

Juffrouw Annabelle Adams,

Uw aanwezigheid is gewenst op het kantoor van Gordon, Owens en Martlock, Advocaten, voor een ontmoeting met uw oudtante mevrouw Frances Adams. Mevrouw Adams zou graag de verantwoordelijkheden willen bespreken die u als enige erfgename van haar bezittingen zullen worden toebedeeld.

Hier stop ik. 'Wacht, dit is afkomstig van de advocaat van oudtante Frances,' zeg ik. 'Het lijkt erop dat hij de verkeerde voornaam heeft gebruikt, er had Laura moeten staan. Het gaat over de erfenis.'

Jenny leest over mijn schouder mee. 'Er staat "oudtante",' zegt ze terwijl ze naar het woord wijst. 'Het lijkt me geen vergissing.'

'O, nee toch,' snauwt mam. Ze loopt naar de tafel en grist de brief uit mijn hand. Ze tuurt er lang genoeg naar om de gekaramelliseerde uien aan te laten branden, dan gooit ze de brief op tafel en loopt terug naar het fornuis. Ze neemt de gietijzeren koekenpan van het vuur voordat de hele boel verbrandt.

Jenny leest de rest van de brief en mompelt: '*Wij verwachten u op ons kantoor*... et cetera, et cetera... Het zijn instructies voor een afspraak die over een paar dagen ergens in het graafschap Dorset, in een plaatsje dat Castle Knoll heet, moet plaatsvinden. O, mijn god,' fluistert ze, 'een onbekende tante in een slaperig plattelandsdorp? Een mysterieuze erfenis? Dit is een zwaar geval van het leven dat de kunsten imiteert.'

'Ik weet zeker dat dit voor mam is bedoeld. Oudtante Frances schijnt verschrikkelijk bijgelovig te zijn, dus het lijkt me sterk dat ze opeens van gedachten is veranderd en mam heeft onterfd. Maar,' voeg ik er weifelend aan toe, 'gezien de verhalen die ik over tante Frances heb gehoord zou ze wel eens tot zoiets als dit in staat kunnen zijn.' Ik zie Jenny's verbouwereerde gezicht en besluit dat ik haar een uitgebreider inkijkje in de maffe achtergrond van tante Frances verschuldigd ben. 'Het is een familieverhaal,' zeg ik langzaam. 'Ik heb het je nog nooit verteld.' Jenny schudt haar hoofd en neemt een slok wijn uit het overgebleven glas op tafel. Ik kijk mam aan. 'Wil jij het verhaal van tante Frances vertellen? Of zal ik het doen?'

Mam loopt terug naar de oven, klooit even met de deur en haalt er een bak van aluminiumfolie uit waarin iets ondefinieerbaars zit. Ze houdt de gietijzeren koekenpan erboven en schraapt de verschroeide uien eruit. Dan pakt ze drie vorken uit het bakje met het losse bestek en zet het eten tussen ons in, de vorken in vreemde hoeken in de aluminium bak. Ze ploft neer op een stoel, neemt nog een slok wijn en schudt nauwelijks merkbaar haar hoofd.

'Oké, dan,' zeg ik, en ik probeer mijn beste vertelstem op te zetten. Jenny pakt de fles en vult mijn glas. 'Oudtante Frances was zestien, het was 1965. Zij en haar beste vriendinnen waren op een jaarmarkt en bezochten een waarzegster. De voorspelling voor Frances was zoiets als dit: *er verschijnen bleke botten en je zult worden vermoord.*'

'O, wat hysterisch, daar hou ik van,' zegt Jenny. 'Maar als je moordmysteries wilt gaan schrijven, Annie, en ik zeg het met al mijn liefde, dan zul je het wel wat beter moeten presenteren.'

Mam heeft de brief weer gepakt en kijkt ernaar alsof het bewijsmateriaal is. 'Dat was de voorspelling niet,' zegt ze kalm. 'Die luidde als volgt: *In je toekomst verschijnen bleke botten. Het vooruitzicht van je langzame ondergang begint als je de koningin in één hand houdt. Laat de verraderlijke vogel niet zegevieren, want dan is er geen weg terug meer. Maar dochters vormen de sleutel tot gerechtigheid en met één zul je vooruitkomen, houd de juiste dochter in de buurt. Alle tekens wijzen op je moord.*'

Ik steek een van de vorken in de brij die volgens mij uit een gezinsportie gegratineerde aardappels van de diepvriesafdeling van de supermarkt bestaat. 'Goed. Nou. Mijn oudtante Frances is er haar hele leven van overtuigd geweest dat deze voorspelling zou uitkomen.'

'Dat is… ik weet niet of dat nou tragisch is of juist heel slim van haar is geweest,' zegt Jenny. Ze kijkt mam aan. 'Dus Annie heeft deze vrouw nog nooit ontmoet?'

Mam zucht en prikt in de uien. 'We hebben Frances de meeste tijd in haar grote huis laten zitten terwijl we onze eigen dingen deden.'

'Wacht, je hebt een tante met een landgoed en je negeert haar gewoon?'

Mam reageert met een wegwerpgebaar op deze vraag. 'Iedereen negeert Frances. Ze is apart. Zo apart dat ze een plaatselijke legende is, dat maffe oude wijf met haar grote landhuis en haar bakken geld dat alles uitzoekt over iedereen die haar pad kruist omdat haar moordenaar er wel eens tussen zou kunnen zitten.'

'Ga je de advocaat bellen over de naamsverwarring?' vraag ik.

Mam knijpt in de brug van haar neus en reikt me de brief aan. 'Ik geloof niet dat het een naamsverwarring is. Ik zou met je zijn meegegaan naar Dorset, maar die datum is bewust gekozen.'

Ik kijk ernaar. 'Je tentoonstelling in Tate,' zeg ik langzaam. 'Ze wil er zeker van zijn dat je niet kunt komen?'

'Frances mag dan wel een maf oud wijf zijn, maar ze is zeer berekenend. En ze houdt ervan om spelletjes te spelen.'

'Oké,' zeg ik, nog steeds langzaam. Het missen van mams opening in Tate is een domper, maar het lijkt erop dat deze afspraak onze bestaanszekerheid betreft. Ik kan alleen maar hopen dat de opening een succes is, zodat er meerdere zullen volgen. 'Maar dan nog, waarom ik?'

Mam slaakt een lange zucht voordat ze iets zegt. 'Die voorspelling bepaalt alles in haar leven, en ik ben jarenlang haar enige gunsteling geweest vanwege die ene regel – *Maar dochters vormen de sleutel tot gerechtigheid...* Ik ben de enige dochter in haar familie, mijn vader was Frances' oudere broer.'

'Het tweede gedeelte van de zin,' zeg ik peinzend, '*en met één zul je vooruitkomen, houd de juiste dochter in de buurt.*'

Mam knikt. 'Het lijkt erop dat Frances heeft besloten dat ik niet meer de juiste dochter ben.'

2

De Castle Knoll-dossiers, 10 september 1966

Ik schrijf dit allemaal op omdat ik weet dat er dingen zullen zijn die ik heb gezien die in de toekomst van belang kunnen zijn. Sommige details die nu onbeduidend lijken, kunnen behoorlijk belangrijk blijken te zijn, of andersom. Dus ik houd mijn hoofd koel en maak nauwkeurige aantekeningen.

Rose denkt nog steeds dat ik gek ben om zo op die voorspelling te focussen. Maar ze weet niet waarom ik zo heilig in die woorden geloof.

Omdat iemand me heeft bedreigd.

Ik vond een papiertje in de zak van mijn rok waarop 'ik stop je botten in een doos' stond. Dat dreigement bezorgt me de koude rillingen als ik eraan denk, maar ik moet het niet verdringen want ik zou er iets van kunnen leren. Een aanwijzing die me kan helpen de tegenspoed, die misschien al bezig is zich te ontvouwen, te stoppen.

En dan was er ook nog de voorspelling – 'in je toekomst verschijnen bleke botten'. Het is de tweede keer binnen een week dat het woord 'botten' wordt genoemd, dat kan geen toeval zijn. En dan is Emily opeens een paar weken geleden verdwenen, bijna precies een jaar later.

Toen de politie me ondervroeg merkte ik dat ze me niet helemaal geloofden. Ze vroegen me zelfs of ik niet vond dat ik te weinig aandacht kreeg nu alle focus op Emily was gericht.

Dus ik heb niet de moeite genomen om de politie de rest te vertellen. Ik heb op dat moment besloten om de zaken in eigen hand te nemen. Want zij zijn wel de laatsten met wie ik de gebeurtenissen van het afgelopen jaar zou willen delen.

3

Na drie haltes is de trein al bijna uitgestorven – voordat we de stad goed en wel achter ons hebben gelaten zijn alle forenzen uitgestapt. Na twee uur komt de groene lappendeken van Dorsets glooiende heuvels in zicht, en er maakt zich een lichte opwinding van mij meester. Ik pak een van mijn lege notitieboekjes erbij en probeer de omgeving in woorden te vangen. Deze trein gaat niet helemaal naar Castle Knoll, vanaf een plaats die Sandview heet moet ik een bus nemen die maar één keer per uur rijdt.

Nadat het eindpunt is bereikt zie ik dat mijn aansluiting een klassieke open dubbeldekker is, zo een die toeristen naar het strand vervoert. Als een klein kind zit ik vooraan op de bovenverdieping terwijl de bus door een verzameling kleine dorpen dendert om uiteindelijk in Castle Knoll terecht te komen. Op dat moment bevind ik me al veertig minuten in een bedwelmende mix van mest en zeelucht, maar het vlekkerige licht en de landweggetjes maken er een combinatie van die eerder charmant dan overweldigend is.

Het dorp Castle Knoll is als een tafereeltje op een koektrommel – allemaal smalle weggetjes en muurtjes van op elkaar gestapelde stenen, met aan één kant de verkruimelde resten van een Normandisch kasteel op de rug van een hoge heuvel. Schapen grazen op de flanken, en als we om het kasteel heen rijden hoor ik hun typische geblaat.

Ik ben een paar minuten te vroeg voor mijn afspraak met meneer Gordon en besluit wat over de met keitjes geplaveide hoofdstraat te lopen om rond te kijken. Als ik mijn rugzak omdoe vraag ik me af of ik niet meer boeken had moeten meenemen. Of misschien nog dat vierde notitieboekje – dat ene dat in bloedrood leer is gebonden.

Als ik in een cirkel draai, kan ik een groot gedeelte van het dorp zien. De kasteelruïne bevindt zich aan één kant, met aan de voet van de heuvel een pub die de Dead Witch heet en er inderdaad behekst uitziet. Het leistenen dak helt over, alsof de zijkanten te vermoeid zijn om de boel overeind te houden, en de witte kalk op de dikke muren is uitgebleekt en afgebladderd. De rest van het dorp is smetteloos – het lijkt wel een filmset. Een ouderwetse snoepwinkel is om tien uur 's ochtends al vergeven van de toeristen, en naast de pub bevindt zich een victoriaans stationnetje. Stoom bolt op uit de gereedstaande trein terwijl gezinnen in de rij staan om een kaartje naar de enige bestemming te kopen, een nabijgelegen kustplaatsje.

Aan de andere kant eindigt de hoofdstraat bij een schattig stenen gebouwtje met een rood bord waar in gouden letters CRUMBWELL'S DELI op staat. Het vormt een vrolijk contrast met de Dead Witch. Naast de delicatessenwinkel staat het Castle House Hotel, een soort boetiekhotel dat er smetteloos en chic uitziet en waarschijnlijk erg duur is.

Uiteindelijk duw ik de deur van Gordon, Owens en Martlock open. Hun kantoor is de begane grond van een van de aaneengesloten cottages die aan de hoofdstraat liggen. Het is een open, frisse ruimte die verrassend vrolijk stemt als je nagaat dat ze vier bureaus hebben weten te plempen in wat eens een kleine woonkamer was. De gloed van klassieke groene kantoorlampen concurreert met het licht dat door het glas van de voordeur naar binnen valt. Er zit een man met een rond gezicht achter een groot bureau in een hoek, de andere bureaus zijn onbezet.

'Sorry,' zeg ik. 'Ik ben op zoek naar meneer Gordon?'

De man kijkt op en knippert een paar keer met zijn ogen. Hij raadpleegt zijn horloge en kijkt dan weer op. 'Ik ben Walter Gordon. Ben jij Annabelle Adams?'

'Ja, dat ben ik. En u kunt me gewoon Annie noemen, hoor.'

'Aangenaam kennis te maken,' zegt hij. Hij staat op om mij de hand te schudden, maar hij komt niet achter zijn bureau vandaan. 'Je bent het evenbeeld van Laura, weet je dat?'

Ik lach zwakjes, want ik hoor dat zo vaak dat het oud nieuws is. Maar het herinnert me er wel aan dat mam hier in de buurt is opgegroeid, en dat er mensen in Castle Knoll zijn die haar hebben gekend toen ze jonger was. Had ze me maar hiernaartoe meegenomen toen ik klein was, maar ze kon niet goed met haar ouders opschieten en zei altijd dat we buiten Londen niets te zoeken hadden.

'Ik heb Frances net over de telefoon gesproken,' zegt meneer Gordon. 'Ik vrees dat we deze afspraak naar Gravesdown Hall zullen moeten verplaatsen. Er was iets met haar auto. Laten we wachten tot iedereen er is, dan kunnen we er daarna samen naartoe gaan.'

Ik ga op de stoel tegenover zijn bureau zitten, en hij merkt te laat dat hij heeft nagelaten me een stoel aan te bieden. Ik ben niet ouderwets op dat gebied, maar meneer Gordon duidelijk wel – hij draagt een verkreukeld pak, maar hij heeft wel de moeite genomen om een pochet in zijn borstzak te doen. Hij werpt een blik op het bureau naast hem en mompelt iets over een secretaresse en thee. 'U zei "iedereen". Mag ik u vragen op wie we dan nog meer wachten? Ik verkeerde in de veronderstelling dat ik alleen u en oudtante Frances zou ontmoeten.'

'O.' Hij ziet er nogal geagiteerd uit en begint wat met papieren op zijn bureau te schuiven. Hij probeert onaangedaan over te komen, maar ik merk dat hij zenuwachtig is. 'Frances heeft nogal, eh, creatieve veranderingen aangebracht in de toekomstplannen voor haar landgoed. Dus zullen Saxon en Elva Gravesdown er ook bij zijn, en ze zijn zoals altijd weer eens te laat.'

Eigenlijk zou ik willen vragen wie Saxon en Elva Gravesdown zijn, maar aan de andere kant wil ik ook niet laten merken dat ik de oudtante die besloten heeft dat ik haar fortuin zal erven helemaal niet ken. Ik neem aan dat Gravesdown Hall het huis van haar overleden echtgenoot is en dat ze familie van hem zijn.

'En mijn kleinzoon Oliver kan hier elk moment zijn,' vervolgt Gordon. 'Hij is ook uitgenodigd voor de bijeenkomst. Ah, als je het over de duivel hebt...'

Ik draai me om in mijn stoel als er achter het glas in de deur een profiel verschijnt. De persoon aan de andere kant worstelt met de klink omdat hij een tray met bekers koffie in zijn hand houdt. Meneer Gordon staat op om te helpen en als de deur opengaat schiet er een gouden streep laat ochtendlicht door de kamer. Oliver Gordon staat op de drempel en hij is een plaatje. Sterker nog, hij is iets té perfect, op zo'n 'je kleren zeggen wie je bent'-manier. Zijn lichtblauwe overhemd is duidelijk gekozen vanwege zijn lichtblauwe ogen, en in plaats van een stropdas staat het bovenste knoopje open. Hij draagt een grijze pantalon en over zijn schouder hangt een leren laptoptas.

Hij houdt in één hand de kartonnen tray met de koffiebekers vast en in de andere een taartdoos met de woorden Castle House Hotel in goud op de bovenkant.

'Annie, dit is mijn kleinzoon Oliver,' zegt meneer Gordon. In zijn stem klinkt het soort trots door dat zo typerend is voor grootouders. 'Oliver, dit is Annie Adams, de dochter van Laura.'

'Annie Adams,' herhaalt Oliver langzaam met één opgekrulde mondhoek. Hij houdt zijn hoofd scheef als hij mijn naam uitspreekt, waarbij zijn karamelkleurige haar een klein beetje over zijn voorhoofd valt. Het ziet eruit als een goed ingestudeerde pose, wat me direct doet besluiten er immuun voor te zijn. 'Dat is een geweldige naam,' zegt hij, 'alsof hij uit een stripboek komt.'

'Sorry?'

'Je weet wel, zoals Lois Lane, of Pepper Potts.' Hij heft zijn volle handen, alsof hij zijn hoed voor me afneemt.

'Leuk je te ontmoeten,' zeg ik, en ik voel een glimlach op mijn gezicht verschijnen. Het bevalt me dat er een geheime nerd achter zijn aantrekkelijke façade schuilt. Maar dan herpakt hij zich, en ik zie het zakelijke masker weer verschijnen. 'Nog geen Frances?' vraagt hij aan meneer Gordon. 'Ik wilde mijn entree met koffie en taart maken. Ik dacht dat ze dat wel zou appreciëren.'

Meneer Gordon trekt een wenkbrauw op. 'Wilde jij dat, of Rose?'

Deze keer glijdt er een oprechtere glimlach over Olivers gezicht. 'Oké, Rose. Ze wachtte me op bij het Castle House Hotel en stopte me dit alles toe. Ik denk dat het haar manier is om Frances te vertellen dat ze ook van de partij wil zijn.'

'Waarom zou iemand taart uitdelen als hij kwaad is omdat hij wordt buitengesloten?' zeg ik. 'Dat lijkt me het tegenovergestelde van wat je zou doen.'

Meneer Gordon schenkt me een zuinig glimlachje. 'Dat is waar, maar Rose is het type dat de aandacht opeist door overdreven aardig te doen.' Hij strijkt met zijn hand over de pochet, die daardoor echter nog meer kreukt. 'Goed, Frances moet het daar maar een keer in haar eigen tijd met Rose over hebben. Ik ben bang dat we de taart zullen moeten meenemen, want Frances kan niet hiernaartoe komen. De motor van haar oude Rolls-Royce heeft kuren.'

Op dat moment loopt er een elegante vrouw naar de deur toe.

Ze slentert naar binnen en kijkt enigszins over ons heen, alsof ze naar iemand anders op zoek is. Haar zilverkleurige haar is bijeengebonden in een onberispelijke paardenstaart. Ik denk dat ze midden in de vijftig is, maar ze heeft het soort tijdloze gezicht dat je je doet afvragen of er in Castle Knoll een plek is waar je Botox kunt krijgen. Ze draagt een crèmekleurige blazer met een bijpassende pantalon. Als Jenny hier was, zou ze me kunnen vertellen of het een Chanel of Dior is.

'Walter.' De manier waarop ze zijn naam uitspreekt is een statement, een afgemeten begroeting die meteen de indruk wekt dat zij hier de lakens uitdeelt.

Hij staat op van achter zijn bureau en begint weer met de papieren te rommelen, alsof hij betrapt is bij iets wat hij niet zou moeten doen. 'Hallo, Elva. Je kunt de stoel naast Laura nemen.'

'Annie,' corrigeer ik hem. Met een vogelachtige nieuwsgierigheid draait de vrouw zich snel om.

'Ja, natuurlijk. Sorry, Annie,' zegt hij.

'Zo.' Elva slaat haar armen over elkaar en doet een stap in mijn richting. Haar samengeperste lippen verraden een merkwaardige voldoening. 'Jij bent Laura's dochter? Typerend. In plaats van zelf te komen heeft ze jou hiernaartoe gestuurd om het slechte nieuws te vernemen.'

'Het slechte nieuws?' Ik krijg het gevoel dat ik in de val loop, maar ik wil weten waar ze het over heeft. 'Ik weet alleen maar dat mijn oudtante Frances me heeft ontboden.' Het klinkt nogal ouderwets zoals het uit mijn mond komt, alsof ik uit een roman van Jane Austen ben gestapt waarin mensen worden *ontboden*.

Ze draait zich om en wendt zich weer tot meneer Gordon. Mijn schouders ontspannen zich weer enigszins, het voelt alsof de poollucht van een ventilator nu op iemand anders in de kamer wordt gericht. 'Ja. Frances heeft haar testament veranderd. En ze heeft het veranderd om Laura uit te sluiten. Ze heeft het me een paar dagen geleden persoonlijk verteld.' Elva zegt het op zo'n zakelijke toon dat het bijna klinisch klinkt. Als een monotone voice-over bij een natuurdocumentaire die verslag doet van een bloederige leeuwenjacht. 'Komt ze het ons allemaal uitleggen? Ik heb om half één een belangrijke lunch in Southampton, dus ik kan hier niet de hele dag blijven. En Laura's dochter hoeft er niet bij te zijn als Laura is uitgesloten.'

Ik slik verrast iets weg terwijl meneer Gordon stamelt: 'Toe, Elva! Frances is er niet eens, dus stop met dat gespeculeer. Als we bij haar zijn, zal ze alles uitleggen. Waar is Saxon?'

'Saxon is in Sandview Hospital nog met een autopsie bezig. Hij moet nog een uur rijden als hij klaar is, als we er tenminste van uitgaan dat hij de veerboot haalt. Hij heeft me gezegd dat iedereen maar zonder hem moest beginnen, en dat ik hem later zal bijpraten.'

'Dat zou Frances wel eens niet kunnen bevallen,' zegt meneer Gordon, die weer gaat zitten.

We wachten een gespannen moment lang op Elva's reactie, wier gezicht in een masker van hautaine minachting is veranderd. Maar wat de reden ook is, de Elva's van deze wereld vinden dat ik geen bedreiging voor ze ben, wat een duidelijk voordeel is in situaties als deze.

Ik tover een brede glimlach tevoorschijn en zeg: 'Sorry, ik heb niet gehoord wat uw relatie tot oudtante Frances is. Bent u een nicht?'

'Mijn echtgenoot, Saxon, is Frances' neef,' zegt ze zelfvoldaan.

Mam heeft het nooit over andere familieleden gehad, ik denk omdat zij de enige in het testament was. Ik open mijn mond om hier iets over te zeggen, maar meneer Gordon buigt zich naar me toe.

'Saxon was de neef van Frances' echtgenoot,' zegt hij, voornamelijk tegen mij. 'Lord Gravesdown ontfermde zich over Saxon nadat zijn ouders waren overleden, en vlak nadat Frances met zijn oom trouwde vertrok Saxon naar een kostschool. Ze heeft hem door de jaren heen financieel ondersteund, net zoals ze dat bij Laura heeft gedaan…' Hij werpt een zijdelingse blik op Elva, die de muur naast Gordons hoofd bestudeert alsof het geluid dat hij voortbrengt een onzinnig gezoem is waarvan ze de oorzaak wil vinden. 'Maar ze zijn nooit bijzonder hecht geweest,' zegt hij tot besluit.

'En wat Laura betreft,' vervolgt Elva, alsof er verder niemand iets heeft gezegd, 'is Frances godzijdank bij zinnen gekomen. Het huis in Chelsea is al vele jaren eigendom van de familie Gravesdown, en dat moet het ook blijven. Toen ik vorige week op het landgoed was zag ik dat Laura zonder enige reden oude hutkoffers van Frances had teruggestuurd. Toen was de maat vol voor Frances, ze wil jullie er alle twee uit hebben.'

Ik voel een knoop in mijn buik. 'Dat was ik,' zeg ik langzaam. 'Ik heb die koffers naar Gravesdown Hall gestuurd, en mijn naam stond op het ontvangstformulier dat Frances moet hebben getekend. Wacht, is dat de reden waarom ze plotseling zo in me is geïnteresseerd? Waarom ze me tot de enige erfgename wilde benoemen?' Mijn brein maakt overuren, want ik begrijp het niet goed.

En wat als Elva gelijk heeft? Wat als de hutkoffers uit Chelsea tante Frances ervan hebben overtuigd dat het tijd is om ons na zoveel jaren eruit te gooien?

Elva ziet eruit alsof ze elk moment kan ontploffen, hetgeen bevestigt dat ze blufte toen ze suggereerde dat ze wist dat Saxon zou erven. Ze had duidelijk iets anders verwacht nadat ze had gehoord dat mam uit Frances' testament was geschrapt.

'Hier kunnen we het allemaal over hebben als we Frances ontmoeten,' antwoordt meneer Gordon. Hij begint er steeds vermoeider uit te zien, en ik realiseer me dat hij ouder is dan ik aanvankelijk dacht. Hij moet in de zeventig zijn en de pensioengerechtigde leeftijd ruimschoots zijn gepasseerd.

'Nu weet ik het helemaal niet meer,' zeg ik. 'Is dit een bijeenkomst waarin oudtante Frances iedereen recht in het gezicht zegt wat ze in haar nieuwe testament heeft geschreven? Is zoiets... normaal?'

'Frances gaat haar eigen gang,' zegt meneer Gordon en hij zucht diep.

'Je bedoelt dat ze haar leven en dood door die stomme waarzegsessie uit 1965 laat bepalen!' snauwt Elva. 'Die verschrikkelijke ouwe heks!' Mijn aanvankelijke verbazing maakt plaats voor fascinatie. Elva gaat door het lint, en het is tamelijk bevredigend om te zien hoe zo'n zelfverzekerd iemand de controle verliest. 'Wist je dat Frances ons huwelijksfeest weigerde te betalen als we niet een andere locatie kozen? We hadden onze zinnen op de Queen Victoria Country Club gezet, maar zij wilde daar niets van weten! Ze hadden een logo met een tekening van koningin Victoria erin, en zo zouden de afbeeldingen op de servetten en de graveringen in de wijnglazen ervoor zorgen dat ze de hele avond *de koningin in haar hand hield.* Het was belachelijk! Ze had een fysieke reactie op alle koninginnen die ze in haar hand kon houden!' De manier waarop Elva het woord 'fysiek' uitspreekt doet me huiveren.

Elva draait zich plotseling om en kijkt naar Oliver, alsof ze net heeft ontdekt dat hij er ook is. 'Waarom is je kleinzoon hier, Walter? Dit zijn familiezaken van de Gravesdowns.'

Meneer Gordon neemt zijn pochet uit zijn borstzak en dept zijn voorhoofd. 'Mag ik je eraan herinneren, Elva, dat Saxon, Annie en Oliver door Frances zijn uitgenodigd voor deze bijeenkomst. Ze had jou niet gevraagd.'

'Oliver?' Elva doet geen moeite om de schok op haar gezicht te verbergen. 'Ach ja, waarom zou ze jou ook niet vragen als ze de familie Gordon iets wil nalaten? Gravesdown en het huis in Chelsea voor Saxon en mij en wat sentimentele restjes voor jou, Walter. Dat lijkt me wel wat.'

Meneer Gordon knijpt in de brug van zijn neus. 'Elva, wil je alsjeblieft ophouden met dat gissen naar Frances' testament? Hoe vaak moet ik je nog zeggen dat...'

Oliver houdt zijn autosleutels op en knikt in mijn richting. 'Ik kan je een lift geven. Dan zijn we er lekker snel, toch?'

Zonder ook maar zoiets als 'tot zo' te zeggen vluchten we het kantoor uit alsof het in brand staat.

4

De Castle Knoll-dossiers, 15 september 1966

Ze zijn aan het dreggen in de Dimber, het riviertje dat vanuit het naburige graafschap door het landgoed Gravesdown stroomt en in het dorp uitkomt.

Ze concentreren zich op de diepe gedeeltes, want bij het dorp is het riviertje zo ondiep dat je de bodem kunt zien. De diepste stukken bevinden zich op Gravesdown, en daar blijf ik maar aan denken.

Want het is daar allemaal begonnen. En het was Emily's idee om 's nachts het landgoed op te sluipen – ze is roekeloos in die dingen.

Ik moet dit schrijfwerk nu even wegleggen, want Peter is hier en hij is ruzie met mam aan het maken. Niemand kan zijn vrouw, dat kreng van een Tansy, uitstaan, maar nu de baby in huis is gekomen, is er geen weg terug meer. Ze wilden zo graag een kind. Misschien dat ze wat aardiger wordt nu ze zich daar niet meer druk over hoeft te maken.

Het is vreemd om op je zeventiende tante te zijn, maar dat krijg je ervan als je broer bijna tien jaar ouder is. Maar ik moet toegeven dat de kleine Laura een schatje is. Iets meer dan een maand oud en ze maakt nu al kirrende geluidjes als ik haar zie. Ze lijkt alleen wel op haar moeder, en dat is jammer.

5

Olivers gezicht is ondoorgrondelijk als we naar zijn auto lopen. Mijn brein is na de ontmoeting met Elva een rommelige zolder geworden, dus ik focus op zijn scherpe kaaklijn terwijl ik iets probeer te verzinnen wat de stripboekreferenties weer terughaalt.

Hij klikt op de sleutelhanger in zijn hand en de lichten van een smetteloze BMW knipperen. De auto staat voor het grootse deel geparkeerd op het trottoir, waardoor de doorgang compleet geblokkeerd is. We krijgen blikken toegeworpen van mensen die eromheen moeten lopen, maar hij merkt het niet of het kan hem niets schelen.

Er valt een ongemakkelijke stilte als Oliver de motor start en wegrijdt. Hij laat het raam aan zijn kant een beetje zakken en terwijl de zomerlucht langs mijn gezicht blaast verdwijnt de spanning. We rijden over lommerrijke landweggetjes en ik wil uit het raam leunen om de lucht van het groene bladerdak boven ons op te snuiven. Ik houd me echter in, ik ben geen golden retriever.

'En, wat doe je in Londen?' vraagt hij. De manier waarop hij de bochten neemt zou me nerveus moeten maken, maar hij straalt een en al zelfvertrouwen uit, alsof hij het hier goed kent.

Dit is het moment waarop ik zou moeten zeggen: *O, ik ben schrijver.* Jenny vindt dat ik dat moet zeggen als mensen het me vragen omdat het technisch gezien datgene is wat ik tegenwoordig doe. Het wordt alleen niet betaald. Of opgemerkt. Ik moet aan mijn lege inbox denken en bijt op mijn lip.

'Ik zit tussen twee banen in op het moment,' zeg ik, wat technisch gezien geen leugen is. 'Ik gebruik deze tijd om me met enkele creatieve projecten bezig te houden.' Hij reageert hier niet op, en om niet verder in te hoeven gaan op het karakter van mijn 'creatieve projecten' klets ik meteen maar door. 'En jij? Woon je in Castle Knoll? Ik bedoel, je rijdt hier rond alsof je het al je hele leven doet.' Ik glimlach, maar ik zie hem een fractie van een seconde fronsen.

'O, nee. Ik woon ook in Londen, en ik werk voor Jessop Fields.' Hij laat een stilte vallen, alsof ik de naam zou moeten kennen, maar ik zit met mijn mond vol tanden. Ik denk aan vergelijkbare namen om te deduceren in welke branche hij werkt. Jessop Fields klinkt als Goldman Sachs, of PricewaterhouseCoopers… 'De financiële wereld?' gis ik.

Hij snuift, en ik weet dat ik het spel heb verloren. De vriendelijke stripboekreferentie stelde niets voor. Oliver mag dan wel aantrekkelijk zijn, maar ik krijg nu al het gevoel dat hij een eikel is.

'Projectontwikkeling,' zegt Oliver uiteindelijk terwijl hij vaardig schakelt om een heuvel te bedwingen op een weg die geen plaats biedt aan een tegenligger. 'Jessop Fields is de grootste projectontwikkelaar van Londen. Maar we hebben projecten over het hele land. Over de hele wereld eigenlijk.' De windvlagen schieten door zijn haar, en zijn zandblonde lokken worden in vreemde vormen omhoog gezwiept voordat ze weer omlaag zakken. Ik onderdruk een lach.

Hij leek nogal beledigd dat ik ervan uitging dat hij in Castle Knoll woonde en ik begrijp niet waarom, dus ik besluit hierover door te vragen. 'Maar meneer Gordon is je opa, toch? Ben je hier opgegroeid? Of kwam je in de zomer bij hem op bezoek?'

Hij krimpt ineen bij die suggestie en komt met details over zijn bevoorrechte opvoeding om zijn verbintenis met Castle Knoll te verbloemen. 'Ja, ik ben hier opgegroeid, maar het grootste gedeelte van de tijd heb ik op kostschool doorgebracht. Ik heb op Harrow gezeten, net als Saxon Gravesdown,' verklaart hij trots. 'Vervolgens zat ik in Cambridge en daarna ben ik rechtstreeks naar Londen vertrokken om bij Jessop Fields te gaan werken. Dus je kunt niet echt zeggen dat ik hier ben opgegroeid, daarvoor heb ik te veel tijd op andere plekken doorgebracht.'

Ik denk aan mijn jeugd, dat was een en al Londen. Weekenden waarin mam en ik als ballen in een flipperkast van het ene naar het andere metrostation schoten. Ik nam altijd aan dat mensen die op het platteland waren opgegroeid een soort vaste basis hadden, maar als ik Oliver over Castle Knoll hoor realiseer ik me dat ik degene ben met een vaste basis. Iets wat even een gevoel van ontroering bij me losmaakt. Mijn krakkemikkige opvoeding was misschien onconventioneel, maar ik was tenminste gelukkig. Maar als ik aan ons leven in Chelsea denk komt de ongerustheid weer naar boven. Wat als Elva iets weet wat ik niet weet? Ik slik moeizaam, het beneemt me de adem.

'Dus je voelt helemaal geen band met Castle Knoll?' Ik doe geen moeite om mijn ongeloof te verbergen. 'Je rende niet bij de kasteelruine rond toen je klein was? Je stapte niet met een lunchpakketje op de stoomtrein?'

Oliver haalt alleen maar zijn schouders op.

'Dat vind ik wel een beetje triest,' zeg ik.

'Dat is omdat je niet uit een dorp komt. Castle Knoll mag voor jou misschien een schilderachtige plek zijn, het is behoorlijk saai om er te wonen. Ik woon persoonlijk liever ergens anders.'

'Alleen saaie mensen vinden iets saai,' werp ik tegen, het is een van mams favoriete uitspraken. 'Maar maak je geen zorgen; als je een saaie jeugd hebt gehad, dan kan ik een betere voor je verzinnen.' Ik zwijg en kijk naar de omgeving voor inspiratie, ik ben vastbesloten om hem eens goed op de kast te jagen. 'Die heuvel daar,' begin ik, 'dat is waar je op achtjarige leeftijd je pols brak toen je van je fiets viel. En die school daar,' ik wijs naar een gebouw in de verte, 'dat is waar je voor het eerst hebt gezoend. Het was na een disco in groep acht terwijl je wachtte tot je moeder je kwam ophalen.'

'Dat was mijn school niet,' zegt Oliver afgemeten. 'Ik heb je net verteld dat ik naar een kostschool ging.' Hij is geïrriteerd, maar ik vind hem zo leuker – zijn irritatie is tenminste niet gespeeld.

'En dáár,' ik wijs naar een veld vol tenten waar gezinnen kamperen, 'heb je je maagdelijkheid verloren toen je na je eerste jaar in Cambridge weer even thuis was. Een beetje een laatbloeier, maar dat is niet erg. Ik denk dat het door de stripboeken kwam, maar het kostte je gewoon een paar jaar om uit je schulp te kruipen.'

'Ben je nu klaar?' snauwt Oliver.

Mijn glimlach verbreedt zich, en ik gooi mijn hoofd in mijn nek. 'Voor nu wel.' Ik sluit mijn ogen en kijk naar het vlekkerige zonlicht door het rode goud dat mijn oogleden binnendringt.

Nauwelijks een kwartier later draait Olivers auto bij een imposante poort de landweg af. De witte kiezelsteentjes van de oprit vormen een lichte streep die een glooiend gazon in tweeën deelt en die zo lang doorgaat dat het huis van oudtante Frances nog niet te zien is.

We volgen een flauwe bocht en dan komt het huis – Gravesdown Hall – eindelijk in zicht, omzoomd door donkergroene cipressen en rond geknipte heggen. Het is een kalkzandstenen gebouw, statig en ietwat somber, zelfs in het heldere augustuslicht. Drie rijen ramen met een ruitvormig glas-in-loodmotief glanzen elegant in de zon. Ik zie dat het nog een stuk naar achteren doorloopt – het heeft zowel diepte als breedte. Aan één kant van de oprit is een eenzame tuinman aan het werk, hij staat op een ladder en knipt de hoge heggen in golvende vormen. Smaakvol, maar ook een beetje griezelig. We parkeren recht voor de cirkelvormige afsluiting van de oprit; de enige andere auto is een antieke Rolls-Royce waarvan de motorkap openstaat, alsof iemand ermee bezig was en plotseling is weggeroepen.

Oliver en ik blijven even voor de grote eiken deuren staan, en ik laat mijn hand over het sierlijke houtsnijwerk glijden. Ranken, bessen… een complexe krullenconstructie die me doet duizelen. Ik ben nerveus om deze ongrijpbare oudtante te ontmoeten die me zo plotseling na vijfentwintig jaar heeft ontboden. Maar het is een opgewonden soort nervositeit, alsof je wacht op de uitkomst van een sollicitatiegesprek dat je erg goed vond gaan.

Als ik op de koperen bel druk begint er vanuit de ingewanden van het huis een uitgebreid netwerk van klokken te resoneren. Er volgt een stilte die te lang lijkt te duren, waarop Oliver de zware gietijzeren klopper probeert. Drie diepe klappen die zo hard klinken dat het wel pistoolschoten hadden kunnen zijn. We wachten zo lang dat het onwaarschijnlijk is dat er nog iemand komt, en Oliver probeert de handvatten van beide deuren. Ze zitten op slot.

'Zullen we het aan de tuinman vragen?' Mijn stem klinkt onvaster dan ik had gedacht, dit huis werkt op mijn zenuwen. 'Ik bedoel, denk je dat hij misschien een sleutel heeft?'

Oliver trekt een wenkbrauw op, en het is gekmakend hoe goed hij er zo uitziet. 'Hé, Archie!' roept hij zonder zijn blik van me af te wenden. Zijn mondhoeken plooien zich tot een sluw glimlachje. Natuurlijk kent hij de tuinman, hij is in Castle Knoll opgegroeid. Ik wil mijn ogen ten hemel heffen, maar ik kan me niet losmaken van Olivers vasthoudende blik. 'Ik kan Archie maar beter van die ladder af helpen,' zegt hij kalm en nu breed grijnzend. 'Hij heeft een slechte knie, weet je. Hij heeft hem ontwricht toen hij me achttien jaar geleden uit de Dimber viste nadat ik uit een touwschommel was gevallen.'

Ik weet niet of het waar is, maar ik weet wel dat het Olivers manier is om ons sparringpartijtje uit de auto voort te zetten.

Achter ons is de tuinman nog steeds de heg aan het snoeien, de knipgeluiden van zijn roestige schaar zijn het enige achtergrondgeluid bij onze staarsessie. Ik ben de eerste die wegkijkt.

Het is waar, de tuinman lijkt te oud om op een gammele houten ladder te staan, ik krijg de kriebels als ik ernaar kijk. De man draait zich om en houdt een hand voor zijn ogen tegen de zon, hij knippert een paar keer voordat hij ziet dat het Oliver is.

'Oliver Gordon,' zegt hij langzaam. 'Zo snel alweer terug?'

Ik kijk Oliver aan. 'Terug?'

'O, ik was hier al eerder,' zegt hij terloops.

'Waarom?' vraag ik onomwonden.

Hij kijkt me strak aan. 'Wat maakt het uit? Ik hoorde dat je Frances nog nooit hebt ontmoet. En nu ben je opeens haar secretaresse?'

Hierop deins ik achteruit, maar ik verwijt mezelf meteen dat ik me laat kennen. 'Ik ben hier omdat ik geïnteresseerd ben, en omdat ik haar wil ontmoeten. Ik vroeg alleen maar waarom je hier al eerder was omdat...'

'Ik vind het nogal bemoeizuchtig,' onderbreekt hij me.

Ik krimp ineen. 'Ik was alleen maar nieuwsgierig.'

Tuinman Archie snoeit nog wat twijgen die uit de heg steken, en elke knip van zijn schaar klinkt luider terwijl Oliver me onderzoekend aankijkt. 'Frances had wat vragen over vastgoedzaken,' zegt hij uiteindelijk. 'Ze nodigde me voor het ontbijt uit en we hebben wat plattegronden bekeken.'

Ik heb geen tijd om door te vragen omdat Archie de ladder af komt. Hij probeert zijn evenwicht te houden terwijl hij de lange snoeischaar in één hand houdt. Oliver steekt zijn handen in zijn zakken, en pas als ik mijn keel schraap haalt hij ze er met tegenzin weer uit om de tuinman te helpen. Ik geloof niet dat Archie een slechte knie heeft.

'En wie mag dit zijn?' Archies voeten landen op het grind, en hij veegt zijn voorhoofd droog met zijn zakdoek. Hij is het prototype van de oude tuinman, van zijn versleten overall en laarzen tot de diepe groeven in zijn gezicht, dat leerachtig is door het buitenleven. Zilverkleurige plukjes haar steken onder zijn morsige canvas pet uit en er sijpelt zweet langs de achterkant van zijn nek.

'Ik ben Annie Adams,' zeg ik. Zijn handdruk is zo droog als gebarsten aarde.

'Archie Foyle,' zegt hij. 'Aangenaam kennis te maken.'

'Ben je de enige tuinman hier?' vraag ik terwijl ik naar alle heggen en gazons kijk. 'Dat lijkt me een flinke klus.'

Archie glimlacht en er verschijnen nog meer rimpeltjes rond zijn ogen. 'Ik ben de enige échte tuinman, en Frances laat me de dingen doen die ik wil doen. Want geloof me, ze heeft een heel hoveniersteam met maaimachines en bladblazers dat één keer in de week langskomt. Ik doe de lastigere klusjes omdat ik daarvan hou, en zij laat me mijn gang gaan. Maar tegenwoordig slokt de boerderij het grootste gedeelte van mijn tijd op, en op mijn vrije momenten werk ik dus aan de heggen.'

Mijn blik glijdt langs een rij golvende heggen, ze zijn twee keer zo hoog als ik lang ben en lopen minstens honderd meter langs de oprit tot de cipressen het van ze overnemen. 'Ze zijn zeer indrukwekkend,' zeg ik, en ik meen het. Nu ik ze wat beter kan bekijken zien ze er niet meer zo griezelig uit. Het effect dat ze teweegbrengen is dat van groene voortrollende golven, en voor iemand die veel kunst in zijn leven heeft gezien kan ik gerust zeggen dat dit een geweldig kunststuk is. Deze tuinman is een groene beeldhouwer.

'Dank je. Ze zijn mijn lust en mijn leven. Zolang ik leef mag niemand behalve ik aan die heggen komen. En zelfs daarna niet; ik heb Frances gevraagd of ik eronder begraven kan worden, zodat mijn geest iedereen die er iets aan wil veranderen kan kwellen.' Hij lacht een beetje om zijn flauwe grap, maar als zijn blik die van Oliver kruist zwijgt hij abrupt.

Mijn gedachten gaan terug naar een eerder moment, want ik voel dat er hier iets onder de oppervlakte speelt. Oliver, vastgoedzaken, een ontbijt met oudtante Frances en plattegronden. 'Zei je nou boerderij?' vraag ik in een poging om de plotselinge spanning weg te nemen.

'Dat klopt. Foyle Farms.' Archie wijst naar een ommuurde tuin aan de zijkant van het huis. 'Achter de officiële tuinen, zo'n achthonderd meter verderop, liggen mijn velden, de boerderij en nog allemaal andere dingen. Voordat het door Gravesdown werd opgeslokt heette het daar Foyle Farms. Maar mijn kleindochter zegt dat het goed voor haar zaken is om de naam van het landgoed op de labels van haar kazen en jams en de andere dingen die ze verkoopt te zetten. Ze runt Crumbwell's, de delicatessenwinkel in het dorp.'

Ons gesprek wordt onderbroken door het geluid van slippende banden op het grind, het is Elva Gravesdown die de bocht in de oprit te snel neemt. Ze negeert ons en parkeert haar auto zo dicht mogelijk bij het huis, terwijl de bescheiden Renault van meneer Gordon in haar kielzog volgt. Hij rijdt door de kalkachtige stofwolken die haar wielen hebben doen opstuiven, en als een auto kon hoesten zou deze Renault dat zeker hebben gedaan.

'Archie,' zegt Oliver langzaam, 'denk je dat je ons in het huis kunt laten?'

'Dat kan ik niet,' zegt hij nuchter. 'Ik heb geen sleutels.'

We kijken toe hoe Elva en meneer Gordon herhalen wat wij eerder hebben gedaan: aanbellen, kloppen, nog eens aanbellen. Minuten verstrijken en er verschijnt niemand.

'Moeten we ons zorgen maken?' vraag ik. 'Is Frances zo iemand die een bijeenkomst belegt en het vervolgens vergeet?'

'Misschien dat ze aan de telefoon zit?' suggereert Oliver.

'Of op het toilet,' vul ik aan. Oliver werpt me een geërgerde blik toe, maar ik haal mijn schouders op. 'Het is een legitieme reden om niet open te doen.'

Er verstrijken nog eens vijf minuten, en Elva begint zichtbaar ongeduldig te worden. Ik kijk naar Archie, die het gebeuren met een bezorgde blik volgt.

'Zo te zien heeft Walt sleutels,' zegt Archie, enigszins verbaasd.

Als we zien dat meneer Gordon de deur openmaakt, haasten Oliver en ik ons erheen. Terwijl we ons voortspoeden over de oprit knik ik Archie nog even toe en ik zwaai ook nog. Als we de hal in lopen zie ik hoe hij ons gespannen blijft aanstaren tot de zware voordeur dichtgaat.

Het huis voelt donker aan na het felwitte grind van de oprit, en onze voetstappen echoën over de tegels van de hal. Alles ruikt naar boenwas en oude tapijten.

'Frances?' roept meneer Gordon. Maar zijn stem klinkt vermoeid en draagt niet ver.

'Frances, ik ben het, Elva.' Ze zingt het bijna, en er zit een schril randje aan haar stem dat wel ver draagt. Het echoot door de hal en gaat onder mijn huid zitten. Ik huiver en volg meneer Gordon door de deuropening een enorme rechthoekige kamer in. Hij is oud – zo oud dat er zich twee massieve stenen schoorsteenmantels in bevinden, een aan elke kant, en dat de vloer in plaats van planken of tegels uit flagstones bestaat. Met het gewelfde plafond, de donkere balken en de lange glanzende tafel met hoge stoelen heeft de ruimte wel iets weg van een oude eetzaal. Ik zie troubadours spelen voor een elegant publiek dat zich tegoed doet aan fazant en pasteien, maar tegelijkertijd hangt er een grijsheid in de ruimte die me doet huiveren. Het lijkt erop dat tante Frances dit ook heeft gevoeld – om het wat gastvrijer te maken hangen er gordijnen met een bloemmotief voor de hoge ramen, en voor elke open haard staan fauteuils die met dezelfde stof zijn bekleed. Aan het plafond hangt een enorme kroonluchter, er glanzen honderden kristallen in die als dolken omlaag wijzen.

Over de ruimte verspreid staan boeketten, waarvan zeven op een rij. Het lijkt nogal vreemd, totdat ik er briefjes aan zie hangen: AFLEVEREN BIJ DE KERK. Midden op de tafel staat een boeket dat meer dan een meter hoog is. 'Die bloemen zijn prachtig,' zeg ik. 'Verhuurt Frances deze ruimte soms als trouwzaal of zoiets?'

'Nee,' zegt meneer Gordon achteloos. 'Frances' grootste hobby is bloemschikken. Ze is zo'n bevlogen amateurbloemist dat ze Archie elke ochtend verse bloemen uit de tuinen laat brengen. Maar deze zijn waarschijnlijk inderdaad voor een trouwerij, want Frances doet alle boeketten voor de kerk.'

'Wauw,' zeg ik. Ze zijn namelijk echt mooi.

Via een deur aan de verre kant van de kamer betreden we een bibliotheek die warmer is dan ik had verwacht, de muren zijn bedekt met in leer gebonden boeken. De grote vierkante ramen laten een zee van licht binnen die groen getint is vanwege de bladeren van de blauweregen die de gevel bedekt.

Er hangt een vreemde spanning in de lucht als ik de anderen verder naar binnen volg. Ik zie meneer Gordon fronsend naar een slordige bos rozen kijken op het grote houten bureau midden in de ruimte. In vergelijking met de andere boeketten die overal staan lijken ze nogal misplaatst. Zonder dat we het ons realiseren lopen we allemaal op onze tenen en maken geen enkel geluid op het groene tapijt.

'Frances?' roept meneer Gordon nog eens. De stilte in de ruimte is drukkend.

En dan zien we het, onze blikken vallen er tegelijkertijd op: een hand op de vloer die van achter het bureau tevoorschijn komt. Hij is bleek, en er loopt een bloedspoor over de palm dat verdergaat op het tapijt.

6

De Castle Knoll-dossiers, 21 september 1966

De eerste avond dat we erheen gingen was ergens in maart, toen het nog steeds vroeg donker werd en we een paar maanden achter de rug hadden waarin we bijna stierven van verveling. Maar Emily had het er al verkend en een perfecte plek gevonden in een verwaarloosd gedeelte van de tuinen waar we konden drinken, roken en feesten. Uiteraard was ze zeer tevreden met zichzelf toen ze ons langs de bramenstruiken voorging naar een gat in het hek.

Johns hand lag warm in de mijne en hij bleef naar me kijken in het maanlicht. Zijn zandkleurige haar en sproeten vielen enigszins weg in het bleke schijnsel, waardoor zijn knappe silhouet werd benadrukt. Walt Gordon liep voor ons, hij hield een geopend biertje in zijn hand terwijl hij zijn vrije arm af en toe om Emily's middel sloeg. Hij had twee joints achter zijn oor gestoken en slenterde met zijn kenmerkende slome tred. Emily boog zich zo nu en dan naar hem toe om zacht en doordringend iets in zijn oor te fluisteren. Emily kennende was het vast iets obsceens.

Rose liep achteraan, en ze was stiller dan anders op die eerste avond. Ze had een trits vriendjes gehad deze winter, maar om de een of andere reden maakte ze het altijd weer uit. Archie Foyle had een slechte adem, en hij was te vrijpostig. Daarbij woonde hij bij een pleeggezin en was hij een beetje een rauwdouwer, maar Walt mocht hem omdat Archie zijn wietleverancier was. En dan was er nog Teddy Crane, maar Rose vond zijn acne te erg.

'Weten jullie hoe Lady Gravesdown aan haar einde is gekomen?'

vroeg Emily met haar gebruikelijke dramatische flair. 'God, wat een naam.' Ze liet haar muzikale lach klinken. 'Deze familie is altijd verdoemd geweest.' Ems stem werd zacht en hees – dat betekende dat ze een griezelverhaal of een botte grap ging vertellen.

Ze droeg haar lange haar los, met een enkele haarspeld met pareltjes om een lok langs haar voorhoofd te leiden. Het irriteerde me, want het was niet alleen míjn haarspeld, maar ze gebruikte hem ook nog eens in míjn kenmerkende haarstijl. Sinds januari – nee, nog langer terug – probeerde ze me met kleine, bewuste dingetjes te imiteren. Imitaties die eerst nog met complimentjes gepaard gingen: 'O, ik ben dol op die katoenen rokjes van je! Kan ik er een van je lenen?' of 'Ik gebruik die lavendelhandcrème, hij doet me aan jou denken!' En dat met een triomfantelijke glimlach. Maar ik ken Emily al mijn hele leven en haar glimlach is nooit eenduidig. Alles heeft bij haar een dubbele betekenis.

'Over welke Lady Gravesdown heb je het?' vroeg Rose. 'Is het grootste gedeelte van die familie niet een paar jaar geleden bij een auto-ongeluk om het leven gekomen?'

'Alleen maar een paar.' Emily maakte een wegwerpgebaar, alsof drie levens niets betekenden. Lord Gravedowns oudste zoon nam drie jaar geleden in zijn sportauto, waarin ook zijn vrouw en vader zaten, een van de haarspeldbochten bij het landgoed te snel, de auto sloeg over de kop en iedereen was op slag dood. Waarom hij met zo'n snelheid door die bocht was gegaan werd een onderwerp van speculatie, waarbij alcohol en verhitte ruzies tot de theorieën behoorden. De populairste theorie was de meest tragische: de oudste zoon had zijn auto de bocht uit laten vliegen omdat zijn vader een affaire met zijn vrouw had.

Niemand zal ooit de waarheid kennen, maar zijn jongere broer, Rutherford, erfde niet alleen de titel van Lord Gravesdown en het landgoed op de prille leeftijd van twintig, hij was ook opeens verantwoordelijk voor zijn zevenjarige neefje Saxon. Rutherford deed wat hij het beste achtte: hij trouwde snel. Maar ook dat liep niet goed af.

'Als je het over Lady Gravesdown hebt,' zei Rose, 'zij is niet omgekomen.' Haar adem blies wolkjes in de koude lucht. 'Ze heeft hem verlaten.

Iets wat steeds vaker gebeurt tegenwoordig, het is het oude verhaaltje. Ze kwam iemand tegen die ze leuker vond, en dat was het dan.'

'O, maar er was veel meer dan dat,' zei Emily. 'En toen ik hier eerder was heb ik daar bewijs van gevonden. Willen jullie het zien?'

'Dat wil ik wel,' zei John. Zijn hand omsloot nog steeds de mijne en hij gaf me een speels kneepje, ik boog me dichter naar hem toe terwijl we verder liepen. Hij rook naar aftershave en pepermuntjes – geuren die aangaven dat hij op deze avond dicht bij me wilde zijn. Ik gaf hem een kneepje terug en glimlachte in het donker. Toen hij me over een omgevallen boom heen hielp zag ik hoe Walt enkele takken opzij hield zodat Emily erlangs kon. Hij liet ze met een perfecte timing schieten toen Rose volgde.

'Walt!' gilde ik, maar ze waren al doorgelopen. Ik stopte om Rose te helpen de dennennaalden uit haar kraag te plukken, waarna John de takken voor ons opzij boog.

'Die rotzak,' mompelde ze terwijl ze haar kapsel gladstreek. Normaal zou Rose hem iets hebben toegeschreeuwd, maar ze leek moe vanavond. Ik had met haar te doen, Em en ik hadden de enige leuke jongens in Castle Knoll ingepikt. John boog zich naar me toe, hij kuste me op het plekje onder mijn oor en ik was blij dat ik Rose' gezicht niet kon zien in het donker. Ik voelde dat haar blik op ons was gericht.

Toen we Emily en Walt weer inhaalden bedacht ik dat ze Rose misschien wel met rust zouden laten als ik interesse in Emily's griezelverhaal toonde.

'Het hele dorp weet dat Lady Gravesdown, de vrouw van Rutherford dus, haar man heeft verlaten,' zei ik. 'Wat voor bewijs heb je dan?'

Het leek John wel wat om voor rechercheur te spelen. 'Het hele dorp weet het,' zei hij. 'Niet dat iemand het van Rutherford heeft gehoord. Hij gaat nooit om met de mensen van Castle Knoll, hij is een van die rijke mensen die op het platteland wonen, maar feesten in Londen bezoeken.'

'Ja, dat klopt,' zei Rose op gedempte toon. 'Hij heeft daar zelfs een geweldig huis, in een deftige straat in Chelsea.'

Emily zat er meteen bovenop. 'Hoe weet je dat?'

'Dat heeft Archie Foyle me verteld,' zei Rose, die zich zichtbaar schrap zette nu ze Emily's verhaal in twijfel leek te trekken. Het was fascinerend om te zien, als een tenniswedstrijd. 'Archie woont in een boerderij die zich op het landgoed bevindt.'

'O ja, dat was ik vergeten,' zei Emily grijnzend. 'Rose' boefje Archie kent blijkbaar alle verhalen. En heeft hij je ook verteld wat er met die vrouw is gebeurd?'

'Alleen maar dat ze vertrokken was,' zei Rose nuchter.

'Ja, ze heeft hem verlaten, sterker nog...' Emily zweeg een moment om het dramatische effect te verhogen. 'Ze heeft dit aardse tranendal verlaten.' Walt giechelde om haar woorden en zag het als een goed moment om haar te omhelzen. Ze kreunde even toen hij haar in haar nek kuste, toen pakte ze zijn biertje en nam er twee grote slokken van. De korte oranje flits van haar aansteker gaf aan dat Rose een sigaret opstak.

'Ze is neergestoken.' Door de serieuze toon waarop Emily de woorden uitsprak, hield iedereen zijn pas in om aandachtiger te luisteren. 'Ze is vermoord met een antiek mes met een robijn in het handvat. Ik heb het gezien. Het is ergens op het terrein verstopt. Daarna heeft hij haar lichaam in de Dimber gedumpt.'

'Heel dramatisch, Em,' zei ik hoofdschuddend. Links van ons klonk het luide gekraak van een brekende twijg, ik moest lachen van de zenuwen.

John nam een sigaret aan van Rose. Ik gilde toen haar aansteker weer opflitste.

De korte flits van de aansteker had een gezicht in de duisternis verlicht. Het was het gezicht van een kind, een jongen die ons aanstaarde. Toen John de aansteker nog eens gebruikte en er een klein vlammetje flakkerde was het gezicht verdwenen.

Walt rende bezorgd rond, op zoek naar de jongen. Rose greep me bij mijn arm, zij was ook geschrokken. Maar Emily's reactie was vreemd, en die van John ook. Op dat moment had ik het moeten weten, maar de adrenaline stroomde door mijn lichaam en ik trok de conclusie pas later, toen ik eraan terugdacht. Toen ik er al achter was gekomen.

Emily leek niet verrast. En John keek kwaad.

'Waar ben je, kleine etterbak?' schreeuwde Emily. 'Kom tevoorschijn, kom tevoorschijn, waar je ook bent!'

John liet mijn hand los en rende naar de plek waar we zonet nog het gezicht hadden gezien. Hij schoot tussen de bomen weg, en het geluid van nog meer brekende twijgen sneed door de duisternis.

'Au, hé, laat me los!' piepte een stem. John kwam tussen de bomen tevoorschijn en sleepte een jongen met zich mee die niet ouder dan tien kon zijn. John hield hem stevig bij zijn arm vast, wat vreemd was, want nu drong het tot me door dat ik precies wist wie die jongen was. We wisten het allemaal. En je sleepte Saxon Gravesdown niet met je mee alsof het een zwerfkat was. Men mocht in het dorp dan weinig weten over zijn oom, iedereen wist dat de familie vermogend was en een titel had. Je moest rekening met hen houden, of je hen nu kende of niet.

'John,' zei ik, 'wat ben je aan het doen? Laat hem gaan.'

Op dat moment merkte Saxon me op en wierp me een onderzoekende blik toe. Zijn ogen schoten van John naar Emily en weer terug, en er leek even een zweem van verwachting over zijn bleke gezicht te vallen. John liet hem los en liep naar me toe om een beschermende arm om me heen te slaan.

Saxon begon over de arm te wrijven die John had vastgehouden, alsof hij een vieze vlek wilde wegvegen.

'Hij is een vervelende kleine gluurder,' siste Emily, hard genoeg voor Saxon om het te horen.

Het leek Saxon niet te deren, integendeel, hij grijnsde. 'Ik woon hier, en ik doe wat ik wil. Jullie zijn in overtreding. Zal ik het aan mijn oom vertellen?' Hij deed een paar stappen in de richting van John en mij. 'Ik ken je naam.' Hij keek naar Emily, en toen naar de rest van ons. 'Ik ken al jullie namen.'

'Nee hoor,' wierp Rose tegen.

Saxon liep om John heen tot hij naast me stond. Ik probeerde hem te peilen, maar dat viel niet mee. Hij had vreemde manieren en leek wel een veel ouder iemand die gevangenzat in het lichaam van een tienjarige.

'Ik ben niet bang voor je, Saxon,' zei ik kalm. 'En het kan me niets schelen als je je oom vertelt dat we jullie landgoed zijn binnengeslopen. Dat was onze keuze, en dat heeft verder niets met jou te maken.'

'Dat,' klonk een soepele bariton, 'is verfrissend om te horen.' En vanuit de duisternis tussen de bomen, alsof hij een acteur was die in de coulissen had staan wachten, stapte Rutherford Gravesdown tevoorschijn.

7

Meneer Gordon rent haastig om het bureau heen, de rest van ons wacht af terwijl hij bij oudtante Frances neerknielt. Ze ligt er verwrongen bij, als een marionet waarvan de touwtjes zijn doorgeknipt, met open ogen die in het niets staren. Ik zuig hortend en stotend lucht naar binnen en probeer de opkomende paniek te bedwingen. Ik voel geringe bewegingen bij de anderen, maar mijn gezichtsveld is wazig aan de randen. Het lijkt wel of alles in de bibliotheek vaag is geworden, met uitzondering van de levenloze figuur die voor me ligt.

Afgezien van het bloed op haar hand – op beide handen, zie ik nu – lijkt ze niet gewond te zijn. Maar haar handen zien er niet goed uit. Ze zijn niet gehavend, maar doorzééfd. In haar handpalmen hebben zich sinistere constellaties van met bloed gevulde gaatjes gevormd.

Ik begin bijna te hyperventileren, dus ik probeer wat rustiger adem te halen. Ik wend mijn blik van Frances' lichaam af om naar de chaos naast haar te kijken. Bij haar handen liggen verscheidene witte rozen met lange stelen op de vloer. Ze moet ze hebben vastgehouden toen ze viel. Ik probeer me de verschrikkelijke verkramping voor te stellen die ervoor zorgt dat je zo hard in de doornige stelen knijpt dat de doorns je handen doorboren, en mijn keel knijpt zich samen.

Ik ben niet goed met bloed. En met 'niet goed' bedoel ik dat ik de neiging heb flauw te vallen bij het zien van bloed, naalden en wat voor verwondingen dan ook. Vaak is alleen al de sfeer van ziekenhuizen en behandelkamers genoeg.

En dit is in het geheel geen lichte verwonding. Ik deins achteruit naar de vensterbank en word overvallen door een combinatie van misselijkheid en duizeligheid.

'O mijn god,' zegt Elva zachtjes. 'Iemand heeft het écht gedaan. Iemand heeft haar écht vermoord. Ze heeft na al die jaren gelijk gekregen over die voorspelling.' Er ontsnapt haar een lach, waarop ze ontzet een hand voor haar mond slaat. Ik zie dat haar ogen waterig zijn en dat haar hand trilt.

Meneer Gordon buigt zich over Frances heen en voelt haar pols, hij schudt voorzichtig haar schouder, maar het zijn allemaal zwakke pogingen in het licht van iets onherroepelijks. Want het is duidelijk dat niemand nog iets kan doen om mijn oudtante te redden.

Ik zit op de vensterbank, er druppelt warm zweet vanaf mijn nek omlaag en ik strek mijn arm uit naar de hendel om het raam te openen. Lucht. Ik heb lucht nodig.

Elva herpakt zich en toetst koelbloedig een nummer in op haar telefoon. Oliver heeft zich omgedraaid en begint met zijn handen in zijn zij door de ruimte te ijsberen. Hij ademt zwaar en is zo in gedachten verzonken dat ik me afvraag of hij me zal horen als ik hem iets toe zou roepen.

Meneer Gordon kijkt naar me op, zijn ogen zo groot als die van een klein kind.

'Ik...' zegt hij, maar verder komt hij niet.

'Ze is dood, hè?' zeg ik schor fluisterend.

Elva gaat voor me staan, ik neem de gelegenheid waar om even mijn ogen te sluiten en een paar keer diep in te ademen. Ze richt zich tot meneer Gordon alsof hij de enige in de kamer is. 'Ik heb een ambulance gebeld. Ze zijn er over een kwartier.'

'Heb je de politie gebeld?' vraag ik terwijl ik nog steeds diep adem probeer te halen. Ik voel dat het zweet in mijn handen staat, en dan moet ik weer aan de bloederige gaatjes in Frances' handen denken en... Wat moet ik doen als ik een paniekaanval krijg? Alle blauwe dingen in de kamer gaan tellen? Of vijf dingen die ik kan ruiken? Dat wil ik niet doen, want ik kan alleen maar aan de koperachtige geur van bloed denken. Wat absurd is omdat ik op het moment alleen maar de rozen kan ruiken, vermengd met de doordringende geuren van de boeketten. Ik focus hierop zodat ik niet naar het lichaam op de vloer hoef te kijken.

'Nee, ik heb alleen maar een ambulance gebeld,' zegt Elva. De trilling in haar stem is weg, maar heeft plaatsgemaakt voor een gespannen toon die ik niet kan verklaren.

'Waarom niet?' zeg ik met verstikte stem. Om rustig te worden kijk ik nog steeds naar een boeket, en het helpt. Ik zie gele en oranje ranonkels en rozen in gebroken wit en perzik. Ik haal diep adem en kijk Elva aan. 'Jij zei toch net dat ze vermoord was?'

Elva werpt me een medelijdende blik toe, alsof ik een klein kind ben. 'Dat was een iets te heftige reactie. Ik was in shock. Maar als ik haar zo zie heeft ze duidelijk een hartaanval of een beroerte gehad. Ze bloedt alleen maar omdat ze verkrampte en te hard in die rozen heeft geknepen voordat ze op de grond viel.'

'Het is natuurlijk aan de politie om dat te bepalen,' zeg ik met samengeknepen ogen. Als dit een roman was, zou ik Elva's beslissing om de politie niet te bellen als verdacht gedrag beschouwen.

'Ik weet niet wat jullie vinden,' zegt Elva, en het is alsof ik niets heb gezegd, 'maar ik ben er niet zo happig op om de hele tijd bij een lijk te blijven staan.' Ze kijkt meneer Gordon venijnig aan. 'Ik ben in de kamer hiernaast als je me nodig hebt.' Ze loopt naar een kleine deur in de hoek van de bibliotheek die ik nog niet had opgemerkt omdat hij zich achter de gietijzeren trap naar de bovengalerij bevindt.

Oliver kijkt op en volgt haar zonder iets te zeggen. Ik kijk meneer Gordon aan en weet niet goed wat we moeten doen. 'Zullen we dan maar... bij haar blijven?' vraag ik. Mijn stem fladdert als een vlinder omdat ik me nog steeds licht in mijn hoofd voel.

Als meneer Gordon opstaat moet hij met zijn handen op zijn knieen steunen; nadat hij zo lang geknield heeft gezeten kost het hem de nodige moeite. Hij schudt treurig zijn hoofd. 'Ik denk dat het niet hoeft, we kunnen Frances niet meer helpen. En ik wil als het even kan Elva niet uit het oog verliezen.'

Ik doe mijn mond open om te vragen wat hij daarmee bedoelt, maar voordat ik de woorden kan vormen is hij al naar de deur gelopen. Onwillekeurig keert mijn blik weer terug naar mijn oudtante Frances, hoe ze daar op de vloer ligt met de rozen om haar heen. Een gedeelte van de bos ligt verwelkt op het bureau, het andere deel staat nog in een vaas ernaast.

Uiteindelijk draai ik me om, want – en daar heeft Elva wel een punt – ik vind het ook geen leuk idee om bij een lijk te blijven zitten. Ik ga staan en haast me naar de onopvallende deur in de hoek van de bibliotheek. Een deur die, zo blijkt, naar een kamer leidt die gewijd is aan Frances' obsessie: het voorspellen van de moord op haarzelf.

De lucht in het kamertje is zo bedompt dat het sinister aanvoelt, alsof hij elke theorie en alle paranoia bevat die Frances in de loop der jaren heeft opgespaard. Er zijn geen ramen, maar iemand heeft het licht aangedaan om het halfduister te verdrijven. De zwakke tl-balken flikkeren en zoemen, dus als ik kaarsen en een doos met lange lucifers zie steek ik er een paar aan. Maar het kaarslicht lijkt alles alleen nog maar erger te maken – de hele plek lijkt vervuld van verdriet.

Ik fluit even bewonderend als ik zie dat tante Frances een prikbord over de moord op haarzelf heeft gemaakt. Het strekt zich uit van de vloer tot aan het plafond, met in het midden haar naam en foto. Gekleurde draden lopen naar oude foto's die op de muur zijn geprikt, naar post-its of schrijfblokbladen, en overal ertussen hangen krantenknipsels.

'Nou, dat gaat wel ver,' mompelt Elva terwijl ze naar het prikbord kijkt. Haar eerst zo leeftijdsloze gezicht is plotseling doorgroefd van verachting. Ze strekt haar arm uit en grist een post-it van de muur. Nadat ze hem vluchtig heeft gelezen verkreukelt ze hem smalend.

Ik haat deze reactie en druk mijn handpalmen tegen mijn oogleden tot ik sterretjes zie.

Ik houd van moordmysteries. Maar nu ik hier in deze kamer sta, geconfronteerd met mijn oudtantes bezetenheid van de moord op haarzelf nadat we haar zielloze lichaam hebben gevonden… Ik voel tot in mijn botten dat dit niet zomaar een verhaal is, en dat een moord niet zomaar een puzzel is. Het is een egoïstische, definitieve en complexe daad.

‘Gaat het wel, Annie?’ Oliver pakt me bij mijn elleboog en haalt me uit mijn gedachten. Meneer Gordon werpt me een zijdelingse blik toe voordat hij verdergaat met het bestuderen van het prikbord.

‘Ja,’ zeg ik, maar mijn stem trilt. ‘Ik wil liever niet in deze kamer zijn. Maar ik wil ook niet in de bibliotheek zijn. Is er geen andere plek waar we heen kunnen?’

‘We zouden bij elkaar moeten blijven,’ zegt meneer Gordon. ‘We kunnen naar de keuken gaan, misschien is dat beter…’

‘Ik blijf hier,’ zegt Elva, die een volgende post-it van de muur grist. ‘Er staan hier allemaal leugens geschreven, en daar ga ik wat aan doen.’

‘Raak dat niet aan!’ zeg ik met al mijn overtuigingskracht. Het wordt iets helderder in mijn hoofd, en Elva zou van dat prikbord af moeten blijven. Ik kijk of er geen verkreukelde post-its op de vloer liggen, maar ik zie niets. Ik schraap mijn keel en kijk haar met samengeknepen ogen aan. ‘Wat als ze vermoord is? Wat als alles op die muur bewijsmateriaal is?’

Elva aarzelt, maar grist desalniettemin het volgende papiertje van de muur.

‘Probeer het eens zo te zien, Elva,’ zegt Oliver afgemeten, ‘je komt schuldig over als je Frances’ notities zoekmaakt.’

Elva slaat haar armen over elkaar en kijkt ons uitdagend aan. ‘Oké,’ zegt ze. ‘Maar ik blijf hier. Er staan ook dingen over jou hier,’ zegt ze terwijl ze meneer Gordon strak aankijkt.

Meneer Gordon lijkt eerder geïntrigeerd dan bezorgd, en hij bekijkt het prikbord nog eens wat beter. Oliver wijst naar een andere muur, waar een kleinere collectie foto’s en draden hangt. ‘Dat ben jij als tiener,’ zegt hij tegen meneer Gordon. ‘Ik zou die foto overal herkennen.’

Voordat ik naar Oliver loop bekijk ik de rest van de kamer. Volle boekenplanken, iets wat eruitziet als Frances’ moord-gerelateerde privécollectie. Plantenencyclopedieën staan naast chemiehandleidingen en ik zie veel true crime staan. Verder nog boeken over psychologie, puzzels, vergif en wapens in een volgorde waar ik niets van begrijp.

Een versleten fauteuil staat onder een schemerlamp in Tiffany-stijl, maar hij staat niet naar de boekenplanken toe, hij is gericht op de muur met de kleinere collectie gekleurde draden, foto's, krantenknipsels, handgeschreven briefjes en politieverslagen. In het midden van deze georganiseerde chaos hangt een foto van een meisje met bleek strokleurig haar, en op een papiertje eronder staat netjes haar naam opgeschreven.

EMILY SPARROW, VOOR HET LAATST GEZIEN OP 21 AUGUSTUS 1966

Het is een tweede prikbord.

Oliver pakt de foto waar hij het net over had van de muur en reikt hem me aan. Onderaan de foto staat WALT GORDON, OKTOBER 1965 geschreven. Hij is dunner en goedlachser, met halflang bruin haar, waardoor hij wel een van de Beatles had kunnen zijn, en hij draagt een strakke coltrui. Er kruipt een glimlach over zijn gezicht.

Meneer Gordon loopt naar ons toe en werpt een vluchtige blik op de foto. Dan kijkt hij op zijn horloge alsof hij kan zien waar de ambulance zich bevindt, maar het is duidelijk dat hij het prikbord vermijdt.

Elva trekt aan de laden van de dossierkasten, ze blijken allemaal op slot te zitten. Dit tot mijn grote genoegen: het is heerlijk om te zien dat Elva geen toegang krijgt tot de diepere geheimen van tante Frances.

'Wie is Emily Sparrow?' vraag ik meneer Gordon.

Het blijft even stil terwijl Elva vol afkeer om zich heen kijkt. Oliver veinst interesse, maar kijkt ondertussen op zijn telefoon.

'Ze was een vriendin van Frances,' hij kucht even en vervolgt, 'en van mij. Ze is spoorloos verdwenen toen we zeventien waren.'

Onder de foto van Emily hangt er nog een, ietwat kromgetrokken. Drie meiden, de armen in elkaar gehaakt, en ik herken de blonde, Emily, die links staat. Haar slanke bouw en blonde haar vormen een contrast met de jonge Frances naast haar. Ze is adembenemend, met los haar dat de kleur van herfstbladeren heeft en in golven tot aan haar middel reikt, en dat uit haar gezicht wordt gehouden door een goudkleurige haarspeld. Het licht valt vlekkerig over haar gezicht, en haar hoge jukbeenderen geven haar iets koninklijks. De meeste tienermeiden zijn puisterig en onhandig, maar het lot was deze drie gunstig gezind. Ik kan zien dat deze dames de koninginnen van hun school waren en overal de aandacht trokken.

Aan de andere kant van Frances staat iemand die ik niet herken, een meisje met scherpe trekken en een korte zwarte bob. Door haar perfecte kleding lijkt ze meer op een secretaresse uit de jaren zestig dan op een tiener, hoewel ze net zo oud als de andere twee moet zijn. Het opschrift luidt: EMILY SPARROW, FRANCES ADAMS, ROSE FORRESTER, 1965.

Daaronder op de muur, in hetzelfde krabbelige handschrift als op het eerste prikbord:

In je toekomst verschijnen bleke botten. Het vooruitzicht van je langzame ondergang begint als je de koningin in één hand houdt. Laat de verraderlijke vogel niet zegevieren, want dan is er geen weg terug meer. Maar dochters vormen de sleutel tot gerechtigheid en met één zul je vooruitkomen, houd de juiste dochter in de buurt. Alle tekens wijzen op je moord.

'De beroemde voorspelling,' zeg ik. 'Waarom was ze er toch zo van overtuigd dat die zou uitkomen?'

Ik steek mijn wijsvinger uit om de woorden op de muur te volgen, en op dat moment zie ik de handgeschreven vinkjes naast sommige zinnen staan. 'Ze vinkt dingen af,' zeg ik. 'Als bij een checklist.'

Oliver slaat zijn armen over elkaar terwijl hij naar de muur kijkt. 'Misschien zijn het de dingen waarvan ze dacht dat ze zijn uitgekomen.'

'Ze heeft "het vooruitzicht van je langzame ondergang begint op het moment dat je de koningin in één hand houdt" en "laat de verraderlijke vogel niet zegevieren" afgevinkt. Ze heeft achter de zinnen over de dochters en de moord een vraagteken gezet. Maar kijk eens hier, "in je toekomst verschijnen bleke botten". Die heeft ze ook afgevinkt. En dat ziet er veel recenter uit, het is een vers vinkje van een viltstift terwijl de andere verbleekt zijn. Alsof ze ervan overtuigd was dat het uit zou komen. En welke botten zouden ermee bedoeld zijn?'

Meteen moet ik aan de andere zinnen van de voorspelling denken. Welke koningin kun je in je hand houden? Mijn eerste gedachte is een munt – het profiel van de koningin staat op elke munt. Maar dat lijkt bijna te afgezaagd.

Ik denk dat ik een schaakbord in de bibliotheek heb zien staan, maar waarom zou tante Frances er een hebben als ze bijgelovig over de voorspelling was? Ik zou geen koninginnen willen hebben die in je handpalm passen als het mij was overkomen.

Laat de verraderlijke vogel niet zegevieren. Mijn blik keert terug naar het opschrift van de foto. Emily's achternaam is Sparrow, en dat is een vogel. Ik vraag me af wat voor verraad er kan zijn geweest, maar zonder het aan tante Frances te kunnen vragen zal ik er nooit achter komen. Ik kijk naar meneer Gordon, die bij het tweede prikbord staat. Hij steekt zijn hand uit en raakt voorzichtig de foto van Emily aan.

Ik kan het Frances dan misschien wel niet meer vragen, maar misschien weet meneer Gordon het wel. De details doen er alleen niet zo toe. Het enige wat volgens mij telt is dat ze dingen in die voorspelling uit zag komen, en de recentste daarvan is 'in je toekomst verschijnen bleke botten'.

En daarna is ze een natuurlijke dood gestorven, of ze is vermoord.

Mijn gedachten worden onderbroken door een kort 'hallo?' dat ergens vanuit het huis echoot, en Elva roept: 'We zijn hier!' Op het moment dat we met enige tegenzin in de bibliotheek terugkeren stormen er twee verpleegkundigen door de andere deur naar binnen. Een vrouw van in de zestig, met donkerpaars geverfd haar dat een blonde uitgroei heeft, en een lange man van mams leeftijd. Misschien dat hij toch wat jonger is, achter in de veertig? Hij is slank, met donker krulletjeshaar waar nog geen spoortje grijs in zit en een gezicht dat verweerd is van de vele uren die hij buiten heeft doorgebracht.

'Magda, Joe, dank voor jullie komst. Het gaat om Frances,' zegt meneer Gordon, die hen meeneemt naar de plek waar ze ligt.

De tweede confrontatie met het lichaam van mijn oudtante Frances wordt me iets te veel, en ik voel hoe de grond onder mijn voeten begint weg te zakken. Ik moet naar buiten als ik niet wil flauwvallen.

De verpleegkundige die Joe heet voelt op verschillende plekken of haar hart nog klopt. 'Ja, ik ben bang dat ze is overleden,' zegt hij kalm. 'Hebben jullie de politie al gebeld?'

Meneer Gordon fronst en schudt zijn hoofd. 'Het was Elva die heeft gebeld, niemand wist dat ze alleen maar om een ambulance belde tot jullie al onderweg waren. En in alle verwarring had ze wel een goed punt: behalve Frances' handen, die door de doorns van de rozen lijken te zijn doorboord, waren er geen verwondingen te zien. Of hadden we dat verkeerd?' Meneer Gordon kijkt hen verslagen aan. 'Hadden we de politie moeten bellen?'

'We moeten ze bellen nu ik heb bevestigd dat ze dood is,' zegt Joe. 'Dat is protocol. Maar het lijkt me een natuurlijke doodsoorzaak. Natuurlijk weten we dat pas zeker als er autopsie is verricht, maar ik weet zeker dat Saxon ons snel uitsluitsel zal kunnen geven.'

Ik slik hard. Saxon? Frances' neef is lijkschouwer? Ik herinner me vaag dat Elva eerder had gezegd dat hij werd opgehouden door een autopsie. Mijn handen beginnen gevoelloos te worden. Ik heb frisse lucht nodig.

Joe merkt dat ik steun zoek bij de vensterbank achter me, hij pakt me bij mijn elleboog en begeleidt me naar buiten. Ik plof neer op de stenen trap voor de grote deuren en laat mijn hoofd tussen mijn knieën zakken om diep en regelmatig adem te halen. Het duurt een minuut, maar dan verdwijnt de duizeligheid.

'Ik kan wel wat water voor je halen,' zegt hij. Joe zit naast me met zijn handen op zijn knieën en hij kijkt uit over de heldergroene gazons. Archie Foyle is gestopt met het snoeien van zijn heg en is nergens meer te bekennen.

'Het gaat wel,' zeg ik. 'Bedankt.'

'Blijf hier maar zitten. Als je je beter voelt ga ik terug naar binnen om Magda te helpen.'

Ik knik en hij is weg.

Ongeveer een kwartier later arriveren er twee agenten in burger, maar voordat ik het uitzicht vanaf de trappen van Gravesdown Hall goed en wel in me op heb kunnen nemen zijn ze alweer vertrokken. Vlak daarna komen Oliver en meneer Gordon bij me zitten, Elva neemt haar tijd en verschijnt pas als de met een laken bedekte brancard door de voordeuren naar buiten wordt gereden. We kijken alle drie weg, maar Elva volgt het tafereel alsof de begrafenisplechtigheid al begonnen is.

'Weten jullie zeker dat ze niet is vermoord?' weet ik nog te vragen.

'Zo ziet het er niet uit,' zegt Joe. 'Weet een van jullie of ze ook naaste familie heeft, zodat we die kunnen verwittigen?'

'Nou, dat is Saxon natuurlijk,' zegt Elva.

De verpleegkundige met het paarse haar – Magda – reageert voordat meneer Gordon iets kan zeggen. 'Echt, Elva? Iedereen in het dorp weet dat Frances een nicht heeft die Laura heet en die tot haar erfgenaam is benoemd.' De twee vrouwen kijken elkaar ijzig aan, maar als meneer Gordon zijn keel schraapt kijkt Magda op.

'Magda, voordat je Laura belt... Zou het niet beter zijn als haar dochter Annie hier het nieuws over Frances brengt?'

'Ik, eh...' Mijn stem klinkt opeens schor en onwennig, hoewel ik hem net nog heb gebruikt.

Joe staat bij het openstaande portier aan de bestuurderskant van de ambulance en reageert alsof hij me voor het eerst ziet. 'Ben jij Laura's dochter?' vraagt hij. Na een langgerekte stilte beantwoordt hij zijn eigen vraag. 'Natuurlijk ben je dat. Nu ik eens goed kijk zie ik Laura gewoon. Het is je haar, die krullen zeggen genoeg.' Hij glimlacht, maar wel ietwat triest.

'Dat hoor ik wel vaker.'

'Wat goed je te ontmoeten, ik ben Joe Leroy.' Hij loopt naar me toe en steekt zijn hand uit, zijn handdruk is nogal slap. Ik vraag me af of ik mijn naam moet herhalen, hoewel hij die al kent. 'Ik ken Laura van jaren geleden.' Hij is even stil, maar dan kijkt hij me ernstig aan en zegt: 'Het spijt me van je oudtante.' Dan gaat hij achter het stuur zitten, zet de boordradio aan en mompelt er iets onverstaanbaars in.

'Het is nogal een schok voor je geweest,' zegt Magda. 'Je kunt beter teruggaan naar het dorp om iets te eten. Of ga ergens rustig zitten. Het hotel is een goede plek daarvoor, het wordt door Joe's moeder, Rose, gerund. Ze zal het waarschijnlijk leuk vinden je te ontmoeten. Rose was een goede vriendin van Frances.'

Ik moet denken aan de foto waarop ze gearmd naast elkaar staan, oudtante Frances, Emily Sparrow en Rose. Ze is nu de enige overlevende van het trio.

Joe is uit de auto gestapt en richt zijn aandacht weer op ons, hij kijkt enigszins gepijnigd. 'Zeg alsjeblieft niets over Frances tegen ma als je daarheen gaat. Dat kan ík beter doen.'

'Natuurlijk,' zeg ik.

Meneer Gordon laat zijn sleutelbos in zijn broekzak rinkelen. 'Ik moet nog even terug naar mijn kantoor,' zegt hij bedaard. 'Ben je van plan om nog in Castle Knoll te blijven, Annie?'

Ik haal diep adem en neem de prachtige tuin in me op. Elva zit al achter het stuur van haar auto, ze start de motor en ziet eruit alsof ze hier zo snel mogelijk weg wil wezen. Oliver staat een stuk verderop in zijn telefoon te praten. Gezien de lugubere ervaring die we net hebben gehad maakt hij een verrassend vrolijke indruk.

'Ja,' antwoord ik uiteindelijk met volle overtuiging. Ik word door het overweldigende gevoel bevangen dat ik hier dingen heb te doen, nog los van de erfeniskwesties die er kunnen spelen. Ik denk aan het prikbord van mijn oudtante, en merk dat ik zielsgraag wil weten wie ze werkelijk was en hoe ze aan die obsessie kwam. 'Ik ga kijken of het hotel een kamer voor me heeft.'

'Magda,' roept Joe, die de motor van de ambulance start, 'we moeten gaan.'

'Oké,' zegt ze en ze klimt de ambulance in. 'Leuk om je te ontmoeten, Annie. En ik vind het heel erg van Frances.' De blauwe lichten van de ambulance flitsen geluidloos terwijl ze over het grind van de oprit wegrijden.

Oliver zit nog steeds aan de telefoon als hij in zijn auto stapt, hij neemt niet eens de moeite om te vragen of ik misschien een lift terug naar het dorp wil. Ik voel verontwaardiging opkomen en vraag me af waar hij mee bezig is. Er is iets met hem. Wat het ook is, het voelt niet goed. Meneer Gordon en ik kijken hoe Elva's auto achter de ambulance aan rijdt terwijl Oliver de gelederen sluit.

'Eh, kan ik straks een lift van u krijgen?'

Meneer Gordon heeft kraaienpootjes als hij glimlacht. 'Natuurlijk. Ik moet alleen nog even het huis afsluiten.'

We kijken naar de bewerkte houten deuren en talmen alle twee. Hij zoekt in zijn zakken naar de juiste sleutelbos, maar kan die niet vinden. 'Het gaat nog even duren, Annie,' zegt hij. 'Ik moet ze ergens in het huis hebben laten liggen.'

'Ik help wel zoeken,' zeg ik. Waarom weet ik niet, maar het idee om hier alleen te moeten wachten bij de heggen van Archie Foyle staat me niet aan. Op dit moment gaat er een dreiging uit van het landgoed.

Via de lange ontvangsthal en de echoënde stenen eetzaal bereiken we de bibliotheek. De bloemen liggen nog steeds verspreid over het grote bureau in het midden van de ruimte, maar de rest is zo ordelijk dat je nooit zou kunnen raden dat hier nog maar een paar minuten geleden een dode vrouw op de vloer lag.

Meneer Gordon verdwijnt in het zijkamertje terwijl ik in de bibliotheek rondkijk. Bij de rand van het bureau ligt een groen, in leer gebonden boek met het formaat van een pocket. Als ik het opensla zie ik hetzelfde krabbelige handschrift dat ik eerder op de muren heb gezien. Ik lees de zin *Walt Gordon liep voor ons, hij hield een geopend biertje in zijn hand terwijl hij zijn vrije arm af en toe om Emily's middel sloeg.*

Het is een soort dagboek. De eerste bladzijde is gedateerd op 10 september 1966. Ik aarzel een moment en besluit dan om het in mijn rugzak te stoppen. Het is formeel gezien geen diefstal als ik Frances' erfgename ben. En die kleine glimp van de inhoud heeft me duidelijk gemaakt dat dit schrijven me de achtergrondinformatie kan geven die ik nog niet heb.

Het rommelige boeket op het bureau trekt wederom mijn aandacht. Ze moet wat takken van de heg als basis hebben gebruikt. Veldbloemen en kantachtig fluitenkruid mengen zich met lange stengels witte rozen op een manier die, eerlijk gezegd, niet om aan te zien is.

De andere boeketten, die bij het raam, lijken zo uit een tijdschrift te komen. Ze kloppen precies, en de kleuren doen me denken aan een naaldwoud bij zonsondergang. Perfect uitgebalanceerd.

Ik pluk wat afwezig aan de bladeren van het boeket op het bureau.

Iemand heeft de rozenstengels die op de vloer lagen er weer tussen gestopt, en ze steken boven de bosjes veldbloemen uit.

Het boeket intrigeert me op de een of andere manier, mogelijk omdat het er zo verkeerd uitziet. Er zit zelfs klaver in de vaas, en helderoranje papaverbollen, die als neonballonnen oplichten. De helft hangt slap over de rand van de vaas, vooral de vormeloze bosjes klaver, die er lukraak bij lijken te zijn gepropt en de rest verdringen. Op de rozen na, die als uitdagende pieken fier overeind staan in het licht dat door het raam naar binnen komt.

Ik kijk nog eens wat beter, en de doorns van de witte rozen kijken zo uitdagend terug dat ik eindelijk zie wat er niet klopt. Een detail dat aan me is blijven knagen sinds ik de rozen voor het eerst zag.

Het gerinkel van sleutels kondigt de komst van meneer Gordon aan, maar ik kijk niet op.

'Er is iets mis met die rozen,' zeg ik.

'Wat bedoel je?' Hij buigt zich naar de vaas toe om er een uit te nemen.

'Stop!' Ik grijp zijn pols voordat hij er een pakt.

'Wat?'

'De rozen... zijn dat... zijn dat naalden?' zeg ik met een stem die niet op die van mij lijkt. 'Er steekt iets van metaal uit de doorns. Bij allemaal.'

Meneer Gordon komt nog dichterbij, zijn adem klinkt als een gestage stroom die met ingehouden vloeken is vermengd. Hij kijkt naar het boeket alsof het tentakels heeft gekregen. 'Ik... ja. Dat klopt. Ik weet niet hoe het mogelijk is, maar het zijn naalden.' Hij haalt een hand door de weinige plukjes haar die hij nog heeft.

Voorzichtig neem ik een lange stengel uit de vaas. Als ik hem tegen het licht houd zie ik hoe zorgvuldig de minieme stukjes metaal door elke doorn zijn gestoken zodat ze er aan beide kanten in één lijn uitsteken. Ik slik hard. Nu hebben we toch een rechercheur nodig.

8

Rechercheur Rowan Crane zit in de verre hoek van het kleine politiebureau van Castle Knoll, hij drinkt zijn koffie met langzame teugen en tuurt uit het raam. Meneer Gordon gaf me zijn naam en wees me waar het bureau lag voordat hij zich terug naar zijn kantoor haastte.

Het is vroeg in de middag en er hangt een lome sfeer in het bureau. Afgezien van een bitse receptioniste is de rechercheur de enige aanwezige. Omdat hij me nog niet heeft opgemerkt, keur ik hem even snel. Zijn kledingstijl is losjes – een spijkerbroek en een T-shirt met een lichtbruine blazer erover, wat niet echt werkt. Hij lijkt begin dertig, en zijn donkere haardos zou er slordig uit hebben gezien als hij er ter compensatie geen keurig getrimd ringbaardje bij droeg. Het maakt hem op een modieuze manier ruig, maar de algemene indruk is toch dat hij 's ochtends niet meer doet dan strikt nodig is als hij de deur uit stapt.

Hij draait zijn hoofd en merkt me op, nu ben ik degene die wordt gekeurd. Hij heeft zo'n blik die meer details lijkt te zien dan je zou willen prijsgeven. De rechercheur heeft diepbruine ogen met verrassend dikke wimpers, en zijn focus schiet snel van mijn warrige blonde knot naar de penvlekken op mijn vingers, dan naar de plastic boodschappentas die ze vasthouden, om te eindigen bij de met naalden doorboorde rozen die eruit steken.

Een blik die niet veroordelend is, maar ik krijg het gevoel dat ik nu al als getuige word gelabeld terwijl ik nog niet eens de kans heb gehad om te zeggen waarom ik hier ben. Mijn handpalmen beginnen te zweten en ik veeg onwillekeurig een hand af aan mijn spijkerbroek.

'Kan ik je ergens mee helpen?' vraagt hij. Hij heeft een resonerende stem, die hem een air van autoriteit verleent die me instinctief bevalt. Maar dan wordt er een verdedigingswal opgetrokken. Wanneer ik zo iemand ontmoet (wat zeldzaam is, want wie heeft er tegenwoordig nog zo'n kalme uitstraling?) weet ik dat ik op mijn hoede moet zijn. Dat een genetische meevaller iemand een geruststellend stemgeluid geeft wil nog niet zeggen dat je je gerustgesteld moet voelen in zijn gezelschap.

'Rechercheur Crane?' vraag ik, hoewel er op zijn bureau een rechthoekig bordje staat met zijn naam erop.

'Dat ben ik.' Zijn blik schiet weer naar mijn handen als ik de boodschappentas naar mijn andere hand verplaats.

'Mijn naam is Annie Adams, en ik ben hier omdat mijn oudtante is overleden en ik iets vreemds heb ontdekt dat u zou moeten zien.'

De stoel voor zijn bureau lijkt uit zichzelf mijn kant op te bewegen, het duurt even voordat ik doorheb dat hij hem met zijn voet een duwtje heeft gegeven. 'Misschien dat je bij het begin moet beginnen. Hoe heet je oudtante? En wanneer is ze overleden?'

Ik ga op het randje van de stoel zitten, zo'n oncomfortabel plastic ding. 'We hebben haar een paar uur geleden gevonden?' Ik maak er een vraag van omdat de tijd me voor raadsels stelt. 'Ze is door een ambulance opgehaald, maar er zijn ook twee agenten geweest.'

Hij kijkt een moment bedachtzaam voor zich uit, pakt een pen en tikt er afwezig mee op een stapel papier. 'Er is niet naar dit bureau gebeld,' zegt hij langzaam. 'Ik denk dat de verpleegkundige misschien de politie in Little Dimber heeft gebeld, die waren misschien net in de buurt en hadden geen andere oproep.' Hij haalt de dop van de pen en schrijft iets op, maar zijn gezicht blijft onbewogen.

'De verpleegkundige zei dat er niets verdachts aan haar dood was te zien, en...' Ik stop en wil mijn verhaal wat samenhangender maken, wat dus niet lukt. 'Ik bedoel, Frances was al oud. Frances Adams is mijn oudtante.'

'O, god,' zegt hij en hij leunt iets achterover. 'Dat spijt me nou. Ik mocht Frances graag, al had ze wel de neiging om over elk wissewasje op te bellen. Het was een interessante vrouw.'

'Interessant, ja, zo zou je het ook kunnen noemen,' roept de receptioniste vanaf haar bureau bij de deur.

'Genoeg, Samantha,' zegt de rechercheur op vlakke toon. 'Frances is overleden, en haar achternicht is hier. Een beetje respect graag.'

Samantha draait haar stoel een halve slag – zo'n bureaustoel op wielen – manoeuvreert hem een stukje in onze richting, maar ze staat niet op. Ze heeft een onberispelijk grijs permanentje en ziet er niet veel jonger uit dan tante Frances.

'Respect? Had Frances dat dan ook voor ons? Die vrouw heeft meer tijd en middelen van de politie verspild dan een complete kinderschare op Halloween.'

'Samantha.' Cranes stem klinkt nu waarschuwend, maar Samantha is blijkbaar niet het type dat daar om maalt.

'Weet je nog dat Frances ons belde om te zeggen dat iemand haar onder schot hield? En dat toen bleek dat haar tuinman een conifeer in een vreemde vorm had gesnoeid waarvan de schaduw op een man met een jachtgeweer leek? Een scháduw, Rowan. In de hoofdstraat werd een auto gestolen terwijl onze halve politiemacht naar Gravesdown was vertrokken om jacht te maken op een scháduw.'

'Samantha...' Rechercheur Crane trekt een gezicht, maar Samantha is niet te stoppen.

'Nee, het moet gezegd worden! Haar familie moet weten wat ze niet allemaal in ons dorp heeft aangericht met haar idiote obsessies! En je zou aan mijn kant moeten staan, rechercheur Crane, als je nagaat hoe ze je behandelde.'

'Heeft mijn oudtante Frances de rechercheur slecht behandeld?' Ik knipper verbaasd met mijn ogen. 'Met haar angst voor een moordaanslag zou je juist denken dat ze hem aan haar kant wilde hebben.'

'Ze had iets tegen vogelnamen,' snauwt Samantha, 'en daarom deed ze vreselijk tegen de familie Crane.'

'O, ja,' mompel ik en ik denk aan de voorspelling: *laat de verraderlijke vogel niet zegevieren.*

Rechercheur Crane plaatst een hand onder zijn kin en lijkt na te denken over Samantha's woorden. Maar dan keert zijn zakelijke uitdrukking terug en wendt hij zijn gezicht van haar af.

Samantha haalt haar schouders op en manoeuvreert de stoel terug naar haar bureau.

'Kun je me vertellen hoe het is gegaan, en mag ik de namen van alle aanwezigen? Je zei net "wij" toen je vertelde wanneer ze werd gevonden.'

Ik geef hem alle details van mijn ochtend, en ik merk dat ik er meer afstand van kan nemen als ik het doe alsof het uit een boek komt. Het is alsof ik iemand anders ben, alsof ik door een raam kijk en zie hoe een andere Annie haar oudtante dood op de vloer van haar prachtige huis vindt.

Als ik bij het boeket ben aangekomen zeg ik niets meer, in plaats daarvan overhandig ik Crane gewoon de plastic zak, want ik wil die naalden niet nog een keer zien. Ik voel mijn handpalmen kloppen terwijl ik het doe. De voorspelling schiet weer even door mijn hoofd – woorden als 'ondergang' en 'in één hand' – voordat ik de gedachtesprong maak en het me invalt.

'O, shit,' sis ik. Ik kan me niet herinneren dat ik de rozen heb aangeraakt. Sterker nog, ik denk te weten dat ik het niet heb gedaan. Ik ben echt voorzichtig geweest.

Of niet?

Maar als ik naar mijn hand kijk zie ik dat er zich kleine blaren op mijn handpalm en tussen een paar vingers hebben gevormd. Ik moet toch íéts hebben aangeraakt. Ik vloek nog eens, deze keer wat overtuigder.

Rechercheur Crane buigt zich naar me toe, de bezorgdheid is van zijn gezicht af te lezen.

'Dat ziet er akelig uit,' mompelt hij, zo zacht dat het bijna is alsof hij in zichzelf praat.

De woorden komen er in een stortvloed uit. 'Er zitten naalden door die rozenstengels! Frances omklemde ze toen ze stierf, haar handen zaten onder de verwondingen! Het is de reden waarom ik hiernaartoe ben gekomen!'

Rechercheur Crane blijft irritant kalm als hij een la opentrekt en er een paar latex handschoenen uit haalt die hij laat knallen als een chirurg. Ik voel me een halve verdachte en een halve eerstehulppatiënt als hij mijn pols pakt en mijn handpalm bestudeert. Met zijn andere hand pakt hij voorzichtig het boeket uit de tas, een latex handschoen tussen zijn blote vingers geklemd. Hij legt de bloemen op zijn bureau en richt zijn aandacht weer op mijn hand.

'Hebt u gehoord wat ik zei?' Mijn stem slaat over en het gepiep van de wielen van Samantha's bureaustoel zorgen ervoor dat ik weg wil vluchten. Ik heb het idee dat ze zo gaat zeggen dat ik hier een scène aan het schoppen ben, net zoals mijn gekke oudtante dat al eerder heeft gedaan. Maar ik wil hier verdomme serieus worden genomen. 'Tante Frances is dood,' roep ik. 'Ze omklemde een handvol rozen die vol met naalden zaten, en ik heb me daar op de een of andere manier ook aan verwond! Waarom belt nu niemand een ambulance?'

'Omdat ik een plant in het boeket herken, én de uitslag die je hebt,' zegt Crane afgemeten.

'Ja, ik denk dat we allemaal rozen en fluitenkruid herkennen,' snauw ik.

Rechercheur Crane kijkt me aandachtig aan, hij houdt mijn pols nog steeds lichtjes tussen zijn duim en wijsvinger. Dan richt hij zijn blik weer op mijn hand, die hij onder het licht van zijn bureaulamp houdt.

'Dat is geen fluitenkruid,' zegt hij terwijl hij met zijn hoofd in de richting van het boeket gebaart. 'Het is een onkruid dat de huid irriteert, en er is elke zomer een epidemie van in Castle Knoll. We gaan zo toch maar naar de dokter voor antihistaminecrème.'

'Wat is het dan precies?' Ik ben er nog niet echt gerust op, maar hij lijkt er zo zeker van dat mijn schouders zich beginnen te ontspannen.

Hij werpt me nog een onderzoekende blik toe. Ik zie dat hij opmerkt dat mijn handen licht trillen terwijl ze met de palmen omhoog op zijn bureau rusten. 'Het doet er niet toe,' zegt hij afwezig.

'Deed het er ook niets toe voor mijn tante Frances?' vraag ik koeltjes. Ik merk het als iemand informatie voor me achterhoudt om mijn paniek te beteugelen. Het irriteert me, maar ik laat het zo omdat het me scherp houdt.

De rechercheur zegt niets, hij knipt de bureaulamp uit en staat op uit zijn stoel.

'Mijn oudtante Frances is er haar hele leven van overtuigd geweest dat iemand haar zou vermoorden, en nu is ze dood aangetroffen met dít op haar bureau?' Woorden die me ontvallen omdat ik een rechercheur een boeket met naalden en een blaren veroorzakend onkruid heb overhandigd en het hem niet veel lijkt te kunnen schelen. 'Dus u gaat het boeket onderzoeken?' Rechercheur Crane leidt me het politiebureau uit en knikt Samantha kort toe als we de deur uit lopen.

'Jullie zijn echt een familie van amateurspeurders, is het niet?' mompelt hij. 'Wanneer heb je je oudtante voor het laatst gesproken?' vraagt hij zonder mijn vraag te beantwoorden.

Ik wil niet toegeven dat ik haar eigenlijk nooit gesproken heb. 'Ik ben vanuit Londen hiernaartoe gekomen voor een bijeenkomst met tante Frances. Vlak voordat we naar haar huis gingen had Walter Gordon telefonisch contact met haar, hij is waarschijnlijk de laatste persoon die haar heeft gesproken.'

Crane zegt niets, hij fronst en knikt slechts. Ik probeer niet naar mijn handpalmen te kijken, maar ik doe het onwillekeurig toch en wankel een beetje.

De rechercheur houdt me bij mijn elleboog vast en leidt me door de bochtige steegjes van Castle Knoll. De zandstenen gebouwen lichten op in de gouden gloed van het middaglicht, maar ik heb het te druk met praten om erop te letten.

Hoewel hij me niet veel heeft verteld over welk onkruid het is dat ik heb aangeraakt, geeft Crane me niet het gevoel dat ik te emotioneel reageer – integendeel. Hij luistert rustig naar de theorieën die ik ventileer, en speelt af en toe voor advocaat van de duivel.

'Ik zag de boeketten die tante Frances maakte, ze zijn verbijsterend mooi. Het leken professionele bruidsboeketten.'

'Nou, bij veel trouwerijen in Castle Knoll heeft ze de bloemen verzorgd. En ze deed elke week de boeketten voor de kerk,' zegt Crane.

'Ja, dat zei meneer Gordon al,' zeg ik. 'We zagen inderdaad een rij boeketten voor de kerk klaarstaan. Maar het boeket met de witte rozen zag er rommelig uit, alsof het een willekeurige greep uit de tuin was. Ik denk dat degene die het haar heeft bezorgd wist dat ze er iets aan zou doen.'

'Tenzij de dood intrad toen ze zelf het boeket aan het samenstellen was,' zegt hij afwezig. 'Jij gaat ervan uit dat het boeket vóór Frances was. Wat als het nu eens ván haar was? Dat het voor iemand anders was bedoeld?'

Ik sputter tegen. 'Denkt u nu echt dat iemand zoiets sinisters naar iemands trouwerij zou sturen? Of naar de kerk?' vraag ik.

'Ik weet het niet, misschien dat iemand haar kwaad had gemaakt. Frances was niet erg vergevingsgezind,' voegt hij eraan toe.

Deze informatie sla ik op voor later, het voelt belangrijk.

'Wat zou ze tegen de kerk kunnen hebben?'

'Ze kent de dominee in elk geval uit het verleden,' zegt Crane. Zijn gezicht vertrekt, alsof hij zich iets heeft laten ontvallen waarvan hij te laat beseft dat hij dat beter niet had kunnen doen.

'Het verleden? Zoals in...'

'Vergeet wat ik heb gezegd, Annie. We zijn bijna bij de dokter.'

'Heeft dit verleden haar recent weer achtervolgd, denkt u?'

'Ik zei: laat het gaan, Annie. Het is eeuwen geleden.' Hij klinkt enigszins aangebrand, en door de gebiedende toon krijg ik nog meer zin om het te negeren.

'Eeuwen geleden? Zoals het jaar 1965 eeuwen geleden is? Toen haar toekomst werd voorspeld?' De radertjes in mijn hoofd maken nu overuren. 'Of was het een maand geleden? Een ruzie over de levering van een boeket bloemen liep uit de hand en...' Ik probeer me voor te stellen hoe een ruzie tussen oudtante Frances en de dominee ertoe kan leiden dat ze 'de verschijning van bleke botten' afvinkt, maar tevergeefs.

'Inderdaad, zoals het jaar 1965 eeuwen geleden is. Ik heb een familielid dat Frances uit die tijd kende, dus ik weet waarover ik het heb als ik je beleefd vraag om je hier niet mee te bemoeien.' Dan zwijgt hij, en zijn blik is zo hard dat ik terugdeins. 'En voordat je je van alles in je hoofd haalt, en ik weet dat je dat zult doen, want zo'n type ben je wel, laat die arme dominee met rust. John heeft al genoeg moeten doorstaan.'

Interessant, denk ik. En ik heb er een nieuwe naam bij gekregen als ik het mysterie van de bloemen wil ontrafelen: John.

Ik kijk de andere kant op, en pas dan merk ik dat we voor een deur staan die vrolijk groen is geschilderd. Hij bevindt zich in een rij stenen huizen die er zo oud uitzien dat ze gebouwd moeten zijn in de tijd dat het kasteel nog intact was. Rechercheur Crane klopt met zijn knokkels op de deur, en zelfs dat klinkt bij hem hoogst professioneel. Er hangt een bord naast de deur waarop staat dat dit de dokterspraktijk van dr. Esi Owusu is.

Er wordt opengedaan door een vrouw in een laboratoriumjas. 'Esi,' zegt rechercheur Crane verontschuldigend, 'heb je tijd voor een onverwachte patiënt?'

De dokter lijkt enigszins uit haar doen, maar werpt me dan meteen die sympathieke blik toe die medische professionals zelfs op hun slechtste dagen tevoorschijn weten te toveren. 'Ik neem aan van wel,' zegt ze. 'Normaal gesproken ontvang ik geen patiënten op dinsdag, dan doe ik de administratie. Maar ik loop de hele dag al te rennen nu er opeens een belangrijke autopsie is.' Ze werpt Crane een veelbetekenende blik toe, en ik zie een elektrische vonk vol dorpskennis overslaan. Ik voel dat mijn ogen zich opensperren. Waarom zou een lokale huisarts een belangrijke autopsie verrichten? Dat zal toch niet op oudtante Frances zijn? Dat kan toch niet zo snel?

'Alsjeblieft, Esi,' zegt Crane. 'Ik hoef toch niet met haar naar de Spoedeisende Hulp? Gewoon even snel?' Mijn handen kloppen nu van de pijn, en de uitslag verspreidt zich.

'Oké,' zegt ze. Ze doet de deur verder open en laat ons binnen. 'Goed, waarom heb je zo dringend een arts nodig?' Dokter Owusu's stem is vriendelijk en resoluut. Mijn mond voelt opeens droog. De fluorescerende lichten van de behandelkamer maken dat ik me nog draaieriger voel, en de pijn in mijn handen stuurt de opkomende paniek aan.

Het geruis van de plastic zak klinkt ver weg als Crane voorzichtig het boeket eruit haalt. Dokter Owusu wijst ernaar en zegt dan zacht iets tegen de rechercheur.

Ik hoor zijn resonerende stem het woord 'dollekervel' zeggen, en ik voel me slap, onnatuurlijk en vreemd. Mijn botten lijken te smelten en een arm drukt me op een stoel.

Het woord 'dollekervel' echoot na voordat alles zwart wordt.

9

De Castle Knoll-dossiers, 21 september 1966

'Ik zou jullie allemaal kunnen vragen wat je hier komt doen,' zei Rutherford, die ons een voor een in zich opnam. Hij keek naar Emily, die nog steeds Walts biertje in haar hand had, naar Rose met haar sigaret, en naar mij terwijl Johns arm om mijn schouder was geslagen – hij keek recht door ons heen. 'Maar ik denk dat ik het al weet.' Er speelde een glimlach rond zijn lippen, alsof hij een binnenpretje had.

Hij was jonger dan ik had verwacht, maar volgens de dorpsroddels was hij pas drieëntwintig. Hij was breedgeschouderd en aanzienlijk langer dan wij. Zijn ogen kon ik niet duidelijk zien, maar hij had een geweldig scherpe kaaklijn, en ik stelde me voor dat hij bij een vuistgevecht een verrassend aantal slagen kon incasseren voordat hij als winnaar uit de strijd kwam. Ik vroeg me af waarom hij al getrouwd was, maar hij was knap en rijk, en met die twee dingen is het niet moeilijk om een huwelijkspartner te vinden. En ik geloof dat hij nog geen twintig was toen hij met zijn neefje en een titel werd opgezadeld, al weet ik dat niet zeker.

Emily trok haar schouders naar achteren en deed geen poging om het bierblikje te verbergen, maar ik zag dat het gespeeld zelfvertrouwen was. Haar ogen schoten betekenisvol naar mij, en toen weer naar Lord Gravesdown. Ze keek hem recht aan en ik zweer dat ze heel lichtjes haar hoofd schudde. Ik voelde me op een vreemde manier bekeken, alsof er een grap voor ingewijden in de lucht hing waar ik het onderwerp van was.

Hij liet zijn blik een lang moment op Emily rusten. 'En wie ben jij?' vroeg hij.

Emily slaakte een kreetje dat ze vervolgens met een stap in zijn richting en een glimlach teniet wilde doen. 'Sir, ik ben Emily, en dit is Walt. Dit is Rose, en daar hebben we John en zijn vriendin.' Ze wees ons allemaal aan, en ik was pissig omdat ik alleen maar Johns vriendin werd genoemd.

'Oké. En wat doen jullie hier op dit late tijdstip?'

Emily schraapte haar keel, en opeens volgde er een perfect stukje theater. 'Het spijt ons, maar u weet hoe het is, toch? Niemand in het dorp begrijpt dat onze verzetjes volmaakt onschuldig zijn.' Ze sloeg haar ogen even neer en sloeg ze toen weer op om Lord Gravesdown recht aan te kijken. Ze deed twee stappen weg van Walt, hield haar hoofd daarbij ietwat scheef zodat haar haren over één schouder vielen en streek met een nerveuze uitdrukking een streng achter haar oor. Emily was helemaal niet nerveus, maar ze wist altijd overal mee weg te komen door net te doen alsof ze het wel was. Als ik het zo zag zouden over twee minuten de krokodillentranen gaan stromen en beloftes volgen om de kerk te bezoeken.

Hij onderbrak haar door zijn hand te heffen. Em was nog niet klaar met haar opvoering, maar het publiek leek geen interesse meer te hebben.

'Blijf in het beboste stuk met de Griekse tempelruïne aan de oostelijke kant van het landgoed, en laat geen rotzooi achter,' zei hij. Ik zag een van zijn mondhoeken omhoog krullen, en ik bedacht dat de kloof tussen ons niet zo groot was. Had hij hier met vrienden gefeest voordat hij al die verantwoordelijkheden kreeg? Ik kon anders geen reden bedenken waarom hij ons niet opdroeg om hier op stel en sprong te vertrekken. Misschien dat we model stonden voor een verleden dat hij niet had gehad.

'Blijf weg van de officiële tuinen en de open ruimtes rond het huis, en kom ook niet in de buurt van de verlaten boerderij. Het waterrad is kapot en extreem gevaarlijk. Ik wil geen lichamen uit de Dimber opvissen.' Hij draaide zich om en keek me lang aan, ik voelde Johns schouders verstijven. 'Saxon wil nog wel eens de benen nemen.' Hij zond zijn neefje een strenge blik toe. 'Breng hem naar het huis terug als je hem hier aantreft. Wat is je naam?'

Ik moest mijn keel schrapen voordat ik een zacht uitgesproken 'Frances' kon uitbrengen.

'Frances,' herhaalde hij. Rutherford schonk me een glimlach, ik kreeg de indruk dat hij het waardeerde dat ik zijn neefje even daarvoor niet voor duivelskind had uitgemaakt. Het bloed steeg me naar de wangen toen ik bedacht dat we het over zijn vrouw hadden gehad toen hij zonet uit het bos tevoorschijn kwam, en er was voldoende maanlicht om me te kunnen zien blozen.

Zijn gezichtsuitdrukking veranderde, zijn glimlach werd onverschillig – het soort glimlach van iemand die weet hoeveel macht hij bezit, en hoe hij die moet gebruiken. Met een gekromde wijsvinger wenkte hij me naar zich toe. Ik had de neiging om me aan John vast te klampen. Opeens leek alles een valstrik te zijn, desondanks liep ik naar Lord Gravesdown toe.

'Frances,' zei hij – zachter deze keer, 'hou je van raadsels?'

Ik was zo van mijn stuk gebracht door de absurditeit van de vraag dat ik verontwaardigd snoof. Was hij een soort sfinx die de wacht hield voor zijn omgevallen pilaren en die wilde zien wat ik waard was? Als er hier ruïnes waren, dan waren ze nep, net als alle Griekse tempels die de aristocraten in hun tuinen lieten plaatsen. Dit hele gesprek was vreemd.

Ik voelde me opstandig worden en mijn hart begon sneller te kloppen.

'Nee,' zei ik, 'ik hou niet van raadsels. Los van de mythologie vormen ze alleen maar een vals excuus voor mensen om te laten zien hoe slim ze zijn.'

Hij gooide zijn hoofd in zijn nek en begon te lachen; toen hij daar klaar mee was keek hij me aan met een goedkeurende blik.

'Ik mag jou wel,' zei hij.

Emily reageerde spottend. Misschien dat ze geërgerd was omdat Lord Gravesdown haar theatrale gedrag minder boeiend vond dan mijn recalcitrante gedrag, of misschien dat het gewoon jaloezie was omdat ik opeens al zijn aandacht had.

Er viel een lange stilte, en ik realiseerde me dat ik iets moest zeggen. Ik wist niet of hij me een complimentje wilde geven of dat hij werkelijk zei wat hij vond, maar ik zei: 'Dank u, meneer, eh, sir. En bedankt dat u ons niet hebt weggestuurd, of kwaad bent geworden,' voegde ik er haastig aan toe.

Zijn glimlach verbreedde zich en zijn regelmatige witte tanden glansden in het maanlicht. 'Noem me Ford, alsjeblieft.' Hij keek me een moment lang zo strak aan dat ik Emily's verhalen over messen met robijnen en de Dimber bijna begon te geloven. Het was slechts een blik, maar ik voelde me opgejaagd wild.

Toen Emily tussen ons in ging staan verschoof zijn aandacht naar haar. 'Maak je geen zorgen, Ford.' Ze sprak zijn naam moeiteloos uit, alsof ze al jaren vrienden waren. Ik zou hem 'sir' blijven noemen als ik hem ooit nog eens na deze nacht zou zien. 'Ik weet dat we een beetje wild overkomen,' vervolgde Emily, die haar 'nerveuze' masker alweer net zo makkelijk had afgezet als ze het had opgezet, 'maar eigenlijk zijn we zeer respectvol.'

Hij reageerde niet, hij knikte alleen maar bedachtzaam. 'Kom, Saxon,' zei hij uiteindelijk.

De jongen stond nog naast me, en toen hij langs Emily liep hoorde ik hem iets fluisteren, zijn snelle woorden sisten in de lucht. 'Pas maar op,' zei hij. 'Wij houden van wilde dingen.' Toen grijnsde hij en volgde zijn oom het bos in.

Niemand van ons durfde zich te bewegen, het leek een eeuwigheid te duren. Uiteindelijk barstte Emily in een gelach uit dat zich door de nacht verspreidde, en de beklemming die ons had vastgehouden was verdwenen.

'Wat een vreemde familie!' zei ze.

Rose haastte zich over het pad, ze keek zenuwachtig alle kanten op voordat ze een stuk kalmer terugkwam.

'Ze zijn toch echt weg, hè?' zei Walt.

'Ze zijn weg,' antwoordde Rose. Ze was weer tot zichzelf gekomen na onze ontmoeting met de Gravesdowns. Het was alsof dit bescheiden avontuur haar enigszins wakker had geschud.

Ik moet erkennen, het had mij ook een optater gegeven. Het was een nipte ontsnapping, een mysterie en een vrije doorgang ineen.

John trok een gesp van zijn rugzak iets strakker en keek me grijnzend aan terwijl de anderen fluisterden over het gebeurde. Hij pakte mijn hand weer en we sloegen een paadje tussen de bomen in, in de tegenovergestelde richting waarin Saxon en zijn oom waren verdwenen.

'Waar is die Griekse ruïne dan, Em?' riep ik over mijn schouder. John liep verder met resolute stappen en leidde me aan zijn hand door de duisternis.

Ik hoorde Emily een lachje uitstoten. 'Volg het pad naar rechts, John!' Maar hij liep die kant al op.

Uiteindelijk bereikten we een open plek, het maanlicht was zo fel dat ik kon zien dat iemand hier een verborgen bouwsel had laten neerzetten – volledig omgeven door een wand van dennen en berken, maar als je omhoogkeek zag je een enorme sterrenhemel. Het was een heldere nacht en ik zag de Grote Beer.

'Haal je hoofd eens uit de wolken, Frances,' zei Walt pesterig. 'Tijd om wat stoom af te blazen.' Ik hoorde het gesis van een volgend blikje bier dat werd geopend en zag dat Emily en Walt op een omgevallen Griekse pilaar gingen zitten.

Overal om ons heen stonden nagebouwde ruïnes – stenen die zó door een tuinarchitect waren geplaatst dat het een mysterieuze toestand leek terwijl het gewoon een vermomd zitje was. 'Wat zullen we gaan doen?' vroeg Walt. De geur van zijn joint drong mijn neusgaten binnen.

Emily kneep haar ogen samen toen ze een trekje nam. 'Dat ligt voor de hand. Jij en ik gaan roken, Rose gaat mokken en John en Frances knijpen ertussenuit om seks te hebben.'

'O, dat is een goede manier om de stemming te verpesten, Em!' Walt gaf haar een por met zijn elleboog en lachte.

Johns kaak spande zich een fractie van een seconde aan, maar hij reageerde niet op haar. Het was echt iets voor Emily om alles zo banaal te maken. Je nam iets waar niet over gepraat werd, hield het in het licht en maakte het waardeloos door er een goedkope grap van te maken. Maar ik liet mijn relatie niet ridiculiseren.

Ik kneep John in zijn hand en rechtte mijn rug. Ik zette mijn arrogantste gezicht op en zei: 'Nou, wat we ook gaan doen, we gaan onze tijd in elk geval niet verspillen aan een stelletje sukkels als jullie.' Het was misschien niet het meest verpletterende antwoord, maar ik kon niets beters bedenken.

Maar Emily verstrakte, alsof ik haar de oorlog had verklaard. Er verscheen een sluwe glimlach op haar gezicht.

'Maak je niet druk, Frances,' zei Emily zacht, bijna kirrend. 'Ik weet dat het niet makkelijk is om als enige hier nog maagd te zijn. Maar onze John heeft genoeg ervaring, dus je bent in goede handen.'

'Luister niet naar haar, Frannie,' fluisterde John. 'Laten we hier weggaan, we hoeven die bullshit van haar niet aan te horen.'

Om te laten zien dat Emily's woorden me niets konden schelen gaf ik hem een lange, diepe kus. Daarna leidde hij me over het pad het donker in.

Zo liepen we twee minuten zwijgend door. Zijn rugzak puilde uit van de deken en de fles wijn waarvan ik wist dat hij ze erin had gestopt. Ik had Emily niet van onze plannen verteld, en John waarschijnlijk ook niet, maar ik neem aan dat het overduidelijk was. We konden in elk geval niet naar een van onze ouderlijke huizen, en geen van ons beiden bezat een auto. Walt had ons hierheen gereden en de auto een kilometer van de weg af geparkeerd, waarna we naar het gat in het hekwerk waren gelopen dat Emily had ontdekt.

Het had me een romantisch idee geleken, maar nu we over dode takken liepen en een plek in het bos zochten zonder bramenstruiken en natte bladeren leken de middelen het doel niet meer te heiligen. Ik vloekte binnensmonds. Dit was precies wat Emily wilde.

'Ik begin echt een hekel aan haar te krijgen,' zei John alsof hij mijn gedachten kon lezen.

'Ik ook,' zei ik. Geen van ons beiden zei er verder nog iets over, maar het was prettig om het met elkaar eens te zijn.

Uiteindelijk vonden we een afgeschermde plek onder een grote dennenboom, waar de grond zacht aanvoelde vanwege de gevallen dennennaalden en de takken laag genoeg hingen om ons te verbergen. Zodra we de beschutting van deze boom hadden voelde ik de spanning uit mijn kaken wegtrekken. Deze plek was verborgen en veilig. Perfect.

John moet hetzelfde hebben gevoeld, want hij glimlachte, kuste me en spreidde de deken uit. Hij trok de kurk uit de wijnfles – halfleeg en uit de drankkast van zijn ouders, vermoedde ik – en nam een grote slok voordat hij hem aan mij doorgaf.

Ik lachte toen de wijn na een te grote slok van mijn kin droop, en hij veegde hem weg met zijn vinger voordat hij de fles wegzette. Toen hij me nog een keer kuste was hij ernstig, en onze bewegingen werden gerichter. Ik probeerde niet aan Emily's woorden te denken toen ik zag hoe zelfverzekerd hij de knoopjes van mijn blouse losmaakte, of hoe hij zijn riem zo snel had losgetrokken dat ik het niet eens had gemerkt. Al het onhandige gefriemel was van mij afkomstig en ik haatte Emily opnieuw omdat ik in al mijn gêne bedacht dat ik niet goed genoeg voor John zou zijn, dat ik niet was opgewassen tegen mijn zenuwen en dat we er beiden niet van zouden genieten.

En ik haatte haar omdat ze ervoor had gezorgd dat ik het op een nieuwe manier bekeek – het werd een eindstreep, en niet het langzame genot dat ik me had voorgesteld. Ik wilde deze mijlpaal gewoon bereiken en er klaar mee zijn.

Johns kussen gingen van mijn hals naar ergens onder de zojuist geopende blouse en ik kon me eindelijk een beetje ontspannen. De hangende takken die naast ons de grond raakten en de aardse lucht van deze omgeving deden me besluiten dat Emily hier niet aan kon komen. Mijn ogen begonnen dicht te vallen, en er volgde een zucht van genot terwijl ik mijn vingers door Johns haar liet gaan. Maar toen ik een lichtere streep tussen de takken zag, sperde ik mijn ogen weer open.

'Shit,' zei ik. 'John, het is die jongen weer.'

Johns gezicht kwam weer tevoorschijn en ik hield mijn blouse dicht uit een combinatie van woede, schaamte, teleurstelling en begeerte.

John hing nog steeds over me heen, zijn riem hing los maar verder had hij nog geen actie ondernomen. Ik knoopte haastig mijn blouse dicht, want het was duidelijk wat onze intenties waren geweest. De jongen tuurde nog steeds door de takken en keek uitdrukkingsloos toe terwijl ik mijn wollen jas weer aantrok.

Toen John zich van me afkeerde en met een snelle en driftige ruk zijn riem vastgespte, merkte ik dat er iets in zijn doorgaans kalme innerlijk begon over te koken. Hij had zijn schouders naar achteren getrokken, zijn kaken op elkaar geklemd en hij stond zo woedend op dat ik bang werd dat hij achter Saxon zou aangaan.

'Wegwezen, Saxon,' riep ik met een stem die zowel geïrriteerd als bezorgd klonk. Hij kon dan wel een etter zijn, hij was nog steeds een kleine jongen.

Het leek de ban te verbreken. Saxon draaide zich om en rende weg, maar John ging achter hem aan. Toen ik snel opsprong om hen te volgen struikelde ik over de deken, ik viel en de droesem uit de omgevallen wijnfles liep erover.

Met de doorns van bramenstruiken in mijn handpalmen krabbelde ik snel weer overeind en hoorde Saxon ergens tussen de bomen voor me gillen.

Nog geen drie meter van de plek waar John en ik hadden gelegen eindigde het bos om plaats te maken voor de glooiende gazons van het landgoed. Ik had niet geweten dat we ons zo dicht bij de open ruimte hadden bevonden, en de gedachte dat mijn intimiteit met John zich zo open en bloot had afgespeeld, deed me huiveren. Op dat moment haatte ik alles aan het landgoed Gravesdown. Het was een verknipte, verleidelijke plek waar ik nooit meer wilde zijn. Ik sloeg mijn armen om mijn bovenlichaam, trok mijn schouders op en probeerde te verdwijnen. Maar ik hoorde Saxon huilen, dus ik haastte me naar de plek waar hij in het gras lag terwijl John over hem heen hing.

'Wat heb je gedaan?' riep ik tegen John.

John draaide zich om en gooide zijn handen in de lucht. 'Niets, Frannie, ik zweer het je! Ik wilde hem alleen maar een uitbrander geven, en toen struikelde hij!'

Ik keek naar Saxon, die was gaan zitten en zijn armen om zijn knieën had geslagen. Tranen glinsterden in het maanlicht op zijn wangen. Zijn broek was bij één knie opengescheurd en ik zag dat hij een schaafwond had. Ik stak mijn hand uit om hem overeind te helpen, hij nam hem aan. Ik voelde niet veel sympathie voor hem – het was zo'n vreemde jongen – maar toen ik hem zag huilen met een schaafwond op zijn knie vroeg ik me af of hij een kind was dat per ongeluk een misstap had begaan. Hij had zo'n wond op zomerdagen moeten oplopen tijdens het klimmen in bomen met vriendjes, niet bij het ronddolen in de bossen op het landgoed van zijn onbereikbare oom.

Ik dacht eraan hoe verschrikkelijk het moest zijn om op zo'n jonge leeftijd je ouders en je grootvader bij een auto-ongeluk te verliezen. Ik hoopte maar dat hij de dorpsroddels niet kende.

'Kom mee,' zei ik tegen hem. 'We brengen je terug naar huis.'

Saxon snoof en greep me bij mijn arm. 'Ik ga niet met hem mee,' zei hij terwijl hij met samengeknepen ogen John aankeek. 'Hij heeft me geduwd!'

'Dat is een leugen en dat weet je!' bitste John terug. Ik geloofde John op zijn woord, maar ik had geen zin om als scheidsrechter tussen hem en Saxon op te treden. Ik was moe, en mijn emoties over dit alles – hoe John en ik ons moment hadden gemist, de verknipte woorden van Emily, en ook het mysterie van Rose' recente gedrag – bevonden zich onder de oppervlakte en konden alle kanten op gaan.

Ik zuchtte. 'Kom maar mee, dan,' zei ik tegen Saxon. 'John, ik zie je straks weer bij de anderen nadat ik Saxon bij het huis heb afgeleverd.'

John pakte me bij mijn elleboog en trok me bij Saxon weg. 'Nee, Frances,' fluisterde hij. Hij boog zich naar me toe en sprak zacht in mijn oor zodat Saxon het niet kon horen. 'Ik zag de manier waarop Lord Gravesdown naar je keek. Dit zaakje stinkt, het bevalt me niets.'

'Ik breng hem alleen maar naar het huis,' fluisterde ik terug. 'Ik ga niet naar binnen.'

John keek eerst bezorgd en toen weer kwaad. 'Ik zal jullie volgen.' Ik had het gevoel dat ik John niet meer herkende, en ik vroeg me even af of hij Saxon toch niet had geduwd.

Ik voelde woede opkomen, en de vreemde gebeurtenissen van deze avond gaven me het laatste zetje. Ik keek John aan – ik keek echt goed naar hem – en het viel me in dat de familie Gravesdown niet de enige was die zich merkwaardig gedroeg vanavond. 'Dat ga je niet doen,' zei ik terwijl ik beheerst probeerde te klinken.

'Frances, ik...'

Mijn blik bracht hem tot zwijgen. 'Er is iets met je,' zei ik. 'En dan die eerdere opmerkingen van Emily...'

'Laat je door haar niet op de kast jagen! Je weet hoe ze is.' Hij deed een stap naar voren en nam mijn hand lichtjes in de zijne. Saxon keek naar ons van onder de dichtstbijzijnde boom, de tranen waren uit zijn heldere ogen verdwenen. Hij zag er nu uit als het type jongen dat een steen naar een duif zou kunnen gooien, alleen maar om te kijken wat er gebeurde.

Een seconde sloot ik mijn ogen en ademde langzaam uit. Ik was waarschijnlijk te gevoelig, het is een constant probleem bij mij. Ik ben de persoon die in waarzegsters gelooft, ga maar na. John had gelijk. Emily kreeg me veel te makkelijk op de kast, omdat ik het toeliet.

'Sorry dat ik zo overdreven beschermend doe,' zei John, 'maar ik ben bezorgd als ik me jou met een van hen voorstel, de oom of het neefje...'

Ik kuste hem vluchtig en zei: 'Ik red me wel. Laat me... gewoon zien dat je me vertrouwt door samen met de anderen op me te wachten, oké? Ik weet niet wat er met Saxon aan de hand is, maar ik ben moe en wil ervoor zorgen dat hij zo dadelijk veilig in zijn bed ligt.'

John aarzelde en wreef met één hand over mijn nek.

'John,' zei ik toen hij weigerde om me aan te kijken, 'je bent mijn vader niet!'

Uiteindelijk knikte hij. 'Ik zie je straks bij de tempelruïne, samen met de anderen.'

'Dank je.'

Ik liep naar de plek waar Saxon stond. 'Laten we snel gaan,' zei ik tegen Saxon. 'Het is koud en ik wil graag naar huis.'

We liepen een minuut lang zwijgend door – Saxon Gravesdown is niet het type bij wie een stilte weldadig aanvoelt. Daarbij voelde ik me schuldig omdat hij me intiem met John had gezien, en ik was kwaad dat hij ons had begluurd.

'Je moet mensen niet bespioneren,' zei ik uiteindelijk toen we door de tuin liepen. 'En wat je ook hebt gezien, het is niet iets wat kinderen...'

'O, ik weet alles van de bloemetjes en de bijtjes,' zei hij. 'Maar ik heb

je een plezier gedaan. Ik weet dat je me een kleine etter vindt, maar je vriend is nog veel erger.'

'Pardon?' sputterde ik.

'Hij heeft je waarschijnlijk verteld dat het niet veilig is om naar mijn huis te komen. Maar hij wil eigenlijk niet dat je met me praat.'

'Dat is belachelijk,' zei ik. We naderden het huis en liepen naar een achterdeur met aan beide kanten helder verlichte glas-in-loodramen.

Saxon haalde zijn schouders op. 'Maak er van wat je wilt. Ik probeer alleen maar te helpen.' Hij drukte de klink omlaag en keek over zijn schouder. 'Kom mee, oom Ford wil je spreken.'

10

Als ik bijkom is Crane verdwenen. Dokter Owusu reikt me een papieren beker met water aan.

'Ah, je begint er al wat beter uit te zien,' zegt ze. Haar stem is warm, met een nauwelijks waarneembaar West-Afrikaans accent. Ze is waarschijnlijk ergens midden in de veertig, en als ik om me heen kijk merk ik dat haar praktijk onberispelijk is, met precies de juiste accenten om het een persoonlijke sfeer te geven. De tijdschriften zien er nieuw uit, en er is een 'neem en geef'-plank met gelezen boeken waar een paar goede titels tussen zitten. Een krat met speelgoed staat onder een aquarium waarin goudvissen als flitsend koper het licht van de plafondspots vangen. Ik concentreer me op het druppelen van het filter, het helpt me de plotselinge moeheid te verdrijven.

'Sorry,' zeg ik, 'maar hoorde ik de rechercheur nu "dollekervel" zeggen?'

'Het zal allemaal goed komen,' zegt dokter Owusu. 'Ik hoorde dat je met dollekervel in contact bent geweest. Het zat in dat boeket dat je naar Rowan had meegenomen voor onderzoek, maar het is zoals hij je heeft verteld. Dollekervel irriteert de huid, maar de uitslag is makkelijk te behandelen.'

Er gaat een golf van opluchting door me heen en ik knik langzaam. Al mijn ledematen voelen slap. Dat heb je met paniekaanvallen – ik voel me volledig uitgeput erna. Ik zou eens een goede therapeut moeten vinden.

Dokter Owusu heeft een tube met een crème die ze in mijn handpalmen masseert. 'Hydrocortisoncrème,' legt ze uit als ik ernaar kijk en op mijn lip bijt.

'Ik dacht dat dollekervel zwaar giftig was,' zeg ik. 'U weet wel, Socrates en zo.'

'Alleen als je het inneemt,' zegt dokter Owusu, 'of als het op de een of andere manier in je bloedbaan terechtkomt. Maar jou zal niets gebeuren, je hebt het alleen maar aangeraakt. Iets wat verrassend vaak voorkomt in de zomer. Dollekervel is redelijk zeldzaam, maar het groeit hier wel in het wild.' Ze zwijgt een moment en voegt er dan aan toe: 'Mijn oprechte deelneming.' Ze geeft een zacht klopje op de rug van mijn hand.

'Dank u,' zeg ik en ik voel me bijna een oplichter omdat ik oudtante Frances niet persoonlijk heb gekend. Ik verdien de bezorgde groef in dokter Owusu's voorhoofd niet. Maar als er één ding is dat ik over mijn tante te weten ben gekomen gedurende mijn korte tijd in Castle Knoll, dan is het dat ze woedend zou zijn geweest over zo'n dood. En wie zou dat niet zijn? Maar omdat ze juist volledig gefocust was op de onvermijdelijkheid ervan heb ik het gevoel dat ik haar recht doe als ik me met deze puzzel bezighoud.

'Dollekervel is dus alleen maar dodelijk als het in je bloedbaan komt,' mompel ik. 'Wat als degene die de naalden in de rozen had aangebracht wist dat Frances haar handen eraan zou openhalen, en dat de dollekervel op die manier in haar bloed terechtkwam? Maar... zou ze het verschil niet hebben geweten tussen dollekervel en fluitenkruid?'

'Waarschijnlijk niet, denk ik,' peinsde dokter Owusu. 'Ze maakte alleen maar boeketten, ze kweekte of plukte de bloemen niet. Voor zover ik weet zorgde haar tuinpersoneel voor een constante aanvoer van verse bloemen, en ik betwijfel of iemand op het landgoed Gravesdown er onkruid als dollekervel of fluitenkruid zou laten groeien.'

Ik zwijg en denk na. Dokter Owusu weet wel heel veel over Frances' bloemenhobby. Of is het bekende adagium 'iedereen weet alles van elkaar in een dorp' hier van toepassing? Maar ze is sensitief en heeft mijn gedachte al geraden voordat ik de vraag heb kunnen stellen.

'Frances maakte de rouwboeketten op de uitvaart van mijn vader,' zegt ze. 'Ze was zeer meelevend, en mijn verdriet verdween even naar de achtergrond als ik het met haar over de bloemenkeuze had.' Dokter Owusu zucht. 'Veel mensen in het dorp zullen je vertellen hoe excentriek Frances was... die kant had ze ook, ja. Ik had genoeg reden om een hekel aan haar te hebben, hoe vaak heeft ze me niet in paniek gebeld over een of ander moordcomplot?'

'Ik begrijp dat het een gewoonte van haar was. Een vrouw op het politiebureau, ene Samantha, had me daar het nodige over te vertellen.'

'Laten we zeggen dat degenen onder ons die zeg maar moord-gerelateerde beroepen hebben veel telefoontjes van Frances kregen. Ikzelf, verschillende personen op het politiebureau, Magda en Joe, dat zijn onze ambulanceverpleegkundigen...'

'Ja, ik heb ze ontmoet, dat was toen...' Mijn stem sterft weg.

Dokter Owusu knikt. 'Het grappige is dat Frances mijn kennis van inheemse gifstoffen en andere huismiddeltjes behoorlijk heeft aangevuld. Kijk me niet zo aan, Annie.' Ze glimlacht verlegen. 'Ik weet hoe dat klinkt, maar Frances belde me een keer. Het was omdat ze bezorgd was, ze had iets ingenomen wat ik haar had voorgeschreven. Ik heb Frances op haar verzoek zo vaak behandeld voor verschillende symptomen... loodvergiftiging, bleekmiddel, kunstmest en pesticides. Ze dacht een keer dat er een ontsmettingsmiddel in haar wijn zat, maar het was een oude fles die naar kurk smaakte. Maar goed, er was ook die keer dat Frances dacht dat iemand een van die minutieuze lithiumbatterijen in haar eten had gestopt, toen had ik het echt wel met haar gehad. We hebben alle symptomen doorgenomen die je krijgt als je er een hebt ingeslikt, daarna zijn we naar het ziekenhuis gegaan waar ze een röntgenonderzoek kreeg, waarna bleek dat het een zwaar geval van brandend maagzuur was geweest. Waarschijnlijk van de stress.'

'Dat klinkt frustrerend,' zeg ik.

'Dat was het ook, maar ik zou nooit een patiënt afwijzen omdat die een geschiedenis met dit soort gedrag heeft. En uiteindelijk redde dit incident het leven van mijn nichtje. De volgende dag was ik bij mijn zus op bezoek, en haar eenjarige dochtertje werd opeens erg ziek. Er was geen reden om aan te nemen dat ze een lithiumbatterij had ingeslikt, maar het punt is dat je niet veel tijd hebt. Ze zijn dodelijk en het gaat snel. Misschien was het omdat mijn gedachten nog steeds bij Frances waren, of misschien was het instinctief, maar we hebben ons meteen naar de Spoedeisende Hulp gehaast en konden haar leven redden omdat ik erop aandrong dat ze moesten checken of ze niet zo'n batterijtje had ingeslikt. En dat bleek ze dus gedaan te hebben. Ik ben niet bijgelovig, maar er klikte iets voor me op die dag. Ik begreep hoe bang Frances was, en hoe weinig vrienden ze had. Ik ben haar serieus blijven nemen, dat was wel het minste wat ik kon doen terwijl de rest van het dorp achter haar rug om fluisterde.'

'Wauw,' zeg ik zacht. Mijn moeheid begint wat te verdwijnen. 'Het spijt me van uw nichtje, maar ik ben blij dat het goed is afgelopen.'

Dokter Owusu richt zich op en trekt haar schouders naar achteren, alsof ze haar gedachten de vrije loop heeft gelaten en ze nu weer alles op een rijtje wil hebben.

'Ik begrijp dat je je zorgen maakt over dat boeket,' zegt ze. 'Maar alsjeblieft, je kunt Rowan en mij vertrouwen om het af te handelen. Ik had met Frances de afspraak dat ik de autopsie zou verrichten als ze kwam te overlijden, en dat dat zo snel mogelijk zou gebeuren nadat ze dood was verklaard.'

'Dat klinkt als een vreemde afspraak,' zeg ik langzaam. 'Maar ik begrijp uit uw woorden dat ze u vertrouwde, en dat terwijl ze bijna niemand vertrouwde.'

'Ik weet dat het vreemd klinkt,' geeft de dokter toe. 'Maar…' Haar stem sterft weg, alsof ze er eigenlijk niets meer over wil zeggen.

'Ze was bezig om belangrijke veranderingen in haar testament aan te brengen toen dit gebeurde,' zeg ik. 'En ik denk dat er sprake is van een misdrijf.' Ik wil dokter Owusu vertrouwen, en de wetenschap dat tante Frances haar vertrouwde helpt me die stap te nemen. Hoewel het natuurlijk wel dokter Owusu zélf is die me heeft verteld dat Frances haar vertrouwde. Maar toch, er is iets aan de manier waarop de huisarts over Frances praat waardoor ze oprecht overkomt.

'Nou, ik kan in elk geval zeggen dat Frances had bepaald dat haar lichaam niet door de reguliere lijkschouwer onderzocht mocht worden. Er was sprake van belangenverstrengeling, zei ze. En dat was ik met haar eens.'

'Saxon is de lijkschouwer, toch?'

'Ja,' zegt ze zacht en ze kijkt me niet aan. Dokter Owusu is klaar met de crème en verbindt mijn handpalmen met verbandgaas en leukoplast, zodat er niets meer van de blaren is te zien.

'Wanneer krijgt u de resultaten van de autopsie?'

'Dat duurt meestal een paar dagen,' zegt ze na een lange stilte. 'Er zijn dingen die in het lab van het ziekenhuis onderzocht moeten worden, voor bepaalde tests heb ik hier niet de faciliteiten. Maar als er geen vertraging in het lab is zijn de resultaten misschien morgen al binnen. En, voordat je het vraagt, ik kan mijn bevindingen niet meteen naar buiten brengen. Niet totdat mijn rapportage klaar is. En als er sporen van een misdrijf zijn,' ze kijkt me betekenisvol aan, 'dan gaan die gegevens direct naar rechercheur Crane.'

'Is er een manier om mij ook meteen in te lichten? Ik bedoel, als nabestaande?'

'Ik weet niet of je in haar testament als nabestaande staat geregistreerd, Annie. Misschien dat ze nog niet alles heeft laten bijwerken. Maar ik zal het voor je nakijken en ik kom erop terug.' Ze bijt op haar onderlip als ze mijn teleurstelling ziet. 'Maar je zult wel binnenkort door Walter worden gebeld. Of anders je moeder. Ik weet niet hoe jullie gezinssituatie verder is.'

De deur zwaait open voordat ik kan antwoorden en Magda, de verpleegkundige, snelt naar binnen. 'Dokter Owusu, ik had nog een extra vraag na mijn bezoek van vanochtend. Mag ik je daar nog even mee lastigvallen?'

'Ja hoor, kom binnen,' zegt dokter Owusu. 'Annie, dat gaat helemaal goed komen met die blaren. Kom terug als het na een dag of twee niet weg is, en blijf de crème zoals aangegeven op de tube aanbrengen.' Dokter Owusu doet de tube in een witte papieren zak die ze me overhandigt.

'Dank u,' zeg ik. Magda zwaait even slapjes en ik wend me nogmaals tot dokter Owusu. 'Ik dacht dat u geen patiënten ontving op dinsdag,' zeg ik. 'Toen rechercheur Crane bij u aanklopte zei u dat u op dinsdagen altijd de administratie doet.'

'O.' Haar blik glijdt naar Magda, en dan weer terug naar mij. 'Ik maak uitzonderingen voor zorgverleners,' zegt ze snel. Haar glimlach is net iets te krampachtig.

Als ik nu nog meer zeg, ga ik me bemoeien met iemands persoonlijke medische zaken, dus ik loop naar de deur. Dokter Owusu leidt Magda naar een van de behandelkamers achter in de praktijk, ik hoor de deur dichtgaan, zachte stemmen klinken. Dan een gedempte lach, gevolgd door nog meer gepraat.

Er ligt een opengeslagen afsprakenboek op het bureau van de receptie in de wachtkamer, en ik kan het niet laten.

Ik zie dokter Owusu's dagschema staan, en het is niet afsprakenvrij.

Magda staat er twee keer in. Eén keer 's ochtends om 9.30 uur, en dan nog een keer om 11.45 uur. Alleen dat vind ik al vreemd, want wie boekt al zo snel een vervolgafspraak? Nog vreemder is dat Magda om 11.45 uur net in de ambulance met het lichaam van Frances moet zijn vertrokken. Onze bijeenkomst stond om 10.30 uur in het kantoor van de notaris gepland, en als ik er zo over nadenk hebben we het lichaam rond 11.00 uur gevonden. Als Magda op tijd op die afspraak wilde zijn, had ze meteen na het ophalen van het lichaam hierheen moeten komen.

Tenzij ze de instructie had gekregen om het lichaam van Frances hierheen te brengen? Maar waarom zou je daar een afspraak voor in de agenda zetten?

Maar er staat nog iets geschreven, en dit vind ik nóg vreemder. Er staat voor 9.45 uur een afspraak met Frances Adams genoteerd.

Natuurlijk, het is mogelijk dat Frances vanwege de autoproblemen nooit naar die afspraak is gegaan. Maar het is ook mogelijk dat de problemen met de auto pas begonnen nadat ze van de afspraak was teruggekomen en weer naar het dorp wilde rijden voor de bijeenkomst. En waar had haar afspraak met Oliver tijdens deze drukke ochtend moeten inpassen? Er klopt iets niet hier.

Ik mag dokter Owusu, en ik zou haar graag vertrouwen. Maar ik haal mijn telefoon tevoorschijn en maak foto's van het opengeslagen afsprakenboek. Daarna tik ik 'notities' open, noteer mijn gedachten over de verschillende tijden en schrijf nog wat vragen op naar aanleiding van mijn gesprek met dokter Owusu.

Want ik weet dat er vier mensen zijn die Frances vlak voor haar dood hebben gezien: Oliver, die naar het huis was gekomen om vastgoedzaken met haar te bespreken. Hetgeen bevestigd is door Archie Foyle, die mijn tante zelf elke ochtend verse bloemen brengt; dat heeft meneer Gordon me verteld. En dan nu ook nog dokter Owusu én Magda, gesteld dat Frances op haar afspraak is verschenen.

Afgezien van het feit dat ik niet genoeg van deze mensen weet (of van tante Frances, trouwens) om te bepalen of een van hen een reden heeft om haar te vermoorden, schiet me iets belangrijks over de bloemen te binnen.

Het doet er niet toe of de moordenaar Frances op de dag van haar dood heeft gezien. Dat is het slimme van het dollekervel-met-naaldenboeket. Het kan gestuurd zijn terwijl de persoon die het gemaakt had veilig op kilometers afstand was. Ze kan het op elk moment gekregen hebben, waarna het uren of dagen duurde voordat ze genoeg kreeg van de lelijkheid ervan en het uit elkaar haalde om het opnieuw te arrangeren.

En zo zou het onmogelijk zijn om de herkomst van de bloemen te achterhalen. Frances zelf zou mogelijk niet eens weten waar ze vandaan waren gekomen.

Maar toch. 'Ze heeft ze niet weggegooid,' zeg ik hardop tegen mezelf. 'De enige reden waarom iemand die zo goed kan bloemschikken zoiets lelijks zou bewaren is omdat de persoon die ze gegeven had veel voor haar betekende. Als ze tenminste wist dat diegene langs zou komen en het zou opmerken als de bloemen waren verdwenen.'

Dus dat maakte het al iets minder anoniem. Het moest iemand uit Castle Knoll zijn, iemand die dicht bij haar stond. Iemand die haar goed kende, gezien het feit dat Frances inderdaad de met naalden doorboorde rozenstengels eruit pakte. Van zo'n aanname kon je nooit helemaal zeker zijn, tenzij die persoon Frances écht goed kende.

Ik hoor de deurklink van de behandelkamer piepen als iemand hem omlaag duwt, dus ik haast me naar de voordeur en probeer hem precies op het moment dat iemand de andere deur opent achter me dicht te trekken. Ik weet niet of dat is gelukt, dus ik sprint zo snel mogelijk weg door de achterafsteegjes van Castle Knoll. Als ik uiteindelijk op de hoofdstraat ben, hoor ik de kerkklok slaan.

11

De Castle Knoll-dossiers, 21 september 1966

Ik aarzelde bij de deur en maakte me op om op gepaste wijze afscheid te nemen van Saxon nu ik hem veilig thuis had gebracht. Maar we werden door een huishoudster begroet die me zo efficiënt meetroonde dat ik al binnen was voordat ik er erg in had. Haar aanwezigheid stelde me ietwat gerust nu ik onuitgenodigd door een vreemd huis liep, alles was helverlicht en warm en ik voelde me iets ontspannener.

Het huis was zo groot dat mijn voetstappen echoden toen ik door de gangen liep, alles stond glanzend in de boenwas. Mijn passen vertraagden zich onder de fonkelende kroonluchter in de eetzaal, maar Saxon huppelde voor me uit en leek de schaafwond op zijn knie vergeten te zijn. Ik moest hem zien bij te houden, dus ik bleef niet staan om met open mond om me heen te kijken.

Ik volgde Saxon de bibliotheek in, waar zijn oom in een leren fauteuil zat met een boek op zijn schoot. Een voet rustte op een knie, en zijn kin werd door zijn vuist ondersteund. Het leek alsof het een saai boek was dat hij desalniettemin toch maar las. Het maakte hem jonger, wat me verraste.

Hij klaarde op toen hij me zag, een uitdrukking die zo verschilde van de lange, ongemakkelijk makende blikken die hij me eerder had toegezonden dat ik me afvroeg of ik net niet te schichtig was geweest. Mogelijk kwam het door het grillige halfduister en het feit dat we betrapt waren; het had me angsten bezorgd die niet echt waren.

'Dag Frances!' zei hij. Hij stond op om me te begroeten, alsof ik een gerespecteerde gast op een cocktailparty was. 'Bedankt voor het thuis-

brengen van Saxon, ik waardeer het zeer. Wil je niet even gaan zitten? Ik kan thee laten brengen.'

Zijn aanbod overviel me, en ik zag geen reden om het af te slaan. Achteraf gezien had ik moeten zeggen dat ik terug moest naar mijn vrienden, maar hij wenkte de huishoudster al. Saxon ging aan een kleine tafel in de hoek zitten waar een schaakbord op stond en begon de stukken te verplaatsen – ik was in elk geval niet alleen met Lord Gravesdown. Een knapperend haardvuur wierp een oranje gloed over alles, de sfeer was bijna huiselijk.

Ik wilde niet bot overkomen en zei: 'Dank u, Lord Gravesdown, dat zou heerlijk zijn.'

Hij stak zijn hand uit om mijn jas aan te nemen, ik liet me eruit glijden en de huishoudster nam hem mee.

'Alsjeblieft, noem me Ford, en zeg maar jij,' zei hij.

Ik werd naar een leunstoel geleid die dichter bij Saxon dan bij zijn oom stond. 'Schaak je ook?' vroeg Saxon zonder van het bord op te kijken.

'Ik ben bang van niet,' zei ik. Ford verdween even van mijn zijde om terug te komen met een kleine houten stoel die hij ergens uit de gang of uit de keuken moest hebben weggeplukt. Omdat hij zo nonchalant overkwam was het opeens makkelijker om hem bij zijn voornaam te noemen als ik aan hem dacht. Hij zat tussen mij en Saxon in, achterstevoren op de stoel aan de kleine tafel. Het had zo een jongen kunnen zijn die ik op een feest had ontmoet, zoals Archie Foyle of Teddy Crane, of zo'n vriendje van Rose dat wel eens in de buurt was. Ik zag zijn profiel in het licht van het haardvuur, zijn donkere haar op zo'n ouderwetse manier achterovergekamd, zoals ze dat tien jaar geleden deden. Bij een ander zou dat kapsel me aan mijn vader hebben doen denken, maar bij Ford was dat niet het geval. Hij was gladgeschoren, en zijn scherpe kaaklijn verzachtte enigszins toen hij er nadenkend met zijn hand over wreef. Zijn blik was op het schaakbord gericht.

Toen we met z'n drieën rond het schaaktafeltje zaten – het is vreemd om dit te beschrijven, want nog geen uur geleden had ik dit grote en griezelige landgoed gehaat, en gezworen dat ik hier nooit meer terug zou ko-

men – was het alsof ik uit een nachtmerrie was weggeplukt om me te laten zien hoe dom het was om bang te zijn voor denkbeeldige dingen. Het voelde prettig om hier met Saxon en Ford te zitten. Ze vormden een klein gezin, en ze hadden besloten dat ik er even deel van mocht uitmaken.

Ford stak zijn hand uit, verplaatste een stuk – ik dacht dat het een paard was, maar ik wist het niet zeker omdat ik het spel nog niet zo goed kende – leunde achterover en keek naar Saxon, die nadacht. Uiteindelijk deed Saxon een zet, waarna hij verwachtingsvol naar zijn oom keek. Toen Ford weer met zachte stem het woord tot me richtte bleef hij onafgebroken naar het bord kijken.

'Het is alleen maar mijn mening,' zei Ford, 'maar ik geloof niet dat je veel aan die vrienden van je hebt.'

Ik opende mijn mond om te antwoorden, maar het was zo'n verbijsterende uitspraak dat ik er even stil van was. Ik herinnerde me zijn merkwaardige vraag in het bos, toen hij vroeg of ik van raadsels hield, en nu voelde het alsof hij me weer op de kast probeerde te krijgen. Dus in plaats van de beleefdheden die je zou verwachten als je theedronk met een lord, zei ik het eerste wat in mijn hoofd opkwam. 'En hoe weet je dat?' vroeg ik terwijl ik mijn blik op het bord gericht hield. 'Je kent me nauwelijks. Misschien ben ik wel de ergste van het stel.'

Er verscheen een brede glimlach op Fords gezicht. 'Dat zou goed kunnen,' zei hij. Zijn blik was weer op het bord gericht en hij deed een zet. 'Maar er is iets wat me zegt dat je niet zoals zij bent.'

Ik besloot niets terug te zeggen, maar toen boog Ford zich naar me toe en fluisterde: 'En dan ga je nu zeggen dat ik de anderen ook niet ken.'

Omdat Ford zo zeker leek te weten hoe ik in elkaar zat voelde ik iets rebels naar boven komen, en dat beviel me zeer.

'Misschien dat je me bij mijn volgende bezoek de tekst maar van tevoren moet overhandigen, dan kan ik hem vast instuderen.' Onze blikken kruisten elkaar en ik glimlachte vriendelijk.

Na de diepe, bulderende lach die uit hem oprees kon ik hem niet meer met de jongens uit het dorp vergelijken. Toen ik rondkeek in de bibliotheek begreep ik dat hij uit een volledig andere wereld afkomstig was. Zijn wereld bestond uit dure kunst die in een opwelling was gekocht, en uit deftige feesten in Londen. Uit zeldzame Shakespeare-uitgaven, en uit reizen naar plekken waarover ik alleen maar in boeken zou lezen. Mijn zelfvertrouwen taande enigszins, want hoe kon ik ooit interessant zijn voor zo iemand?

Waarop ik me nogal in de war voelde, want ik wilde graag dat hij me interessant zou vinden. Dat wilde ik zielsgraag.

Ik moest deze rare ban – of wat het ook was – doorbreken, en toen ik naar Saxon keek kon ik alles helderder zien. Zijn ogen schoten heen en weer tussen zijn oom en mij.

'We mogen jouw vrienden niet zo,' zei Saxon. 'En dat vonden we alle keren dat we hen hebben gezien.'

'Ik begrijp het niet. Alle keren? Wacht even,' zei ik langzaam. 'Hebben jullie Emily gezien toen ze hier eerder was?' Ik had de vraag al gesteld voordat ik me realiseerde dat ik net verklapt had dat Emily op het landgoed had lopen rondsnuffelen. Maar het deed er kennelijk niet toe, want geen van beiden reageerde.

Toen Ford me uiteindelijk aankeek had zijn gezicht iets zachts gekregen. Het was geen medelijden, het leek er eerder op dat hij vond dat ik iets onschuldigs of vertederends had gezegd. Ik voelde me opeens weer jonger dan hij. 'Ze komen hier allemaal al weken.'

'Al weken?' stamelde ik. Mijn ogen schoten door de bibliotheek, alsof ik een antwoord kon vinden in een van de honderden boeken die er stonden. Ik zag dampende koppen thee die naast ons op een zilveren dienblad stonden. 'Ze deden allemaal net alsof ze hier nog nooit waren geweest. Ik bedoel, Emily zei van wel, maar de anderen… Waarom zou je over zoiets geks liegen?'

Ford zweeg, maar door de glinstering in zijn ogen zag ik dat hij mijn gedachtegang aandachtig volgde. Ik wilde hem niet langer imponeren, want ik wilde niet meer dat er met me werd gesold.

'En jij…' In gedachten liet ik de 'ontmoetingsscène' in het bos nog eens de revue passeren. 'Waarom deed je net alsof je ze nog nooit had ontmoet? En waarom pikte je mij eruit met die vraag over raadsels? Is dit gewoon allemaal een spelletje voor je?' Ik voelde dat mijn woede de overhand kreeg, en ik deed geen moeite om me te beheersen.

Ford reageerde niet op mijn uitbarsting, maar hij veranderde ook niet van onderwerp. Hij pakte afwezig een schaakstuk op en rolde het tussen zijn duim en wijsvinger. 'Ik hou wel van een goed spel,' zei hij uiteindelijk. 'Ik zag een kans om je vriendin Emily een lesje te leren, dus die heb ik benut.'

'Haar een lesje leren? Waarom? En hoe?'

Mijn gedachten gingen naar de keren dat de hele groep hiernaartoe kon zijn geglipt, en de uitvluchten waarmee Emily de afgelopen weken was gekomen schoten me te binnen. Dagen waarop Emily had gezegd dat ze op haar kleine neefjes moest passen, en dat Rose zich niet lekker voelde. Of de keren waarop ze had gezegd dat Walt en John weer eens problemen met hun ouders hadden en 's avonds huisarrest hadden. Mededelingen die altijd via Emily kwamen, en die ik altijd had geloofd. Hoeveel leugens hadden ertussen gezeten? En, belangrijker nog, wat was de reden? Waarom werd ik buitengesloten? Wat had ik gedaan?

Ik was van plan geweest om zo snel mogelijk naar hen terug te gaan zodat ze niet ongerust zouden worden, maar nu ik van dit verraad had gehoord besloot ik hier zo lang te blijven als ik wilde. Ik ben over het algemeen geen rebels persoon, maar sinds ik voet had gezet in Gravesdown Hall begon ik er steeds meer toe te neigen. Ik had opeens zin om enkele keuzes zonder mijn vrienden te maken, ook al zouden het de verkeerde keuzes blijken te zijn.

Ford haalde zijn schouders op toen Saxon een zet deed. 'Misschien dat ze logen omdat ze niet wilden dat je je buitengesloten zou voelen,' zei hij op ongeïnteresseerde toon.

'Je hebt mijn vraag over Emily een lesje leren niet beantwoord. Waarom specifiek Emily?' Het beviel me niets om een pion in een complot tegen Emily te zijn. Als ze hier was geweest, dan leed het geen twijfel wat haar plannen met deze aantrekkelijke miljonair zouden zijn. De vraag was niet wát Emily zou proberen, de vraag was of ze daarin zou slagen of niet.

Zijn oom mocht dan ongeïnteresseerd zijn, Saxon was het tegenovergestelde. Hij stuiterde bijna op zijn stoel en zag eruit als iemand die popelde om een paar goede roddels te vertellen. Het was weer zo'n merk-

waardige volwassenenimitatie van de tienjarige, wiens leeftijdloosheid iets verontrustends begon te krijgen.

'Je vriendin Emily heeft een paar keer oom Fords irritatie gewekt,' zei Saxon. 'Ik denk dat ze erop hoopte dat hij naar een nieuwe vrouw op zoek was.' Hij hief zijn blik ten hemel, snoof, en nu gedroeg hij zich weer als iemand van zijn leeftijd. Maar hij stopte er abrupt mee toen hij de scherpe blik van zijn oom zag.

Saxon had een vreemde manier van praten, en nu ik hem met zijn oom zag begreep ik opeens waarom dat was. Het was geen wonder dat hij zich als een miniatuurvolwassene gedroeg, hij had zijn ouders bij een verschrikkelijke tragedie verloren en Ford was zijn enige gezelschap.

'Zo erg zijn ze niet,' zei ik uiteindelijk. Het leek me net iets veiliger om de kant van mijn vrienden te kiezen dan die van een excentrieke lord die het leuk vond om spelletjes te spelen. En dat ik werd buitengesloten was weer zo'n typisch dingetje van Emily, dus daar zou ik het later wel met haar over hebben. Het verklaarde ook waarom Rose de laatste tijd zo anders deed. Ze is bijzonder loyaal, en ze voelde zich duidelijk niet prettig bij dit gedoe. 'Emily en Walt kunnen wel eens lastig zijn,' vervolgde ik. 'En ik durf rustig toe te geven dat we uit elkaar groeien. Maar Rose en John zijn echt aardig. Ik ken ze al m'n hele leven.'

'Dat geloof ik graag,' zei Ford. Verveelder dan dit kon hij niet klinken. Het was stom van me, maar ik was kwaad omdat ik gebruikt werd om Emily jaloers te maken, en hoe langer ik hier bleef, hoe duidelijker ik zag dat dat was wat hier gebeurde. Emily en Ford leken wat dat betreft elkaars evenknie te zijn. Ik weet niet waarom, maar Emily zag me de laatste tijd als een bedreiging; hoe ze me de laatste maanden kopieerde, de kleren die ze leende en nooit teruggaf, het was geen vleierij. Het was een soort spel. In dat geval leken zij en Ford voor elkaar gemaakt. Ik ben nooit goed in spelletjes geweest.

Ik overwoog om te vertrekken, maar Ford had zijn punt naar mijn vrienden toe al gemaakt door me hier te houden en beslag te leggen op mijn tijd. En de gedachte om terug te gaan voor een gênante situatie met John en de nieuwsgierigheid van de anderen… Ik mocht dan niet goed zijn in spelletjes, maar ik kon er wel een beetje mee stoeien. 'Goed, vertel me maar eens iets over schaken,' hoorde ik mezelf zeggen.

Dit was kennelijk een schot in de roos. Ford maakte kort oogcontact met Saxon, die glimlachte en de stukken van het bord veegde en ze opnieuw opstelde.

'Hier,' zei Ford, die me met een warme blik een schaakstuk aanreikte. 'Jij mag de koningin vasthouden.' Hij grijnsde naar me alsof hij zojuist een kroon op mijn hoofd had gezet.

Ik hield het schaakstuk in één hand en nam een kopje van het dienblad. De thee was nog steeds warm en heerlijk, het kopje was van delicaat porselein.

Toen ik vervolgens naar de koningin in mijn handpalm keek voelde ik een ijskoude rilling over mijn rug lopen. De woorden van de waarzegster kwamen in één keer terug: Het vooruitzicht van je langzame ondergang begint als je de koningin in één hand houdt. *Maar ik mocht niet in paniek raken, niet nu Ford me met zo'n intense blik zat aan te kijken.*

Mijn hoofd tolde, en ik dacht aan alle soorten koninginnen die ik de laatste tijd in mijn hand had gehouden, alsof een overvloed van koninginnen van zo'n klein formaat de woorden zou ontkrachten. Munten, die waren overal, en had ik vorige week niet met mijn broer gekaart? Ik weet dat ik toen een koningin in mijn handen had. Het is zoals Emily zei toen ze de kettinkjes met de vogels had gekocht: Hoe gewoner je het maakt, hoe gekker het klinkt.

Ik haalde diep adem en voelde me wat rustiger worden. Maar achteraf gezien was dat het moment waarop mijn wereld begon te veranderen. Een stuk van mijn voorspelling die op zijn plek werd vastgeklonken.

'Voordat we de spelregels en de basisprincipes doornemen,' vervolgde Ford, 'moet je een paar dingen over het schaakspel weten. Mensen zien het graag als een filosofie, en dat is wel begrijpelijk. Je kunt het als een allegorie van het leven zien, en het wordt ook vaak met oorlog vergeleken. Ik denk dat je daarmee aan de meer delicate aspecten van het spel voorbijgaat, maar daar hebben we het een andere keer wel over.

Hoewel er vele oude zegswijzen en leuzen zijn die het schaakspel met een element uit het menselijk bestaan vergelijken, is er een die er met kop en schouders boven uitsteekt, en dat is iets waar ik altijd weer op terugkom.'

'En wat is dat dan?' vroeg ik terwijl mijn schouders zich ontspanden.

Hij stak zijn arm uit en pakte de koningin voorzichtig uit mijn hand. De toekomstvoorspelling weerklonk nog eens in mijn oren, maar deze keer voelde ik opluchting. Misschien had Ford me gered door de koningin terug te nemen. Ik keek naar hem en voelde een omslag. Hij hield de koningin op zodat we ons erop konden concentreren terwijl hij sprak.

'Mijn favoriete schaakwijsheid is simpel: Als je het spel speelt zonder een plan, dan is de kans groot dat je verliest.' Zijn glimlach verbreedde zich en hij zette de koningin terug op het bord.

'Heb jij een plan, Frances?' vroeg Saxon me.

'Ik wist niet dat ik er een nodig had.' Ik kreeg de indruk dat dit eigenlijk niet meer over schaken ging.

'Goed dan,' zei Ford, die zijn handen op de stoelleuning plaatste en zich ontspande. Hij keek me bedachtzaam aan en zei: 'Het is een gelukkig toeval dat onze paden zich hebben gekruist.'

'Iets in me zegt dat het helemaal geen toeval was,' zei ik.

Hij hief zijn kin bijna ongemerkt naar me op, alsof hij zijn gelijk moest bekennen.

12

Ik sta op het punt om in te checken in het Castle House Hotel als meneer Gordon naar binnen komt gestormd. Dat is maar goed ook, want ik bedenk opeens dat mijn weekendtas nog in zijn kantoor ligt.

'O, Annie, ik ben blij dat ik je tref.' Hij pakt zijn verkreukelde pochet en gebruikt hem om zijn voorhoofd mee te deppen, wat een nerveuze tic van hem lijkt te zijn. 'Frances' laatste wens is dat je in Gravesdown Hall logeert, dit in afwachting van het voorlezen van haar testament morgenochtend. Ik heb een taxi voor je geregeld, kom je mee?'

'Ik...' Ik schraap mijn keel en volg meneer Gordon de hoofdstraat in, waar een taxi staat te wachten. 'Het klinkt misschien nogal kinderachtig, maar om alleen in dat grote huis te logeren, vlak nadat mijn oudtante Frances...'

'Dat begrijp ik volkomen,' zegt meneer Gordon. 'Maar Saxon en Oliver worden ook in Frances' testament genoemd, dus zij zullen er ook logeren. En ik denk dat Elva er al is, zij ziet zichzelf als een verlengstuk van Saxon en... nou, je hebt haar ontmoet. Wees dus op je hoede.' Hij werpt me een betekenisvolle blik toe, en ik knik.

'Ik ben bang dat ik hier moet blijven om nog wat te werken,' zegt hij terwijl ik in de taxi stap.

Ik gooi mijn rugzak op de bank naast me en de taxi rijdt weg. Ik wilde dat ik kon zeggen dat ik licht bepakt was – wat essentiële dingen in een tas – maar mijn rugzak puilt uit van de notitieboekjes, romans, post-its, kaartjes, veel te veel pennen, mijn oude laptop en nog wat ongelezen boeken over het schrijven van romans.

Ik zie dat de oude leren weekendtas met kleren en toiletspullen al in de auto ligt. Ik vond hem in de kelder van het huis in Chelsea, en pas in de taxi zie ik dat er de initialen RLG op staan. Wat was de naam van Frances' man ook alweer? Nog zoiets wat ik had moeten weten, als ik tenminste *de juiste dochter* wil zijn. Ik laat mijn schouders hangen als ik voel hoezeer ik tekortschiet. Het is alsof ik het niet verdien om hier te zijn, want hoewel ik officieel familie ben is het me niet duidelijk waarom mijn oudtante Frances me heeft uitgekozen.

Voordat ik dit verhaal verder overdenk bel ik mam, ik wil weer wat vertrouwde grond onder mijn voeten krijgen. Ze neemt op nadat mijn telefoon twee keer is overgegaan, precies op dat moment schiet me te binnen dat ze vandaag haar opening in Tate heeft en dat ik haar niet zou moeten lastigvallen op zo'n belangrijke dag. Ik ben eerlijk gezegd verrast dat ze sowieso opneemt, maar het feit dat ze het doet bezorgt me een warm gevoel. Misschien dat zij ook graag een vertrouwde stem wil horen. Ik bedenk dat dit mogelijk niet het goede moment is om de dood van tante Frances te melden.

'Hoi, Annie,' zegt ze. In haar stem klinkt die geforceerde opgewektheid door die ze doorgaans aan de dag legt als ze ergens onzeker over is. Mam en ik hebben dan misschien geen al te makkelijke relatie, maar telkens als ik die toon hoor, voelt het toch alsof we gelijkgestemde zielen zijn.

'Dag, mam,' zeg ik. 'Sorry dat ik je stoor, het schoot me net te binnen dat je je opening hebt. Gefeliciteerd!' Terwijl ik het zeg hoor ik dezelfde geforceerde opgewektheid in mijn eigen stem en ik voel me haar echo. 'Hoe gaat het daar?'

Ik hoor het geroezemoes van stemmen op de achtergrond, doorsneden met het getinkel van champagneglazen. Ik stel me de tentoonstellingszaal voor, met zorgvuldig uitgelichte muren waar de nieuwe doeken in de bekende Laura Adams-stijl aan hangen – werk dat er op het eerste gezicht rommelig uitziet, maar vervolgens diepere lagen onthult als je er langer naar kijkt, net als bij mam zelf. Haar thema's zijn altijd vervallen stedelijke ruimtes geweest, die door haar krachtige schilderstijl lijken te worden terugveroverd door de natuur.

'Het gaat geweldig,' zegt mam. 'Er zijn veel critici die ik herken, iedereen is zeer enthousiast en bijna alles is al verkocht.'

'O, mam, dat is fantastisch!' zeg ik. Mijn opgetogenheid is oprecht. Ik weet hoeveel deze erkenning voor haar betekent, vooral omdat ze na haar succes in de jaren negentig zo'n slechte periode heeft gehad. Hoewel haar tante Frances rijk was, en zij later van haar zou erven, zat ze zelf altijd krap bij kas omdat de opbrengsten van haar vroege werk samen met mijn vader waren verdwenen. 'Laat me je niet ophouden.'

'Nee, ik vind het leuk om je stem te horen. Hoe gaat het daar? Is tante Frances nog steeds zo'n gek mens?'

'Eh...' Ik zwijg en probeer iets te bedenken om over het nieuws van Frances heen te praten, maar ze voelt op de een of andere manier de beladenheid van mijn stilte.

'Annie? Gaat alles goed daar?'

'Ik had je dit eigenlijk niet nu willen vertellen. Ik was werkelijk vergeten dat je je opening had toen ik belde,' zeg ik langzaam.

Mam zucht, maar ze is niet boos. 'Je hoeft me niet te sparen. Annie. Als er slecht nieuws is, dan is er slecht nieuws.'

Hoewel ze me niet kan zien, bijt ik op mijn lip en knik. 'Tante Frances is dood, mam. Het spijt me.'

Het blijft even stil. 'Moet ik naar Castle Knoll komen?' Als mam overstuur is, dan verbergt ze het goed. Dat heeft ze altijd gekund, en ik weet dat ze de rest van de tijd de beste kant van Laura Adams aan de wereld zal tonen. Maar ik vind het verschrikkelijk om de boodschapper te zijn die de geest van tante Frances naar de opening van haar tentoonstelling brengt.

'Op het moment niet,' zeg ik. 'Maak je geen zorgen, alles is onder controle. Als ik je nodig heb, dan laat ik het je weten.' Ik kreun inwendig als ik dit zeg, want mam en ik weten allebei dat het niet waar is. Als ik mam ergens voor nodig heb, dan vraag ik iemand anders of ik verzin er zelf iets op. Ze is op haar eigen manier geweldig, maar ze is nooit een rots in de branding geweest. De eerlijke versie van mijn uitspraak zou moeten luiden: 'Als ik je nodig heb, dan bel ik Jenny.'

'Oké,' zegt mam. Er valt weer een stilte, en deze is ongemakkelijker. 'Annie, kun je iets voor me doen?'

'Eh, natuurlijk.'

'Tante Frances hield zeer gedetailleerde dossiers bij. Ze bevinden zich in het zijkamertje van de bibliotheek. Zou je een dossier voor me kunnen opzoeken? Het is... nou, het is belangrijk dat niemand anders het in handen krijgt.'

Mijn gedachten buitelen over elkaar heen. 'Ik... ja, natuurlijk. Welk dossier wil je hebben?'

Een volgende zucht, deze klinkt vermoeid. 'Dat van Sam Arlington.'

Pa.

Ik wil een hand door mijn haar halen, maar ben vergeten dat het nog steeds in een rommelige knot zit. Nadat ik het elastiekje eruit heb getrokken valt het alle kanten op. Ik zou er iets van moeten vinden dat mijn oudtante Frances een heel dossier over mijn vader in haar bezit heeft, maar ik moet aan mam denken omdat ze wist dat er sowieso al een dossier over hem is. En dat ik wel kan raden wat erin staat. Mam voelt plotseling niet meer als vertrouwd terrein.

'Annie? Ben je daar nog?'

'Ja, ik ben er nog. Ik zal dat dossier voor je meenemen.'

'Dank je,' zegt ze, en ze klinkt opgelucht. 'Lees het, of lees het niet, dat is aan jou.'

Dit ergert me, want alles is sowieso aan mij. Ik ben degene die zich in Castle Knoll bevindt en in het leven van mijn oudtante wroet. En nu ook in mams leven.

'Ik laat je nu teruggaan naar je opening.' Ik herinner mezelf eraan dat ik mam op een van de belangrijkste dagen van haar carrière heb verteld dat haar tante dood is. Zoals altijd verdring ik de tegenstrijdige emoties die ze mij bezorgt, daar ga ik me later nog wel eens in verdiepen.

'Ja, ik kan maar beter gaan.'

'Sorry van tante Frances, en van de timing van dit alles.'

We hangen op, pas dan merk ik dat de taxichauffeur maar naar me blijft kijken in de achteruitkijkspiegel.

'Rutherford Lawrence Gravesdown,' zegt hij als onze blikken zich in de spiegel kruisen.

'Sorry?'

'De initialen op uw tas. Ik kwam erop omdat ik u naar Gravesdown Hall moet brengen. Erfeniszaken?'

'Eh, ja.' Ik bestudeer de man wat beter omdat ik Londen gewend ben, waar de taxichauffeurs anoniem en talrijk zijn. Maar dit is Castle Knoll en ik voerde zojuist een zeer persoonlijk telefoongesprek met mam binnen gehoorsafstand van iemand die er zeer mogelijk over kan roddelen in de plaatselijke pub.

Vanaf de achterbank kan ik niet al te veel van hem zien, maar hij lijkt van mams leeftijd te zijn, met krulletjeshaar dat volledig grijs is. Hij is breedgeschouderd en ruikt sterk naar sigarettenrook.

Hij rijdt de oprit op en stopt voor Gravesdown Hall. Nadat ik de rit heb betaald stap ik uit. Als ik langs de auto loop zie ik dat hij door het open portierraam met een woedende blik naar Gravesdown Hall kijkt, en ik deins enigszins achteruit.

Maar als hij mij opmerkt keert er iets van vrolijkheid terug. 'Jij bent toch Laura's dochter?'

'Dat ben ik, ja.' Ik ben op mijn hoede, maar de reflex om niet bot over te komen is sterk.

Hij grijnst. 'We hebben wel eens iets gehad met elkaar, Laura en ik. Lang geleden, toen we tieners waren.' Hij werpt weer een woedende blik op het huis. 'Frances bemoeide zich ermee en maakte er een einde aan. Je mag geen kwaadspreken van de doden, maar ik denk niet dat Laura een traan zal laten over haar dood. Die twee lagen elkaar niet.'

Ik kan er niets aan doen maar mijn mond zakt open. Deze man heeft niet alleen mijn gesprek afgeluisterd, maar hij is ook nog een ex-vriendje van mam? En nu bemoeit hij zich ook nog eens met mijn zaken? Wie denkt hij wel niet dat hij is?

Hij praat door, en ik staar hem aan. 'Je lijkt op haar.' Hij glimlacht. 'Doe haar de groeten van Reggie Crane.'

'Zei u nou Crane? Net als rechercheur Rowan Crane?'

Reggie knikt. 'Dat is mijn zoon. Ik neem aan dat je hem al hebt ontmoet.'

'Ja,' zeg ik bedaard. 'Dat heb ik.' Ik kan de rustige rechercheur en deze bemoeizuchtige taxichauffeur moeilijk met elkaar associëren, maar het komt vaak genoeg voor dat mensen totaal van hun ouders verschillen, zowel qua uiterlijk als qua gedrag.

Als de taxi over de oprit wegrijdt schieten me de woorden van Samantha, de receptioniste op het politiebureau, te binnen.

Ze had iets tegen vogelnamen en daarom deed ze vreselijk tegen de familie Crane.

Ik vraag me af hoe vreselijk dat was, of het vreselijk genoeg was om haar dood te wensen.

13

'Hallo?' zeg ik aarzelend terwijl ik de grote voordeur openduw. 'Elva?'

Archie Foyle verrast me door zijn hoofd om de dichtstbijzijnde deur te steken. 'Ze is in het dorp,' zegt hij op bijna uitgelaten toon.

Ik blijf hem een tijdje zwijgend aankijken. 'Ik dacht dat je geen sleutel had.'

'Die heb ik ook niet, maar mijn kleindochter Beth wel. Ze is in de keuken en wilde dat ik wat verse producten van de boerderij kwam brengen. Ze kookt wel eens voor Frances, had ik dat verteld? Doorgaans komt ze niet op dinsdag, maar gezien de omstandigheden...' Hij maakt zijn zin niet af en klinkt bedachtzaam. Zijn donkere ogen schieten naar me terug, alsof hij me voor het eerst ziet. 'Walt vertelde ons dat het testament morgenochtend wordt voorgelezen, dus Beth gaat een heerlijke brunch voor jullie maken. Dat zou Frances gewild hebben.'

'Op die manier.' Ik spreek de woorden langzaam uit, en ze klinken argwanender dan bedoeld. Ik zou eens aan mijn pokerface moeten werken. Het lijkt me zeer waarschijnlijk dat Archie mijn tante Frances die bloemen heeft gegeven, hoewel ik hier alleen maar van uitga omdat hij de tuinman is en haar elke ochtend verse bloemen brengt, wat het allemaal iets te makkelijk maakt.

Er valt me iets in; Archie kwam net uit de deuropening die uiteindelijk naar de bibliotheek leidt. Niet alleen ons groepje dat het lichaam vond heeft die ochtend belangrijke vezels of haren vertrapt, ook de dader zelf kan alle redenen hebben om de plaats delict te beschadigen.

Het idee dat iedereen ongestoord de bibliotheek kan betreden baart me zorgen. 'Archie, is de politie hier al geweest?'

'Ja, ze zijn met een heel team gekomen. Ook de rechercheur, de kleinzoon van Teddy Crane, was hier met anderen om forensisch onderzoek te doen. De bibliotheek is afgesloten sinds ze vertrokken zijn, en Walt is de enige die een sleutel heeft. Maar je bent al in de bibliotheek geweest, als je wilt kan ik je de rest van het huis laten zien.'

'Misschien een andere keer,' zeg ik met een mager glimlachje. 'Ik wil even wat rondlopen en een kamer uitkiezen. Ik zal me aan Beth voorstellen als ik die heb gevonden.'

'Wat je wilt,' zegt Archie, die in zichzelf fluitend naar de achterkant van het huis loopt – ik neem aan naar de keuken.

Ik houd mijn rugzak om, maar laat de weekendtas in de hal achter om via de eetzaal naar de deur van de bibliotheek te lopen. Ik ben niet van plan om er in te breken, maar ik vertrouw het eerlijk gezegd niet dat Archie uit deze richting kwam.

Ik probeer de klink en de deur blijkt helemaal niet op slot te zijn. Hij zwaait moeiteloos open en ik zie nergens een politielint of iets anders wat aangeeft dat dit een afgeschermde plaats delict is. Archie had zich vergist, of hij loog.

Ik doe een stap naar binnen en zie dat alles er onaangeraakt uitziet, er hangt een vage dennengeur. In de hoek staat de deur naar het zijkamertje op een kier, en ik moet denken aan de extra moeite die Archie nam om me te zeggen dat de bibliotheek was afgesloten. Er is niemand in het kamertje, het ziet er net zo uit als eerder.

De dossierkasten van oudtante Frances leunen tegen de muur als een stel verveelde tieners, en ik voel de haren op mijn armen overeind komen als ik ze nader. Ik probeer niet naar de op de muur geschreven voorspelling te kijken, maar mijn blik vangt het woord *hand* terwijl ik mijn eigen handen onder het verbandgaas voel kloppen – een griezelige samenloop van omstandigheden.

Er staan in totaal tien metalen dossierkasten. Ze zien eruit alsof ze hier sinds de jaren tachtig staan, maar dat is het vooroordeel dat ik bij die ouderwetse kleur avocadogroen heb waarin ze zijn geschilderd. De verf is bij de randen van de laden zo afgesleten dat het kale metaal eronder tevoorschijn komt.

Op elke kast zit zo'n zwart strookje plastic uit een labelmaker met een nummer erop. De bovenste la links staat iets open, de sleutelbos hangt nog aan het slot en ik zie er twee grote lopers tussen zitten, waarschijnlijk van de voordeur en een bijgebouw. Maar het is de verzameling kleine sleutels die ik door mijn vingers laat gaan, tinkelend als windklokjes. Ze zien er allemaal hetzelfde uit, maar hebben het nummer van de bijbehorende dossierkast. Deze sleutelbos hing hier nog niet toen Elva, Oliver, meneer Gordon en ik hier eerder op de ambulance wachtten. De politie moet de bos dus later hebben gevonden. Interessant dat ze hem hier hebben laten hangen.

Ik begin bij de bovenste la, omdat die openstaat, en ik neem aan dat de dossiers in alfabetische volgorde staan. Hier zal mijn vaders naam – Sam Arlington – dus tussen moeten zitten.

Dat is niet het geval; wel zit er een hele verzameling andere namen in de la. Ik zie er geen logische volgorde in en ploeg met groeiende frustratie door namen die me niets zeggen.

Tot ik uiteindelijk mijn eigen naam tegenkom.

Ik trek er een flinterdun dossier uit waar een foto van mij en mam op mijn examenuitreiking bij Central St. Martins in zit, en dan nog wat papieren die niemand ooit belangrijk zal vinden als je het mij vraagt. Een oud schoolrapport, een cv dat ik een keer op LinkedIn had gezet en tot slot een fotokopie van de factuur van het verhuisbedrijf dat ik had ingehuurd om Frances' spullen uit de kelder hiernaartoe te brengen. Mijn handtekening staat zwierig onderaan en ik vraag me af waarom ze een kopie van zoiets onbenulligs heeft bewaard.

Ik kom geen dossiers van familieleden tegen; niets over mam, of over mijn grootouders Peter en Tansy. Alle andere personen met een dossier zijn vreemden voor me. Maar dan zie ik helemaal vooraan een kaartje van dik papier waar GEHEIMEN – NOG INVOEREN op staat.

Snel open ik de volgende la en zie dat de dossiers van elkaar gescheiden zijn door kartonnen bladen waar titels op staan. Zo heeft er een als titel BANKROET, op het blad erna staat BRANDSTICHTING, met verrassend genoeg drie dossiers. En het eerste blad heeft als titel AANRANDING; hier zit een hele berg dossiers achter.

Haar systeem blijkt dus toch alfabetisch te zijn, het is alleen alfabetisch op het soort geheim.

Mijn maag keert zich om, en bij elke la die ik open voel ik me slechter. Ik weet niet of ik kwaad moet zijn op mijn oudtante Frances, die haar vrienden en buren kennelijk reduceert tot de schimmige zaken die ze over hen verzamelt, of dat ik haar zielig moet vinden omdat ze haar hele leven in een zee van wantrouwen heeft doorgebracht.

Uiteindelijk beland ik bij de letter O, en daar is hij: Sam Arlington, ingedeeld bij ONTROUW. Ik neem het dossier eruit, het is zo dik als een novelle. De categorie 'ontrouw' neemt de hele la in beslag, en ik krijg een vieze smaak in mijn mond als ik aan alle gebroken harten denk die bij deze dossiers horen. Heeft Frances de hand gehad in het onthullen van deze geheimen? Of spoorde ze ze alleen maar op, in een poging een onbekende vijand uit te roeien? Ik weet niet wat het huwelijk van mijn ouders heeft beëindigd; het gebeurde nog voordat ik werd geboren, en het maakte me niet uit. Mam heeft het me nooit verteld, dus dat was dat. We leefden onze levens zonder mijn pa.

Ik schud deze gedachten van me af als ik achter in de la de naam Crane tegenkom, intuïtief pak ik het dossier eruit. Het is dik, nog dikker dan dat van mijn vader. Ik sla het niet open om te zien over welke Crane het gaat, maar tot mijn eigen verbazing hoop ik dat het niet de rechercheur is.

Ik zag geen trouwring toen ik hem ontmoette, en het is zijn zaak als hij zich aan ontrouw schuldig heeft gemaakt. Tenzij tante Frances er deel aan heeft. Er is ook een dossier waar Gravesdown op staat, maar ik heb mijn armen al vol. Zou dat Saxon of Elva betreffen? Of misschien Frances' eigen echtgenoot?

Ik denk aan Elva, hoe ze zo fanatiek de post-its van mijn tantes prikbord griste, en ik kniel neer om de dossiers van Arlington en Crane op de vloer te leggen. Ik pak het Gravesdown-dossier uit de la, sla het snel open en kijk over wie het gaat. Het is veel, maar het lijkt allemaal over Gravesdowns te gaan die ik niet ken. Saxon, Elva of Rutherford wordt niet genoemd. Wel ene Harrison Gravesdown, vervolgens Etta Gravesdown, en tot slot een derde die Olivia heet. Het lijkt erop dat de familie Gravesdown een trouweloze bende was.

Ik leg het Gravesdown-dossier terug en sluit de kast weer af. Het is tijd om een kamer uit te zoeken, een privéruimte waar ik kan overdenken of ik wel alles over deze ontrouw wil weten.

Als ik boven kom, zie ik dat de anderen zich al een slaapkamer hebben toegeëigend; Elva's chique crèmekleurige blazer hangt op een kapstok aan het grote hemelbed in de eerste kamer waar ik naar binnen kijk. Het is niet mijn stijl, maar ik glip naar binnen en loop direct op de blazer af. Misschien komt het doordat ik zonet door de geheimen van het halve dorp heb geploegd, maar ik heb geen moeite om door Elva's zakken te gaan.

Mijn vingers voelen de verfrommelde post-its die ze van Frances' prikbord heeft gegrist en een opgevouwen vel papier. Ik stop het allemaal in mijn eigen zakken, loop snel de kamer uit en sluit de deur zachtjes achter me.

In de volgende kamer – ook weer zeer riant, met uitzicht op de rozenperken – zie ik Olivers lege laptophoes op het bed liggen. Maar ik denk dat ik mijn grens voor het neuzen in andermans spullen nu wel heb bereikt. En afgezien van het feit dat hij een verwaande kwast is, komt hij tamelijk ongevaarlijk op me over, dus ik laat het maar zo. In vergelijking met de beruchte familie Gravesdown lijkt hij me nogal saai.

Ik loop verder door de gang, mijn voeten maken geen enkel geluid op de dikke rode loper die in het midden van de parketvloer ligt. Uiteindelijk vind ik een kleine en prettige kamer met een groot raam, en ik zet mijn rugzak op het ijzeren ledikant dat tegen de muur staat. Het raam heeft een omlijsting van glas in lood, waardoor het laatste avondlicht de vloer in vrolijke kleuren dompelt.

Ik vraag me af van wie deze kamer is geweest. Hij is kleiner dan de andere, en het bed is sober in vergelijking met de elegante hemelbedden die ik in de vorige kamers zag. De vloer bestaat uit simpele witte planken, met een kleedje in het midden. Het kamertje van de huishoudster misschien, of een ander personeelslid?

Als ik in kleermakerszit met de dossiers voor me op het bed ga zitten, merk ik eindelijk op dat mijn weekendtas bij de kleine kleerkast aan de andere kant van de kamer is gezet.

Ik knipper even verwonderd met mijn ogen. Waarschijnlijk was het Archie, hij wilde natuurlijk behulpzaam zijn, maar toch verbluft dit gebaar me enigszins. Ik weet zeker dat er meer slaapkamers zijn, dus hoe wist hij dat ik deze zou nemen? Of is het als statement bedoeld: *hier hoor je thuis, weggestopt in een dienstmeidenkamertje. Dit huis is niet van jou.*

Ik denk dat ik een beetje aan het malen ben, en het feit dat ik verschrikkelijke honger heb helpt hier niet bij. Vanaf het moment waarop ik vanochtend op de trein stapte heb ik niets meer gegeten. Eerlijk gezegd heb ik tot nu toe geen honger gehad, maar nu rammel ik opeens.

Ik stop de dossiers in mijn rugzak, knus ineengeklemd tussen het groene dagboek van tante Frances (nog iets op mijn leeslijstje van Castle Knoll-geheimen) en mijn stapel notitieboekjes. Ik schuif de rugzak onder het bed, hoewel ik er zeker van ben dat dat de eerste plek is waar een snuffelaar zou kijken. Maar ik kan alles gewoon niet zomaar open en bloot laten liggen.

Ik loop terug naar beneden, al snel heb ik de keuken gevonden. Ik hoor Archie fluiten, en dan het lage gebrom van een gesprek. Ik vraag me af waarom Beth hier op dit moment aan het koken is als ze morgen de brunch verzorgt. Al weet ik wel dat het bakken van een brood voorbereidingen op de dag ervoor vergt.

De keuken is enorm, hij heeft moeiteloos de afmetingen van een compleet appartement in het centrum van Londen. Tegen de verre muur staat een Aga, waar een kookeiland met een dik houten werkblad tegenover staat. In een van de zijmuren bevindt zich een open haard die zo groot is dat ik erin zou kunnen staan, met twee fauteuils ervoor. Net als ik een paars vest op de armleuning van een van de stoelen opmerk, draait de vrouw die bij het kookeiland staat zich om en ziet me.

Beth Foyle ziet er zo'n tien jaar ouder uit dan ik, met donkere krullen en zo'n gezicht dat op een onconventionele manier knap is. Ze heeft een haakneus en is behoorlijk lang, en haar keuze om deze kenmerken eerder te accentueren dan te maskeren maakt haar tot een schoonheid. Ze is van top tot teen gekleed in kleren uit de jaren dertig; haar rode lippenstift en haar halflange donkerblauwe vintage jurk lijken de normaalste outfit ter wereld om brood in te gaan bakken. Zelfs haar pumps met veters – 'Oxford heels' – passen in het plaatje. Beth draagt over haar jurk een schort in fiftiesstijl dat wel handgemaakt lijkt. Ze is deeg aan het kneden op het met bloem bedekte werkblad, maar ze stopt als ze me ziet.

'O!' Ze schrikt en wappert met haar hand bij haar hoofd, zelfs dat gebaar is vintage en perfect getimed. Alsof ze Ingrid Bergman is die Humphrey Bogart gedag moet kussen. 'Jij bent Laura's… jij bent toch Annie?'

'Ja, dat klopt.' Ik zwaai halfslachtig, maar terwijl ze kloddertjes deeg aan haar schort veegt loopt ze om het kookeiland heen om me officieel de hand te schudden.

'Ik ben Beth.'

Archie is er niet, hoewel ik zou zweren dat ik hem net hoorde fluiten. Misschien dat Beth hetzelfde deuntje fluit.

'Leuk je te ontmoeten.' Mijn maag knort, en ik besluit om met de deur in huis te vallen. 'Archie vertelde dat je morgen een brunch voor ons verzorgt. Is er misschien nu ook iets te eten?' vraag ik. 'Ik weet dat het een beetje lomp van me is, maar ik rammel van de honger.'

'Natuurlijk!' zegt Beth. 'Ik weet het goed met je gemaakt. Hou je van soep? Ik heb minestrone en harde broodjes voor opa's lunch gemaakt, maar hij heeft er nauwelijks iets van gegeten.' Ze loopt naar de grote koelkast en haalt er een gietijzeren pan uit – zo'n dure van Le Creuset – die ze in een van de vele ovencompartimenten van de Aga zet. Ik zie dat het fornuis gloednieuw is, en dat het kersenrode email perfect bij Beths lippenstift past.

'Dank je,' zeg ik terwijl ik naar de Aga loop en de glimmende chromen handvatten bewonder.

'Is hij niet mooi?' zegt ze. 'Frances heeft hem me laten uitkiezen toen de oude aan vervanging toe was.' Haar gezicht betrekt als ze de naam van mijn oudtante noemt, maar alles aan haar is zo verzorgd dat moeilijk te zien is wat ze precies voelt. Hoewel ze de stijfheid van een vervlogen tijdperk belichaamt heb ik niet het gevoel dat ze op Elva lijkt, die van alles een theatervoorstelling maakt. Ik weet werkelijk niet wat ik van haar moet denken.

'Sorry,' zeg ik. 'Je moet haar goed hebben gekend. Het moet een verschrikkelijke dag voor je zijn geweest.'

Beth schenkt me een mager glimlachje. 'Het koken heeft me de afleiding bezorgd die ik nodig had,' zegt ze. 'Maar dank je wel.'

Ze pakt de opgewarmde soep uit de oven en schept een kom vol, die ze voor me neerzet. Ik val aan en hij is absoluut heerlijk.

Mijn ogen dwalen weer af naar het paarse vest op de armleuning, Beth volgt mijn blik en zucht.

'Dat is van Frances,' zegt ze. 'Het voelde niet goed om het op te ruimen.' Haar ogen lopen vol en ze kijkt van me weg. Ze haalt iets uit de oven, als ze weer naar me opkijkt staat haar gezicht net iets te vrolijk.

Ik moet denken aan wat Archie zei, dat de boerderij op de grond van Gravesdown staat, en ik vraag me af hoe hun toekomst eruit zal zien nu Frances dood is. Ik aarzel even, maar besluit dan dat het niet bot is om naar de boerderij te vragen. Misschien is ze juist wel blij dat iemand ook aan haar familie denkt.

'Beth, ik zat het me net af te vragen,' zeg ik langzaam. 'Wat gaat er met de boerderij van je familie gebeuren nu Frances er niet meer is?'

Ze veegt haar handen nog eens aan haar schort af en fronst. 'O, ik denk dat degene die het erft dat zal bepalen.' Ze probeert nonchalant te klinken, maar ik hoor dat het geforceerd is. 'Ik geef het toe, het zou prettig zijn als Frances de keuze had gemaakt om de boerderij aan ons na te laten, maar meneer Gordon heeft ons al verteld dat we niet in het testament zijn opgenomen.'

'Dat spijt me voor jullie,' zeg ik. En ik meen het. Het lijkt me oneerlijk dat Frances de boerderij niet heeft toegewezen aan de familie Foyle. Het landgoed is al groot genoeg, waarom zou iemand ook nog de boerderij willen? Ik vraag me af of er niet meer achter dit verhaal zit.

Beth knikt licht en glimlacht me dankbaar toe. 'Nou, laten we maar hopen dat alles goed komt.' Ze bestuift het werkblad met nog wat extra bloem en begint een volgende bal deeg te kneden.

Maar ergens vraag ik me af of dat niet de ware reden van haar brunch is: om in de buurt te blijven en over haar toekomst te horen. Als ik in haar schoenen stond, zou ik waarschijnlijk hetzelfde hebben gedaan.

Op dat moment zie ik dat we in de gaten worden gehouden.

Aan het eind van de keuken bevindt zich een grote open serre die een paar treden lager ligt. 'Serre' is eigenlijk niet het goede woord voor zoiets groots; als ik goed kijk zie ik dat het nog een heel stuk doorloopt, maar de welig tierende planten ontnemen je goeddeels het zicht. Misschien dat je het beter een 'oranjerie' of 'binnentuin' kunt noemen. Het binnenvallende licht schemert door de varens en palmen en zet alles in een stroperige gloed. Het is voor het eerst dat er een gedeelte van het huis is waar ik nieuwsgierig naar ben (op de bibliotheek na dan, maar daar heb ik nu gemengde gevoelens over) en ik zou er dan ook heen zijn gegaan als er niet iemand met zijn gezicht tegen het glas naar binnen stond te turen.

'Er staat een tengere vrouw naar ons te kijken,' zeg ik langzaam tegen Beth. 'Moeten we haar binnenlaten?'

Beth spert haar ogen open en ziet het gezicht. Deze keer klinkt haar gezucht eerder gefrustreerd dan triest. 'Rose,' zegt ze met enige stemverheffing zodat ze van achter het glas te horen is, 'wil je een kop thee?'

Rose. Mijn gedachten gaan terug naar die foto – oudtante Frances, de verdwenen Emily Sparrow, en tot slot Rose Forrester. Ze is de moeder van Joe, de verpleegkundige, en moet ooit getrouwd zijn want ze heet nu Rose Leroy. Rose is de eigenaresse van het Castle House Hotel.

Het gezicht verdwijnt bij het raam, en ergens vanuit de jungle hoor ik de bons van een glazen deur; er moet een achterdeur zijn die vanuit de serre naar de tuin leidt. Rose verschijnt tussen de hoge varens met in haar ene hand een roze hibiscus en in haar andere een geknoopte zakdoek.

Ze ziet er precies zo uit als op de foto, alleen ouder. Ze heeft nog steeds het korte haar met de pony, en haar blouse en blazer lijken uit jarenzestigpolyester vervaardigd. Haar haar is nu alleen peper-en-zoutkleurig, maar dat past goed bij haar scherpe trekken. Haar jukbeenderen zijn geprononceerder geworden, ze maken haar bruine ogen groter. Als ik Rose zie realiseer ik me dat Emily en Frances nu in de zeventig zouden zijn geweest, en dat dat eigenlijk nog niet zo oud is.

Maar Rose' trekken veranderen zodra ze me opmerkt. Er verschijnt woede in haar blik, gevolgd door angst. Ze laat de zakdoek in haar hand door haar vingers glijden, en dan zie ik verdriet verschijnen als ze naar de lege fauteuils kijkt.

'Kom binnen, Rose, en ga zitten,' zegt Beth vriendelijk. Ze loodst Rose naar een van de fauteuils, en loopt dan naar de gootsteen om een glas water voor haar te halen.

Rose sluit haar ogen en haalt diep adem door haar neus, waardoor ze de geur van versgebakken brood opsnuift die de keuken begint te vullen. Uiteindelijk zegt ze simpelweg: 'Jij moet Annabelle zijn. Leuk je te ontmoeten. Sorry, ik was even verrast je te zien. Maar ik wist dat ik je kon verwachten. Frances heeft het over je gehad.'

'Ook leuk om u te ontmoeten,' zeg ik. 'Heeft tante Frances het over me gehad? Ik dacht niet dat...' Ik word onderbroken door Rose' gesnotter.

'Sorry,' zegt Rose, die haar ogen droogdept. 'Ik ben mezelf niet. Zoals je kunt zien, heeft de dood van Frances me...' Haar stem breekt en ze wuift met haar hand bij haar hoofd, het lijkt wel een fladderend vogeltje. Ze snuift en knijpt in de brug van haar neus, alsof ze haar tranen op die manier kan binnenhouden.

'Gecondoleerd. Ik weet dat u een vriendin van tante Frances was.'

'Ik was haar béste vriendin,' zegt ze fel. Ik schrik van de verandering van toon, maar hoewel ik er nog niet zoveel ervaring mee heb, weet ik dat verdriet en woede bij rouwende mensen dicht bij elkaar kunnen liggen. Ik voel me opeens erg jong.

'Rose,' zegt Beth vriendelijk, 'is er iets wat we voor je kunnen doen?'

'Ik... ik wilde het gewoon met eigen ogen zien...' Rose slikt een snik in en herstelt zich enigszins. 'Toen Joe me vertelde dat Frances er niet meer was voelde ik me zo schuldig! Niemand van ons geloofde haar.' Haar stem trilt van kwaadheid. 'En ze had gelijk! Al die jaren heeft ze gelijk gehad over deze moord.'

'Dat weet niemand zeker,' zegt Beth.

Ik besluit dat dit niet het moment is om mijn theorieën te ontvouwen. Deze arme vrouw heeft net gehoord dat haar beste vriendin dood is. Om haar nu te zeggen dat iemand uit haar dorp, iemand die Frances heeft gekend, haar waarschijnlijk heeft vermoord... dat zou wreed zijn.

'Maar ze zullen erachter komen,' zegt Rose zacht. 'Ik vertrouw op Frances, ze heeft zich hier zestig jaar op voorbereid. De politie zal erachter komen wie dit heeft gedaan, denk je niet?' Ze kijkt van Beth naar mij en dan weer terug naar Beth. 'Frances geloofde in rechtvaardigheid, we kunnen de moord op haar niet onbestraft laten!'

'Er zijn rechercheurs mee bezig,' zeg ik. 'Ze zullen het goed afhandelen, dat weet ik zeker.' Dat weet ik eigenlijk helemaal niet zeker, maar het lijkt me het juiste om te zeggen. Rose kalmeert enigszins en knikt terwijl ze haar neus snuit.

'Annie,' zegt Beth over Rose' hoofd heen, 'zou jij even naar mijn opa willen lopen en vragen of hij Rose een lift naar het dorp wil geven? Hij is in de tuin bezig, ik kan hem door het glas heen zien.'

Rose knijpt haar ogen tot spleetjes. 'Zeg, ik ben geen fossiel. Ik ben hier gewoon naartoe komen rijden!' snauwt ze.

'Maar ik wil evengoed dat opa met je mee terugrijdt. Je bent nogal over je toeren, en dan zit een ongeluk in een klein hoekje.'

'Ik heb in mijn leven genoeg autoritjes met Archie Foyle gehad,' mompelt Rose.

Beth kijkt me nadrukkelijk aan, ik knik en ga op zoek naar Archie.

Hij is rozen aan het snoeien, dieprode exemplaren waarvan de blaadjes al afvallen. Als ik terugkom in de keuken is Rose beheerster dan net. Ze strijkt met een hand over haar korte haar en de zakdoek is verdwenen.

'Hé, Rosie,' zegt Archie. 'Kun je me een lift naar de pub geven? Mijn werkdag zit erop.'

‘Dat gaat wel lukken, Archie,’ zegt Rose. Nadat ze is opgestaan pakt ze het paarse vest van de armleuning, drukt het even tegen zich aan en drapeert het vervolgens over haar schouders.

Archie biedt haar zijn arm aan alsof hij haar naar de dansvloer leidt en ik zie ze tussen de hoge varens verdwijnen.

14

Eigenlijk wil ik 's avonds de dossiers uit mijn rugzak doornemen, maar als ik na Beths verwarmende soep weer in mijn kleine kamer ben slaat de vermoeidheid toe en kan ik nauwelijks mijn ogen openhouden. Ik word pas wakker als Oliver 's morgens op mijn deur klopt om te zeggen dat het testament van mijn oudtante Frances over tien minuten zal worden voorgelezen.

Ik haast me om me een beetje toonbaar te maken, maar ik heb maar één extra jurk mee, en die lijkt me niet zo'n succes voor zoiets als dit. Maar toch, de enige andere optie is om mijn outfit van gisteren te dragen, en dat is nog veel erger. De jurk is tenminste nog een afdankertje van een van Jenny's koopmiddagjes bij Harrods, dus het is geen confectieding. Het lijfje zit strak en vanaf mijn middel loopt de rok wijd uit, wat veel onthullender aanvoelt dan wanneer ik een van mijn gebruikelijke hobbezakken draag. Ik doe mijn haar weer in een knot en ga voor de passpiegel staan.

Ik ben aangenaam verrast. Misschien is het omdat ik gisteren de hele dag te horen heb gekregen hoeveel ik op mam lijk, maar deze jurk kleedt slank af en is elegant, ik voel me er als herboren in. Ik haal diep adem en strijk de donkerblauwe zijde nog even glad voordat ik mijn kamer verlaat en naar de trap loop.

Alles voelt plechtig nu het voorlezen van het testament aanstaande is en meneer Gordon ons naar de bibliotheek leidt. Het is er nog steeds bedompt, maar er zijn wat veranderingen aangebracht sinds ik hier gisteren was. De bloemen zijn weggehaald, zelfs de mooie boeketten die bij het raam stonden, wat de plek een stuk minder claustrofobisch maakt. Het vroege ochtendlicht stroomt door de ramen naar binnen, daarachter het gazon, dat er bedauwd uitziet en lijkt te wachten tot de zon het droog zal bakken. Ik zie dat Beth op een lange tafel aan de zijkant een brunch heeft klaargezet, maar helaas lijkt niemand dat op te merken. De stoelen blijken verplaatst, en meneer Gordon gaat achter het grote houten bureau in het midden van de bibliotheek zitten terwijl de rest van ons – op Saxon na, want die is er nog niet – tegenover hem plaatsneemt. Het is allemaal zeer formeel, precies hoe ik dacht dat het voorlezen van het testament van een bijzonder vermogend persoon zou zijn.

Elva Gravesdown zit helemaal links, met een lege stoel naast zich voor haar man. Dan kom ik, met Oliver Gordon rechts van me. Zijn telefoon blijft maar overgaan in zijn zak, en hij draait elke keer van me weg om te kijken wie hem belt. Naar zijn verwilderde gezicht te oordelen is het zijn baas of een zeer controlerende vriendin.

Een opvallende toevoeging aan het gezelschap is rechercheur Crane, die echter niet bij ons zit. Tot mijn verrassing ben ik blij dat hij er is. Met hem erbij voelt het allemaal wat rustiger en veiliger. Hij staat met een gewichtig uitziend document onder zijn arm tegen een van de raamkozijnen aangeleund en observeert ons kalm. Hij knikte me toe toen ik ging zitten, maar meer ook niet. Ik durf te wedden dat de map dokter Owusu's autopsierapport bevat, en ik ben verschrikkelijk benieuwd naar haar bevindingen.

Meneer Gordon schraapt zijn keel en kijkt met veel omhaal op zijn horloge voordat hij Elva een betekenisvolle blik toewerpt. 'Ik begrijp niet hoe Saxon te laat kan komen op een bijeenkomst in het huis waarin hij momenteel verblijft. Elva, als hij er niet binnen vijf minuten is laat ik alle kamers doorzoeken om hem hierheen te slepen.'

Elva kijkt dodelijk beledigd, een reactie waaraan alleen nog een spotlight en aanzwellende violen ontbreken. Met haar theatrale gedrag kan ze zo in haar eentje een avondvullende show verzorgen. 'Doe niet zo belachelijk, Walt. Dit is Saxons eigen huis. Hij is hier opgegroeid. Heb in godsnaam wat begrip hiervoor, misschien moet hij nog wel met wat oude spoken afrekenen.'

'Ik weet het, Elva,' zegt meneer Gordon zacht. 'Maar vergeet niet dat ik Saxon wel eens eerder uit een schuilplaats heb gesleept, en het zou me niets verbazen als hij nog steeds de kinderachtige gewoonte heeft om een gezelschap eerst te bespioneren en dan pas te ontmoeten.'

Mijn nieuwsgierigheid is geprikkeld, maar niemand gaat hier verder op in, en het zou gek zijn om ernaar te vragen.

Elva verandert het gespreksonderwerp. 'Waarom is Oliver hier?' vraagt ze.

Ik heb me dit ook afgevraagd. Ik weet dat Frances hem in haar testament heeft vermeld, maar de reden daarvan is me nog steeds een raadsel. Stiekem ben ik blij dat Elva de vragen stelt die ik zelf te ongemakkelijk vind.

'Dat zal kort worden uitgelegd voordat we aan het testament beginnen,' zegt meneer Gordon.

Vanaf de andere kant van de ruimte voel ik rechercheur Cranes strakke blik. Hij is de enige die niet opschrikt als de deur van de bibliotheek dichtslaat en er, alsof hij het zo heeft getimed, een man met een dikke bos grijs doorschoten haar verschijnt. 'Sorry, allemaal,' zegt hij met een warme glimlach.

'Saxon, eindelijk,' zegt meneer Gordon.

Saxon draagt een chic grijs pak dat zijn slanke postuur benadrukt. Hij is waarschijnlijk net geen 1,80 meter en straalt een zelfvertrouwen uit dat oprechter lijkt dan de doorlopende voorstelling van Elva. Hij heeft een hoekige kaak en groene ogen, Jenny zou hem een oude charmeur noemen. Hij ziet dat ik naar hem kijk en doet een stap naar achteren.

'Jij bent Laura niet,' zegt hij simpelweg. Maar de glimlach blijft, en de opmerking dat ik zo op haar lijk blijft achterwege.

'Nee, dat ben ik niet.' Ik ga wat meer rechtop zitten en probeer het gevoel terug te halen dat ik kreeg toen ik zonet voor de passpiegel stond.

'Saxon, dit is Annabelle Adams. Annie. Laura's dochter,' zegt meneer Gordon. 'Ze is een van de begunstigden in deze...' hij kijkt naar de papieren die voor hem liggen en fronst diep genoeg om zijn hele gezicht te laten verzakken, 'toestand.' Hij mompelt het laatste woord min of meer in zichzelf, maar het is duidelijk wat hij er van vindt.

Saxon gaat op de stoel naast mij zitten. Hij buigt zich naar me toe en zegt: 'Leuk je te ontmoeten, Annie. Hopelijk kan dit allemaal goed en makkelijk geregeld worden, zodat die arme Walt geen hartverzakking zal krijgen van alle stress. Ik heb begrepen dat Elva je gisteren nu niet bepaald op een warm welkom heeft onthaald, en dat moet je haar maar vergeven. Volgens mij heeft ze haar antipathie jegens Laura op jou afgereageerd.'

Ik weet niet wat ik van Saxon had moeten verwachten, maar het was in elk geval niet dit. Misschien een evenknie van Elva. Of iemand die te druk en te belangrijk is om me op te merken, gezien zijn late entree. Maar Saxon zit kalm naast me en wekt de indruk zeer redelijk te zijn terwijl hij ook lijkt te begrijpen hoe onbeholpen ik me in deze situatie voel. Het is een aangename verrassing.

'Dank u,' zeg ik.

Ik vraag me nog even af wat mam heeft gedaan om Elva zo te ontrieven, maar als ik afga op wat ik tot nu toe van Elva heb gezien lijkt me daar niet veel voor nodig. Mam zal er waarschijnlijk van genoten hebben om haar op de kast te jagen, een gedachte die me een golf van affectie bezorgt.

'Goed, ik zal jullie vertellen hoe het zit.' Meneer Gordon zet een leesbril op en neemt de papieren die voor hem liggen ter hand. 'Frances wil haar bezittingen niet verdelen, het moet één geheel blijven. Hieronder vallen het huis in Chelsea, de boerderij, de landerijen die aan het landgoed Gravesdown grenzen en het landhuis zelf en de grond eromheen. En er valt ook nog eens een bedrag van veertig miljoen pond onder.'

Elva slaat haar handen in elkaar en hapt naar lucht, wat ze snel met een kuchje probeert te maskeren. Saxon maant haar met een *sst* tot stilte terwijl meneer Gordon haar over zijn leesbril heen een vernietigende blik toewerpt.

Iedereen zwijgt verder, en meneer Gordon vervolgt: 'Saxon, Oliver en Annie, die onlangs voor Laura in de plaats is gekomen, zijn de begunstigden, maar hier beginnen de complicaties. De beste manier om dit uit te leggen is om jullie meteen maar deze brief van Frances voor te lezen:

> Beste Saxon, Annabelle en Oliver,
>
> Ik had dit op de normale manier willen doen, geloof me. Ik zal het zo over Oliver hebben, maar ik richt me eerst tot Saxon en Annabelle. Ik heb lang geweten dat mijn leven door een moord zou worden beëindigd, en daarom laat ik mijn bezittingen – het geheel, inclusief de bedragen op al mijn rekeningen – na aan degene die mijn moord succesvol weet op te lossen.
>
> Ik ben jarenlang slecht behandeld in dit dorp, alleen maar door een diepe overtuiging die ik heb. Iedereen draagt de last van zijn geheimen, en vanwege mijn gave om ze op te diepen word ik als een idioot weggezet. Maar ik weet al jaren dat er iets niet pluis is in Castle Knoll, en dat de geheimen die tussen de straatstenen, in de kerkmuren en zelfs in mijn eigen huis zitten ons tot op het bot verteren. Ik heb altijd al geweten dat deze geheimen dodelijk zouden blijken te zijn. Dat waren ze indertijd namelijk ook al.
>
> Mijn laatste daad op aarde is om jullie tweeën dat ook te doen geloven, en hopelijk zal het hele dorp het geloven.
>
> Dat de beste van jullie mijn rijkdom mag erven, en niet mijn noodlot…'

Met open mond probeer ik Frances' woorden te doorgronden. Ik voel de wurgende greep van het lot weer, want ik doe eigenlijk niets anders sinds we mijn oudtante hebben gevonden. Ik kan het niet helpen, maar ik heb het gevoel dat ik deel uitmaak van haar noodlot, alsof *ík* de juiste dochter uit de voorspelling ben.

Op dat moment begint Elva te sputteren: 'Sorry? Kan ze dat zomaar doen? Ons zo het vuur aan de schenen leggen?'

Rechercheur Crane bestudeert de map in zijn handen, het is onduidelijk of hij iets van Elva's woorden heeft gehoord.

Meneer Gordon schraapt zijn keel. 'Elva, er is geen ons. Dit gaat Saxon en Annie aan. En Oliver en de rechercheur, maar daar komen we zo op als je me even uit laat praten.'

Er zijn natuurlijk regels. Ik wil niet dat jullie niets uitvoeren terwijl mijn lichaam in de grond ligt te rotten en er geen gerechtigheid geschiedt. Ik geef jullie een week. Als het jullie aan het eind van deze periode niet is gelukt om mijn moord op te lossen, dan zullen al mijn bezittingen stuk voor stuk verkocht worden door onze jonge vastgoedontwikkelaar Oliver Gordon en zijn werkgever Jessop Fields. Het kan me niet schelen of het landgoed plaats moet maken voor een winkelcentrum of een steengroeve, als jullie falen zal het hele dorp het generaties lang voelen. Het geld van de verkopen, en de rest van mijn fortuin, zal naar de kroon gaan...

Ik kan er niets aan doen, maar ik ben de volgende die interrumpeert. 'Maar wat gaat er dan gebeuren met de boerderij, met Beth en haar grootvader en hun zaken?'

Meneer Gordon zwijgt en kijkt me lang aan, en ik kan niet uitmaken of hij dankbaar is dat iemand eens een keer niet alleen aan zichzelf denkt, of moe omdat ik hem eraan heb herinnerd dat dit testament als een bom zal inslaan in het dorp. Hij geeft geen antwoord en gaat verder.

Maar ik wil ook niet dat jullie haastig met de verkeerde antwoorden komen om de erfenis op te eisen. Dus geef ik rechercheur Crane het laatste woord over jullie bevindingen, waarna er een arrestatie of een juiste conclusie zal volgen. En daar heeft Walt het laatste woord over. Hij heeft ook de autorisatie om je te diskwalificeren als je om welke reden dan ook wordt veroordeeld voor iets.

'Dus we mogen elkaar vermoorden, zolang we er niet voor gepakt worden,' zegt Saxon droogjes. 'Heel elegant, Frances.' Hij leunt mijn kant op en voegt eraan toe: 'Maak je maar geen zorgen, Annie, ik zal je niet vermoorden.'

'Dat waardeer ik zeer, Saxon, ik zal jou ook niet vermoorden.' En dan grijnzen we alle twee, want het is vreemd om zoiets te zeggen tegen iemand die je pas tien minuten geleden voor het eerst hebt ontmoet.

'Nou, het is inderdaad een elegante toevoeging aan het testament,' zegt Walt. 'Want het zorgt ervoor dat jullie op elkaar blijven letten. Frances zou niet gewild hebben dat haar erfenis naar iemand gaat die het niet waard is.' Hij houdt de brief weer op en leest verder voor.

De eventualiteit van een natuurlijke dood ga ik hier niet vermelden, daarvoor zijn mijn overtuiging en geloof in wat er staat te gebeuren te sterk. En neem maar van me aan dat ik allang naar de politie was gestapt als ik ook maar enig idee had wie van plan is me te vermoorden. (Rechercheur Crane kan beamen dat ik verschillende pogingen heb gewaagd.) Ik heb jarenlang geprobeerd mijn eventuele moordenaar te ontmaskeren, maar het is niet makkelijk om een misdrijf op te lossen dat nog niet heeft plaatsgevonden, dus dat gedeelte moet ik aan jullie overlaten.

Ik heb geprobeerd om dit spel te spelen met een plan, maar ik kom er toch uit als verliezer. Het plan wordt dus nu zonder mij uitgevoerd.

Veel succes,
Frances

We blijven een paar minuten verbijsterd zitten, tot ik besluit de stilte te doorbreken.

'Wat gebeurt er als we de moord samen oplossen?'

'Of als een van ons het heeft gedaan?' vraagt Saxon.

Rechercheur Crane kijkt op, zijn mondhoeken krullen ietwat op.

'Hoezo? Ga je een bekentenis afleggen?'

'Puur vanuit hypothetisch oogpunt,' antwoordt Saxon. 'Ik wil weten hoever Frances dit heeft doorgedacht. Het is werkelijk een waanzinnig plan.' Saxon lijkt vooral geamuseerd te zijn over dit alles, alsof het een interessant spel is.

Oliver is de hele tijd op zijn telefoon bezig geweest, maar nu kijkt hij op en zegt: 'Niet dat ik nou wil helpen met het oplossen van die moord, want ik vervul hier alleen maar de rol van stok achter de deur…' Zijn blik is zo zuur dat je er melk mee kunt laten schiften, en ik realiseer me opeens dat hij woedend is. 'Maar omdat onze lieftallige Frances denkt dat ze over haar graf heen kan regeren en mijn carrièremogelijkheden totaal niet serieus neemt, en omdat ik liever niet in mijn slaap vermoord wil worden als dit allemaal uit de hand gaat lopen,' hij werpt een zijdelingse blik op Elva, 'zou ik erop willen wijzen dat we allemaal vrijuit gaan omdat we ons in een kantoor in Castle Knoll bevonden op het tijdstip dat ze werd vermoord. Dat wil zeggen, iedereen behalve Saxon.'

'Volgens mij doet dat er niet toe,' zeg ik. 'Die bloemen kunnen er veel eerder zijn neergezet, door een moordenaar die genoeg tijd had om weg te komen.'

Rechercheur Crane maakt zich soepel los van het raamkozijn waartegen hij leunde. 'De bloemen zijn niet haar doodsoorzaak geweest,' zegt hij kalm.

'Ze… wat?' Ik knipper met mijn ogen en probeer te bevatten dat de dollekervel in haar bloedbaan niet dodelijk is geweest.

'Dus ze zat ernaast? Ze is niet vermoord?' vraagt Saxon.

'Dat heb ik niet gezegd,' is alles wat Crane zegt. Hij bestudeert Elva en Saxon behoedzaam en peilt hun reacties. Saxon kijkt terug, hij is zich ervan bewust dat de rechercheur hem taxeert. Elva lijkt niets door te hebben.

'Nou, we bevonden ons allemaal in het kantoor van meneer Gordon toen ze stierf,' reageert Elva. 'Had Frances niet gebeld om de bijeenkomst te verplaatsen? Dus ze leefde nog toen we daar allemaal waren. En Saxon was onderweg vanaf het ziekenhuis, hij bevond zich op de veerboot.'

'Ik heb het kaartje nog, als iemand het wil zien,' zegt Saxon vlak.

'Niemand heeft het over de olifant in de kamer,' merkt Oliver op, zijn stem heeft een verrassend scherp randje.

'Welke dan?' flap ik eruit, want ik denk oprecht dat er verschillende olifanten in de kamer zijn.

Oliver negeert me en richt zich tot de rechercheur. 'Wat was de doodsoorzaak, rechercheur Crane? Of bent u van plan ons dat niet te vertellen, ook al hebt u het autopsierapport in uw hand?'

'O, die olifant,' zeg ik.

Rechercheur Crane beweegt zich niet. Hij kijkt Oliver aan met een flauw glimlachje.

'Oké,' zegt Oliver. 'Maar wat gaat er gebeuren als ze uit eigen beweging dood is neergevallen?'

'Wat? Bedoel je dat ze zichzelf van kant heeft gemaakt om ons al deze heisa te bezorgen?' zegt Elva, alsof ze het een serieuze optie vindt. Ik oordeel niet graag, maar ik begin het idee te krijgen dat Elva Gravesdown niet bijster slim is.

'Nee, ik bedoel: wat als ze een hartaanval heeft gekregen? Of dat diabetes of weet ik veel wat haar fataal is geworden? Wat gebeurt er dan?'

Rechercheur Crane komt eindelijk in beweging. Hij loopt naar meneer Gordon en legt de map op het bureau. 'Ze heeft een hartaanval gekregen,' zegt hij langzaam.

Oliver bromt iets en diept zijn telefoon op uit zijn zak.

'Maar het was geen natuurlijke hartaanval,' zegt Crane, die de map openslaat. 'Frances had gelijk. Iemand heeft haar vermoord.'

15

De Castle Knoll-dossiers, 23 september 1966

John was afstandelijk en ontweek mijn vragen over het landgoed Gravesdown en wat ze daar hadden gedaan toen ze er indertijd zonder mij heen waren gegaan. Saxons waarschuwing hing nog steeds onaangenaam in de lucht: 'Ik weet dat je me een kleine etter vindt, maar je vriend is nog veel erger.'

Maar John beantwoordde elke vraag die hij ontweek met een lieve attentie: een parfum dat hij in Londen had besteld, of een exemplaar van mijn favoriete boek. Hij kerfde onze initialen in bomen en zei dat hij van me hield. En langzaam, in de loop van de daaropvolgende week, begon het ijs tussen ons te breken.

En gelukkig was John het met me eens dat er nog andere romantische plekken waren dan de bossen van Gravesdown. Hij bedacht allemaal andere uitjes voor ons samen, zoals de kasteelruïne bij nacht, of een avondritje in de auto die hij van Walt leende. Toch bleef ik me sinds mijn bezoek aan Ford en Saxon wat ongemakkelijk voelen over mijn vrienden.

Emily bleef volhouden dat het landgoed de meest opwindende plek was waar we konden rondhangen, iets wat we in praktijk konden brengen toen de politie ons op een avond – het was zeven uur – van de brink in het midden van het dorp stuurde omdat we te veel herrie maakten. Zoals gewoonlijk was Walt de voornaamste bron van overlast. Hij plaste tegen een boom terwijl hij 'You Really Got Me' van The Kinks zong, en hij verzekerde ons dat hij precies zo lang kon pissen als het nummer duurde. Walt doet altijd zulke dingen – hij is zo'n kind.

Rose was terug bij Teddy Crane nadat ik haar ervan had overtuigd dat zijn acne ooit zou verdwijnen, en dat hij dan behoorlijk knap zou zijn. Dat was geen leugen, onder al die puisten zit een leuk gezicht. Donker haar en sterke trekken, en een kalme aanwezigheid die enigszins beschermend aanvoelt. Ik denk dat Rose de dingen niet op lange termijn kan zien.

Toen John en Teddy nog wat bier gingen kopen, vlak voordat de politie op Walts gezang afkwam, had ik eindelijk eens de kans om het met Rose over mijn tegenstrijdige gevoelens te hebben. Het was twee weken geleden dat we het landgoed waren op geslopen, en de hele gebeurtenis speelde zich sindsdien non-stop in mijn hoofd af. Ergens wist ik dat ik moest uitkijken, mijn vrienden waren sluw en ik wilde niet voor een idioot worden uitgemaakt. Maar aan de andere kant vind ik het vermoeiend om de hele tijd wantrouwend en boos te blijven.

Ik ging naast Rose op het picknickkleed zitten en stak mijn arm door de hare. Ik had twee truien aan omdat Emily mijn wollen jas had geleend en hem niet terug wilde geven.

Ze droeg hem alsof hij altijd haar jas was geweest. Ik keek opzij, ze zat met Walt te kletsen en lachte. De jas stond haar beter dan mij – de dubbele rij vergulde knopen en de uitlopende klokvorm waren sowieso iets te modieus voor me. Toch voelde ik een diepe spijt als ik die knopen zag, zij waren de reden dat ik voor deze jas was gegaan. Ze waren uniek – er stonden springende hertjes op, ik had nog nooit een jas met zo'n detail gezien.

'God, je moet het ijskoud hebben, Frannie,' zei Rose, en ze wreef over mijn vrije arm om me op te warmen.

'Het gaat wel,' zei ik, maar het was begin april en donker, dus dat was een opzichtige leugen.

'Ik loop naar haar toe om jou die jas terug te bezorgen,' zei Rose. 'Dit heeft lang genoeg geduurd.'

'Wat, dat Em spullen leent? Zo is ze gewoon, dat weet je. Trouwens, ik weet dat ik alle spullen die ik haar uitleen waarschijnlijk toch nooit terugkrijg.'

'Zie je nou niet dat er meer aan de hand is? De manier waarop ze jou

imiteert loopt de spuigaten uit. Je bent te aardig, je praat alles goed, maar het is... ze is echt berekenend.'

Even kwamen alle gevoelens van de afgelopen twee weken naar boven. Maar ik schudde moedeloos mijn hoofd. 'Je zoekt er te veel achter,' zei ik, maar ik dacht na over Rose' woorden. Ze klonken als een echo van mijn instincten, mijn diepste zorgen dat Emily me tot haar vijand had verklaard. Ze wás berekenend, dat wisten we allemaal. Ik begreep alleen niet waarom ik opeens een doelwit was geworden. Meestal was het iets wat met jongens had te maken.

'Frances, het is gewoon...' Rose haalde een hand door haar haren en beet op haar onderlip. Het leek er even op dat ze me iets ging vertellen, maar toen keek ze omlaag en zei niets meer.

Ik zag dat John en Teddy bij de avondwinkel stonden en een sigaret rookten, dus ik nam mijn kans waar. 'Rose, waarom heeft niemand van jullie me verteld dat jullie zonder mij het landgoed waren op geslopen?'

Rose trok een gezicht alsof ze met een naald werd gestoken, maar ze keek nog steeds niet op. 'Sorry, Frannie, het was Em. Je weet hoe ze is. Ze zou me wat doen als ik je vertelde dat we er waren geweest.'

'Goed,' zei ik resoluut. 'Waarom ben je eigenlijk meegegaan?'

Rose keek naar haar handen en sloeg vervolgens haar ogen naar me op. 'Ik was er voor de eerste keer, en ik begreep pas later dat Emily tegen me had gelogen. Ze zei dat je je niet lekker voelde en thuis was gebleven. Daarna ben ik nooit meer met hen meegegaan, ik zweer het je.'

'Oké,' zei ik langzaam. 'Maar ik denk nog steeds dat je iets voor me verzwijgt. Ford zei dat hij Emily eerder had ontmoet, en hij probeerde me voor jullie allemaal te waarschuwen. Wat is er precies gebeurd die eerste keer?'

Rose keek naar de avondwinkel, waar nu ook Emily en Walt bier kochten. 'John, Walt en ik zaten bij elkaar. Maar Emily verdween en kwam pas terug toen het tijd was om naar huis te gaan. Walt werd er kwaad over en ze hadden ruzie, want het was duidelijk waar ze heen was geweest.'

'Ze was naar het huis geweest.' Ik weet niet waarom dit besef me ontmoedigde, terwijl ik wist dat het zou komen. Ik had een uur in het huis

doorgebracht, we hadden een gesprek gevoerd en theegedronken. Maar het was een bittere pil dat ik van Rose te horen kreeg dat Emily er al eerder was geweest. Ik hoorde Saxons opmerking in mijn hoofd: 'Je vriendin Emily heeft een paar keer oom Fords irritatie gewekt. Ik denk dat ze erop hoopte dat hij naar een nieuwe vrouw op zoek was.'

Het groepje liep over het grasveld naar ons toe, ik keek naar Emily in mijn wollen jas. Ze zwierde en lachte, haar arm door die van Walt gestoken. Haar blonde haar lichtte op in het donker, en hij keek naar haar alsof ze een vallende ster was, een flits in de nacht die je maar een paar keer in je leven ziet.

Walts haar was geknipt, hij had nu net zo'n kapsel als John – keurig kort, hij had zijn bos een paar weken eerder laten kortwieken. Het was opmerkelijk, want Walt was dol op zijn haar geweest. Hij genoot van de zure blikken die oude dametjes hem toewierpen terwijl ze 'schooier' mompelden, of van de meisjes op het strand die hem vertelden dat hij op George Harrison leek. Kennelijk was er een nieuwe mode waar ik niets van wist.

Dat was een simpele gevolgtrekking omdat ik altijd de laatste was die dat soort dingen wist. Maar ik had me eigenlijk moeten afvragen waarom Walt opeens op John probeerde te lijken.

'Ik ken een heel leuk spelletje,' zei Emily toen ze me breed glimlachend naderde en naast me ging zitten. Ze stak een hand in haar (mijn) jaszak en haalde er iets uit, iets van dof metaal en vreemde rondingen dat niet goed zichtbaar was in de duisternis van de avond.

Teddy vloekte, en Rose greep mijn arm om me bij Emily weg te trekken.

'Jezus, Em?' gilde ik. De revolver lag in haar handpalm, bijna onschuldig, als een rekwisiet in een toneelstuk. 'Waar heb je die gevonden?'

'En waarom heb je hem meegenomen?' voegde Teddy eraan toe. Rose zat er doodsbang bij.

'Ik vond de sleutel van mijn vaders wapenkast,' zei Emily, die een lach wegslikte, waardoor het als een verontwaardigd snuiven klonk. 'Het was niet moeilijk, en wat het "waarom" betreft,' – ze keek Teddy met samengeknepen ogen aan, een blik die 'spelbreker' leek uit te

schreeuwen – 'waarom niet? Dus. Hebben jullie ooit Russische roulette gespeeld?'

Dit was het moment waarop Walt al pissend tegen een boom de Kinks-hit begon te brallen, wat gelukkig door omwonenden werd gehoord die riepen dat ze de politie gingen bellen.

Emily zuchtte wereldwijs en vermoeid, wat me nogal overdreven leek. Ze kon goed de rebel uithangen in Castle Knoll, maar dat maakte haar echt niet volwassener dan ons.

'Nou, een andere keer dan maar,' zei ze gepikeerd terwijl ze de revolver terug in haar jaszak stopte. 'Laten we snel in de auto stappen voordat ze ons met hooivorken achternakomen.'

Emily slenterde naar Walt. Op het moment dat ze ons de rug had toegekeerd verdwenen Rose' handen vlak bij de kraag in haar eigen jas.

'Nu is ze te ver gegaan,' zei ze en ik zag het kettinkje met de vogel vaag glinsteren in de nacht voordat haar vingers naar haar nek reikten en het slotje open probeerden te krijgen.

Toen dat eindelijk was gelukt gooide ze het kettinkje in het gras. 'Je zou de jouwe ook moeten weggooien, Frances,' zei Rose.

Ik overwoog het even. Maar het verleden dat Emily, Rose en ik delen… nou ja, dat is de lijm die ons zo lang bij elkaar heeft gehouden. Zeker, die lijm was dunner aan het worden, maar ik moest Rose eraan herinneren dat hij er nog steeds was.

'We kennen Emily, Rose. Als ze zo doet, dan…'

Rose viel me in de rede. 'Zo heeft ze zich nog nooit eerder gedragen.'

'Dat klopt, maar wel een keer bijna. En je weet waarom dat was, Rose. Deze keer zal het waarschijnlijk niet anders zijn.'

Emily's moeder, Fiona Sparrow, was altijd de perfecte huisvrouw. Ze is knap, traditioneel en koestert extreem hoge verwachtingen van Emily. Haar vader is gemeenteraadslid, en ze zijn het soort mensen op wie iedereen in het dorp een goede indruk wil maken omdat ze zo charismatisch zijn.

Emily's oudere zus liep op haar vijftiende weg naar Londen, sindsdien wordt haar naam nooit meer genoemd in het huis. Emily wordt als enig kind behandeld, maar de leegte die haar zus heeft achtergela-

ten heeft ervoor gezorgd dat Fiona vastbesloten is om met Emily te slagen daar waar ze eerder faalde. Ze controleert alles tot in het extreme, ze kiest alle kleding voor Emily uit en dost haar uit als een levende pop.

Toen ik Emily in het donker zag weglopen merkte ik op dat ze nog steeds Fiona's pumps droeg, en een panty met een naad op de achterkant, die kun je niet eens meer in de winkel krijgen.

Ik droeg een kekke cigarette*-broek, waar ik trots op was omdat ik de voeringstof – gingham, het beroemde ruitjespatroon – van een regenjas uit de uitverkoop had gebruikt om samen met mam de broek à la Audrey Hepburn met behulp van een foto uit een tijdschrift na te maken.*

Emily keek opeens mijn kant op – het was bijna griezelig, alsof ze mijn gedachten kon lezen.

Ik dacht terug aan de tijd dat we tien waren en ik onverwachts bij Emily langskwam. De vriendschap tussen Rose, Emily en mij was toen simpel en makkelijk. In de zomer maakten we touwen aan bomen vast om over de Dimber te slingeren, en in augustus deden we ons tegoed aan bramen. We geloofden dat de wilde konijnen die in de heggen zaten konden praten, en dat we ze konden temmen. Emily kwam altijd met de beste spelletjes en de creatiefste ideeën.

De voordeur stond die verstikkende zomerdag op een kier open om elk briesje binnen te laten. Terwijl Emily theekopjes wegzette liet ze boeken op haar hoofd balanceren, alsof ze een keurig meisje van goede komaf was dat op finishing school *zat, de opleiding waar meisjes goede manieren leren. Maar volgens Fiona deed ze dat niet geruisloos genoeg en ik hoorde haar stem halffluisterend door de kamer sissen: 'Hoe wil je dat iemand van je zal houden als je niet eens de simpelste dingen voor elkaar krijgt? Je zult je hele leven tot Castle Knoll veroordeeld zijn! Je bent een knap meisje, Emily, als je tenminste niet je mond opendoet. En die schoonheid is het enige wisselgeld dat je hebt, want de rest is middelmatig. Je moet leren om je uiterlijk in te zetten als je niet de schande van deze familie wilt worden.'*

Omdat Emily's hand hevig trilde kletterde een theekopje zo hard op tafel dat er een schilfer afvloog.

Fiona veegde het volledige theeservies van de tafel, het vloog tegen de muur en lag vervolgens verspreid over de vloer. Emily stond erbij en keek ernaar.

'Jij gaat de rest van de dag die gebroken kopjes lijmen,' had Fiona gezegd. 'Dan kun je nadenken over je onhandigheid. Mannen uit goede families willen geen ondankbare vrouwen. Met zulke slechte manieren krijg je niet eens een Foyle, laat staan een Gravesdown.'

Emily knielde op de vloer neer en begon de scherven op te rapen. Ik voelde een golf van woede opkomen en had mijn vuisten in mijn zij geplant. Fiona stond met haar rug naar me toe, maar Emily's blik schoot naar mijn gestalte in de deuropening. Ze zag er gekwetst en beschaamd uit, maar toen trok er een woedende vastberadenheid over haar gezicht. Bijna onmerkbaar schudde ze haar hoofd, alsof ze wilde zeggen: waag het niet je ermee te bemoeien, Frances.

En dat deed ik dus ook niet.

Maar daarna werden Emily's spelletjes duisterder en intenser. Niet in één keer, maar geleidelijk en op een manier die eerst nog opwindend was. Gedurende onze vroege tienerjaren kwam Emily met de beste griezelverhalen, ze liet Rose en mij geesten oproepen en verzon magische handelingen. We begluurden mensen uit het dorp en roddelden samen over half verzonnen geheimen. Maar we kwetsten nooit iemand, en we kwetsten ook onszelf niet.

'We kunnen Fiona niet de schuld van álles geven,' zei Rose. 'Ze is er nu niet bij om Emily's keuzes te bepalen.'

'Misschien niet,' zei ik. 'Maar ik vraag me wel eens af of Emily zo met ons speelt omdat ze dan het gevoel heeft controle over haar leven te hebben, en omdat ze buiten het bereik van Fiona is. Of dat het misschien een manier is om ons te straffen omdat we te veel weten.'

Teddy zat zwijgend naast ons, hij was tactvol genoeg om net te doen alsof hij zich op de voorbijdrijvende wolken focuste. Er was net genoeg maanlicht om hun dreigende randen in het donker te ontwaren. Iemand riep dat we moesten opschieten, dus we stonden op en maakten aanstalten terwijl de onuitgesproken gedachten over Emily ons vergezelden.

Ik denk dat het lot toen bepaalde dat ik met de teen van mijn schoen Rose' kettinkje raakte; ik viste het behoedzaam uit het gras op.

'De vogel zal je verraden, Frances,' zei Rose zacht toen ik haar het kettinkje aanreikte. Ze weigerde het aan te nemen, maar Teddy stak zijn hand uit en borg het weg.

'Ik dacht dat je niet in mijn voorspelling geloofde,' zei ik.

'Daar begint verandering in te komen,' antwoordde ze. Ik voelde een koude rilling door me heen gaan. Ik wilde Emily niet laten vallen, ondanks al haar nare kanten, maar de voorspelling ondermijnde mijn vertrouwen in iedereen en alles om me heen.

Vogelnamen als Crane en Sparrow, koninginnen op schaakborden, bankbiljetten en speelkaarten – het voelde alsof ik deze voorspelling niet op eigen kracht het hoofd kon bieden. Ik wilde dat iemand me kon helpen. Ik voelde me zo verschrikkelijk eenzaam op dat moment.

En toen dacht ik: Ford. Hij weet wat een goed plan is. Hij weet hoe je een spel speelt en het wint. Daarna kon ik alleen nog maar aan hem denken.

16

Saxon loopt naar het bureau en in plaats van 'mag ik?' te zeggen trekt hij vragend zijn wenkbrauwen op. Als de rechercheur knikt pakt hij de map en neemt hem mee naar zijn stoel. Ik neem aan dat we allemaal gerechtigd zijn om de resultaten te vernemen, en Saxon heeft de juiste expertise om ze te interpreteren.

Terwijl Saxon door het rapport bladert kijk ik Crane aan. 'Hoe heeft de autopsie zo snel kunnen plaatsvinden?' vraag ik.

'De lijkschouwer van het naburige graafschap was in staat om met dokter Owusu samen te werken, en het bleek dat er in hun lab meteen tijd was voor de tests, wat in Sandview meestal niet het geval is. Een autopsie alleen duurt zo'n vier uur. Het zijn het papierwerk en de labresultaten die het officiële rapport kunnen vertragen. Maar in dit geval waren alle benodigde mensen beschikbaar, dus het ging snel.'

'O, oké. Dus wat is er met haar gebeurd als het niet de dollekervel was? Dat boeket... dokter Owusu zei dat dollekervel dodelijk kan zijn als het in de bloedbaan komt, en tante Frances' handen zaten onder de snijwondjes.'

Ik ga wat verder van Saxon af zitten, hij mompelt in zichzelf terwijl Elva half over hem heen hangt. Ik loop naar Crane, die zijn hangplek bij het raamkozijn weer heeft ingenomen. Meneer Gordon blijft op zijn plek zitten en maakt duidelijk dat hij dit al eerder heeft gehoord.

'Het was niet de dollekervel die haar heeft gedood. Dat lijkt een losstaand incident te zijn,' zegt Crane.

'Losstaand? Zelfs als de bloemen haar niet hebben gedood, vormden ze zeker een bedreiging. En dat maakt ze relevant,' zeg ik.

Crane buigt zich naar me toe en raakt lichtjes mijn elleboog aan. 'Ik zal ernaar kijken, Annie,' zegt hij vlak. 'Laat me mijn werk maar doen.' Hij dwingt onbewust zoveel gezag af dat het ontwapenend werkt. En dan realiseer ik me opeens dat dat precies is wat hij doet: hij probeert ons voor zich te winnen. Door ons tegen elkaar op te zetten om haar moord op te lossen heeft mijn oudtante Frances een beroepsmatig wespennest voor hem gecreëerd. Wat voor onderzoek hij ook zal instellen, wij zullen in de weg lopen en wat er ook gebeurt... het zal zwaar voor hem worden om er zonder kleerscheuren uit te komen.

De tikkende klok mist zijn uitwerking niet, mijn brein is al overuren aan het maken om vooruitgang te boeken. Ik haal diep adem om rustig te blijven. Op papier hebben we een week om erachter te komen wat er is gebeurd, maar in werkelijkheid is het afgelopen zodra een van ons tweeën de moord heeft opgelost.

Wat inhoudt dat er voor mij op dit moment verschillende niveaus van motivatie zijn.

Zo zou mam het huis in Chelsea kunnen krijgen als ik de moord oplos. Het huis waarin ze altijd gelukkig en geïnspireerd is geweest. Haar breekbare schilderproces zou een knauw krijgen als ze het huis moest verlaten, temeer omdat ze er haar succesvolle vroege werk heeft gemaakt. En om toe te moeten kijken hoe Elva de boel overneemt zou onze harten breken.

En ik zou het idee niet kunnen verdragen dat Oliver en Jessop Fields het landgoed zouden afgraven om er bioscopen neer te zetten en parkeerplaatsen aan te leggen. Gravesdown Hall zou misschien worden gespaard als het op de monumentenlijst staat, maar het zou ongetwijfeld aan een hotelketen worden verkocht. Het bos zou plaats moeten maken voor woningbouw, en hoewel ik begrijp dat mensen huizen nodig hebben weet ik zeker dat er betere plekken zijn om ze te bouwen.

Maar boven alles wil ik deze puzzel oplossen. Er is me zojuist gevraagd om dat te doen, terwijl ik er eigenlijk al mee bezig was. Ik ben nodig. Ik, Annie Adams, toekomstig schrijver van moordmysteries.

En ik heb het gevoel dat er hier iets is gebéúrd. Niet alleen met tante Frances gisteren, maar dat het een geschiedenis is die tientallen jaren overspant.

Olivers stem snijdt door mijn gedachten: 'Wat gebeurt er als rechercheur Crane de moord oplost?'

Saxon kijkt op, alle blikken zijn op meneer Gordon gericht. 'Als de rechercheur als eerste de moord oplost zal het landgoed door Oliver worden verkocht.' Meneer Gordon kijkt bedrukt, alsof donkere wolken zich samenpakken in zijn hoofd en hij zijn best doet om de storm te laten overwaaien. Castle Knoll is zijn thuis, en ik heb begrepen dat zijn kleinzoon zijn best heeft gedaan om er zo min mogelijk te zijn. Ik vraag me af of meneer Gordon blij is met het idee dat Gravesdown in een nieuwbouwwijk zal veranderen.

'Dus ik heb de keuze,' zegt Oliver langzaam. 'Of ik voeg me bij het team van rechercheur Crane...'

'We zijn geen team,' voegt deze er naadloos aan toe.

'... of ik wacht tot deze twee hopeloos hebben gefaald.'

Saxon en ik kijken elkaar aan, en ik kan bijna zien hoe het kwartje bij hem valt. Hij beseft nu ook dat we niet alleen met elkaar wedijveren, maar ook met Oliver en rechercheur Crane, die beiden een beroepsmatige insteek hebben. Het is in Olivers belang dat wij falen, en Crane wil niet dat we zijn onderzoek ondermijnen. En dat zullen we ook doen. Het is logisch dat Saxon en ik belangrijke ontdekkingen of bewijzen bij de politie zullen proberen weg te houden. Ik sla mijn ogen op naar Crane en zie dat hij al naar me staat te kijken. Ik krijg het ongemakkelijke gevoel dat hij me altijd vijf stappen voor zal zijn. Hij heeft de hulpmiddelen van de politie, en dan is hij ook nog eens heel charmant. Als ik hem was, dan zou ik proberen om een van ons tweeën aan zijn kant te krijgen, en ik weet nu al dat het niet Saxon zal worden.

Er zijn zoveel variabelen dat het overweldigend is. Meneer Gordon is ook niet voor honderd procent neutraal. Dat groene, in leer gebonden boek dat ik gisteren heb meegenomen blijft maar in mijn gedachten terugkeren, en ik neem me voor om erin te gaan lezen zodra er een rustig moment voor is.

Ik ben een en al vastberadenheid. Eigenlijk zou ik nu een notitieboekje bij me moeten hebben om het allemaal op te schrijven. Maar goed dat ik er een paar in mijn kamer heb liggen.

Ik voel Cranes hand weer op mijn elleboog, hij buigt zich naar me toe en zegt: 'Gaat het wel?'

'Er is niets aan de hand, ik zal echt niet in katzwijm vallen,' zeg ik met mijn kiezen op elkaar.

'Ik wilde het alleen maar even checken,' zegt hij. Oliver kijkt naar ons met een zelfverzekerde en berekenende blik. Ik sta tussen hen in en krijg het gevoel dat ik hier als de zwakke schakel wordt beschouwd. Annie Adams, overdag administratief medewerker die recent overbodig is geworden, 's avonds aspirant-schrijver. Iemand die op de gekste momenten flauwvalt. Dochter van Laura, de hedendaagse kunstenaar die haar contact met de werkelijkheid heeft verloren.

Saxon loopt naar me toe met het autopsierapport in zijn hand en reikt het me aan. Net als ik moet hij deze verwikkelingen verwerken, maar hij geeft geen krimp.

'Het is tamelijk briljant wat ze heeft gedaan, het perfecte spel, al haat ik het natuurlijk. Oom Ford zou trots op haar zijn geweest.'

Vanuit een zeker oogpunt is Saxon mogelijk de beste keuze als ik de moord niet kan oplossen. Misschien dat ik iets met hem kan afspreken als hij wint, dat hij ons het huis in Chelsea laat houden. Ik ben vastbesloten om mijn uiterste best te doen, maar het is goed om rekening te houden met alle mogelijke uitkomsten. De vastgoedontwikkelaar klinkt als een verschrikkelijke oplossing. Maar daar heb je het – de genialiteit van mijn oudtante Frances laat zich wederom gelden.

Als de dorpsbewoners er eenmaal achter komen wat er gebeurt als we falen, zullen ze ons alle informatie geven die ze hebben. Op de moordenaar na, natuurlijk. Maar het is een bijzonder vermetel plan. Tante Frances dwingt iedereen die ooit aan haar twijfelde haar serieus te nemen.

Ik kijk naar de opengeslagen map in mijn handen. 'Wat hebben we hier? Wat was haar doodsoorzaak?' vraag ik zacht aan de rechercheur.

Crane pakt er een paar bladzijden uit. Hij kijkt me vragend aan en ik voel woede opkomen omdat hij me wil sparen nadat ik gisteren ben flauwgevallen. 'Ik kan het wel aan,' zeg ik met een vastbesloten blik.

'Ze is vergiftigd, maar op een manier die bijna onmogelijk te traceren is. Gelukkig is dokter Owusu zeer grondig, en omdat Frances haar patiënt was merkte ze iets op wat veel andere dokters niet zouden hebben gezien.'

'Wat voor vergif is nauwelijks te traceren?'

'Het soort dat doorgaans niet als giftig wordt beschouwd. Frances had van dokter Owusu vitamine-injecties gekregen. Ze had een extreem tekort aan B12, en dat kun je niet met pillen oplossen. Maar sommige vitaminen en mineralen kunnen in hoge doseringen dodelijk zijn.'

'Wat, zoals B12?'

'Nee, zoals ijzer. En dat heeft haar hartaanval veroorzaakt. Het ijzerniveau in haar bloedbaan was dodelijk, en dokter Owusu vond extra naaldsporen, dus het lijkt erop dat iemand haar met ijzer heeft geïnjecteerd. Maar nu komt het verwarrende gedeelte: zo'n hoeveelheid ijzer is moeilijk te verkrijgen. Er is geen dokterspraktijk die dat op voorraad heeft.'

'Waar zou het dan vandaan moeten komen?'

Crane stopt de papieren terug in de map, die ik nog steeds geopend in mijn handen houd. 'Dat is waar we achter moeten zien te komen.'

Saxon lijkt opeens te willen vertrekken. Hij werpt Elva een zijdelingse blik toe, ze heeft het begrepen. Voordat ze gaan wendt Saxon zich tot mij.

'Ik zal je een voorzetje geven, Annie. Zo wordt de wedstrijd wat eerlijker.' Zijn glimlach lijkt oprecht, maar hij is wel wat strakker geworden dan toen hij me voor het eerst zag.

'Waarom?' vraag ik. Ik weet niet precies hoe de dynamiek tussen Saxon en mij zal verlopen. Worden we tegenstanders, die elkaar bestrijden om een erfenis? Of worden we teamgenoten, die afspreken om het landgoed te verdelen en samen de beste kans hebben om de hele bedoening uit de klauwen van Oliver en Jessop Fields te houden?

‘Omdat je hier nieuw bent, en dit dorp niet zo goed kent als ik, leek het me wel zo schappelijk.’ Hij klinkt onbewogen en zakelijk. Het ziet ernaar uit dat Saxon dit spel serieus neemt, het voelt alsof de ruimte tussen ons met één vingerknip in een strijdveld is veranderd. Maar hij benadert het in elk geval vanuit een sportief oogpunt, wat ik van Elva nooit zal hoeven te verwachten.

Saxon tikt op de map in mijn hand. ‘Crane heeft gelijk, geen enkele huisarts zal ijzerinjecties met zo’n hoge dosis in zijn praktijk hebben. Maar er is iemand op het landgoed Gravesdown die dat waarschijnlijk wél heeft.’

‘Wat?’ Ik kijk verrast op, want ik weet niet wie Saxon bedoelt.

‘Miyuki, de vrouw van Beth, is veearts. Ze heeft een kliniek in Archie Foyles boerderij. Als je naar het niveau in het autopsierapport kijkt, heeft Frances de hoeveelheid ijzer toegediend gekregen die je een paard zou geven.’

17

De Castle Knoll-dossiers, 26 september 1966

Toen ze ons wegstuurden van de brink, wurmden we ons allemaal in Walts auto en Emily ging achter het stuur zitten. Als zij niet had gereden, waren we misschien ergens anders terechtgekomen, maar ze bracht ons weer naar het gat in het hek aan de rand van het landgoed Gravesdown.

'Waarom zouden we zo potsierlijk door dat gat blijven kruipen als we toestemming hebben om in het bos rond te hangen?' zei ik.

'Potsierlijk,' sneerde Emily, 'nu klink je precies als mijn oma.'

'Laat Frances met rust, Em,' zei John, die vermoeid klonk. Ik zat bij hem op schoot omdat de achterbank van Walts auto plek voor drie had en Rose en Teddy zich nog in het onhandige stadium van het om elkaar heen draaien bevonden, ze moesten nog zien wat het zou worden. Toevallig wist ik dat Rose op deze bewuste achterbank haar maagdelijkheid aan Archie Foyle had verloren, en ik vroeg me af of Teddy deze roddel al had gehoord. Het was het soort informatie dat Emily er op een ongelukkig moment kon uitflappen, gewoon om te zien wat voor ellende ervan zou komen.

Ik kon merken dat Rose haar best deed om Teddy leuk te vinden. Ze had het er altijd over dat we de twee knapste jongens van Castle Knoll hadden, en in één moeite door zouden trouwen en baby's krijgen. Emily zou dan glamourvol in Londen gaan wonen, en de achterblijvers zouden een vredig leven in Castle Knoll leiden.

'Ik heb geen zin om in het bos rond te hangen,' zei Emily. 'Ik heb het jullie al eerder gezegd, ik kan bewijzen dat Ford zijn vrouw heeft ver-

moord.' Haar grijns was als die van de Cheshire Cat, en ik voelde me als Alice in het konijnenhol, ronddwalend in een wereld waarin iedereen de regels kende behalve ik.

'Je lijkt het goed met hem te kunnen vinden,' zei ik, en ik voelde Rose' zijdelingse blik in me boren. 'Het zou me eigenlijk niets verbazen als je al een keer in het huis bent geweest, Em.' Terwijl ik wachtte op haar ontkenning zag ik Rose met een zorgelijk gezicht verstijven. Door Emily op deze manier uit de tent te lokken leek ik Rose voor de leeuwen te gooien, maar het was Ford die me had verteld dat ze hier zonder mij hadden rondgehangen en als het moest, dan zou ik dat Emily klip-en-klaar zeggen.

Emily's grijns werd alleen maar breder. 'En hoe was jouw bezoekje bij Ford, Frannie? Heeft hij thee laten serveren en je dingen over het schaken verteld? Heeft hij je ervoor gewaarschuwd dat je vrienden niet deugen?'

Het was alsof er een emmer ijswater over me heen werd gekieperd. Ik had de anderen niets verteld over mijn bezoek aan het huis, alleen maar dat ik een uur met Ford en Saxon had doorgebracht en daarna weer was vertrokken.

Ik probeerde een antwoord te bedenken, maar mijn mond bleef openstaan alsof ik naar adem hapte. Ik voelde hoe John zijn greep om mijn ene pols verstevigde, en het voelde vreemd genoeg alsof ík iets verkeerds had gedaan. 'Wat is dan het bewijs dat Ford zijn vrouw heeft vermoord?' Ik was niet van plan om te gaan happen. 'Weet je eigenlijk wel hoe ze heette?'

'Natuurlijk weet ik dat. Het was Olivia Gravesdown. Ik zal je het bewijs laten zien, maar dat doe ik pas als we in de verlaten boerderij zijn. Je moet het zien om het te geloven.'

Walt bromde geërgerd en plaatste zijn hand achter de bestuurdersstoel. 'Kom op, Em! We hoeven niet rond te hangen in een gebouw dat op instorten staat. Buiten is het veel leuker, en Ford verbood ons erheen te gaan. Hij noemde het er levensgevaarlijk.'

'Waarom denk je dat hij zo graag wil dat we er wegblijven?' vroeg ze. 'Wil je niet zien wat hij er heeft verborgen? Ik weet zeker dat zijn dode vrouw...'

'Doe niet zo dramatisch, Em,' zei Rose. 'Maar ik wil wel eens zien hoe je op je bek gaat. Laten we dan maar naar dat schimmelige oude huis gaan, het enige wat we er zullen tegenkomen zijn ratten en jouw leugens.'

'Wauw, Rose, ga je eindelijk eens van je afbijten?' kraaide Emily. Maar ze leek er eigenlijk zeer tevreden mee, alsof Rose opeens de rol speelde die ze naast zich wenste.

Rose gaf geen antwoord. Maar toen Emily de auto had geparkeerd en iedereen was uitgestapt, keken ze elkaar een lang moment diep in de ogen zonder iets te zeggen. Het was Rose die als eerste wegkeek en door het gat in het hekwerk stapte.

Het begon te regenen toen we onze weg door het bos zochten, en we moesten een snelle sprint over de gazons inzetten om de noordelijke kant van het landgoed te bereiken, waar het terrein van de boerderij begon. Het gebouw was een donkere vlek in de nacht, het had wel iets weg van een pad op een rivieroever.

Toen we het naderden zag ik tot mijn verbazing dat het helemaal niet op instorten stond, het was alleen maar spookachtig en roerloos. Het was behoorlijk uitgebreid voor een boerderij, gebouwd met de witte keien van de steengroeve uit de omgeving. Maar het was dusdanig met mos bedekt en door klimop overwoekerd dat het volledig groen leek. De deur was niet op slot, en binnen trof ik totaal iets anders aan dan ik had verwacht. Emily haalde een kleine zaklamp tevoorschijn, en iedereen schudde de regendruppels van zijn jas. Ik rilde in mijn natte truien, terwijl Emily nergens last van had in mijn jas.

Maar het was vreemd, er waren geen kapotte ramen of rottende vloeren hier. Dit huis was onderhouden en... absoluut niet gevaarlijk. Waarom wilde Ford niet dat we hier kwamen?

'Hier woont iemand, Emily,' fluisterde John terwijl we op onze tenen naar binnen liepen. Hij had gelijk, het huis was niet leeg. Het was gemeubileerd, er hingen lampen, een klok – er stond zelfs een porseleinkast met borden tegen een muur. Het was alsof de bewoner even weg was en elk moment kon terugkomen.

'We zouden hier niet moeten zijn,' zei Rose. Ik had hetzelfde gevoel,

zodra we hier een voet over de drempel hadden gezet waren we allemaal van gedachten veranderd. Iedereen, behalve Emily.

'Wacht maar,' zei Emily. Terwijl de lichtstraal van haar zaklamp in vreemde hoeken van spiegels afketste leidde ze ons verder het huis in. De kamer waar ze ons naartoe bracht was een werkkamer, maar ik kon zien waarom hij haar macabere fantasie had geprikkeld. Alles leek volledig aan stukken gescheurd, alsof een zeer agressief persoon zich op de muren had willen uitleven.

Glasscherven van fotolijstjes lagen over de vloer verspreid, samen met stapels boeken en kapotgeslagen stoelen. Er waren banen uit het behang gescheurd, en ik stelde me voor hoe hier een messengevecht had plaatsgevonden – elke gemiste uitval had zijn spoor op de muren achtergelaten, als een gewelddadige vingerafdruk.

'Dit,' zei Emily dramatisch, 'is de plek waar hij haar heeft vermoord.'

Rose haalde een foto uit een verbrijzeld lijstje, er verscheen een diepe frons op haar voorhoofd terwijl ze ernaar keek. 'Dit was Archies huis,' zei ze zacht. 'En er is hier niemand vermoord, Emily. Het gezin werd uitgezet, dat heeft Archie me verteld. Hij heeft me nooit gezegd dat dit zijn huis was, alleen maar dat hij op een boerderij woonde. En nadat zijn vader vertrokken was kwam hij in de jeugdzorg terecht.'

'Wacht even, wie bedoel je?' vroeg Teddy. 'Lepe Archie?'

'O, jazeker, Rose valt op rauwdouwers. Sorry, Ted,' kirde Emily. 'Maar ze werden uitgezet omdat Archies vader een gokverslaafde dronkenlap was, en hij had ook nog eens een affaire met Fords vrouw. Ford vertelde me dat hij een van de kamers kort en klein heeft geslagen. Hij zei dat het een goede plek was om zijn woede op te koelen nadat hij ze alle twee het landgoed af had geschopt. Maar ik denk niet dat hij alleen maar de kamer kort en klein heeft geslagen...' zei Emily.

'Je weet er niets van,' zei Rose. 'Je hebt er een heel verhaal omheen verzonnen terwijl je er niets vanaf weet.'

'O nee?' Ze trok haar onschuldigste gezicht. 'Ford mag me graag. Hij zegt dat hij goed met me kan praten.'

Walts gezicht stond op onweer.

'Ik heb frisse lucht nodig,' zei Rose.

'Ik ga met je mee,' reageerde ik, en ik gaf haar een arm terwijl we naar de deur liepen.

Buiten regende het nog steeds, al was het een nauwelijks merkbare miezer geworden. 'Rose,' zei ik behoedzaam, 'koester je nog steeds gevoelens voor Archie Foyle?'

'Niet echt,' zei ze langzaam. 'Ik bedoel, ja, maar meer op de manier waarop je met iemand te doen hebt omdat hij een zwaar leven heeft. Archie heeft het flink voor zijn kiezen gehad. Maar ik heb geen idee wat hier precies is gebeurd.'

'Ik wel.' Saxons stem sneed door de duisternis.

'Saxon! Jezus, ik schrik me rot!' siste ik. 'Jij vindt het echt leuk om vanuit het niets op te duiken, hè?'

'Sorry,' zei hij, en het klonk gemeend. 'Maar jullie zouden hier niet moeten zijn. Het is hier niet gevaarlijk, daar loog mijn oom over, maar deze plek betekent iets persoonlijks voor hem. Jullie kunnen maar beter vertrekken voordat hij erachter komt dat jullie hier zijn. Op de een of andere rare manier weet hij altijd precies wat er op het terrein gebeurt.'

'Ik zal Emily halen,' zei ik. 'De rest zal haar volgen. Rose, wacht jij hier met Saxon, dan kunnen we hem daarna naar Gravesdown Hall terugbrengen.'

Saxon keek ons beiden nadenkend aan. 'Laten we een spel spelen voordat je gaat.'

'Kom op, Saxon! We hebben nu geen tijd voor spelletjes,' zei ik streng.

'Maar voor dit wel. Het is heel simpel.' Hij hield zijn gezicht zorgvuldig in de plooi. 'Het heet "Een geheim voor een geheim" en dat is precies wat het is: ik vertel jou een geheim, en jij mij.'

'Geen van ons heeft geheimen,' zei Rose.

'Ze heeft gelijk, en ik durf te wedden dat jij met al je gegluur vijf keer zoveel geheimen kent als wij.'

Saxon grijnsde, want daar ging het hem natuurlijk om. De geheimen die hij ook al bij mijn bezoek laatst kwijt wilde – hij zocht gewoon naar een excuus om ze te vertellen.

'Goed, Saxon. Ik zal je een geheim vertellen, maar eerst vertel je mij het jouwe.'

'Je vriendin Emily heeft een enorm geheim.' Hij illustreerde het door met zijn handen net te doen alsof hij een dikke buik had. 'Een geheim dat ze van jouw vriend heeft gekregen, en dat is hier in het bos gebeurd.'

18

'Vertel het me nu nog eens een keer,' zegt Jenny. Ik zit op het bed van mijn kleine kamer en heb mijn spijkerbroek en T-shirt van gisteren weer aangetrokken. Ik heb extra parfum opgedaan, maar een douche en wat schone kleren zouden me goeddoen.

Ik begin er genoeg van te krijgen om deze bizarre situatie uit te leggen, dus ik snuif misnoegd en zeg: 'Ik ben een deelnemer aan mijn oudtante Frances' moordspel geworden.'

'Ja,' zegt Jenny, 'dat had ik begrepen. Wat ik minder goed snap is dat van die alfabetische geheimen, en waarom je het dossier over je vader nog niet hebt gelezen.'

Ik kijk naar de twee dossiers die op het bed liggen. 'Eerlijk gezegd ben ik meer geïnteresseerd in het dossier van Crane,' zeg ik. 'Ik heb even in Sam Arlingtons dossier gekeken, en het voelt als een man die ik niet ken. Er zijn bankafschriften, belastingaanslagen… waarschijnlijk allemaal dingen om te bewijzen dat hij een affaire had toen mam zwanger van mij was, maar het lijkt me vooral mams verhaal. Misschien dat het me op een later punt in mijn leven zal interesseren, maar op dit moment wil ik me op de moordenaar van Frances concentreren.'

'Oké, dat lijkt me logisch,' antwoordt Jenny. Ze verandert van gespreksonderwerp. 'Jij houdt zo van moordmysteries, dus waar begin je? Verdachten? Motieven? Ik zou graag je dokter Watson zijn als ik bruikbare talenten op dat gebied had, maar het enige waar ik je mee kan helpen is een maquette van de plaats delict als je die ooit nodig zou hebben.'

'Als dit zo'n gesloten-kamermoord zou zijn geweest, zou ik daar heel blij mee zijn,' zeg ik.

'Nou, als we iets van de tv hebben geleerd, dan is het dat het moordpercentage in kleine stadjes en dorpen onevenredig hoog is. Dus hou ik me beschikbaar, want ik weet zeker dat er in de naaste toekomst een gesloten-kamermoord voor je in het verschiet ligt.'

'Nou, ik kan je vast vertellen dat ik van nu af aan elke toekomstvoorspelling uitermate serieus zal nemen,' zeg ik. En dat is een halfslachtig grapje, want Frances' voorspelling is onder mijn huid gaan zitten. 'Maar de methodes van een tv-detective zijn geen slecht uitgangspunt. In de meeste detectiveseries en moordmysteries worden vlak na de moord altijd eerst een paar standaardvragen gesteld, meestal variaties op *Had ze ook vijanden?* en *Gedroeg ze zich vreemd voordat ze werd vermoord?* en *Wie was de laatste persoon die haar nog in levenden lijve heeft gezien?*'

'O ja, en ook *Wie heeft het lichaam gevonden?*' zegt Jenny enthousiast.

'Ja, dat is ook een goeie. Als we daarmee beginnen hebben we Elva, meneer Gordon, Oliver en ik. Maar nu we weten dat Frances door een ijzerinjectie om het leven is gekomen, en niet door de rozen is vergiftigd, wordt het minder waarschijnlijk dat een van ons de moordenaar is geweest. Toch arriveerde zowel Elva als Oliver later, en als je dan naar het tijdstip van overlijden kijkt… het is tien minuten rijden van het dorp naar Gravesdown Hall, het is krap, maar mogelijk.' Ik zwijg en rommel in mijn rugzak om een notitieboek en een pen op te diepen. Ik wil het grondig aanpakken en schrijf alle namen op, waarna ik meneer Gordon doorstreep en de reden in de kantlijn vermeld. Het boeket rozen zit me nog steeds niet lekker, dus op de tegenoverliggende pagina schrijf ik de kop ONBEANTWOORDE VRAGEN met *Wie heeft de rozen gestuurd?* eronder.

'Hoe zit het met Frances' eigen onderzoek naar haar toekomstige moord?' vraagt Jenny. 'Wie verdacht *zij*?'

Ik moet aan haar prikbord denken, aan de wirwar van gekleurde draden en de verschillende foto's. Ze verdacht het hele dorp ervan een reden te hebben om haar te vermoorden en leek volkomen voorbij te gaan aan het feit dat juist haar constante achterdochtige gewroet hun een reden gaf om haar dood te wensen.

Het valt me in dat ik eigenlijk nog meer redenen heb om Oliver te verdenken: hij had de ontbijtafspraak met Frances om de Jessop Fields-plannen voor het landgoed te bespreken.

'Ik moet nog een keer naar haar prikbord kijken,' zeg ik. 'Het was zeer complex, ik zou het moeten fotograferen.'

'Maak eerst je eigen lijst,' stelt Jenny voor. 'Op die manier zul je niet bevooroordeeld zijn door haar paranoia.'

'Dat is makkelijker gezegd dan gedaan,' zeg ik. 'Als haar paranoia iemand ertoe heeft gedreven om haar te vermoorden, dan zou ik er niet slecht aan doen om te kijken hoe haar geest werkte.'

Er wordt geduldig gewacht terwijl ik de namen van de verdachten opschrijf die volgens mij potentiële verdachten kunnen zijn. Ik kan me Rose' achternaam nog herinneren van de keer dat ik haar zoon Joe ontmoette, die van Beth en haar vrouw Miyuki vind ik na een snelle Google-zoektocht. De bovenste helft van mijn lijst bestaat uit:

~~Walter Gordon~~
Oliver Gordon
Elva Gravesdown

De rest van de lijst lees ik voor aan Jenny: 'Saxon Gravesdown, Archie Foyle, Beth Takaga-Foyle, Miyuki Takaga-Foyle, rechercheur Rowan Crane en Rose Leroy.'

'Niet om het een of ander, maar als Saxon tegen je zegt dat Beths vrouw mogelijk voor de fatale dosis ijzer heeft gezorgd, dan denk ik meteen dat ze het niet is geweest.'

'Hij wilde dat de wedstrijd eerlijk zou verlopen,' zeg ik.

'Hm-hm. Tuurlijk, het lijkt me volkomen logisch dat je het eerlijk wilt spelen met het familielid uit Londen dat je nog nooit hebt ontmoet en dat op het punt staat om zich je ouderlijk huis toe te eigenen.'

'Oké, goed,' zeg ik toegeeflijk. 'We hoeven Saxon niet op zijn woord te geloven. Maar we weten in elk geval wel dat hij na zijn werk in Sandview Hospital op de veerboot zat. Hij toverde zelfs een kaartje tevoorschijn toen de rechercheur hem ernaar vroeg.'

Jenny gromt. 'Heb je dan niets geleerd van die geschiedenis met Andrew?'

Ik begrijp meteen wat ze bedoelt. Andrew zat bij ons in de klas op de kunstacademie, en ik viel in het eerste jaar als een blok voor hem. Uiteindelijk ontdekte ik via zijn parkeerbonnen dat hij me met een ander meisje bedroog in plaats van naar zijn 'werk' te gaan – hij betaalde voor een parkeerplaats, maar zijn auto stond er niet.

'Dat Saxon een kaartje had,' zeg ik langzaam, 'wil nog niet zeggen dat hij het ook heeft gebruikt.'

'Precies,' zegt Jenny.

De gedachte aan Andrew op de kunstacademie brengt me bij het dossier dat voor me ligt. 'Over bedriegers gesproken,' zeg ik, 'wil je weten welk lid van de familie Crane door tante Frances van ontrouw werd verdacht?'

'Ik vroeg me al af waarom je sexy rechercheur op de lijst van verdachten stond,' zegt Jenny.

'Dat bijvoeglijke naamwoord heb ik nooit gebruikt om hem te beschrijven,' zeg ik op vlakke toon.

'Dat weet ik, maar ik kleur het plaatje even voor je in.'

'Nou, laat je kleurpotloden maar thuis.'

Ik sla de map open en er glijdt meteen een stapel papieren uit. Het is van alles, van rekeningen voor kamers in het Castle House Hotel tot surveillancefoto's. Ik herken Reggie Crane direct, mijn taxichauffeur en de vader van de rechercheur, op foto's waarop hij 's nachts met een schimmige blonde vrouw in een auto zit. Ze lijken ruzie te maken en de uitdrukking op Reggies gezicht is duidelijk, zo'n intensiteit heb je niet bij een meningsverschil met een willekeurig iemand.

Ik blader verder en zie papieren die er veel ouder uitzien. Ik schrik als ik een foto van mam herken – een krantenknipsel uit de tijd van haar eerste successen. Hij is genomen op een of ander evenement en de man aan haar arm – in zo'n lelijk jarennegentigcolbert met drie knopen – is Reggie Crane.

Er is verder niets te vinden over mam en Reggie, maar hij had gezegd dat ze vroeger iets hadden gehad. Ik zal eens naar hem vragen als ze het niet meer zo druk heeft met haar nieuwe expositie.

'Hallo, ben je daar nog?' klinkt Jenny's stem door de telefoon.

'Ja, sorry.' Als ik de foto's terugleg merk ik dat ik per ongeluk de bovenste papieren heb overgeslagen. Het woord 'sommatie' staat in grote letters bovenaan de bladzijde. 'Het is meer dat... Ik heb net een zeer boze brief gevonden waarin er met juridische stappen tegen mijn oudtante wordt gedreigd als ze de familie Crane niet met rust laat.'

'Laat me eens raden, de verbitterde taxichauffeur probeerde via de rechter zijn gelijk te halen. Maar toen je oudtante gewoon door kon blijven gaan nam hij het recht in eigen hand om haar tot zwijgen te brengen?'

Ik trek een gezicht. 'Deze brief is niet door Reggie ondertekend, hij is afkomstig van rechercheur Rowan Crane.'

'Hè? Maar je zei toch dat de rechercheur oprecht verdriet leek te hebben toen je hem vertelde dat Frances was overleden?' zei Jenny.

Ik kan de teleurgestelde frons op mijn voorhoofd bijna voelen. 'Gezien de toon van deze brief lijkt dat niet zo oprecht te zijn geweest.'

Als ik afwezig rechercheur Cranes naam in mijn notitieboekje onderstreep valt mijn oog weer op de kop ONBEANTWOORDE VRAGEN.

'Die bloemen,' zeg ik. 'Dat kan geen toeval zijn. Het sturen van dat boeket is een verschrikkelijk en doelbewust dreigement.' Ik kan het idee niet loslaten dat de bloemen op de een of andere manier met de moord verband houden. Trouwens, als mijn instinct klopt moet er nog een naam worden toegevoegd aan mijn lijst van verdachten.

'De naam van de dominee is John-nog-iets,' overpeins ik hardop. 'Ik zet hem op de verdachtenlijst omdat meneer Gordon zei dat Frances elke week de bloemen voor de kerk doet, en omdat Crane zei dat ze elkaar van vroeger kenden.' Ik hoor nu achtergrondgeluiden aan Jenny's kant van de lijn, dus ik denk dat haar koffiekwartiertje voorbij is. Haastig voeg ik John (dominee) toe aan mijn lijst.

'Ik moet weer aan het werk,' zegt Jenny. 'Maar ik wil dat je me op de hoogte houdt, goed? Ik wil graag je dokter Watson zijn.'

'Komt in orde,' zeg ik en ik hang op. Ik blijf in gedachten verzonken zitten, want toen Jenny zonet het woord 'dokter' noemde kwamen er weer een paar namen naar boven voor mijn verdachtenlijst.

Ik moet denken aan mijn bezoek aan de praktijk van dokter Owusu, en haar afsprakenboek. Als Frances die ochtend op de daarin genoteerde afspraak was verschenen, dan is de dokter opeens een zeer verdacht persoon. Ik zou geen reden kunnen bedenken waarom dokter Owusu tante Frances zou willen vermoorden, maar misschien dat ik er een zou kunnen vinden als ik lang genoeg door haar dossiers ploeg.

En ik voeg toe:

Dokter Esi Owusu
Magda (ambulancepersoneel)
Joe Leroy (ambulancepersoneel)

Ik open de browser op mijn telefoon om de achternaam van dominee John te zoeken. Op de website van de kerk vind ik een foto met de naam John Oxley ernaast. Hij staat glimlachend voor de open kerkdeuren, alsof hij je verwelkomt. Hij is slank en onberispelijk, op de manier waarop geestelijken dat wel vaker zijn. Op de foto houdt hij een bijbel in zijn hand, en hij draagt zijn schone, gesteven ambtsgewaad zoals een dokter zijn witte jas. Een bril met een dun metalen montuur en achterovergekamd wit haar wekken de indruk van iemand die een favoriete leunstoel heeft.

Ik overweeg om een volgend notitieboekje te gebruiken om over de personen uit te weiden, alsof ze karakters in een roman zijn. Ik pak de stapel notitieboekjes erbij en laat mijn vingers over een exemplaar met een kurken omslag gaan. Dan zie ik het groene boek dat ik gisteren heb meegepikt. Behoedzaam pak ik het ertussenuit en probeer geen verwachtingen te koesteren. Ik heb Walts naam erin zien staan, maar verder kunnen er net zo goed bloembeschrijvingen of horoscopen in staan.

Maar dat blijkt niet zo te zijn. Op de eerste pagina staat een titel: De Castle Knoll-dossiers, 10 september 1966. Dan begint ze: *Ik schrijf dit allemaal op omdat ik weet dat er dingen zullen zijn die ik heb gezien die in de toekomst van belang kunnen zijn.* Na twee pagina's merk ik dat ik het boek stevig tussen mijn handen geklemd houd, betoverd door haar krullerige tienerhandschrift en het verslag dat erin staat. Een uur later ben ik het nog steeds aan het lezen. Ik ben ongeveer op een derde – Saxon heeft net onthuld dat Emily zwanger is – als mijn telefoon gaat en ik uit het verhaal word getrokken.

Op dat moment is er één naam van mijn lijst die ik al een paar keer heb onderstreept: John Oxley. Hij lijkt de verdachte met het duidelijkste motief.

Eén vraag waarover ik me nog niet heb gebogen is: *waarom nu?* Frances heeft iedereen in de gaten gehouden sinds de voorspelling haar zorgen baarde. Al zestig jaar.

Dus wat zou er recent gebeurd zijn waardoor zich een noodlot voltrok dat al zestig jaar in de lucht hing?

19

De Castle Knoll-dossiers, 26 september 1966

Om er zeker van te zijn dat ik het begreep hield Saxon nog een keer zijn handen voor zijn buik om een zwangerschap uit te beelden.

Ik zette grote ogen op en klemde mijn kiezen op elkaar, maar verder wist ik me te beheersen. Het konden allemaal leugens zijn. Rose geneerde zich daarentegen duidelijk, al leek ze niet verrast. Ik rechtte mijn rug en zei: 'Goed, we zullen het zien.'

Ik beende door de boerenwoning naar de vernielde werkkamer, waar Emily de aandacht van de anderen opeiste met een of ander belachelijk verhaal. 'We moeten gaan,' zei ik, 'en ik wil mijn jas terug.' Emily's gezicht verstrakte toen ze Saxon en Rose achter me zag verschijnen. Mijn hoofd tolde als ik aan Johns gedrag op die eerste avond dacht, hoe hij probeerde te verhinderen dat ik alleen met Saxon was. En dan was er nog Emily's pesterige opmerking over Johns ervaring met vrouwen. Had ze daar soms zijn ervaring met haarzelf mee bedoeld? Ik wilde de waarheid horen, en wel nu meteen.

Emily keek me recht in de ogen en zei: 'Nee, ik hou hem.'

'Geef me mijn jas terug, Emily,' zei ik nog eens. Mijn stem klonk koud en ik was woedend. 'Ik heb het koud.' Emily en ik keken elkaar aan en we wisten alle twee dat dit gesprek niet over een jas ging.

'Nee, je hebt het helemaal niet koud.'

Ik stapte naar voren en voordat ik het wist had ik de wollen stof van de jas in mijn ene hand en probeerde hem met de andere open te krijgen. Emily begon te gillen en schold me voor allemaal verschrikkelijke dingen uit terwijl ze naar mijn armen klauwde, de anderen stonden erbij en lieten het gebeuren. De jas was stijlvol maar goedkoop, dus een paar van de knopen sprongen makkelijk open. Ik voelde iets zwaars in een van de zakken, iets wat tegen mijn been stootte toen de jas opensprong. Mijn blik schoot naar haar buik.

'Is het waar?' schreeuwde ik. 'Ben je zwanger? En is het van John?' Iedereen had een paar stappen achteruit gedaan en stond nu achter me.

Emily rechtte haar rug, en de lichte zwelling van haar buik werd nog duidelijker. 'Ik wist dat het slechts een kwestie van tijd was voordat het allemaal duidelijk zou worden,' zei ze. Haar stem was zo kalm dat ze bijna talmend klonk.

'Wat zullen we nou krijgen, Emily?' riep Walt uit. Hij kwam van achter me tevoorschijn en liep naar haar toe. 'Al die onzin die je me hebt verkocht over "vrouwenproblemen", al die excuses om opeens niet meer intiem met me te zijn?'

'Ach, daar kom je wel overheen, Walt.' Ze klonk bijna zelfvoldaan, alsof het een leuk plan van haar was waar we nu allemaal bij betrokken waren geraakt. Terwijl ik haar aankeek haalde ik gejaagd adem.

'Zo te zien kan Walt je wel wurgen,' zei ik grommend, 'dus lijkt het me een uitgemaakte zaak dat het niet zijn kind is.' Aangewakkerd door woede en verraad schoten de woorden als mitrailleursalvo's uit mijn mond. Ik kon John niet aankijken. Dat wilde ik niet. Hij liet zich niet horen, hij was als een wegsluipende schaduw, en het feit dat hij zichzelf niet probeerde te verdedigen of het woord tot me richtte sprak boekdelen.

'We zijn al maanden niet meer zo met elkaar geweest,' zei Walt vol verwarring en schaamte. 'Ik ben een idioot geweest om te geloven dat ze gezondheidsproblemen had en daardoor aankwam en zich niet goed voelde. Ik was bang dat ze me niet meer leuk vond, maar ik dacht dat ze wel weer bij zou draaien.' Zijn blik werd eerst glazig, maar daarna wisselde zijn uitdrukking tussen woede en wanhoop, alsof de emoties te hevig waren om te combineren. 'Maar ze bleek het dus...' zijn ogen schoten naar een punt boven mijn schouder, '... achter mijn rug om met mijn beste vriend te doen!' Met een schreeuw schoot hij op John af, maar Teddy Crane sprong tussenbeide en dat leek Walts vechtlust wat te temperen.

'Hier,' zei Emily, die me de jas toegooide, 'hier is die stomme jas van je.'

Ik ving de jas, en in een bizarre impuls om iets terug te nemen wat van mij was trok ik hem aan. Mijn hand voelde koud metaal in de zak, van het gewicht dat ik zonet tegen mijn been had voelen stoten. Ik wist niet wat ik uit de jaszak haalde tot het de revolver bleek te zijn.

En toen ging het allemaal snel.

Walt vloog Emily aan – onze vrolijke Walt, altijd in voor een geintje en altijd in Emily's voetspoor. Hij haalde naar haar uit, ja, hij deed het echt. Voordat ik het wist schreeuwde ik tegen ze met de revolver in mijn zweterige hand – ik kneep te hard.

Een schot dat de muur raakte, een volgend gewelddadig litteken voor de oude boerenwoning.

Emily's neus bloedde na Walts vuistslag, mensen riepen me dingen toe, maar ik kon ze niet horen. Mijn oren suisden te erg, en tranen verblindden mijn ogen.

Ik zette het op een rennen, en ik wist op dat moment niet eens meer waar ik de revolver had gelaten. Ik was verstikt in tranen, met een gezicht vol vegen en mijn haar in natte slierten, toen Ford de deur opendeed.

'Kom binnen,' zei hij.

Ik vertelde Ford niets van wat er was gebeurd – mijn tanden klapperden zo erg dat ik het niet kon, ook al zou ik het hebben gewild. Hij nam mijn jas aan en liet me bij het haardvuur zitten terwijl zijn huishoudster me een handdoek bracht om mijn haar te drogen.

Geduldig kwam hij bij me zitten en wachtte tot ik wat rustiger was geworden. Toen ik wat was bijgekomen begon ik me te verontschuldigen en ik kon er niet mee stoppen. Het was allemaal zo'n puinhoop! Wat deed ik hier in godsnaam?

Maar Ford gaf me niet het gevoel dat ik me belachelijk gedroeg. Hij loodste het gesprek moeiteloos naar onderwerpen die niets met mijn vrienden hadden te maken. Hij liet me een backgammonspel zien dat hij op een van zijn reizen naar Afghanistan had gekocht, en de ingewikkelde patronen bezorgden me afleiding. De prachtige inleg van zeeoorschelpen en paarlemoer naast het zwarte onyx was indrukwekkend in het licht van het haardvuur.

'Afghanistan,' zei ik zacht terwijl ik mijn vinger over de gladde laklaag liet glijden. 'Hoe is het daar?'

'Het is een geweldig land,' zei hij. 'Het eten, de mensen, en je hebt er ook prachtige kunst. Hou je van kunst, Frances?'

'Ik ben niet zo cultureel, als je dat bedoelt,' bekende ik. 'Maar ik hou ervan om nieuwe dingen te leren.' Ondanks mijn verdriet lukte het me om een half glimlachje tevoorschijn te toveren.

Ford keek opeens op en ik zag dat de huishoudster terug was. Naast haar stond een doorweekte Rose, met Emily – met rode ogen en een betraand gezicht – in haar kielzog. Em had de hik en ze leek oprecht van streek. Er kwam nog steeds bloed uit haar neus, en ze hield er een arm onder om te zorgen dat het niet op de vloer druppelde.

Ik voelde hoe mijn armen zich spanden van de woede, en ik greep een kussen terwijl mijn handen zich tot vuisten balden. Ford ging meteen tot actie over, hij wist niet wat er allemaal speelde en zag alleen maar dat Emily huilde en bloedde, en dat Rose er verloren bij stond. Hij vroeg de huishoudster om wat warme natte doeken voor Emily's gezicht te halen en liet de meiden bij het haardvuur zitten. Hij gebaarde me om naast hem op de bank te komen zitten, het was de eerste keer dat ik zo dicht bij hem zat. Het was eigenlijk niet eens zo heel dichtbij, er was nog genoeg ruimte om onze armen naast ons lichaam te houden zonder dat we elkaar aanraakten, maar toch was ik me bewust van zijn aanwezigheid. Ik zat te malen over John en ik voelde me belabberd, maar het feit dat ik naast Ford zat deed me op de een of andere manier goed. Ik had het vreemde idee dat ik de uitverkorene was, zoals we daar samen op de bank zaten. Ik zag dat Rose en Emily ons aan zaten te gapen alsof ze naar een film keken.

'Waar is de rest van jullie groepje?' vroeg Ford. Zijn vraag klonk terloops, maar ik voelde dat er iets van de dreiging die ik op die eerste avond had gehoord in doorsijpelde. Toch zag ik bijna iets vrolijks in zijn blik terwijl hij naar Emily keek. Het was verontrustend.

Opeens besefte ik dat ik zonet over Emily's bezoeken aan Gravesdown Hall had moeten beginnen in plaats van naar Afghanistan te vragen.

'Als het goed is heeft Teddy Walts auto terug naar het dorp gereden,

met Walt op de achterbank en John op de passagiersstoel,' zei Rose behoedzaam. 'Hij zei dat hij ons zou komen ophalen zodra hij hen thuis had afgezet, maar dat het geen goed idee was om met z'n allen terug te rijden vanwege de... ruzie die we hadden.'

'Ah, zo,' zei Ford. Hij stond op, zelfs die beweging was bij hem elegant, als een varen die zich afrolde. 'Ik moet even bij Saxon gaan kijken, ik hoor zijn modderlaarzen op de gang. Als ik terug ben, moeten jullie maar zeggen of ik jullie naar het dorp moet brengen of dat jullie liever hier op die vriend blijven wachten.'

We luisterden naar Fords voetstappen in de naburige ruimte tot ze wegstierven.

'Jezus, Emily!' riep ik uit. 'Het lijkt wel of je alles wilt hebben wat van mij is.' Ik stond op van de bank, liep naar haar toe en fluisterde sissend: 'John houdt van me, als je het nog niet wist.' Maar er sneed een twijfelend stemmetje door me heen: is dat wel zo? Tijdens de confrontatie van vanavond heeft hij niets gezegd.

'Dat weet ik,' zei Emily zacht.

'Waarom dan?' zei ik fel. 'Waarom doe je zoiets? Het is zo scheef als je erover nadenkt. Mijn haarspelden, mijn jas... was mijn garderobe niet genoeg voor je? Moest je nu ook nog mijn vriend erbij nemen?'

Emily zweeg, maar ze keek me strak aan.

'Nou, je mag hem hebben,' beet ik haar toe. 'En wat volgt hierna? Ga je me op de lip zitten om te zien wie mijn volgende vriend wordt als ik John niet meer hoef?'

Uiteindelijk deed ze haar mond open, en mijn maag draaide zich om toen ik haar lieflijke glimlach zag. 'Voor deze ene keer is het omgekeerd, Frannie.' Ze leunde naar me toe en liet haar stem zakken. 'Deze keer heb ik als eerste de beste man gevonden. Let maar op, ik ga hier de vrouw des huizes worden.' Ze grijnsde, en alle gevoelens die ik voor Ford koesterde leken opeens nietig en onzinnig.

'Jij stomme slet,' sloeg ik terug. 'Wie is eigenlijk de vader van die baby?'

Emily zei niets, maar haar valse opmerkingen van laatst over mijn bezoek aan Ford klonken na in mijn hoofd. Misschien dat ze het me eigenlijk al had verteld.

'Hebben jullie al besloten hoe je terug wilt naar het dorp?' Fords stem klonk zacht vanaf de deuropening, en hij keek Emily strak aan.

'Ik zou graag een lift van je willen krijgen als je het niet erg vindt, Ford,' zei Emily.

'Ik wacht op Teddy,' zei Rose. Ze was opvallend stil gebleven tijdens onze woordenwisseling, maar goed, wat viel er voor haar te zeggen? Dit was tussen mij en Emily. Dat leek het altijd te zijn, ook al ging het maar over een haarspeld. 'Is dat goed? Het is niet leuk voor hem als hij hierheen rijdt en er niemand meer is. Vooral niet omdat hij ons alleen maar wil helpen.'

'Natuurlijk, Rose,' zei Ford. 'Dat is heel attent van je. Je kunt nog wat thee nemen en hier bij het vuur wachten. De huishoudster komt je halen als hij er is.' Hij keek me aan. 'Frances, blijf je bij Rose, of rijd je met ons mee?'

Het was alsof ik moest kiezen tussen mijn twee beste vriendinnen. Maar even los van al het drama van vanavond, ik zou altijd voor Rose hebben gekozen. Toch voelde ik een aarzeling, en ik werd weer teruggeworpen in het spel dat ik niet kon weerstaan.

'Ik ga met jou en Emily mee,' zei ik. 'Voor het geval ik haar nog wat te zeggen heb,' mompelde ik tegen Rose. Het was een zwakke uitleg, maar ik vond dat ik deze vreemde impuls om Emily's plannen te dwarsbomen moest rechtvaardigen.

Ford gaf me mijn wollen jas terug, Emily keek me veelbetekenend aan toen ik hem over mijn schouders drapeerde. De revolver woog nog steeds zwaar in de jaszak, en als Ford het had gemerkt liet hij niets blijken.

We liepen door de regen naar een mooie Mercedes die op de oprit stond geparkeerd. Emily strekte automatisch haar arm om het voorportier aan de passagierskant te openen, maar Ford was sneller.

'Frances gaat voorin zitten,' zei hij koeltjes. Ik knipperde verbaasd met mijn ogen, een reactie die naar ik hoopte door de stevige regenval verborgen bleef.

'Natuurlijk,' zei Emily, die met een hand over haar ronde buik wreef, de lichte zwelling zichtbaar onder de strakke trui die ze droeg. Ik vroeg me af of ze die speciaal voor vanavond had aangetrokken. Ze had ge-

wacht tot ze Ford het nieuws kon vertellen, en ze wilde hem laten zien dat het echt zo was. De laatste weken had ze onder mijn jas alleen maar klokvormige jurken gedragen, waarschijnlijk om haar veranderende lichaam te verhullen. Maar voor vanavond leek ze te willen dat iedereen het kon zien.

De rok die ze eronder droeg had een elastieken taille, en ik kende hem goed. Ik had hem zelf genaaid – met extra diepe zakken – uit een prachtige lap corduroy die ik van mijn laatste geld had gekocht.

Ik kon me niet eens meer herinneren dat ik hem aan haar had uitgeleend. Sterker nog, ik wist zeker dat ik dat niet gedaan had.

Ford zat achter het stuur en keek in de verte toen Emily om de voorkant van de auto heen liep en de lichtbundels van de koplampen kruiste. Het leek wel alsof ze wilde benadrukken dat haar magere figuur op een bepaalde plek uitstulpte.

We reden in stilte, maar toen ik in de achteruitkijkspiegel een blik op Emily wierp zag ik dat ze glimlachte.

20

Ik zie de naam van rechercheur Crane op het schermpje van mijn telefoon en leg met enige tegenzin het dagboek van mijn oudtante Frances weg.

'Hallo?'

'Annabelle, je spreekt met Rowan Crane.'

'Ja?' Ik glimlach om zijn ietwat stijve toon, maar dan herinner ik me weer zijn sommatiebrief aan tante Frances. 'Wat kan ik voor je betekenen?' vraag ik, nu op een ietwat koelere toon.

'Ik kom terug naar Gravesdown. Ik wil je niet ongerust maken, maar ik weet niet of het daar nu wel zo veilig is. Kun je de deur van je kamer afsluiten?'

'Waarom? Is er iets gebeurd?'

'Ik heb de videobeelden van de veerboot van elf uur bekeken om Saxons alibi te checken.'

'Laat me eens raden,' zeg ik terwijl ik aan de leugenachtige Andrew moet denken. 'Hij zat niet op die boot.'

'Nee, inderdaad. Hij heeft er een genomen die veel eerder is vertrokken, en ik heb zijn auto op videobeelden van Castle Knoll gezien, beelden van rond de tijd dat Frances is vermoord.'

'Ik wist dat hij loog.'

'Hoe?' vraagt Crane.

'Ik ben goed in het herkennen van leugenaars.' Ik laat deze zin even tussen ons in hangen, misschien dat er enig schuldgevoel bij Crane naar boven zal komen. Want hoe langer ik erover nadenk, hoe meer de zin *Dat spijt me nou, ik mocht Frances graag* niet klopt met het feit dat hij gedreigd heeft om juridische stappen tegen haar te ondernemen.

'Goed, ik ben dus onderweg. Ik zal Saxon ondervragen, en confronteer hem er niet mee alsjeblieft, ook al denk je dat je dat vanwege die erfenis wel moet doen. Het kan zijn dat hij met een ander excuus komt, dus niet dat verhaal dat hij aan Elva heeft verteld, dat van die autopsie in Sandview. En dat hij daar was toen Frances vermoord bleek te zijn.'

'Wat, een affaire misschien?' Hoeveel ontrouw kan er zijn in een dorp als dit? Ik ben er sceptisch over, maar misschien ben ik ook wel naïef.

'Wie zal het zeggen, maar onderneem niets tot ik er ben. Doe je deur op slot en wacht tot ik er ben, oké?'

Hoewel ik weet dat Saxon nu als een belangrijke verdachte geldt voor de moord op tante Frances bevalt het me niets dat de rechercheur me zegt wat ik moet doen. En ik heb absoluut niet de indruk dat Saxon me iets zou willen aandoen. Het voelt als een makkelijke manier om me zo te intimideren dat ik geen onderzoek doe – alsof Crane niet wil dat ik in het huis rondloop en dingen vind die er volgens hem verborgen zouden kunnen zijn.

'Als het aan mij ligt wissel ik geen woord met Saxon.' Ik let goed op wat ik zeg, want ondanks mijn groeiende verdenking van zo'n beetje iedereen om me heen koester ik de geringe hoop dat Crane bij niets anders betrokken is dan het schrijven van een boze brief om zijn vader te beschermen. Dus ik wil mijn geweten zuiver houden en hem niet voorliegen. Nog niet.

Als hij heeft opgehangen berg ik mijn laptop weg en stop het dagboek in mijn rugzak. Ik verlaat mijn slaapkamer en loop naar de zijkamer met de dossierkasten.

Als ik daar aankom zijn Saxon en Elva er al bezig. Er gaat een alarmbelletje af in mijn hoofd, want de opengeslagen mappen op de vloer zeggen me dat er informatie is die ik niet makkelijk meer zal kunnen vinden. Het voelt alsof ik te laat ben op een lopend buffet, en dat er alleen nog maar wat slappe blaadjes sla en een paar uitgedroogde aardappels over zijn.

Er ontstaat een zekere spanning als ik arriveer, maar Saxon groet me beleefd. Elva negeert me volkomen en hangt zo diep in een la dat hij haar op lijkt te slokken.

Ik besluit dat het niet veel zin heeft om me ertussen te wringen en op jacht te gaan naar dossiers; in plaats daarvan richt ik mijn aandacht op de rest van de kamer. Ik vraag me af hoe Frances' brein werkte, en waar ze het bangst voor was. Door het groene dagboek heb ik het gevoel dat ik de tiener Frances goed begin te kennen. Maar wie was de oudere versie? Hoe werd de zelfbewuste tiener zo'n paranoïde vrouw?

Misschien dat het begon met het verraad van al haar dierbaren.

Om een idee te krijgen wie Frances nu eigenlijk was toen ze stierf inspecteer ik eerst de boekenplanken, ze kunnen je veel over iemands denkwijze vertellen. Als een soort vreemde neefjes en nichtjes tref ik boeken over astrologie en tarot tussen de wetenschappelijke boeken aan. Ik zie overal beeldjes van vogels, en in het midden van een plank die aan plantenencyclopedieën en bloemengidsen is gewijd staat een typemachine die absoluut antiek moet zijn. Bloemschikken was dan misschien wel de hobby van mijn oudtante, het lijkt erop dat moorden haar leven bepaalden.

Dan hoor ik Saxon zachtjes in zichzelf vloeken. Als ik naar hem omkijk zie ik dat ik iets heb gemist toen ik gisteravond de Crane- en Arlington-dossiers meenam. Op één dossierkast – en alleen maar die ene – zit een speciaal slot. Het is een klassiek combinatieslot, en Saxon raakt geïrriteerder bij elke volgende combinatie die hij draait.

'Met een koevoet zou ik hier wel raad mee weten,' zegt hij snuivend.

Ik loop naar de dossierkast en draai wat aan het slot. 'Daar is toch niks leuks aan?'

Hij kijkt me met samengeknepen ogen aan, maar een van zijn mondhoeken krult omhoog. 'Mag ik opmerken hoe ongepast het is om dit leuk te vinden?'

Ik schenk hem een zuinig glimlachje, want ik heb het idee dat hij juist een van die mensen is die het kraken van een combinatieslot leuk vinden. Zouden Saxon en ik een goed team kunnen zijn als er hier geen moord en competitie in het spel waren? Hij lijkt in niets meer op de gluurderige tienjarige Saxon over wie ik in Frances' dagboek heb gelezen, en ik vraag me af wat hem van zo'n rotjochie in een succesvol en zelfverzekerd man heeft veranderd. Ik moet ook denken aan een van Saxons eerste opmerkingen na het voorlezen van Frances' testament. *Het is tamelijk briljant wat ze heeft gedaan. Oom Ford zou trots op haar zijn geweest.* Zijn eerste reactie was om Frances te prijzen voor het bedenken van zo'n slim spel, dus ik ben er zeker van dat hij een puzzel als deze liever elegant oplost dan met een koevoet aan te komen.

Dus ik antwoord: 'Ik bedoel dat het toch veel leuker is om je hersens dan een koevoet te gebruiken. Ik denk dat deze cijfercombinatie, die belangrijk genoeg was voor Frances om voor dit slot te gebruiken, waarschijnlijk ook een rol speelde in andere aspecten van haar leven.' Ik werp een blik op de muur met de voorspelling erop. 'Ze lijkt me niet iemand die zomaar een willekeurige cijfercombinatie bedenkt.'

Ik zie aan Saxons gezicht dat hij hier wel ideeën over heeft, hij is meteen weer met het slot in de weer. Hij heeft het voordeel dat hij Frances het langste kent. Interessant genoeg vertelt hij me welke datum hij draait en wat voor waarde die voor haar heeft. Hij begint met haar geboortedatum, probeert dan zijn geboortedatum, dan die van haar overleden echtgenoot, vervolgens diens sterfdatum (macaber, maar niet vergezocht gezien Frances' duistere fixaties) en, verrassend genoeg, hij blijkt mams geboortedatum uit zijn hoofd te kennen en probeert die cijfercombinatie ook.

Als niets blijkt te werken vraag ik naar Rose' geboortedatum, en die van Emily Sparrow. 'Hoe zou ik dat moeten weten?' zegt Saxon scherp.

Vanaf de gang klinkt de stem van meneer Gordon, triest en berustend. 'Emily werd geboren op 1 december 1949.' Er valt een stilte in de kamer als Saxon naar rechts draait en stopt bij de 1, dan linksom naar 12, dan naar 19 en tot slot naar 4-9. Ik hoor hoe de onzichtbare meneer Gordon zucht en zijn weg door de gang vervolgt als het niet blijkt te werken.

Saxon richt zich op andere dossierkasten, en Elva is ook nog steeds bezig. Ik gebruik de kleine sleuteltjes voor een volgende kast, maar

Elva maakt zoveel herrie dat ik niet helder kan nadenken. Ze is opgewonden en raast door alles heen, wat voor mijn analytische brein het effect van nagels op een schoolbord heeft.

Het lijkt erop dat Saxon zich laat meeslepen door Elva's gedoe, hij duikt in de laden en mompelt in zichzelf, waarbij hij geen moeite doet om zijn gedachten voor zich te houden. 'Frances moet door iemand uit het dorp zijn vermoord, iemand in wiens leven ze had zitten wroeten. Dat was haar ding, ze was een bemoeial. Dat is waar al deze onzin over gaat.'

Ik besluit om hier terug te komen als ze klaar zijn, er zijn nog genoeg andere plekken in het huis om te onderzoeken. Met mijn telefoon maak ik nog wat foto's van de prikborden voordat ik Saxon en Elva alleen laat met hun gerommel.

Ik loop door de keuken, maar Beth is nergens te bekennen. Waarschijnlijk is ze uren geleden vertrokken om de delicatessenwinkel te openen. Er is zoveel te doen. Ik wil de boerderij zien – ik kan het revolverschot uit 1966 praktisch in mijn hoofd horen echoën – en de veterinaire kliniek bezoeken die door Beths vrouw Miyuki wordt gerund, misschien dat ze me iets over ijzerinjecties kan vertellen. Maar hoe langer ik door het huis dwaal, hoe meer scènes ik uit Frances dagboek voor me zie.

Ik loop door de bibliotheek en stel me voor hoe op een donkere aprilnacht het haardvuur brandt terwijl de regen tegen het raam slaat. Op een van de boekenplanken achter het grote bureau staan een schaakbord en een kunstig gemaakt backgammonbord. Het laatste is dichtgeklapt en met haakjes vastgezet; ik neem het bord van de plank en zet het op het bureau.

Er ligt een foto achter, die ik pak om hem goed te kunnen bekijken: Ford, Frances en Saxon die in een zonnige tuin staan. Onderaan staat geschreven: *Paghman Gardens, Kabul, huwelijksreis, 1968*. Het is de eerste foto van Ford die ik ooit heb gezien. Hij is knap, maar het is Frances die de show steelt. Ze is veranderd sinds de foto op het prikbord, toen was ze ook al knap, maar nu lijkt ze geraffineerder en zelfverzekerder. Ze waren zeventien in de zomer dat Emily verdween, dus op deze foto moet ze rond de twintig zijn.

Ik gun mijn voeten geen rust, maar het is fijn om te lopen en tegelijkertijd na te denken. Uiteindelijk kom ik weer op de centrale gang terecht, en ik loop naar de keuken om die indrukwekkende serre nog eens te zien.

Er is een zitkamer aan het eind van de keuken die ik nog niet eerder heb opgemerkt, waarschijnlijk omdat je eerst door een lange gang moet. Hij kijkt uit over de tuinen en heeft grote dubbele deuren die op een terras uitkomen. De achterkant van het huis steekt uit in de steile golvende gazons, en vanaf hier heb je een perfect uitzicht over de tuinen. Ik tuur door de glazen deuren, mijn ogen speuren het terrein af.

Ik heb de beschrijvingen van het dagboek in mijn hoofd, en ik besteed nauwelijks aandacht aan de zorgvuldig gesnoeide coniferen en rozenstruiken die de tuinen in secties verdelen. Ook de stromende fonteinen en het labyrint van heggen in de verte laat ik ongemoeid. Dan blijft mijn blik hangen bij wat ik hoopte te zien.

Vanaf hier kan ik nog net de oriëntatiepunten zien waar Frances over schreef. Er loopt een dicht stukje bos langs de zuidgrens, daar ergens zat het gat in het hekwerk. Ik vraag me af of Frances hier ooit heeft gestaan en aan dat gat heeft gedacht, een plek die haar leven had veranderd.

Mijn ogen speuren de bomen af, en ik meen een cirkel te zien waar de bladeren ontbreken. Ik stel me voor hoe Walt en Emily op de Griekse ruïne zitten en een joint roken, en hoe Emily pesterige opmerkingen maakt over Frances' maagdelijkheid.

Ik vraag me af of Emily's baby ook echt van Ford was, maar dan… Frances was degene die met hem trouwde. En op zijn neefje na waren er geen kinderen in Gravesdown Hall. Geen kinderen die hij heeft erkend in elk geval. Mam en ik waren in Frances' testament opgenomen omdat mams vader de broer van Frances was. We hebben geen bloedverwantschap met de familie Gravesdown, er is alleen maar een band door het huwelijk van Frances. Ik voel de verleiding om het dagboek te halen om in deze lichte kamer verder te gaan lezen, maar dan hoor ik stemmen. Waarschijnlijk rechercheur Crane die Saxon komt ondervragen.

Mijn blik houdt stil bij de boerderij in de verte. Die ligt verderop in de vallei, bij een stenen brug over de Dimber. Het ziet eruit als een ansichtkaart, of iets wat in een droom wordt opgeroepen. Het waterrad draait, en het riviertje voedt aan één kant een grote vijver die bijna de hele boerenwoning omgeeft zodat het een eiland lijkt. Ik probeer me voor te stellen hoe het huis eruitzag toen Walt – meneer Gordon – uithaalde naar Emily, en Frances in paniek een schot loste met de revolver die ze in haar jaszak had aangetroffen.

Heeft Emily's verdwijning iets te maken met wat tante Frances is overkomen, of is het een losstaand mysterie waar ik tegen wil en dank in word gezogen? Een zaak die me tijd gaat kosten die ik niet heb en me een erfenis door de neus boort? Het is nog maar twee dagen geleden dat tante Frances is vermoord, maar ik voel nu al dat de taak die voor me ligt te groot is om in de resterende dagen te volbrengen.

Ik loop terug naar de grote serre die aan de keuken is verbonden. Een van de glazen wanden is met jasmijn bedekt, er staan geurende sinaasappelboompjes in grote potten voor. Noem een kruid en het staat er, allemaal rijkelijk begoten en goed verzorgd.

Ik vraag me af wie deze planten water heeft gegeven na de dood van Frances. Zowel Beth als Archie heeft toegang tot het huis, en ik besluit om eens met Archie te praten om te zien wat hij me kan vertellen. Ik probeer een kleine deur in de witgekalkte zijmuur van de serre in de veronderstelling dat hij naar de tuin leidt.

Hij blijkt toegang te geven tot een donkere en muf ruikende bijkeuken, die, zoals alles in het huis, zeer ruim bemeten is. Jassen en rubberlaarzen aan een kant, met daartegenover een wankele verzameling reis- en hutkoffers. Dat is tenminste wat ik kan ontwaren in het zwakke schemerlicht. Er is geen raam, maar het besmeurde glas in lood van een andere deur laat een klein beetje licht binnen. Ik kijk ernaar door Frances' ogen; het moet de zijdeur zijn waardoor Saxon haar had binnengelaten op de eerste avond dat ze Gravesdown Hall bezocht.

Het duurt even, maar dan herken ik een van de hutkoffers – hij is vanuit onze kelder in Chelsea hierheen gestuurd. Ik herken hem vanwege de krijttekening op de zijkant: twee palmbomen die elkaar kruisen met een blauw gekraste hemel erachter, de groene bladeren zijn bijna volledig in het zwarte leer van de oude koffer verdwenen. Het is een tekening die ik ooit als klein meisje heb gemaakt.

De koffer is er veel slechter aan toe dan toen hij Chelsea verliet. Misschien dat het door het verhuisbedrijf komt, maar het lijkt wel of hij geplet is, en uit een scheur in de zijkant steekt een pluk oude zwarte wol. De factuur van het verhuisbedrijf is op de bovenkant van de beschadigde hutkoffer geplakt. Tante Frances moet er een kopie van hebben gemaakt, die ze in mijn flinterdunne dossier heeft gestopt. Ik zie mijn naam en handtekening onderaan staan, samen met de krullerige signatuur van mijn tante.

Er schiet me iets te binnen en mijn hart begint sneller te kloppen.

Maar dochters vormen de sleutel tot gerechtigheid en met één zul je vooruitkomen, houd de juiste dochter in de buurt.

Een paar dagen nadat ik alle spullen uit de kelder naar tante Frances liet brengen besloot ze dat mam niet de juiste dochter was. Was het vanwege mijn naam op de factuur?

Ik zie iets goudkleurigs glimmen. Het zit in de zwarte wol die uit de koffer steekt, en ik heb eigenlijk geen tijd om de shock te voelen die door me heen gaat als ik het springende hertje op de knoop zie.

Opeens moet ik weten wat er in de koffer zit.

Ik kijk naar de bovenkant, en mijn handen trillen als ik de metalen sloten omhoog klik.

Het eerst wat ik zie zijn de andere vergulde knopen, de springende hertjes die over de zwarte wollen jas draven bezorgen me alarmerende speldenprikken voordat ik de hand van een skelet van onder de vouwen in de stof tevoorschijn zie komen.

Dan heb ik opeens weer adem en ik gil het uit.

21

Ik ben nog steeds aan het gillen als ik voel dat er van achteren armen om me heen worden geslagen, en ik ontworstel me er bijna aan omdat ik denk dat het iemand is die het op mij heeft gemunt. Maar het is rechercheur Crane, die me met een zachte, troostende stem toespreekt. Ik begraaf mijn gezicht in zijn borst en probeer te vergeten wat ik zonet heb gezien.

Wat hij precies zegt registreer ik niet zo goed, maar het is zoiets als *het is oké* en *alles is goed, ja?* Hij strijkt met zijn hand over mijn rug terwijl ik mijn snikken wegslik, walgend en overweldigd. Uiteindelijk doe ik een stap opzij zodat ik de koffer alleen nog maar vanuit mijn ooghoek kan zien. Saxon ontneemt me het zicht, maar ik kan zien dat hij met een balpen in de koffer aan het porren is.

'Een vrouw, ze is door het hoofd geschoten,' zegt hij tegen niemand in het bijzonder. 'Zo te zien ligt het lichaam hier al geruime tijd.'

'Natuurlijk!' schreeuw ik. 'Het is Emily Sparrow, verdomme!'

'Rustig, Annie,' zegt Saxon, die me leeg en koud aankijkt. Het is een beangstigende blik. Ik deins achteruit en leun tegen rechercheur Crane aan. Opeens is de jongen uit Frances' dagboek terug – die ene die overal rondsloop en informatie over mensen verzamelde om het tegen hen te gebruiken. En dat op tienjarige leeftijd.

Saxon haalt een latex handschoen uit zijn zak en trekt hem aan. Hij strekt zijn arm uit naar de hutkoffer, maar Crane houdt hem tegen. 'Saxon, dit is een zaak van de politie.'

'Hebben jullie allemaal constant latex handschoenen bij je?' zeg ik met een schelle stem. Het is een nerveuze, irrelevante opmerking – ik heb het gevoel dat ik er zo nog wel duizend kan maken om niet over m'n nek te gaan.

'Uiteindelijk komt dit stoffelijk overschot toch bij mij terecht,' zegt Saxon, en het is opeens kouder hier. Ik wrijf met mijn handen over mijn armen om het rillen tegen te gaan, maar het helpt niet echt.

Rechercheur Crane kijkt omlaag naar me, de bezorgdheid staat op zijn gezicht geschreven. De laatste keer dat hij me zo zag viel ik flauw. Ik voel hoe de hyperventilatie mijn zintuigen afzwakt – mijn gehoor, mijn gezichtsveld... Mijn maag trekt samen.

Ik sta tegen Cranes schouder aangeleund en haal diep adem. Het is nu niet het moment om me druk te maken over het feit dat ik zo dicht bij hem sta dat ik zijn aftershave ruik, en dat hij dat niet erg lijkt te vinden. Voor het gemak heb ik mijn twijfels naar aanleiding van zijn sommatiebrief even aan de kant gezet. Dat is een probleem voor later.

Saxon kijkt Crane aan met een uitdagende blik en strekt zijn arm uit naar de koffer. De wollen jas die hij eruit haalt voldoet precies aan Frances' beschrijving ervan. Het is alsof haar dagboek tot leven komt, want alle details lijken te kloppen – van de vergulde knopen die er half af zijn getrokken tot de revolver die Saxon uit de jaszak vist.

'En nu alle twee wegwezen hier,' zegt Crane snel. Saxon haalt zijn schouders op, legt de revolver tergend langzaam terug in de koffer en slentert de bijkeuken uit. Als ik me van Crane heb losgemaakt werpt hij me een geruststellende blik toe.

'Ik kom naar je toe zodra dat mogelijk is, maar ik moet nu mijn werk doen.'

Ik knik en schuifel naar de deur, als ik me omdraai zie ik dat hij verbeten in zijn telefoon spreekt.

Op het grind van de oprit probeer ik zo ver mogelijk van het huis weg te lopen; nadat ik een tijdje rondjes heb gelopen, ga ik niet veel verderop in het gras zitten. Ik zie een paar politieauto's arriveren, en dan een ambulance. Ik neem aan dat de dienstauto's er niet op zijn ingericht, dus Magda en Joe zijn voor de tweede keer in evenzoveel dagen opgetrommeld om een lijk vanaf Gravesdown Hall te vervoeren.

Ter afleiding besluit ik om naar de rozentuin naast het huis te gaan. Als ik er bijna ben houd ik mijn pas in wanneer ik luide stemmen hoor. Aan de verre kant van de tuin, van achter een pergola die met een zee van gele klimrozen is bedekt, klinken de schorre uitroepen van Archie Foyle. Ze worden onderbroken door de afgebeten woorden van Oliver, en ik doe nog een paar stappen in hun richting om het beter te kunnen verstaan.

'Vergeet het maar!' roept Archie uit. 'Waar haal je het lef vandaan om met je chique klantjes uit Londen door het dorp te paraderen en ze met gladde verkooppraatjes te paaien. Naar de hel met je golfcourse! De boerderij is honderden jaren oud, ze staat op de monumentenlijst! Ze laten je de boel nooit platgooien.'

Het is een trieste zaak, maar ik ben ook wel stiekem blij dat ik me over een probleem kan buigen dat even niets met het lijk van Emily Sparrow te maken heeft.

'Dat doen ze wel,' snauwt Oliver. 'We hebben er al toestemming voor gekregen vanwege het instortingsgevaar.' Ik hoor het geritsel van papieren en Oliver zegt: 'Zie je hier? Een officiële sloopvergunning van bouw- en woningtoezicht.'

Het blijft een moment stil als Archie hierover nadenkt. 'Jullie hebben iemand omgekocht, dit is allemaal nep,' sist hij. 'Mijn balken zijn niet rot, en de fundering is prima! En er is trouwens niemand geweest om ernaar te kijken. Dit zijn schaamteloze verzinsels! Ik klaag jou en je werkgever aan voor fraude!'

'O, ga je dat doen?' Olivers stem klinkt scherp en zelfverzekerd. Ik gluur door de pergola en zie hem een stap in Archies richting doen. 'Nou, je kunt het proberen. Maar nog voor de aanklacht in behandeling is staat de politie al voor je deur met keiharde bewijzen van je recente activiteiten.'

Archie deinst met een bezorgde blik achteruit. Hij slikt en dempt zijn stem: 'Dat doe je niet.'

'O, dat doe ik wel. Andere mensen in het dorp mogen dan de andere kant op kijken bij jouw criminele gedrag, maar ik weet wel beter.' Oliver kijkt Archie met een blik vol walging aan.

Archie begint nog zachter te praten en klinkt smekend. Net als ik iets dichterbij wil komen word ik van achteren verrast door iemand die me opzij duwt om erlangs te kunnen.

Ik ben betrapt, maar dat doet er niet toe. Zowel Archie als Oliver kijkt geschokt op als Joe Leroy aan komt gestormd en Oliver bij zijn overhemd grijpt. De portofoon op Joe's verplegersuniform piept, maar hij negeert het. 'Als ik hier niet voor spoedeisende hulp verantwoordelijk was, had ik je neus gebroken,' gromt hij.

Oliver is sprakeloos, maar dat duurt niet lang. 'Wat is je probleem? Ik heb je nauwelijks gesproken sinds ik hier ben!'

'Zie je alle ellende niet die je veroorzaakt?' Joe staat zo dicht op Oliver dat hij hem praktisch in zijn gezicht spuugt. 'Het hotel kopen, hoe dúrf je het voor te stellen! Ma heeft haar hart en ziel aan die plek verpand! Dat hotel is van levensbelang voor haar nu Frances er niet meer is! En dan kom jij om haar allemaal onzin aan te praten, dat ze te oud aan het worden is om de boel te bestieren en dat ze het maar moet verkopen.'

'Het is niet zo vergezocht, Joe,' zegt Oliver onbewogen. 'Waarom wil je niet dat ze het geld van de verkoop opstrijkt? Ze zal voor de rest van haar leven verzorgd worden!'

'Ze heeft mensen die haar verzorgen, en je weet dat het niet om het geld gaat. Of ben je al zo lang uit Castle Knoll weg dat je denkt dat alleen geld er nog toe doet?'

Joe's portofoon piept weer, en deze keer komt Magda's stem er duidelijk doorheen. 'Heb je hem al gevonden en hem de waarheid verteld? Want we moeten hier vertrekken.'

Joe zucht en doet een stap achteruit. Het ontgaat me bijna dat Archie Foyle wegglipt door een deur van de ommuurde tuin, hij heeft er duidelijk genoeg van. 'Hier zijn we nog niet klaar mee,' snauwt Joe tegen Oliver. Hij drukt op de zijkant van de portofoon en zegt: 'Ja, ik heb die rat gevonden. Bedankt voor het waarnemen van de honneurs, Mags, ik kom eraan.'

Joe knikt me beleefd toe als hij terugloopt en me passeert. Ik sta Oliver aan te gapen en probeer alle bedreigingen te verwerken die ik zojuist heb mogen aanhoren.

'Je schijnt veel vijanden te hebben,' zeg ik langzaam.

Oliver haalt zijn schouders op en veegt de kreukels uit zijn overhemd op de plek waar Joe hem net vastpakte. 'Het hoort bij mijn baan,' zegt hij. 'Joe is eerlijk gezegd niet de eerste die dit soort dingen tegen me zegt. En Rose is niet de eerste pensioengerechtigde hoteleigenaresse die ik geprobeerd heb uit te kopen. Ze zal uiteindelijk toegeven, en dan kan Jessop Fields hier een hoofdkantoor voor hun zuidelijke tak openen. Een golfcourse en een countryclub in de buurt onder ons management en het begin is gemaakt in deze regio.'

Ik knijp mijn ogen samen. 'Stijlvol,' zeg ik minachtend. 'Jullie manipuleren een rouwende vrouw tot ze het enige opgeeft wat haar houvast biedt na het verlies van haar beste vriendin, zodat jouw bedrijf een leuk hotel in een kantoor kan veranderen. Ik moet zeggen dat ik achter Joe sta, wat dit betreft.'

'Nou,' zegt Oliver hatelijk, 'gelukkig hoef ik geen rekening te houden met de mening van Annie Adams.' Hij loopt langs me heen en snelt met zijn lange benen over de grindpaden.

Ik realiseer me te laat dat ik hier beter mijn mond over had kunnen houden; ik had net moeten doen alsof ik geschokt was door Joe's gedrag en met Oliver sympathiseerde.

Want nu zal hij me zeker niet vertellen met welke informatie hij Archie Foyle zojuist onder druk zette.

22

Ik loop weer terug naar de voorkant van het huis. De politieauto's en de ambulance staan er nog, en de verschrikkingen van het vinden van Emily's resten komen weer naar boven. Ik ga in het grind zitten en sla mijn armen om mijn opgetrokken knieën. Terwijl ik mijn kin op mijn knieën laat rusten bestudeer ik de vreemde patronen van de golvende heggen.

Achter me hoor ik resolute voetstappen in het grind, maar ik draai me niet om. Ik was instinctief met mijn rug naar het huis toe gaan zitten, maar zelfs dan nog zie ik de brancard vanuit mijn ooghoek. Ze hebben de hele hutkoffer erop gezet en deze met plastic bedekt, waarschijnlijk om het forensische bewijs dat er nog is te redden.

Er klinkt een gefluisterde zin in mijn hoofd: *in je toekomst verschijnen bleke botten.*

'O, mijn god,' kreun ik. *Ik heb haar dat skelet gestuurd.* Gelukkig heb ik dat laatste gedeelte niet hardop gezegd, want rechercheur Crane komt naast me zitten.

'Hoe gaat het, Annie?' vraagt hij kalm.

'Je bedoelt... dat het wel eens beter is geweest?' zeg ik. Er zit een bibber in mijn stem die een voorbode van een hysterisch gelach lijkt te zijn, of van een huilbui, of van allebei.

De rechercheur kijkt me een tijdlang aan. 'Wist je dat dat stoffelijk overschot in die hutkoffer zat?'

'Waarom vraag je dat?'

'Je naam staat op de factuur die erop is geplakt.'

Ik kijk rechercheur Crane aan. 'Nee, dat wist ik niet. Ik weet dat het gek klinkt, maar mam had me gevraagd om te helpen met het opruimen van de kelder in Chelsea, en het moest allemaal nogal haastig, dus ik heb niet in elke koffer gekeken. Het waren er zoveel. Ik heb de verhuizers gevraagd ze allemaal mee te nemen nadat ik had gezien dat er in de eerste paar oud papierwerk en dat soort rotzooi zat.' Ik slik moeizaam en probeer er maar niet aan te denken dat ik als kind jarenlang in die kelder heb gespeeld terwijl ik me vlak bij een lijk bevond.

'En denk je dat je moeder wist dat er een lijk in die koffer zat? Heeft niemand iets vreemds geroken?'

'Natuurlijk niet! Die hutkoffer heeft jaren in onze kelder gestaan, en wij trokken er pas in nadat ik was geboren. Emily Sparrow verdween in 1966, toch? Dus ze moet er al tientallen jaren hebben gelegen voordat wij daar kwamen wonen!' Vol ongeloof hap ik naar adem. Ik probeerde boeken over moordmysteries te schrijven terwijl er een lijk in de kelder lag.

'Oké, oké, ik geloof je.' Crane kijkt me niet aan, zijn blik volgt de mijne: over de oprit, tot aan het hek, en over de lappendeken van velden en heggen erachter die het landschap vormen. In mijn rechterooghoek zie ik nog een paar van Archie Foyles tunnelkassen.

Cranes lichaamstaal is opeens afstandelijk geworden, hij opent zijn mond en sluit hem weer, alsof hij iets wil zeggen maar zich bedenkt. Als hij uiteindelijk toch iets zegt, verrast het me.

'Ik weet dat je Frances' dossier over de familie Crane hebt,' zegt hij met geknepen stem.

Ik knik langzaam en probeer de beste manier te vinden om Frances' problemen met de Cranes te doorgronden. Mijn grootste punt van zorg is niet dat de rechercheur kwaad was over de slechte behandeling die zijn vader ten deel viel, maar dat zijn reactie op haar dood niet overeenkomt met de woedende toon van de sommatiebrief.

'Was het gelogen?' vraag ik uiteindelijk. 'Toen je me zei dat het je speet dat mijn oudtante Frances was overleden?'

'Nee.' Het antwoord komt snel en resoluut. Maar dan blaast hij nadenkend een stroom lucht uit. 'Ja, ik weet dat het misschien anders lijkt. Dat het mijn familie goed zou uitkomen als ze stierf. Ik zal niet ontkennen dat ze ons een hoop ellende heeft bezorgd.'

Ik pers mijn lippen op elkaar en laat mijn knieën los, zodat ik in kleermakerszit terechtkom. 'Ze heeft ervoor gezorgd dat er een einde kwam aan het huwelijk van je ouders, toch?' zeg ik langzaam.

Zijn gezicht vertrekt, en er lijkt zich bijna iets van een glimlach te vormen, wat verwarrend is. Maar hij geeft geen antwoord.

'Ik ben niet aan het vissen, hoor,' zeg ik.

'Dat ben je wel,' zegt hij simpelweg. Maar hij lijkt er niet kwaad over, dus ik ga door.

'Maar de datums op de foto's, en de sommatiebrief... Een van de dingen die ik me afvraag is: waarom nu? Waarom heeft iemand nu opeens besloten om tante Frances te vermoorden terwijl ze al haar hele leven in andermans levens zit te wroeten?'

'En toen zag je dat mijn ouders nog niet zo lang uit elkaar zijn, en je kwam tot de conclusie dat Frances er de reden van was. En nu denk je dat dat genoeg is voor een politieman om iemand te vermoorden?' Hij trekt zijn wenkbrauwen op, en ik voel de twijfel knagen. Maar ik geef geen krimp.

'Nou, ik denk eerlijk gezegd dat iemand die het leiden van een moordonderzoek in zijn taakomschrijving heeft staan de meest waarschijnlijke persoon is die weet hoe hij ermee weg kan komen.'

De rechercheur reageert hierop met een open en ontwapenende glimlach. 'Ja, maar Frances heeft bepaald dat die omschrijving nu ook geldt voor Saxon en jou.'

'Ja, maar geen van ons tweeën heeft ooit eerder een moord onderzocht. En ik zeg niet dat Saxon geen verdachte is, maar tot nu toe lukt het me niet om een motief voor hem te vinden. Hij wist al jaren dat Frances had besloten dat hij geen erfgenaam zou worden. Het was dus in zijn belang dat ze in leven zou blijven, want misschien dat hij haar nog op andere gedachten zou kunnen brengen.'

'Tenzij hij van haar voorwaarden wist, en haar vermoordde om daarna iemand anders voor een moord te laten opdraaien die hij vervolgens zelf oplost om de erfenis op te strijken,' zegt Crane. Zijn glimlach is nu speels, en ik zie aan hem dat hij deze theorie niet serieus neemt.

'Nou, dat zou een geweldige plot voor een boek zijn,' zeg ik. 'Misschien dat ik die voor mijn volgende synopsis ga gebruiken.' Er valt een stilte en mijn gedachten gaan terug naar Rowan Crane en wat hij gedaan zou kunnen hebben om zijn vader te beschermen.

'Je bent slim, Annie,' zegt hij langzaam, en hij kijkt me aan. 'Maar er is iets wat je moet weten over die dossiers van Frances. Iets wat je moet weten als een getuige je informatie geeft en dat als een vaststaand feit presenteert.'

Ik trek een wenkbrauw op. 'Is dit een gemoedelijke rechercheurstip, of probeer je eronderuit te komen dat ik je als verdachte zie?' Zodra ik het zeg weet ik al dat ik eigenlijk niet denk dat hij tante Frances heeft vermoord. Maar ik weet ook dat intuïtie en logica twee verschillende dingen zijn. Als Jenny hier was zou ze me gezegd hebben dat je een moord niet kan oplossen met het oppikken van een bepaald 'gevoel'.

'Laten we zeggen dat het zowel het een als het ander is,' zegt Crane. 'Maar omdat deze dossiers een belangrijke rol in je onderzoek zullen gaan spelen, moet je wel weten dat Frances er wel eens naast zat.'

Dit nieuws doet me fronsen. 'Maar Frances trok geen conclusies in deze dossiers. Ze bestaan uit bewijsmateriaal. Bellijsten, surveillancefoto's... Wil je me soms zeggen dat die foto's van je vader en moeder... Ik bedoel, wat wil je me eigenlijk zeggen?'

'Die foto's hebben niet het huwelijk van mijn ouders beëindigd. Fránces heeft het huwelijk van mijn ouders niet beëindigd. Ik ben een man van drieëndertig, Annie, en ik begrijp dat mensen veranderen en sommige huwelijken niet standhouden.' Hij strijkt met zijn hand langs zijn kaaklijn; ik heb gemerkt dat hij dat doet als hij nadenkt. Hij glimlacht in zichzelf en vervolgt dan: 'Mijn ouders zijn gescheiden omdat mijn vader homoseksueel is. Hij en mijn moeder hebben sindsdien goed contact met elkaar. Ze zijn alle twee gelukkiger nu ze niet meer samen hoeven te leven.'

'Maar... die foto's met mijn moeder, en... waarom die sommatiebrief?' Ik probeer de dingen met elkaar in verband te brengen, maar de puzzelstukjes lijken niet te passen.

'Jouw moeder is de enige die het al tientallen jaren weet van mijn vader. Ze gingen met elkaar uit in hun tienertijd, maar dat deden ze als goede vrienden. En ik heb begrepen dat ze dat nog steeds zijn.'

'Maar waarom heeft mijn moeder me nooit over hem verteld?' stamel ik. Ik voel me er een beetje triest, maar ook verontwaardigd over dat er hele periodes in mams leven zijn waar ik niets vanaf weet. Waarom heeft ze hele vriendschappen voor me verborgen gehouden? Ik voeg het toe aan de lange lijst onderwerpen die ik met haar wil bespreken als we elkaar weer zien.

Crane haalt zijn schouders op. 'Wat die brief betreft, ik maakte me zorgen dat Frances de waarheid over pa wist, en dat ze die bekend zou maken voordat hij er klaar voor was. Maar toen ik erachter kwam dat ze werkelijk dacht dat hij een affaire met Laura had gehad, vertelde ik haar de waarheid en ze heeft daarna niets meer ondernomen. Pa kon nu ongehinderd uit de kast komen en er de tijd voor nemen.'

'Zou Frances zoiets hebben gedaan? Zoiets bekendmaken? Dat lijkt me zo gemeen.'

Rechercheur Crane kijkt me nadenkend aan. Uiteindelijk zegt hij: 'Nee, waarschijnlijk zou ze zoiets niet hebben gedaan. Maar ik was er bang voor, en ik wilde pa beschermen. Haar generatie kan nogal kortzichtig zijn als het om dit soort dingen gaat, mijn eigen grootvader is daar een voorbeeld van. Frances en Teddy zijn altijd bevriend gebleven, ik was bezorgd dat zij het hem zou vertellen, en ik had geen idee hoe hij het zou opnemen.'

Ik grimas. 'Sorry,' zeg ik.

'Dank je,' zegt hij. 'Maar goed, hij heeft mijn steun, en zijn vrienden uit het dorp hebben hem heel goed opgevangen. John Oxley, dat is de dominee, heeft pa geweldig geholpen. En dan hebben we ma nog, en Laura.'

Ik denk na en heb even niets meer te zeggen. De rechercheur heeft me laten zien dat je de dossiers van Frances ook door een andere bril kunt bekijken. Een die ik al vanaf het begin had moeten gebruiken om te beseffen dat zelfs het beste bewijsmateriaal tot verkeerde conclusies kan leiden.

Hoeveel van mijn andere theorieën zijn als deze, te breekbaar om een serie vragen te doorstaan? Hoe kom ik er ooit achter wie tante Frances heeft vermoord als Saxon iedereen in het dorp kent en alles van Frances' leven weet? En als de rechercheur me telkens vijf stappen voor is met zijn nuchtere professionalisme?

'Hé,' Crane stoot mijn schouder aan met de zijne, 'je hebt die blik weer.'

'Die blik?' Ik weet mijn gedachten even opzij te zetten om hem met samengeknepen ogen aan te kijken.

'Alsof je jezelf onderuithaalt en aan je methodes twijfelt. Dat zou je niet moeten doen. Je had gelijk om me te verdenken. Ik zou het ook hebben gedaan als ik dat dossier had gelezen.'

'Dat is iets anders. Maar hoe weet je wat er in dat dossier staat? Heb je alle dossiers gezien?'

'Na mijn sommatiebrief is Frances met het Crane-dossier naar het bureau gekomen om het te laten zien. We hebben het toen uitgepraat. Voor het geval je dat nog wilt checken, mijn receptioniste Samantha zat erbij en zal elk woord hebben gehoord, zij kan het verifiëren.'

Ik houd mijn handen op om te gebaren dat ik het opgeef, toch speelt er een glimlachje rond mijn lippen. 'Je hebt me niet verteld dat je alle dossiers hebt gezien.'

'Dat heb ik ook niet.'

Ik heb het gevoel dat er iets aan zit te komen. 'Ga je ze opeisen, en ze in beslag laten nemen als bewijsmateriaal?'

'Als ik ze nodig denk te hebben,' zegt hij simpelweg. 'We hebben nu een lijk dat verband houdt met een onopgeloste zaak waardoor Frances altijd zeer was geobsedeerd.' Hij zwijgt even. 'Dit onder ons, want ik kan nog niet officieel verklaren dat dit haar vermiste vriendin Emily Sparrow is.'

'Maar dit lijk is uit het huis in Chelsea afkomstig,' zeg ik.

'Dat het eigendom van Frances was,' werpt Crane tegen.

Mijn hoofd loopt opeens over. Heeft Frances haar vriendin Emily vermoord?

In je toekomst verschijnen bleke botten. Oudtante Frances veranderde haar testament om mij erin te zetten nadat ik haar die koffers had gestuurd. Ze moest het lijk van Emily gevonden hebben nadat die hutkoffer zo was beschadigd. Dat kon niet anders, het puilde er praktisch uit. *Dochters vormen de sleutel tot gerechtigheid en met één zul je vooruitkomen, houd de juiste dochter in de buurt.*

'Frances heeft Emily niet vermoord,' zeg ik. 'Toen ze het lijk van Emily vond paste ze haar testament aan om mij erin te zetten, omdat ik haar zonder het te weten gerechtigheid had bezorgd. En ik durf te wedden dat de puzzelstukjes van een zestig jaar oud mysterie op hun plaats vielen toen ze de vondst deed – daarna wist ze wie Emily had vermoord.' Ik houd mijn mond dicht als ik bedenk dat het misschien niet zo'n goed idee is om deze overpeinzingen hardop uit te spreken in het bijzijn van Crane. Maar dan open ik hem weer en zeg: 'Heeft tante Frances je ooit naar Emily Sparrow gevraagd? Recentelijk, bedoel ik? Want ik weet bijna zeker dat ze het lijk vlak voor haar dood heeft gevonden.'

'Ze heeft het nooit over Emily gehad,' antwoordt hij. 'Denk je dat Frances naar de moordenaar van Emily is gestapt? En dat die vervolgens Frances heeft vermoord om het stil te houden?'

Ik probeer een pokerface te houden, maar ik zie aan Cranes korte knikje dat ik er niet goed in ben. Uiteindelijk besluit ik dat het beter is om zijn connecties te gebruiken dan mijn gedachten verborgen te houden. Ik moet er maar op vertrouwen dat ik dit sneller dan hij kan oplossen, of dat hij niet zo'n haast zal hebben om op die manier zijn dorp te redden. Ik hoop dat hij de persoon is die ik denk dat hij is. Of de persoon die ik graag zou willen dat hij is.

'Als ik erachter wil komen wie mijn tante Frances heeft vermoord moet ik weten wie Emily Sparrow door het hoofd heeft geschoten.' Ik kijk hem aan en bijt op mijn lip. 'Kun je me de informatie geven die het politiebureau heeft over de verdwijning van Emily Sparrow?'

Crane barst in lachen uit. 'En waarom zou ik dat doen?'

Ik haal diep adem, want ik ga Rowan Crane nu uit zijn tent lokken om te kijken of er onder zijn onwrikbare werkhouding ook iets van een improvisator schuilt.

Ik pak mijn rugzak en haal Frances' dagboek eruit.

'Omdat ik de aanwezigheid van een zekere revolver kan bewijzen. En dat er op een van de momenten dat hij werd afgevuurd een zekere Téddy Crane aanwezig was.'

Als Oliver de rechercheur was geweest, dan zou hij met een frivole uitval geprobeerd hebben me het dagboek te ontfutselen. Was het Saxon geweest, dan zou hij perplex hebben gereageerd, waarna hij Elva misschien wel aan het werk zou hebben gezet om het boek van me te stelen. Dat is tenminste alles wat ik Elva heb zien doen: ze pakt wat ze wil hebben.

Maar geen van die twee mannen is de rechercheur. Hij kijkt me onderzoekend aan en uiteindelijk verschijnt er een glimlach. 'Ik ben onder de indruk. Maar ik neem aan dat je me dit bewijs niet zal laten inkijken.'

'En ik neem aan dat je al wist van dit bewuste incident?' Ik voel me zo ongelooflijk doortastend dat ik me nauwelijks kan inhouden. Een doortastendheid die ik zo sterk voel dat ik niet eens ineenkrimp bij het horen van mijn overdreven pogingen om als een advocaat te klinken.

Ik gok erop dat het revolverincident uit Frances' dagboek in Emily's vermissingsdossier staat. Ze zullen al haar vrienden hebben ondervraagd nadat ze vermist werd. Terwijl Rose, Walt en Frances mogelijk hadden afgesproken om er niets over los te laten durf ik te wedden dat de eerlijke Teddy Crane alles heeft verteld zodra hem gevraagd werd of Emily ook vijanden had. En een handige tactiek om informatie los te krijgen is om de ondervraagde een versie van een theorie te geven, waarna hij die vaak onwillekeurig corrigeert of bevestigt.

'Het stond in Emily's dossier,' zegt Crane.

'Halleluja,' fluister ik. 'Dus je hebt dit dossier al gezien, en omdat ik je ertoe heb verleid om me te vertellen wat er zoal in staat...'

Er verschijnen kraaienpootjes bij zijn ooghoeken als hij glimlacht. 'Je hebt me niet verleid, het is meer dat ik besloten heb om die informatie te delen.' Hij haalt een hand door zijn donkere haar, waardoor het aan één kant wat omhoog blijft staan. 'Omdat jij het bent,' zegt hij terwijl hij me strak aankijkt.

Hier reageer ik maar niet op, want ik heb op dit moment echt geen ruimte in mijn hoofd om te bepalen of rechercheur Crane met me aan het flirten is. Hij is niet mijn gebruikelijke type, maar hij is knap. Hij heeft het soort gezicht waar ouderdom weinig vat op zal hebben omdat de trekken zo uitgesproken zijn.

Het duurt even voordat ik merk dat Crane nog steeds aan het praten is. 'Ik had onze administratief medewerker gevraagd om het uit het archief te halen, en die heeft het me gebracht. Mijn grootvader Teddy werd na de vermissing van Emily ondervraagd. Hij beschreef een incident in het verlaten woongedeelte van de boerderij waarbij Emily tijdens een ruzie op haar gezicht werd geslagen door Walt Gordon, en dat er vervolgens een schot afging dat niemand raakte.

'Had hij de politie verteld wie dat schot afvuurde?'

'Frances Adams. Ze werd daarna als verdachte beschouwd, maar Rutherford Gravesdown huurde een aantal topadvocaten in en dat hielp… Ze werd niet meer als verdachte beschouwd.'

'Had Teddy de politie verteld dat Emily zwanger was?'

Ik zie een flits van verrassing op Cranes gezicht die meteen weer verdwenen is. 'Nee, die informatie staat niet in het dossier. Weet je zeker dat ze zwanger was?'

'Frances leek er zeker van te zijn,' zeg ik terwijl ik naar het dagboek in mijn handen kijk. 'Ik heb nog niet alles gelezen, maar Frances verdacht Emily ervan dat ze de zwangerschap gebruikte om Rutherford Gravesdown aan zich te binden.'

'Ja, er is in het dossier sprake van een mogelijke seksuele relatie tussen Rutherford Gravesdown en Emily Sparrow, maar hij ontkende dat ten stelligste. Hij was in die tijd de machtigste man in Castle Knoll, en hoewel hij ondervraagd werd over haar verdwijning was het nogal…' hij kucht, het lijkt wel om een bepaald gevoel te verbergen, '… oppervlakkig.'

'Wie heeft de politie over de seksuele relatie tussen Lord Gravesdown en Emily verteld?'

'Walter Gordon. Hij was de hoofdverdachte in de zaak van Emily's verdwijning, dus hij had zo zijn redenen om de familie Gravesdown in het onderzoek te betrekken.'

‘Had meneer Gordon ook vermeld dat Emily ook nog met andere mannen omgang had?’

Crane kijkt me verrast aan. ‘Nee. Wordt er nog iemand door Frances genoemd?’

De radertjes in mijn hoofd maken overuren. ‘Walt beschermde Frances,’ mompel ik. ‘Want de andere man met wie Emily iets had, was John Oxley, de vriend van Frances. Frances leek natuurlijk schuldig als Walt de politie over Emily en John had verteld.’

‘En wat als ze dat ook was?’ zegt Crane kalm.

‘Als ze wat was? Schuldig? Nee, ik denk niet dat Frances haar vriendin heeft vermoord. Ze heeft een kleiner prikbord in dat dossierkamertje van haar dat geheel aan Emily is gewijd. Ik denk dat ze in haar vrije tijd Emily’s verdwijning probeerde op te lossen.’ Mijn geloof in Frances’ onschuld taant enigszins als ik eraan denk dat ik haar nooit heb ontmoet. Dus ik kijk de rechercheur aan en vraag: ‘Was ze iemand die door schuld leek te worden verteerd?’

‘Nou, eerlijk gezegd knaagde er wel iets aan haar,’ zegt hij.

Ik wind het halskettinkje dat ik draag om mijn vinger terwijl ik over Frances aan het piekeren ben. Ze weet zich voor me in te nemen met haar dagboek. Ik mag haar graag, maar ik ben me er ook pijnlijk bewust van dat ik haar niet ken.

Toch blijf ik haar verdedigen. ‘Maar zou ze haar vriendin hebben kunnen doden? Op zeventienjarige leeftijd?’ Ik houd het groene dagboek tussen ons in. ‘Ik heb delen hiervan gelezen, en de Frances die hier spreekt komt niet op me over als een moordenaar. Ze is gevoelig en slim en...’

‘Misschien zijn er dus wel twee schrijvers in de familie als ze je zo heeft weten te overtuigen.’

‘Wáren,’ zeg ik triest. ‘Er wáren twee schrijvers in de familie.’

Crane knikt langzaam, en het lijkt erop alsof hij het begrijpt. Hij legt een hand op mijn schouder en geeft me een kort kneepje voordat hij hem weer weghaalt. Hij begrijpt dat ik treur om een familielid dat ik nooit heb gekend. De vrouw die haar tienerleven zo heeft weten vast te leggen dat ik het liefst dat grote huis in zou willen rennen om haar er alles over te vragen. De Frances van dit dagboek is iemand met wie ik bevriend zou willen zijn. En nu wil ik weten hoe haar verhaal verder gaat.

Niet alleen maar het verhaal uit het dagboek. Haar héle verhaal.

'Ik denk dat het goed is dat een van ons tweeën rechercheur is,' zeg ik met een cynisch opgekrulde mondhoek. 'Iemand die hier onpartijdig in staat.'

'Ik heb nooit gezegd dat ik onpartijdig was,' zegt hij terwijl hij zich opricht en het stof van zijn spijkerbroek klopt. 'Maar goed, ik heb er geen zin meer in om advocaat van de duivel te spelen. Ik geloof nog steeds dat ze is vermoord vanwege een geheim dat ze had ontdekt.'

Hij steekt zijn hand uit om me op de been te helpen, ik pak hem aan.

'Frances heeft ons allemaal in een hachelijke positie gemanoeuvreerd,' vervolgt hij. 'Mijn grootste zorg is dat iemand bereid was Frances te vermoorden, waarschijnlijk om te voorkomen dat ze informatie zou delen die ze was tegengekomen. Saxon en jij hebben de taak gekregen om dat uit te zoeken, en jullie zullen Frances' plek in het geheel moeten vinden.'

'De plek die haar dood betekende.'

'Precies.'

'Dus wat gaan we doen?'

'Ik zal het huis in de gaten houden de komende tijd. De aanwezigheid van de politie is hier sowieso vereist omdat er een misdrijf is gepleegd, en omdat een oude zaak wordt heropend.'

'Dus je blijft hier?'

'Ik zal wat diensten aan collega's afstaan, maar ik zal hier zo vaak mogelijk zijn.'

Ik knik. 'Dat is zowel geruststellend als intimiderend.'

Hij lacht, en de onbevangenheid ervan verrast me. Dan slaat de stemming weer om, en ik kan zien dat hij slecht nieuws voor me in petto heeft. 'Ik wil dat dagboek hebben, Annie.'

Ik voel dat ik geen lucht meer krijg, en mijn hand omklemt instinctief het dagboek. W-waarom?' stamel ik. 'Het zijn alleen maar haar tienerproblemen, meer niet, ik vraag me af of...' Zijn strenge blik brengt me tot zwijgen.

'Ik zal het kopiëren,' zegt hij, 'daarna geef ik het je zo snel mogelijk terug.'

Als ik niet reageer voegt hij eraan toe: 'Je moet het zo bekijken: het kopiëren van het dagboek is makkelijker dan het afvoeren van alle dossiers. Ik kan zien welke dossiers ik nodig heb als ik eerst het dagboek heb gelezen, zo hoef ik ze niet allemaal mee te nemen.'

'Maar ik heb nog niet alles gelezen! Geef me... een uur? Een half uur?' Wanhopig probeer ik een manier te bedenken om deze legale vordering te ontlopen, maar er is niets wat ik ertegen kan doen.

'Sorry, Annie, ik heb het nu nodig.'

'Ik had je hier niets over hoeven zeggen!' roep ik uit. Het is gewoon niet eerlijk.

Hij steekt zijn hand uit naar het dagboek, en ik ben woedend, ik voel me als een klein kind dat zijn snoep moet inleveren.

'De moord op Emily Sparrow,' zeg ik terwijl ik me aan een wanhopig plan vastklamp. 'Als we elkaar daarmee nu eens helpen, en dat jij met alle eer strijkt als we hem hebben opgelost? Als ik de moordenaar van Frances maar kan aanleveren.'

Hij trekt zijn hand terug en slaat zijn armen over elkaar. 'Je bedoelt dat ik Emily's zaak mag afsluiten om mijn bazen af te leiden van de recente moord die ik geacht word op te lossen? Dat klinkt als de perfecte manier om een moordenaar te ontmaskeren en een erfenis binnen te halen.'

'Fantastisch, ik ben blij dat je het op mijn manier wilt bekijken.'

'Absoluut niet.'

'Bedoel je dat je het niet op mijn manier wilt bekijken? Of dat je niet wilt samenwerken?'

Hij blaast uit frustratie zijn wangen bol en kijkt me lang aan. 'Allebei. Ik heb me heel redelijk opgesteld. Ik kopieer het dagboek en zal je het origineel teruggeven, iets wat ik niet eens hoef te doen.' Hij kijkt me strak aan. 'Of wil je dat ik de officiële wegen bewandel?'

'Oké dan.' Ik doe geen moeite om mijn geërgerde toon te verbergen, en ik voel dat mijn houding een en al chagrijn uitdrukt als ik hem het dagboek overhandig.

'Dank je wel,' zegt hij.

Ik maak aanstalten om naar het huis te lopen. 'Ondertussen wachten er nog genoeg geheimen hier,' zeg ik.

Hij huivert. 'Ja ja, ik zal je uit allerlei problemen moeten redden, toch?'

'Dat doe ik zelf wel, net als Frances,' zeg ik schimpend.

Maar dan is het mijn beurt om te huiveren, want Frances kon zichzelf niet uit de problemen houden. Niet toen het moest.

23

Er is iemand in mijn kamer geweest, en die heeft bepaald niet geprobeerd om het te verhullen. Ik had mijn dekens in een slaperige wanorde achtergelaten, mijn hoofdkussen opgepropt tot een bal. Toen ik naar binnen liep draaide mijn maag zich om, het bed was keurig opgemaakt.

Ik begin tante Frances' paranoia iets beter te begrijpen. Je ziet overal potentiële moordenaars als je gedachten eenmaal door moord worden beheerst. Elk detail lijkt bedreigend te zijn. Ik zucht diep, het is waarschijnlijk een werkster geweest die ik nog niet heb ontmoet. Maar dan vraag ik me af of die werkster niet Beth is geweest. Of iemand anders wier toekomst afhangt van het ontmaskeren van tante Frances' moordenaar.

Ik loop naar het bed en strijk behoedzaam met mijn hand over de witte katoenen kussensloop. Dan til ik hem op, en daar zul je het hebben: een papiertje dat vergeeld is van ouderdom, met een getypte tekst erop.

Jij stomme trut, dacht je dat je mij kon dwarszitten? Je bent er zo aan gewend om altijd je zin te krijgen met je mooie gezichtje. Als je niet ophoudt dan maak ik dat gezichtje kapot. Ik stop je botten in een doos die ik naar je geliefden stuur.

Maar voordat ik je te grazen neem pak ik alles van je af.

De schrik slaat me om het hart, en ik check mijn omgeving. Mijn rugzak en mijn weekendtas liggen onder het bed, en op mijn kleren na ligt er niets in de kast. Ik probeer zelfs de hendel van het raam, maar hij hangt te hoog en het raam zit trouwens op slot.

Mijn hand trilt als ik het briefje weer oppak. De regel over de botten in een doos is inmiddels bewaarheid. Maar het is duidelijk dat dit briefje oud is, en ik herinner me precies dezelfde zin uit Frances' dagboek. *Omdat iemand me heeft bedreigd. Ik vond een papiertje in de zak van mijn rok waarop 'ik stop je botten in een doos' stond.*

En dan moet ik denken aan de laatste zin van de bedreiging – *maar voordat ik je te grazen neem pak ik alles van je af.*

Emily. Het doet me aan Emily denken, en aan de manier waarop ze Frances behandelde. Had ik dat dagboek nu nog maar. Gelukkig kan ik me nog precies herinneren wat Frances had geschreven over de avond dat ze erachter kwam dat Emily met John naar bed was geweest. De dingen die ze Emily toeriep in Fords bibliotheek: *Het lijkt wel of je alles wilt hebben wat van mij is. Mijn haarspelden, mijn jas... was mijn garderobe niet goed genoeg voor je? Moest je nu ook nog mijn vriend erbij nemen?*

Ik geloof even in de macht van waarzeggers, want door de vondst van de dreigbrief krijg ik bijna het idee dat ik Frances' noodlot heb geërfd. Rechercheur Crane is nog steeds beneden, en ik overweeg om hulp te vragen. Maar ik aarzel vanwege de rivaliserende sfeer van ons laatste gesprek. In boeken is degene die de moord onderzoekt altijd warm als hij bedreigingen ontvangt, of hij is in elk geval iets op het spoor.

Mijn eerdere schrik vloeit weg om plaats te maken voor nieuwsgierigheid. Dit moet een stukje bewijs zijn van het mysterie van Emily's verdwijning. Als iemand me persoonlijk wilde bedreigen, zou het op een directere manier zijn gebeurd en veel relevanter – er zou gezegd zijn dat ik hier niets te zoeken heb, en dat deze erfenis mij niet toekomt.

Dit moet uit 1965 of 1966 stammen, de periode waarin Emily verdween. Wat als iemand het daar heeft neergelegd om me te helpen?

Hoe langer ik hierover nadenk, hoe waarschijnlijker het wordt. Maar wie kan het zijn?

Ik maak met mijn telefoon een foto van het briefje – er zou iets mee kunnen gebeuren, of Crane zou ook dit als bewijsmateriaal kunnen opeisen. Het verontrust me enigszins dat dit achterhouden van bewijs zich tegen me zal kunnen keren. Maar ik weet ook dat dit onderzoek meer improvisatie en brutaliteit zal vereisen dan ik gewend ben, dus waag ik het erop.

Als ik de bedreiging nog een keer lees voel ik verwarring opkomen. Waarom is Emily vermoord als dit voor Frances was bedoeld?

Ik leg het papiertje in wat ik mijn 'onderzoeksdagboek' heb gedoopt, en stop dat terug in mijn rugzak. Het licht is in de goudgroene sluier van een zomeravond aan het verglijden, en hoewel ik een paar uur geleden een lijk heb gevonden begin ik honger te krijgen. Het gesjouw met mijn spullen bezorgt me rugpijn, maar deze kamer is duidelijk niet veilig, dus ik neem mijn rugzak mee naar beneden.

De keuken kan nog even wachten, eerst wil ik de dossiers zien die tante Frances over de familie Foyle heeft aangelegd. Ik ben niet verbaasd om Saxon aan te treffen in de kleine werkkamer, deze keer bestudeert hij het kleinere prikbord dat aan Emily is gewijd. Elva en Oliver zijn er niet, en rechercheur Crane staat buiten met een paar agenten van het Castle Knoll Police Department te praten.

'Heb je haar gekend?' vraag ik zacht. 'Emily Sparrow bedoel ik?'

Saxon kijkt me lang aan. Zijn blik heeft iets droevigs, wat vreemd is gezien zijn onverschillige houding bij de vondst van het stoffelijk overschot. 'Ja,' zegt hij. 'Ze was... bijzonder. Dat waren ze allemaal, Frances ook. Het is triest dat van hun drieën alleen Rose nu nog over is. Ze waren onafscheidelijk, tot Emily vermist raakte.'

Hij weet niet dat ik op de hoogte ben van het drama dat zich ontvouwde voordat Emily verdween. Voordat Emily stierf. Ik besluit om de theorie van rechercheur Crane op hem los te laten – het is een idee waar hij geen munt uit kan slaan, en misschien spoort het hem aan om informatie met me te delen.

'Crane denkt dat Frances de moordenaar van Emily is.'

Saxon reageert hier nauwelijks op, hij lijkt enigszins te fronsen terwijl hij zijn blik niet van het prikbord afwendt.

'En waarom denkt onze beste rechercheur dat?'

'Die hutkoffer stond in de kelder van het huis in Chelsea,' zeg ik. 'En daar heeft hij vijfentwintig jaar gestaan, misschien wel langer. Hij stond er al toen mijn moeder en ik erin trokken.'

'Het verrast me dat de rechercheur Frances beschuldigt. Waarom niet mijn oom? Emily verdween jaren voordat hij overleed, en het huis in Chelsea was op dat moment van hem.'

Ik vraag me af of Ford haar vermoord zou kunnen hebben. Saxon heeft wat hem betreft een grote voorsprong op me; ik weet zo goed als niets over Rutherford Gravesdown, terwijl Saxon door de man is opgevoed. Ik denk dat ik rechercheur Crane moet overhalen om me het dagboek zo snel mogelijk terug te geven, want ik vraag me af wat voor onthullingen Frances heeft over de man die ze op een dag zou trouwen.

Maar Rutherford Gravesdown is al jaren dood. Als Emily door Ford is vermoord kan ik niets bedenken wat die moord aan de moord op Frances linkt. Ik vraag me af of ik Saxon zou moeten vragen wat hij van Emily's zwangerschap weet, maar ik moet nog steeds de helft van het groene dagboek lezen, en ik wil alle beschikbare informatie hebben als ik mijn kaarten op tafel leg.

In je toekomst verschijnen bleke botten.

Omdat iemand me heeft bedreigd.

Ik stop je botten in een doos die ik naar je geliefden stuur.

Er bekruipt me een ongemakkelijk gevoel, en terwijl ik naar het prikbord kijk valt me iets nieuws in: misschien dat de bedreiging voor Emily was bedoeld.

Mijn blik valt op de oude typemachine die op een van de planken staat.

Het is een verschrikkelijke gedachte. Frances zei niet waar de bedreigingen vandaan waren gekomen, alleen maar dat ze ze had gekregen. En als dat nu eens was omdat ze de berichten zelf had geschreven? *Maar voordat ik je te grazen neem pak ik alles van je af.* En Frances was degene die met Ford trouwde.

Ik merk dat Saxon me geïntrigeerd aankijkt. 'Frances en Emily hebben ruzie gehad over mijn oom,' zegt hij.

Als ik naar de foto van Emily in het midden van het bord kijk veranderen de rode draden en ik zie de connecties op een nieuwe manier. Zij die het dichtst bij Emily stonden en, meer naar de zijkanten, zij die door haar waren benadeeld: Walt, John en Rose staan aan de buitenrand. Archie Foyle, Saxon en, merkwaardig genoeg, mijn grootouders Peter en Tansy staan allemaal dichterbij. Het verrast me hun namen daar te zien, maar het dagboek kan me misschien vertellen waarom mijn tante hen verdacht. Er zou een reden kunnen zijn die ik nog niet heb gelezen.

Ford staat er zelfs niet eens bij, maar hij zou Emily logischerwijs vermoord kunnen hebben. Er zou een reden kunnen zijn als alles klopt wat er in het dagboek staat. Wat als Emily hem wilde chanteren met haar zwangerschap en hem tot een huwelijk wilde dwingen? Tante Frances moet een reden hebben gehad om hem van het verdachtenlijstje te schrappen. Dat, of dat ze uit liefde voor hem zijn schuld niet kon zien.

'Ik mis een variabele,' zeg ik hardop, wat eigenlijk niet mijn bedoeling was.

'En welke zou dat kunnen zijn?' vraagt Saxon, maar ik zie aan zijn gezicht dat hij het al lijkt te weten.

Ik ren de kleine kamer uit en doorkruis de bibliotheek. Als ik de voordeur bereik staat rechercheur Crane er nog steeds met een agent te praten.

'Kan ik je even spreken,' vraag ik, enigszins buiten adem. Ik zie eventjes een zweem van verrassing op zijn gezicht. 'Het is belangrijk,' voeg ik eraan toe.

'Oké.' Hij mompelt iets tegen de agent en volgt me dan tot we buiten gehoorsafstand zijn. Ik doe mijn rugzak af en rits hem open. Ik haal het dunne notitieboekje met de paddenstoelen op het omslag eruit, ik weet dat de dreigbrief er veilig in zit.

'Ik wil het dagboek nog even inkijken,' zeg ik.

Crane doet geen moeite om zijn ergernis te verbergen. Hij heft zijn ogen ten hemel en zegt: 'Annie, ik ben nog niet terug op het bureau geweest. Maar het is bewijsmateriaal sinds ik het heb geconfisqueerd, ik kan het je niet zomaar teruggeven.'

'Kan ik er niet even doorheen bladeren om iets te checken? Hier, waar je bij staat?' Mijn toon is smekend, maar hij lijkt er niet gevoelig voor. 'Ik geef je er nieuw bewijs voor terug.'

Hij snuift. 'O nee, zo werkt dat niet. Dat weet je, Annie. Als je ook maar iets hebt gevonden over Frances' dood, of de dood van Emily Sparrow, al is op dit moment nog niet bewezen dat het haar lijk is, maar stel dat, dan...'

Nu is het mijn beurt om mijn ogen ten hemel te heffen. 'Ik hoef het dagboek verder niet te hebben. Ik wil alleen maar naar een bladzijde kijken die ik al gelezen heb. Jij kunt de dreigbrief krijgen, ik heb er een foto van.'

'Dreigbrief?' Zijn hele houding verandert, en zijn stem heeft een scherp randje gekregen.

Als ik hem vertel hoe ik het briefje heb gevonden probeer ik zo luchtig mogelijk te klinken.

'Annie, had ik je niet gewaarschuwd voor je veiligheid in dit huis? Je had direct naar me toe moeten komen toen je dit vond.' Hij ziet er kwaad uit en heeft zijn handen op zijn heupen gezet, een houding die 'verontwaardigde bezorgdheid' uit lijkt te willen schreeuwen. Als ik niet zo geërgerd was over dat dagboek had ik het bijna aandoenlijk gevonden.

Mijn theorie – dat iemand nogal klunzig heeft geprobeerd me te helpen met het oplossen van de moord op mijn oudtante Frances – kalmeert hem maar gedeeltelijk. Uiteindelijk haal ik de dreigbrief uit het notitieboekje. 'Hier,' zeg ik, 'je mag hem hebben. Maar kan ik nu even in dat dagboek kijken?'

Crane kijkt naar de plek waar zojuist nog de agent stond en ziet dat die waarschijnlijk naar binnen is gegaan of ergens achter het huis patrouilleert. 'Oké,' zegt hij weifelend. Hij steekt een hand in de binnenzak van zijn colbert en haalt er het dagboek uit. 'Maar je leest het hier terwijl ik over deze bedreiging nadenk.'

Ik blaas dankbaar een hap lucht uit als ik het boek van hem aanneem. Ik focus op het fragment dat ik zoek en probeer het feit te negeren dat hij me onderzoekend blijft aankijken.

Ik moet aan het moment denken waarop Saxon de datum van mams verjaardag uit zijn hoofd opdreunde toen hij het combinatieslot van de dossierkast probeerde open te krijgen. Hoe kende Saxon die datum? Mam zei dat haar ouders haar van het landgoed Gravesdown weghielden, en Saxon heeft het grootste gedeelte van zijn jeugd op een kostschool doorgebracht.

Maar als ik de Saxon uit Frances' dagboek voor me zie – de spionerende jongen die informatie verzamelt en die slim gebruikt – kan ik een goede reden bedenken waarom hij die datum kent.

Ik blader naar de eerste bladzijden en check de datums. Uiteindelijk vind ik wat ik zoek.

15 september 1966

Peter is hier en hij is ruzie met mam aan het maken. Niemand kan zijn vrouw, dat kreng van een Tansy, uitstaan, maar nu de baby in huis is gekomen, is er geen weg terug meer...

Maar ik moet toegeven dat de kleine Laura een schatje is. Iets meer dan een maand oud en ze maakt nu al kirrende geluidjes als ik haar zie. Ze lijkt alleen wel op haar moeder, en dat is jammer.

Frances schreef niet 'Nu ze een baby hebben gekregen,' maar 'Nu de baby in huis is gekomen.' En als ik het nog een keer lees klinkt de laatste zin 'Ze lijkt alleen wel op haar moeder, en dat is jammer' opeens heel anders.

'Ik moet terug naar binnen. Er is nog zoveel wat ik moet doen,' flap ik eruit. Van mijn gezicht moeten verschillende dingen af te lezen zijn, want Cranes irritatie is meteen verdwenen.

'Weet je wat,' zegt hij kalm. 'Laten we naar het dorp rijden en naar de Dead Witch gaan. Ik breng wat dossiers mee, we kunnen er een hapje eten en jij kunt de rest van het dagboek lezen en aantekeningen maken. Ik beloof je dat ik stil zal doorwerken terwijl je leest, geen van ons zal de ander afleiden, en na de maaltijd zal ik het dagboek meenemen naar het bureau.'

Ik moet er even over nadenken voordat ik zijn voorstel accepteer. Het is het beste waarop ik had kunnen hopen, vooral ook omdat ik rammel van de honger.

Hij pleegt nog een snel telefoontje en loopt al bellend het gazon op... maar hij heeft me het dagboek niet ontnomen. Als we uiteindelijk de oprit achter ons laten knaagt er nog iets. 'Dit is toch geen poging om me even uit het huis weg te houden, hè?'

Hij zucht. 'Agent Brady gaat iedereen ondervragen over de dreigbrief die onder je hoofdkussen lag. Dus ja, gedeeltelijk wel. Maar eerlijk gezegd, en dit is onder ons...' hij kijkt me een fractie van een seconde aan voordat hij zijn blik weer op de weg laat rusten, '... ik wil wel eens zien wat er gebeurt als je alle informatie tot je beschikking hebt.'

Ik grijns. Verder dan dit zal hij niet gaan om toe te geven dat hij aan mijn kant staat.

24

De Castle Knoll-dossiers, 30 september 1966

Toen Emily op mijn slaapkamerraam klopte was het al middernacht geweest. Het was gestopt met regenen, maar het was nog steeds koud. Ze had ergens een te grote trui vandaan gehaald en ze rilde als het meisje met de zwavelstokjes. 'Mag ik binnenkomen?'

Ik klemde mijn kaken op elkaar en wierp haar een vernietigende blik toe.

'Kom op, Frannie, ik moet echt met je praten. Je wilt toch niet dat ik een scène ga trappen en het hele huis wakker maak?'

Wat ze zou doen. Ik wist dat ze het zou doen. Dus ik duwde het schuifraam verder omhoog en ze klom naar binnen.

'Wat moet je?' vroeg ik op barse toon. Ik was des duivels, en ik hoopte dat ze dat aan mijn gezicht kon aflezen. Ze was in de boom voor ons huis geklommen om de uitstekende rand onder het raam te bereiken, en ik voelde de wrede neiging haar eraf te duwen. Het was in een flits, maar ik schrok ervan. Ik dwong mezelf rustig te worden en de draaikolk van gevoelens weg te slikken.

'Ik ben verschrikkelijk,' zei ze snel. 'Dat weet ik heel goed, Frannie. Alle dingen die ik vanavond heb gezegd waren gemeen en niets ervan is waar. Ford wil niets met me te maken hebben, volgens mij doorziet hij me volkomen. En voordat je kwaad op hem wordt, alles waar ik op hintte was een leugen. Ik bedoel, dat van John is waar, deze baby...' Haar stem stierf even weg toen ze zag dat dit onderwerp mijn gevoelens voor haar geen goed zou doen.

Ik dook er meteen bovenop, want ik wilde niet dat ze het gesprek naar zich toe zou trekken. Dat doet ze altijd, en ik word er gek van. 'Waarom?' beet ik haar toe. 'Waarom moest je John zo nodig hebben? Ik wil het gewoon weten.'

Haar gezicht betrok even. Maar toen herstelde ze zich op de bekende Emily-manier. 'John was hier ook bij, weet je, ik was niet de enige. Hij zette de eerste stap, hij was degene die me lang aankeek en me probeerde te versieren.'

Deze uitvlucht had ik verwacht. 'Ik zal John er nu niet naar vragen, ik spreek hem later nog wel. Op dit moment wil ik weten waarom je die keuze hebt gemaakt.' Mijn woorden klonken als zweepslagen die haar ineen deden krimpen, wat me goeddeed.

Ze opende een paar keer haar mond en sloot hem weer, en ik zag haar masker wegvallen. Er was nog iets anders, iets wat ze niet zei. Ik wist dat John zich niet aan haar had opgedrongen – ze zou het me meteen verteld hebben als dat zo was. En hoewel ik een gigantische berg woede jegens John koesterde, wat dat betreft vertrouwde ik hem.

'De waarheid, Em.'

Uiteindelijk zuchtte ze, en het was alsof ze helemaal in elkaar zakte. Ze pakte een streng haar en kauwde erop, iets wat ik haar al jaren niet meer had zien doen. Ik weet nog dat haar moeder haar ooit eens een klap gaf toen ze het op een onbewaakt moment deed.

'Ik weet dat het erop leek dat Walt stapelverliefd op me was,' zei ze langzaam, 'maar in werkelijkheid gedroeg hij zich al wekenlang heel afstandelijk tegen me. Ik verdenk mijn moeder ervan dat ze erachter is gekomen dat we iets hadden en dat ze hem heeft bedreigd. Maar ik denk eigenlijk dat ik de waarheid niet onder ogen wil zien...' Ze keek naar het plafond, tot mijn verrassing zag ik tranen in haar ogen opwellen.

'Hij houdt niet van me, Frances. Volgens mij heeft hij erop zitten wachten dat ik het zou uitmaken. Ik heb geprobeerd om uitstapjes en tijd voor ons tweeën in te plannen, maar ik verveel hem alleen maar. Hij hoeft me niet meer, Frances. Mij! Had je dat ooit kunnen denken?' Ze gebaarde naar haar gezicht op een manier die me aan Fiona Sparrow deed denken.

'Je liegt,' zei ik onbewogen. 'Walt was zo kwaad die avond. Zo had ik hem nog nooit gezien, Emily. Ik had hem nog nooit geweld zien gebruiken. Ben je vergeten dat hij je heeft geslagen?'

'Hij kon het gewoon niet hebben dat ik iemand anders vond om mee naar bed te gaan nadat hij het niet meer wilde.' Ze zei het alsof het niets was, alsof het samenzijn van John en haar voortaan normaal was in het gesprek. We zaten op mijn bed, en ik balde mijn vuisten onder de dekens.

'Ik... ik wilde alleen maar dat er iemand van me hield, Frances,' stamelde ze. De tranen liepen nu over haar wangen. 'Ik zag de manier waarop John van jou hield... houdt en dat... dat wilde ik ook. Niet John, maar de manier waarop hij van je houdt.' Ze zoog trillend lucht naar binnen en er klonk een luide snik. Ik was geschokt en sprakeloos, alle dingen die ik tegen haar wilde zeggen was ik vergeten. Nog nooit had ik haar op zo'n manier zien huilen, nooit.

'Ik heb zoveel woede in me, Frances. Waarom heeft iedereen om me heen een geweldig leven, met ouders die voor hen zorgen en van hen houden, en een relatie die aantoont hoe speciaal ze zijn? Waarom krijg ik alleen maar schoonheid, decorum en wreedheid?'

Ik perste mijn lippen op elkaar en probeerde mijn gevoelens te peilen. Ik weet niet hoe ik me zou hebben gedragen als ik was opgevoed door een moeder als Fiona Sparrow. Maar ik kon het Emily nog niet vergeven. En ik begreep ook eerlijk gezegd niet waarom ze wilde dat ik dat deed.

'Waarom ben je hier?' vroeg ik uiteindelijk. 'Ik heb je nog niet één keer horen zeggen dat het je spijt.'

'O god, het spijt me!' Ze greep mijn hand en zag er wanhopig uit. 'Het spijt me echt, Frances! Het leven thuis gaat een hel worden, en jij bent de enige die me kan helpen. Ik ben verschrikkelijk tegen je geweest, maar wij hebben samen zoveel meegemaakt. En dan is er nu opeens een onschuldige baby. Alsjeblieft... Jij kent me beter dan wie dan ook.'

Er viel een lange stilte, want het gewicht van alle jaren die we samen hadden doorgebracht leek als een derde persoon de kamer in te kruipen.

'En John dan?' vroeg ik mismoedig. 'Ik haat het idee, ik ga er eigenlijk van over mijn nek, maar jullie kunnen natuurlijk trouwen. Je kunt toch

trouwen op je zeventiende?' Ik haalde diep adem. Ik had er nog niet aan willen denken, maar ik moest John laten gaan. Mijn leven ging verder, zelfs als Emily hem nooit meer zou zien, zelfs als hij het me smeekte en me elk mogelijk excuus aanreikte om naar hem terug te gaan. Dat betekende niet dat ik niet in mijn verdriet zou zwelgen, maar ik wist dat ik afstand van mijn dagen met hem moest nemen, een onzekere toekomst tegemoet.

In je toekomst verschijnen...

Mijn gedachten stokten toen de voorspelling als een gebed in mijn hoofd weerklonk.

De vogel had me verraden, de waarzegster had gelijk.

'Je hebt toestemming van je ouders nodig,' zei Emily, die mijn gedachtestroom onderbrak. 'En die zullen de mijne nooit geven. Die van John misschien wel, maar daar gaat het niet om. Ik wil niet met John trouwen, en ik wil geen moeder zijn. Nog niet.' Ik zag opeens meer vastberadenheid in haar gezicht. De wanhoop leek weg te trekken.

'Ik weet niet hoe ik je kan helpen, Em.' Er viel een zwaarte over me heen, en ik voelde het kruipende ongemak dat ze me te slim af was. Ze had alles overdacht, en het begon me duidelijk te worden dat Emily hier met een plan was gekomen. Het was naïef van me om te denken dat dit bezoekje alleen maar over vergeving ging. Ik moest aan Fords woorden over het schaakspel denken: als je het spel speelt zonder plan, dan is de kans groot dat je verliest.

Emily was een planner, dat was ze altijd al geweest. En ik was bang dat ik ging verliezen.

'Ik moet iemand vinden die graag een baby wil, ik verberg me tot de baby is geboren en daarna sta ik hem af.'

Daar had je het. Het was alsof ik een fikse dreun kreeg toen ik begreep hoe briljant haar plan was – zo perfect dat het beangstigend was. Waarschijnlijk had ze hier al weken over nagedacht. 'Peter en Tansy,' zei ik langzaam. Het was een oplossing waar ik eigenlijk niets tegen in kon brengen. Ze reisden constant naar Londen op en neer om adoptiebureaus te bezoeken, maar het wilde maar niet lukken. Emily was erbij geweest toen ze mijn ouders om meer geld kwamen vragen, want de adoptiehonoraria waren hoog. Ze wilden dolgraag een baby hebben, dat was het enige wat nog aan hun leven ontbrak.

'Ik kan met ze praten, Em, maar geef ze geen valse hoop als je het niet echt meent. Ik wil het hart van mijn broer niet zien breken als je plotseling van gedachten verandert.'

'Dat zal ik niet doen, dat beloof ik je. Ik wil deze baby niet.'

Ik haalde diep adem. 'En waar wil je blijven tot de baby is geboren?'

Emily omhelsde me opeens, wat me verraste. 'Ik denk dat je me daar ook mee kunt helpen,' zei ze. 'Tot nu toe zijn Rose en jij en de jongens de enigen die hier iets vanaf weten. Ik heb ze natuurlijk allemaal om geheimhouding gevraagd, al vormt Teddy mogelijk een risico omdat Rose weer eens bijzonder wispelturig is.'

'En hoe zit het met Ford en Saxon?' vervolgde ik.

'Dat is deel twee van mijn plan,' zei Emily. 'Ford mag jou graag. Volgens mij kun je wel een goed woordje voor me doen.

'Je bedoelt dat je je in Gravesdown Hall wilt verbergen?'

'Precies. Het is de perfecte plek, er is een overvloed aan kamers, en ik loop daar niemand in de weg.'

'Hoe wordt Ford daar beter van? Waarom zou hij zichzelf in zo'n positie manoeuvreren?'

'Ik denk dat we hem ertoe kunnen verleiden,' zei ze met een kokette blik die me niet beviel. Dus ik bedacht snel een ander plan.

'Laten we eerst Peter en Tansy aan onze kant krijgen. Misschien dat zij je graag in huis willen nemen.'

Emily sloeg haar ogen ten hemel. 'Ik mag die Tansy voor geen meter,' zei ze. 'En ze hebben een kleine cottage in het midden van het dorp. Ik zou er niet alleen gek worden, maar mijn ouders zouden me ook nog eens direct op het spoor zijn. Dat weet ik zeker.'

We hadden nog niet alles rond, maar het was een begin. Emily zou haar ouders op de mouw spelden dat ze op een secretaresseopleiding in Londen was aangenomen. Nogal ouderwets, maar Emily's ma had zo'n cursus in de oorlogsjaren gevolgd en dacht nog steeds dat ieder jong meisje dat zou moeten doen. Fiona dacht ook dat Emily op die manier op het spoor van succesvolle Londense zakenmannen zou worden gezet, en dat ze daarna niet meer zo lang zou hoeven te werken als ze haar kaarten goed uitspeelde. Emily's ma zou deze leugen dus graag willen horen.

En zo is het met leugens: je gelooft ze veel makkelijker als ze je bevallen.

25

De volgende ochtend word ik laat wakker van het geluid van Archie Foyle die een heg aan het snoeien is. De zon schijnt door het raam en ik ben blij met de rok en het T-shirt die ik gisteravond vlak voor sluitingstijd in de kringloopwinkel van Castle Knoll vond. De rok heeft grote zakken en is van zwaar corduroy, wat niet ideaal is in de zomerhitte, maar met zijn prachtige diepgroene kleur past hij geweldig bij het oversized T-shirt dat ik heb gevonden. Het lijkt een origineel stukje merchandise te zijn, behoorlijk verbleekt, en er staat THE KINKS op.

Ik was even de winkel binnengewipt terwijl Rowan Crane aan ons tafeltje op me wachtte. Hij had zich aan zijn woord gehouden en liet me het dagboek lezen terwijl hij nauwelijks aandacht aan me schonk en zich op zijn eigen papierwerk richtte. Het eten in de pub was verrassend goed, en ik geloof niet dat een van ons zich op deze avond aan de ander stoorde. Het was de prettigste tijd in jaren die ik in het gezelschap van een man heb doorgebracht.

Halverwege de avond kwam Walter Gordon binnen, hij gaf Crane en mij een minzaam knikje voordat hij aan een tafeltje in de hoek ging zitten. Hij huiverde even en haalde een buisje pillen uit zijn zak waaruit hij er een paar nam. Hij dronk de hele avond niets anders dan koffie en glazen kraanwater en at helemaal niets. Ik vroeg me af waarom hij er was, maar misschien was hij eenzaam en wentelde hij zich in de sfeer.

Het enige wat minder was aan mijn avond met Crane was dat ik door de vele aantekeningen en het herlezen van oude fragmenten het dagboek nog niet had uitgelezen. Toen de sluitingstijd werd omgeroepen smeekte ik om nog wat meer tijd, maar de rechercheur was onvermurwbaar. Hij zei me dat hij het dagboek zo snel mogelijk terug zou geven, maar ik kon alleen maar aan de deadline van tante Frances denken en de verloren tijd knaagde aan me.

Als ik uit het raam kijk zie ik dat Cranes auto er nog steeds staat. Het lijkt erop dat hij niet overdreef toen hij het over politiebescherming op het landgoed had.

Er zijn al drie dagen verstreken. Ik heb het gevoel dat er bij elke stap voorwaarts nieuwe vertakkingen opdoemen in dit vreemde woud van moord en verraad waaruit het leven van mijn oudtante bestond.

Er is een grote badkamer aan het einde van de gang met een badkuip die op leeuwenpoten staat en een hele verzameling welriekende producten. Ondanks de tikkende klok kan ik de verleiding niet weerstaan, en na een tijdje kom ik er stomend en in een wolk van lavendel uit. Ik laat mijn haar los en nat over mijn rug vallen, want als het droog wordt in de zomerhitte levert dat een nonchalante bos op die eigenlijk heel stijlvol is. Dat ik nu eens niet mijn gebruikelijk knot fabriceer komt door de foto van Emily Sparrow, maar ik probeer verder geen gelijkenissen tussen ons te zien.

Ik heb behoefte aan frisse lucht, en iets wat me afleidt van de implicaties die me vertellen hoe diep mijn geschiedenis met die van Emily is verweven. Ik loop naar buiten en knipper in het felle zonlicht. Ik voel me als een vleermuis die uit zijn grot is verdreven. Ik heb de halve nacht met mam aan de telefoon gehangen, we hadden het over Reggie Crane, het testament van tante Frances, en uiteindelijk over Emily Sparrow.

Het was weer typisch mam om haar gevoelens voornamelijk verborgen te houden. Toen ze hoorde dat Emily Sparrow wel eens haar echte moeder zou kunnen zijn, reageerde ze eigenlijk net zoals toen ik over het dossier van mijn vader hoorde. Emily was gewoon een vrouw die ze niet kende.

Maar toen ik haar wat van Emily's verhaal vertelde, en alle mysteries waar ik mee te maken kreeg, hoorde ik dat ze weifelend begon te praten, en dat er steeds meer emotie in haar stem kwam. Toen ik haar zei dat tante Frances een rol bij haar adoptie had gespeeld, onderbrak ze me en zei dat ze moest gaan. Ik denk dat mam dit allemaal op haar eigen manier gaat verwerken.

Ik begin de vrouwen in mijn familie als eenzame boegbeelden te zien. Oudtante Frances die op haar landgoed bij Castle Knoll dossiers bijhoudt van alle anderen, terwijl mam in het huis in Chelsea haar verleden in schilderijen probeert te vangen. En ik dobber tussen hen in, terwijl ik erachter probeer te komen wier verhaal ik vertel, en wier verhaal mijn leven is.

Ik kijk bedachtzaam naar de Rolls-Royce op de oprit en besef dat ik meerdere belangrijke dingen tegelijkertijd kan bewerkstelligen. Ik ben zo bezig geweest met het dagboek en Emily Sparrow dat ik ben vergeten om te onderzoeken hoe de moord op tante Frances in zijn werk moet zijn gegaan. Saxon kan een voorsprong op me hebben, en hoewel er nog maar twee dagen zijn verstreken voel ik dat de tijd me ontglipt. Ik moet erachter zien te komen wie er spuiten met een hoge dosis ijzer tot zijn beschikking zou kunnen hebben. En ik moet uit zien te vinden wat het boeket ermee te maken heeft, want ik weet zeker dat dat zo is. En dan is er nog Archie Foyle, en de vraag of hij gechanteerd kan worden. In de hoop hem aan te treffen loop ik naar de schuur in de tuin. 'Sorry,' zeg ik terwijl ik mijn hoofd om de deur steek. 'Archie?'

'Ah, hallo!' Hij loopt glimlachend naar me toe.

'Ik vroeg me af of je wel eens met de Rolls-Royce rijdt die op de oprit staat? Ik hoopte dat iemand me naar het dorp zou kunnen rijden.'

Archie werpt een blik op de oude wagen, en hij lijkt bijna weemoedig te worden. 'Zeker,' zegt hij. 'Ik hou die auto aan de praat voor Frances. Of tenminste, dat deed ik.' Er valt een droefheid over zijn gezicht, en ik probeer te peilen of die oprecht is. Maar dan schrik ik van mezelf omdat ik het vreselijk vind dat ik van iedereen die Frances heeft gekend de leugenachtigheid probeer te doorzien, alsof het niet gewoon mensen zijn.

Mijn gedachten gaan terug naar het onderzoek. 'Reed mijn tante Frances in het dorp rond met die wagen?' vraag ik.

Archie lacht. 'Nee, niet echt. Toen Bill Leroy overleed, hij was de chauffeur van Gravesdown Hall...' Hij kijkt verstrooid naar me op. 'Bill was met Rose getrouwd, wist je dat?'

'Nee, dat wist ik niet.'

'Nadat hij was overleden heb ik wel even in die auto gereden en wat onderhoud gedaan, maar de laatste tijd was het Beth die Frances reed.'

'Rijdt Beth in deze auto?' Ik denk aan Beth in haar vintagejurk en haar ouderwetse dameshoedje, het zal net een scène uit een film zijn geweest als ze tante Frances rondreed. Ik vraag me af wat er eerder was: haar kledinglijn uit de jaren dertig of haar chauffeurskunsten in een auto die uit dezelfde tijd stamt.

Archie lacht weer. 'Zeker! Niet in die belachelijke schoenen die ze doorgaans draagt, maar ze was helemaal gek op die auto en Frances heeft me toen gevraagd om haar rijles te geven. Dat is zo'n tien jaar geleden.'

'Dus Beth is zowel kok als chauffeur, en dan runt ze ook nog eens haar eigen delicatessenwinkel? Dat lijkt me nogal veel werk.'

'Ze heeft personeel in de winkel, maar ze werkt inderdaad hard. En als Beth in die wagen kan rijden, dan kun jij dat ook.'

Die opmerking wuif ik weg. 'Ik ga absoluut niet in die auto rijden, maar bedankt voor de blijk van vertrouwen. Maar ik heb wel wat vragen over die wagen, mag ik?'

Hij glimlacht. 'Ga je gang.'

'Toen we allemaal hiernaartoe kwamen om tante Frances te ontmoeten stond de motorkap open. Had je aan de auto gesleuteld?'

'Nee, maar ik zag toen ook dat ze de motorkap open had laten staan.' Hij kijkt een moment bedachtzaam voor zich uit. 'Nu ik erover nadenk, ik weet eigenlijk niet waarom ze zelf aan die motor heeft gesleuteld, ze had het ook aan mij kunnen vragen. Ik was aan het begin van die ochtend de rozen aan het snoeien.'

'Ze heeft geen andere auto?'

'Er was vroeger nog een Mercedes, daar plaagde ik Ford altijd mee. Want weet je, Fórd...' Hij kijkt me verwachtingsvol aan, maar ik laat hem zelf de grap afmaken, waarbij hij zijn ogen ten hemel slaat. 'Ford die in een Mercédes rijdt? Kun je het je voorstellen?'

Ik glimlach geforceerd en weet er zelfs nog een lachje uit te persen.

'Ja, zo nam hij het ook op. Hoe dan ook, ik heb de helft van het autopark van Castle Knoll onder handen gehad.' Hij lacht in zichzelf en is even in gedachten verzonken. Ik merk dat Archie Foyle een spraakwaterval is, maar je moet hem wel bij de les houden anders verandert hij voordat je het weet van onderwerp. 'Je zou Walt Gordon eens naar zijn oude stationwagon moeten vragen, ik heb dat ding vroeger een paar keer gerepareerd. Nou, ik kan je vertellen dat die auto heel wat heeft meegemaakt!' Archie lacht weer, en ik bijt op mijn lip om mijn ietwat gechoqueerde blik te maskeren, want tante Frances' opmerking over Rose en Archie op de achterbank van Walts auto schiet me te binnen.

'Denk je dat je hem weer aan de praat kan krijgen?' vraag ik.

'Ik zou het graag willen proberen,' zegt hij. Hij loopt langs de passagierskant van de auto en zegt: 'De accu hoef ik niet te checken, die heb ik er zelf nieuw in gezet, dus dat zal het niet zijn.' Hij klopt op een houten kistje dat parallel loopt aan de onderkant van het portier.

'Is dat... de accu in dat kistje?' zeg ik.

'Nee, daarin zitten alle hoop en alle dromen van de auto opgeslagen,' en deze keer blijft hij ernstig kijken.

Ik lach. 'Dat klinkt beter,' zeg ik.

Archie grijnst, hij geniet er duidelijk van dat ik een complete leek ben als het op auto's aankomt. Maar ik wil er graag wat meer over te weten komen. Want het is niet onbelangrijk dat Frances autopech had op de dag dat ze werd vermoord.

'Ga jij maar achter het stuur zitten, dan ga ik kijken of er iets met de motor is. Nee, niet zo.' Hij houdt me tegen als ik wil instappen. 'Je moet er via de passagierskant in.'

Ik wil vragen waarom, maar hij staat al bij de voorkant en duwt de motorkap omhoog in de ochtendlucht. Even later is Archie half verdwenen in de ingewanden van de auto, en ik hoor af en toe het geluid van metaal op metaal en een vloek terwijl hij de boel inspecteert.

Hij komt terug en gaat naast me zitten. 'Laten we hem starten,' zegt hij. Hij geeft me instructies om verschillende schakelaars om te zetten, en ik probeer de volgorde te onthouden zodat ik de auto zelf kan starten als het moet.

Als er niets gebeurt, ben ik enigszins ontgoocheld. 'Misschien komt het door mij,' zeg ik.

'Onzin,' zegt hij. 'Ik heb het niet graag mis, maar ik ga toch nog even naar die accu kijken.'

Hij stapt uit en is binnen een minuut weer terug. 'Zo, dat is gefikst,' zegt hij. 'Ik had de accu eruit gehaald om hem op te laden, daarna had ik hem niet goed aangesloten.' De groeven op zijn voorhoofd lijken dieper en hij krabt zich peinzend op de kin. 'Misschien dat ik gewoon oud word,' zegt hij met een onzekere blik.

Archie neemt het starten van de auto nog een keer met me door, deze keer begint de motor te brommen en als ik hem in de eerste versnelling zet begint hij toeren te draaien. Ik slaak een gilletje. Het is een vreemd bevredigend gevoel om achter het stuur van zo'n grote wagen als deze te zitten.

'Goed, laten we een ritje maken,' zegt hij.

'Wacht even, dacht je dat ík ging rijden?'

'Waarom niet? Als Beth het kan, dan kun jij het toch ook?' Archie glimlacht geruststellend.

'Daar heb je een punt,' zeg ik, terwijl de zenuwen door mijn lijf beginnen te gieren. Maar ik weet me enigszins te herpakken, want misschien lukt dit me wel. En het idee dat ik hier goed in zou kunnen zijn bevalt me uitstekend. Tot nu toe heeft de plattelandservaring me slechts een flauwte en wat paniekreacties opgeleverd. Dus ik klem mijn kiezen op elkaar en besluit dat ik mijn best ga doen om die verdomde auto te besturen. 'Is er verder nog iets wat ik moet weten?' vraag ik over het gebrul van de motor heen.

'Nou, dit is een belachelijke wagen voor al die landweggetjes hier. Het is een Rolls-Royce Phantom II, en hij was het eigendom van de vader van Rutherford. Rijd hem dus niet in de prak. Hij is behoorlijk wat waard, zoals dat bij erfstukken vaker het geval is.'

'O, god,' kreun ik, 'dat hoef ik niet te weten. Laten we gewoon iets verderop naar je boerderij rijden, goed?'

Archie kijkt donker. 'Het dorp is beter,' zegt hij. 'Ik heb ook nog wat boodschappen nodig.'

Ik worstel nog een paar minuten met de versnellingspook, wat met veel gevloek gepaard gaat. Dit is wel iets anders dan Jenny's automaat, de enige andere auto waarin ik heb gereden sinds ik mijn rijbewijs heb gehaald. Archie lijkt het allemaal prachtig te vinden. Uiteindelijk begin ik het principe van het doorschakelen te begrijpen, en we rijden met een slakkengangetje over de oprit. Als achter ons de omtrekken van Gravesdown Hall steeds kleiner worden is het alsof een warme deken me is ontnomen en ik als een nietig schepsel achter het stuur zit. Maar nu ik eenmaal bezig ben, heb ik het gevoel dat ik iets heb bereikt, en al snel vermaak ik me opperbest.

'Ik heb begrepen dat mijn oudtante je de boerderij heeft teruggegeven,' zeg ik.

'O, ze gaf en ze nam, die Frances,' zegt Archie. Hij kijkt uit over het landschap en ik hoor opeens iets stekeligs in zijn stem.

'Dat klinkt nogal cryptisch,' zeg ik. Dan zie ik een kruising naderen met een bord waarop FOYLE FARMS staat, en ik neem een snelle beslissing. Ik trek aan het zware stuur en we rijden verder in de richting van de boerderij.

'Hé,' roept Archie Foyle uit. 'We zouden toch naar het dorp gaan?' Hij klinkt geërgerd, maar niet echt kwaad.

'Ik wil gewoon heel graag je boerderij zien!' Ik houd mijn toon licht en enthousiast. Natuurlijk wil ik de plek zien, maar vooral omdat Archie dit lijkt te willen vermijden. En ik wil Beths vrouw Miyuki graag spreken, zij is de veearts van Castle Knoll.

Maar als we voor de grote boerderij stoppen, met haar pittoreske waterrad en een beek vol eenden, vergeet ik alles. Ik kan alleen maar denken aan een groepje tieners dat de waarschuwing kreeg er weg te blijven. En aan een ruzie, een geheim dat werd onthuld en aan een revolver die werd afgevuurd. En aan mam, die nog niet was geboren, verborgen onder een gestolen jas die het zwaar te verduren kreeg door een verzuurde vriendschap.

'Kom binnen.' Archies stem onderbreekt mijn gedachten. 'Ik zal theezetten.'

Ik kijk naar een rij ronde kassen die als reuzenrupsen in de zon liggen te bakken. Achter de eerste staat een schuur, en ik zie er een vrouw in robuuste laarzen voor staan die een paard uit een trailer loodst.

'Dat zou heerlijk zijn,' zeg ik terwijl ik nog steeds naar de schuur kijk. 'Is dat je schoondochter? Ik zou haar graag willen ontmoeten.'

Hij knikt, maar de blik die hij Miyuki toewerpt is behoedzaam. 'Ga er maar heen en maak maar kennis, maar neem de zijdeur als je thee wilt. Ga niet via de kassen, er heerst een fragiel ecosysteem daarbinnen.' Hij verdwijnt in het huis.

Ik loop langs de eerste kas in de richting van de schuur, maar ik houd mijn pas in als ik zie wat er tussen de kassen groeit.

Witte rozen op lange stelen schieten uit laag struikgewas omhoog, majestueus in de zomerzon. Ik voel een sinistere rilling als ik naar de stelen kijk. Het zijn dezelfde soort rozen als in het boeket met de naalden, ik weet het zeker. Wie de bloemen ook naar tante Frances stuurde, ze komen van deze boerderij.

Terwijl ik voorzichtig door het lage struikgewas loop ziet Miyuki me. Als ze kort wuift lukt het me met moeite om een vrolijker gezicht te trekken, en met een zuinig glimlachje wuif ik terug.

'Jij moet Annie Adams zijn,' zegt ze als ik haar nader. Het is geen vraag, maar dat hoeft niet. Gezien de band die haar schoonfamilie met het landgoed Gravesdown heeft, verrast het me niet dat ze weet wie ik ben.

'Hoi,' zeg ik. 'Leuk je te ontmoeten.' Ze heeft zich nog niet voorgesteld, maar het is goed dat we tenminste niet pretenderen dat we niet weten wie de ander is. 'Miyuki, toch?'

Ze knikt en haalt een stevige borstel over de rug van de kastanjebruine merrie die voor haar staat.

'Een cliënt van je?' zeg ik. Het is duidelijk dat ik geen idee heb hoe ik het onderwerp van de ijzerinjecties ter sprake moet brengen. Ik moet me echt inhouden om niet de schuur in te rennen en alles te doorzoeken. Maar vanaf hier zie ik niets verdachts in de schuur, alleen maar stallen, veel hooi en zadels die aan de muur hangen.

Miyuki reageert op mijn onhandige vraag met een opgetrokken wenkbrauw. 'Nee,' antwoordt ze, 'dit is mijn paard. Ik ga meestal langs bij de klant. En ik heb daarbinnen een kliniek met geavanceerde apparatuur,' ze wijst met haar kin in de richting van een dubbele deur, 'waar ik kan opereren als dat nodig is.' Ik open mijn mond om te vragen of ik mag kijken, maar ze werpt me een veelbetekenende blik toe en ik zeg maar niets.

'Ik weet waarom je hier bent,' zegt ze met een geamuseerde blik, wat me verrast. 'Ik vraag me alleen af waarom het zo lang heeft geduurd.'

'Sorry?'

'Rechercheur Crane en Saxon verschenen hier al op de middag na het voorlezen van het testament. Je loopt een beetje achter, Annie.'

Ik voel mijn gezichtsuitdrukking veranderen en hoop maar dat ze mijn verwarring ziet in plaats van de schok die deze informatie bij me teweegbrengt. 'Ze kwamen je vragen over de ijzerinjecties, is het niet?' Mijn toon is tamelijk grimmig, ik kan mijn emoties nooit zo goed verbergen.

Miyuki gaat verder met het borstelen van het paard, dat zijn neus tegen haar aandrukt. 'Inderdaad. En ik zal je vertellen wat ik hun heb gezegd. We hadden hier een week geleden een inbraak, en ik was een beetje laat met de aangifte, maar die is nu vastgelegd.'

'Waarom heb je niet meteen aangifte gedaan?' vraag ik. Ze stelt zich coöperatief op, dus ik heb niet het gevoel dat ik over haar heen wals als ik haar erover door blijf vragen.

Ze grimast. 'Eerlijk gezegd had ik haast en was ik vergeten de boel af te sluiten. Dus er was wat veronachtzaming van mijn kant. Maar voordat je het vraagt, ja, er is een hele lading medicijnen gestolen, en daar zaten ook de ijzerinjecties bij. Ik hou ze alleen maar achter de hand voor het geval een paard gewond raakt, het is niet iets wat je vaak gebruikt. Maar eerlijk gezegd denk ik dat de inbreker alleen maar achter de ketamine aan zat.'

'Heb je enig idee wie het is geweest?'

'De politie zou hem nu al gearresteerd hebben als dat zo was. Maar dit is een veterinaire kliniek op het platteland, de beveiliging stelt niet veel voor. Ik heb geen camera's, en het op slot doen van deuren is iets wat wel eens over het hoofd wordt gezien als je zo ver van het dorp woont. Trouwens, in het dorp wordt dat ook wel eens over het hoofd gezien.'

De moed zinkt me in de schoenen. Tenzij Miyuki liegt is het vinden van de moordenaar door middel van de medicijnendief onbegonnen werk. Maar één ding is wel duidelijk: het is vrijwel zeker dat Saxon gelijk had, en dat het ijzer dat tante Frances fataal werd uit deze kliniek afkomstig was.

De rozen kwamen hier ook vandaan. Maar wat dat betreft pleit het de Foyles enigszins vrij, want waarom zouden ze niet één, maar twee moordmethodes gebruiken die rechtstreeks naar hen terugleiden?

Toch klopt er iets niet. Ik moet aan Archies eerdere reactie denken, het angstzweet brak hem bijna uit toen hij naar Miyuki keek. Ik bedank haar en loop terug naar het huis. Ik loop recht op een tunnelkas af, en dan zie ik het. Zijn grimmige blik was helemaal niet voor Miyuki bedoeld.

Ik besluit om zijn instructies over de tunnelkassen te negeren en loop linea recta het 'fragiele ecosysteem' in.

Dat blijkt te bestaan uit extreem gezond ogende wietplanten, rij na rij.

Archie zit tegenover me en kijkt me bijna een minuut lang peinzend aan. Zijn thee staat tegenover hem te dampen, maar hij heeft hem niet aangeraakt. Hij zag me uit zijn met wiet gevulde tunnelkas komen – ik had moeten beseffen dat het keukenraam die kant van het huis overziet, al zou dat me niet hebben tegengehouden.

Hij stond door het raam naar me te kijken terwijl hij onbewogen een theekopje afdroogde. We keken elkaar aan tot hij me uiteindelijk naar binnen wenkte.

'Je lijkt me een goeie meid, Annie,' zegt hij terwijl hij een slokje thee neemt. 'Saxon en ik hebben een afspraak, ik denk dat het niet meer dan redelijk is jou hetzelfde aan te bieden.'

Ik kreun nog net niet, want natúúrlijk helpt hij Saxon – hij kent Saxon al vanaf diens kindertijd. Ik kan me niet voorstellen dat het vrienden zijn, maar ze delen een verleden met elkaar.

'Oké,' zeg ik. 'Ik ben een en al oor. Is dit een afspraak over de boerderij? Ik neem aan dat je van de voorwaarden in tante Frances' testament hebt gehoord?'

Archie lijkt te ontspannen als hij merkt dat ik niet meteen over de rooie ben of de politie bel. Maar zijn cannabisbedrijf kan me alleen maar iets schelen als het hem aan de moord op Frances linkt. 'Daar heb ik van gehoord, ja. En zoals je ziet heb ik hier ook nog wat andere zaken lopen. Frances... was daar nooit zo blij mee. Ze was altijd zeer gezagsgetrouw. Maar het is een onschadelijke onderneming die ik al jaren run.'

'Interessant,' zeg ik. Meteen begint mijn brein de feiten op een rijtje te zetten. 'En mijn tante was er niet blij mee omdat je bijverdiensten van het illegale soort waren?'

'Ja, volkomen kierewiet.' Hij zwijgt, en slaat dan lachend een hand op zijn knie. 'Kierewíét! Da's een goeie!'

Ik had nooit gedacht dat ik nog eens op een ochtend thee zou drinken met een opa die oubollige grappen over wiet zit te maken.

'Ik begrijp het,' zeg ik. 'En tante Frances heeft er in al die jaren nooit actie tegen ondernomen?'

'Ze heeft me vaak waarschuwingen gegeven. Ultimatums, dat soort dingen.' Hij maakt een wegwerpgebaar, alsof het allemaal niet veel voorstelde. 'Ze had de boerderij zelfs laten taxeren door Jessop Fields, want als ik er niet mee stopte moest de boel maar plat voor een huizencomplex. Maar het waren intimidatietactieken. Ik kende Frances goed, en het waren alleen maar zetten op een schaakbord. Op die manier wilde ze me dwingen om er iets aan te doen, om met de hele handel te stoppen.'

Oliver had de informatie over de wietplantage uit de taxatie van Jessop Fields gebruikt om Archie te bedreigen. Het roken van wiet was één ding, dat gold als een licht vergrijp… als je er überhaupt al voor veroordeeld werd. Maar als je het kweekte en verkocht? Dat was geheel iets anders.

'Dus het gaat goed met de bijverdiensten?' Ik trek geïnteresseerd een wenkbrauw op. Archie moet denken dat ik zijn beste optie ben, dat ik zijn bezigheden niet aan banden zal leggen als ik de moord op Frances oplos en haar bezittingen erf. Maar eerlijk gezegd weet ik niet wat ik zal doen als het zover is – wie dan leeft, die dan zorgt.

'Ik zal je er alles over vertellen, maar geef me je woord… geen politie. Jij wilt toch niet dat die rechercheur de moord oplost? Nou, ik wil niet dat hij mijn bedrijf sluit, en iedereen in het dorp is witheet over de plannen die Jessop Fields met het landgoed heeft.'

'Ik geef je mijn woord, ik zal je bijverdiensten niet aan de politie melden,' zeg ik behoedzaam. Wat me er niet van zal weerhouden om hun de juiste aanwijzingen door te spelen, maar daar heb ik geen haast mee. Ik hoop dat ik Archie te zijner tijd kan overreden om met zijn illegale keuzes te stoppen. Net als ik hem naar Emily Sparrow en zijn leven in 1965 wil vragen zie ik in de verte een ambulance met zwaailicht in de richting van het dorp scheuren.

Ik heb een onbestemd voorgevoel. Het is idioot om een ambulance achterna te rijden, waarschijnlijk is het een bejaarde die bij een val zijn heup heeft gebroken.

Maar voordat ik er erg in heb, heb ik de vraag al gesteld. 'Kun je me een lift naar het dorp geven, Archie? Er is iets wat ik moet checken.'

26

De Castle Knoll-dossiers, 1 oktober 1966

Er zat een nieuwe bedreiging in mijn zak, en deze was nog verschrikkelijker dan de vorige.

Ik wilde niet dat Ford die zou zien – hij was zo behulpzaam geweest met die hele Emily-toestand. Zeker, hij was ondoorgrondelijk, met slimme en scherpe kanten, maar als iemand hem nodig had, dan stond hij klaar. Dus ik liet het briefje bij het andere in mijn zak zitten.

Het liep tegen het einde van april toen Ford ons in zijn grote auto meenam naar het huis in Chelsea. We waren met z'n vijven: Ford, Emily, Rose, Saxon en ik. Of met z'n zessen als je zijn chauffeur, Bill Leroy, meetelde. Ford had ons te kennen gegeven dat de jongens niet meer welkom waren op Gravesdown, niet nadat Walt Emily had geslagen.

Peter en Tansy wachtten ons op bij het huis, ze zagen er nerveus maar opgetogen uit. We hielpen Emily uit de auto met haar bagage, waaronder het oerlelijke plastic koffertje met Schots ruitjesmotief dat de typemachine bevatte die ze van haar ouders had gekregen voor haar verzonnen secretaresseopleiding.

'Die neem ik wel,' zei Peter, die het koffertje van Emily aannam.

'Dank je,' antwoordde ze. 'Wie weet, misschien dat ik mijn typekwaliteiten ook nog eens kan verbeteren tijdens mijn verblijf hier.'

Rose en ik wisselden een veelbetekenende blik. Emily had genoeg te doen in Londen, maar haar kennende wisten we dat het verbeteren van haar typevaardigheid niet hoog op haar lijstje zou staan.

Emily logeerde in Chelsea omdat Peter en Tansy erop stonden dat ze regelmatig op dokterscontrole ging. Emily weigerde naar de dokter in

Castle Knoll te gaan, en ze had erop gewezen dat een geboorte in het streekziekenhuis een volgend slecht idee was als ze haar zwangerschap geheim wilde houden. Haar ouders waren vaste kerkgangers, en zeker twee leden van de gemeente waren vroedvrouw.

Het was dus een goede oplossing om haar in Fords andere huis in Chelsea te laten verblijven als ze niet naar de dokter in Castle Knoll wilde.

Het had de nodige overtuigingskracht gekost, Ford was niet makkelijk overstag gegaan. Op het laatst was niet alleen ik het die Emily's zaak bepleitte, ik bevond me in het gezelschap van Peter en Tansy. Ik denk dat het hielp toen hij zag hoe hoopvol Tansy was, en hoe Peter haar hielp om de moed erin te houden na alle teleurstellingen die ze hadden meegemaakt. Dus Ford stemde er uiteindelijk mee in, hij zei erbij dat het door mijn toewijding aan Emily kwam. Hij heeft nooit gevraagd van wie de baby was.

Ford maakte de deur open en we schuifelden allemaal naar binnen. 'O, wat elegant!' zei Emily ademloos, en daar had ze gelijk in. We stonden in een brede, stijlvolle hal met zwarte en witte tegels die zo glad waren geboend dat de kroonluchter aan het plafond erin werd weerspiegeld. De geur van een heerlijk avondmaal dreef ons vanuit de keuken tegemoet en het viel me weer op hoe attent Ford was geweest. 'Heb je de huishoudster hier van tevoren laten komen om het huis klaar te maken?' vroeg ik.

Hij glimlachte en zei: 'Je denkt toch niet dat ik een zwangere tiener in een vreemde stad zomaar de sleutels overhandig? Mevrouw Blanchard zal Emily bijstaan tijdens haar verblijf hier. Ik heb thuis nog ander personeel om me te helpen, en het is niet voor eeuwig.'

'Nee,' zei ik en ik glimlachte terug. 'Het is niet voor eeuwig.'

Emily stoof van kamer naar kamer, je zou denken dat Ford haar dit huis permanent had gegeven.

Ik had een stekelig gevoel, een ongemakkelijkheid waar ik niet echt de vinger op kon leggen. Het leek wel alsof ze de hoofdprijs had gewonnen met haar zwangerschap. Ik keek naar haar terwijl ze met een hand op haar groeiende buik smachtende blikken in Fords richting zond.

Mijn enige gedachte was: Fiona Sparrow zou trots op haar zijn geweest.

Ik probeerde de gedachte meteen te onderdrukken, maar ze was als een doorn die zich diep in me had genesteld. Het had tenslotte veel moeite gekost om Ford over de streep te trekken. En hij had niet gevraagd wie de vader van de baby was, want hij wist van Emily en John. Saxon had het hem verteld, daar was ik zeker van.

Peter en Tansy spraken op gedempte toon met Ford, het ging vast over mevrouw Blanchard, die Emily genoeg vitaminen moest geven en tevens moest beletten dat ze roekeloze dingen deed zoals roken en drinken, en dat ze ook nog moest zorgen dat de tiener op haar doktersafspraken verscheen.

Maar ik ving iets op wat waarschijnlijk niet voor mijn oren was bedoeld. Iets wat de doorn van Emily uit mijn brein trok en me stukken kalmer maakte. Ik sloeg de zinnen keurig in mijn geheugen op, zo kon ik ze tevoorschijn halen en van ze genieten op de intieme momenten dat ik hun warmte nodig had.

Peter zei: 'Het is ongelooflijk edelmoedig van je, Ford, wat je voor ons doet. En voor Emily.'

'Ik ben blij dat ik jullie allemaal kan helpen, maar ik zal eerlijk zijn,' antwoordde Ford. 'Ik doe dit niet voor jou, en ook niet voor Emily. Ik doe het voor Frances.'

Mijn fietsbanden knarsten licht op het grind van de oprit naar Gravesdown Hall, maar ik had de ketting geolied zodat die niet meer piepte. Ik wilde niet dat mam me hoorde vertrekken, ze dacht dat ik warmpjes in bed lag, hoewel het pas negen uur was. In tegenstelling tot Fiona Sparrow was mam niet zo enthousiast over de familie Gravesdown. Ze zei dat er iets mis was met hen, en dat iedereen die iets met ze te maken kreeg ongeluk te wachten stond.

Het kostte me de nodige moeite om deze woorden uit mijn hoofd te bannen, want ze had wel een punt. Het probleemgezin van de Foyles, Archies vader die er met Fords vrouw vandoor ging, het auto-ongeluk waarbij Lord Gravesdown senior om het leven kwam, samen met zijn oudste zoon en diens vrouw… zelfs de arme Saxon spoorde niet helemaal.

Ik stond bij de grote voordeur van Gravesdown Hall en vroeg me af waar ik in godsnaam mee bezig was. Waarom was ik hier? Emily was ergens in Chelsea opgeborgen, maar het verheffende van die ene zin – 'ik doe het voor Frances' – en het smachtende gevoel dat die had veroorzaakt, het begon allemaal te verwelken omdat ik hem nooit zag. Hij had naar Castle Knoll kunnen komen, hij zou me zo hebben gevonden.

Waarom was hij me niet op komen halen?

Het was die vonk van woede die me ertoe bracht aan te bellen. Een brutaliteit die niet echt bij me paste en die ik van Emily had geleerd. Mijn praktische kant zei dat ik alles moest vergeten wat met Ford en Gravesdown Hall te maken had, mijn leven moest gaan leiden en hier nooit meer terugkomen.

Maar het trok aan me, het voelde als zwaartekracht. Iets wat zo subtiel en constant was dat het in je botten zit, en dat je lichaam niets anders kan doen dan het te gehoorzamen. Dat was het effect dat Ford op me had. En ik had mezelf al sinds die eerste avond wijsgemaakt dat de kans dat hij zichzelf zou openstellen groter werd naarmate ik er vaker was. Hij was toch ook gewoon maar een man? Net zo gebroken en beschadigd als iedereen. Ik zou het zien, en de betovering zou verbroken worden.

Ik was dwaas genoeg om te denken dat het hart zo werkt. Ik wist nog niet dat die zwaartekracht sterker gaat werken als je al die puzzelstukjes opslokt en ze je toe-eigent.

Een bediende ging me voor naar de bibliotheek, waar Ford zat met een glas dat een bodem van een amberkleurig drankje bevatte. Hij was verdiept in de krant en keek niet op toen ik binnenkwam. Zijn haar was niet achterovergekamd vandaag, er zat een lichte slag in en het zag er nog steeds goed uit. Saxon moest al in bed liggen, want Ford was alleen.

'Heb je me geëxcuseerd bij de Montgomery's?' vroeg hij. Hij zette zijn glas neer, zijn blik bleef op de krant gericht.

'Ja, sir,' antwoordde de dienstmeid. Ze wipte van haar ene been op

het andere, en haar mond stond open om aan te kondigen dat hij bezoek had, maar hij bleef praten en ze wilde hem duidelijk niet in de rede vallen.

'Mooi. Die feestjes daar beginnen zo'n sleur te worden. Altijd dezelfde mensen met dezelfde dochters.'

Toen de meid haar keel schraapte keek hij eindelijk op.

Zijn gezichtsuitdrukking was volkomen leeg toen hij me bekeek, en hij maakte een klein handgebaar om de meid te laten vertrekken. Ik voelde me opeens erg stom, zoals ik daar stond in mijn zelfgemaakte Audrey Hepburn-broek met een zwarte coltrui erop, terwijl ik mijn fiets als een kind tegen het huis aan had gezet. En toen ik zijn kaak ietwat zag verstrakken kreeg ik het idee dat ik alleen maar een pion was in een spel dat hij had gespeeld – een spel dat uitgespeeld was.

Het zorgde ervoor dat ik me steviger in mijn schoenen voelde staan en me niet meer stom voelde. Ik voelde me kwaad. Het voelde alsof ik de essentie van de afgelopen maanden had blootgelegd: een verveelde aristocraat die een groep tieners uit het dorp had gebruikt ter eigen vermaak. Hij had een vonk naar het kruitvat laten overslaan, alleen maar om te zien of hij de explosie goed had ingeschat.

Ik twijfelde zelfs aan de woorden die hij die dag had gezegd. Was het zijn bedoeling geweest dat Emily ze zou horen? Waren ze een volgende zet in het spel dat hij speelde?

Ik begroef mijn nagels in mijn handpalmen. Ik voelde de macht die hij over me had kraken, er ontstonden haarscheurtjes zoals bij ijs dat onder druk staat.

'Frances,' zei hij uiteindelijk. 'Waar heb ik dit genoegen aan te danken?' Hij klonk onbewogen, bijna koud. Het viel me op dat hij me niet uitnodigde te gaan zitten. Ik zette me schrap, alsof het mijn keuze was om te blijven staan.

'Hoe gaat het met Emily?' Ik voelde mijn trekken verstrakken toen ik haar naam uitsprak, en ik deed geen moeite om mijn toon te temperen.

Hij kneep zijn ogen samen en antwoordde niet meteen. In twee snelle bewegingen vouwde hij de krant op, het papier ritselde en er klonk een klap toen hij hem iets te hardhandig op de tafel legde.

‘Waarom vraag je me niet wat je me wilde vragen, Frances,’ zei Ford koeltjes.

Ik sloeg mijn armen over elkaar en keek hem vastbesloten aan. ‘Is die baby van jou?’

Een van zijn mondhoeken krulde op, alsof hij onder de indruk was van mijn brutaliteit. ‘Dat weet ik niet,’ zei hij simpelweg. Hij leunde achterover in zijn stoel en leek te ontdooien. ‘Ga zitten, Frances. Je staat erbij als Boudica die het Romeinse leger in de pan wil hakken.’ Hij hield zijn hoofd scheef en lachte sardonisch. Er stond een glazenrekje op het tafeltje naast hem, hij nam er een glas uit, schonk er wat van de amberkleurige vloeistof in en reikte me het aan.

Ik had nog nooit eerder whisky gedronken, en ik was eigenlijk kwaad omdat hij niet eerst vroeg of ik wilde, voordat hij iets inschonk wat ik waarschijnlijk smerig zou vinden en wat ook nog eens peperduur was. De geur van verbrande aarde, karamel en verkoolde lucifers drong mijn neus binnen, en ik hoestte omdat mijn keel in brand stond.

Voor de tweede keer die avond lachte hij, maar deze keer was het een open en echoënd geluid, en zijn ogen twinkelden toen hij me aankeek.

Mijn kwaadheid speelde me parten. ‘Kijk me niet zo aan,’ zei ik.

‘Hoe dan,’ vroeg hij terwijl hij nog een slok van zijn whisky nam.

‘Alsof mijn fatsoenlijke dorpse manieren en mijn onervarenheid je vermaken. Jij, die niet naar chique feestjes gaat omdat ze saai zijn. Nee, in plaats daarvan zoek je dorpelingen uit om mee te spelen.’

Hij reageerde als een geslagen hond en haalde een hand over zijn gezicht. ‘Ik geloof dat ik zo’n reactie heb verdiend.’

Dat stemde me iets tevredener. ‘En wat bedoel je ermee als je zegt dat je niet weet of Emily’s baby van jou is?’

Hij zuchtte diep en keek langs me heen. ‘Weet je, Frances, steeds als ik jou tegenkom overvalt me de behoefte om jouw unieke mening te horen.’ Hij stond op en liep afwezig naar een van de boekenplanken. ‘Zo ben ik eigenlijk niet,’ voegde hij eraan toe. Zijn blik keerde naar mij terug terwijl hij een vinger over het gepolitoerde hout van een van de planken liet glijden. ‘Nadat mijn vrouw me had verlaten veranderde ik in een losbol, dat mag je best weten. Ik denderde op hoge snelheid van het ene chique feest naar het andere en liet geen vrouw ongemoeid. Je vriendin Emily vormde daar geen uitzondering op.' Hij keek weer naar de boekenplanken en nam er een willekeurig boek af, alsof hij iets in zijn handen wilde hebben.

'Ik heb Emily, Walt, John en Rose indertijd in het bos geconfronteerd, en ik zei ze hetzelfde als wat ik later tegen jou heb gezegd. Dat ze er mochten blijven, als ze zich maar niet bij het huis ophielden. Een week later kwam Emily op een avond naar het huis toe, zo brutaal als wat. Qua kleding had ze niet misstaan op een van mijn chique feestjes, en haar intenties waren duidelijk. En ja, wat één ding betreft heb je gelijk over mij, ik was verveeld.'

Ik nam nog een slokje uit mijn glas en wist deze keer mijn hoest weg te slikken.

Ford zette het boek terug en pakte een ander. 'Ik liet me door haar verleiden. Maar ik was voorzichtig.' Hij keek me veelbetekenend aan. 'Ik heb bescherming gebruikt, ik ben geen idioot. En ik zei haar dat het eenmalig was. Dat vond ze vreselijk. Ik denk dat ze zich pas later realiseerde dat ze niet interessanter was dan welke andere knappe vrouw dan ook die ik tegenkwam.' Hij keek me niet aan.

'Leuk, hoe jij over vrouwen denkt,' zei ik onbewogen. Mijn stem was rauw van de whisky, maar de kritiek was duidelijk.

Hij zuchtte en keek even omhoog. 'Elke keer als onze wegen elkaar kruisen wil ik je waarschuwen, Frances.' Zijn stem klonk vermoeid en had een geërgerd randje. 'Je bent veel te fatsoenlijk voor mijn verknipte wereld.' Hij liep terug naar de stoel waar hij eerder in zat en keek me aan voordat hij erin plofte. 'Dus misschien heb je wat aan al deze informatie. Je hebt gelijk, ik ben een verveelde aristocraat die wanhopig op zoek is naar nieuwe spelletjes.'

Ik bestudeerde hem een moment lang nauwkeurig. Deze man was slechts een paar jaar ouder dan ik, maar hij gedroeg zich alsof hij uit een andere tijd stamde.

'Dat is je hele leven al zo geweest, is het niet? Niet alleen maar sinds je erfenis.' Ik keek wat beter naar de bibliotheek en zag dat de plank waar hij net bij had gestaan vol stond met boeken over oorlogsstrategie.

Op de volgende plank boeken over industrie en economische theorieën. Hoe langer ik keek, hoe meer winnaarsattributen ik opmerkte, de biografieën van Churchill en Napoleon werden geflankeerd door jachttrofeeën en bekers van polotoernooien.

'Deze bibliotheek was van je vader,' zei ik langzaam.

'Vader was een veroveraar.' Hij keek naar de inhoud van zijn glas terwijl hij die heen en weer liet walsen. 'Ik ben opgevoed in die geest, maar het was mijn broer die erin excelleerde. Hij en vader hebben het fortuin van de Gravesdowns tot iets geweldigs uitgebouwd. Ze wisten precies wat ze van andere mensen wilden. Na hun dood heb ik hun traditie proberen voort te zetten.' Hij stootte een bitter lachje uit en leegde zijn glas. 'Hun winnaarsmentaliteit was het enige wat ik kende. Toen mijn vrouw me verliet gaf ik mijn harteloze kant de vrije teugel. Ik ontnam de Foyles hun boerderij en liet hun gezin uiteenvallen.'

Ik wist niet wat ik hierop moest zeggen, dus ik luisterde.

'Hoe komt het dat jij me zo goed doorhebt, Frances? Weet je, je bent de enige vrouw die ik ooit heb ontmoet die mijn spelletjes niet meespeelt. Je gaat tegen al mijn regels in door simpelweg niet mee te spelen en me te laten zien dat het frame van mijn leven helemaal niet zo geweldig is. Ik ben een kaartenhuis.' Hij was diep in gedachten en beet op zijn lip. 'Jij bent hier gekomen om het neer te halen, toch?'

Het netwerk van barstjes dat was ontstaan in de betovering die hij op me uitoefende, was niet verdwenen, maar het zag er wel opeens anders uit. Het was in al zijn breekbare schoonheid interessanter geworden.

Ik was zo diep in gedachten verzonken over dit alles, en ook wat licht in mijn hoofd van de whisky, dat ik vergat om stil te zijn toen ik om half één 's nachts door de achterdeur naar binnen liep. Mam kwam naar beneden en knipte de lichten aan. Haar verraste gezicht sloeg om in boosheid, die vervolgens plaatsmaakte voor bezorgdheid.

'Frances, waar kom je in godsnaam vandaan? En zeg me niet dat je er net uit bent gekomen voor een glas melk, of zoiets. Je bent volledig aangekleed, en ik zie dat je zelfs wat make-up ophebt. Ben je met John uit geweest?'

Mam zond me een bepaalde blik toe, zo een die zei dat ze graag het een en ander van me zou willen horen maar niet wist hoe ze het moest vragen. Maar dit was iets wat ik voor mezelf wilde houden. Ik had haar niet verteld dat ik het met John had uitgemaakt, het was te ingewikkeld om al die gevoelens op tafel te gooien. En ik ben een waardeloze leugenaar.

Dus ik zuchtte maar en zei: 'Sorry, mam, het zal niet nog eens gebeuren.'

Ze keek vermoeid, maar ze knikte. 'Morgen blijf je thuis, en je helpt me overdag in de bakkerij.'

'Oké.'

Een week later betrapte mam me toen ik om twee uur 's nachts thuiskwam, hoewel ik zo stil mogelijk had gedaan. Het leverde me voor de rest van het weekend huisarrest op.

Mijn ouders zijn redelijke mensen, niet streng zoals die van Emily, of ongeïnteresseerd zoals die van Rose; ze zitten ertussenin. Ze geven me mijn vrijheid, maar grijpen hard in als ik te ver ga. Mam betrapte me niet toen ik voor de derde keer het huis uit was geslopen, maar toen ik van mijn vierde uitstapje terugkwam gooide ik een kan water om die ze slim bij de achterdeur had gezet.

Daarna werden mijn weekenden onder ma's strakke supervisie met creatieve strafmaatregelen gevuld. In mei ruimde ik de garage op, en in juni en juli mocht ik de overwoekerde achtertuin te lijf gaan. In augustus viel er bij ons niets meer te doen, dus stuurde mam me naar overbuurvrouw Simmons om daar in de tuin te werken. Dankzij haar zag ik Ford al die tijd niet.

Net als eerder vroeg ik me af waarom hij mij niet opzocht.

En ik begon me zorgen te maken, want ik miste hem.

27

De ambulance staat bij het Castle House Hotel geparkeerd. De zwaailichten flitsen nog, maar de sirene staat uit. Met een wee gevoel in mijn maag loop ik door de dubbele deuren. De eerdere woorden van Archie Foyle klinken in mijn hoofd – *het is triest dat van hun drieën alleen Rose nog over is.*

De drie vriendinnen zijn in mijn hoofd zo met elkaar verweven in mijn hoofd dat het bijna logisch is dat Rose nu bovenaan het lijstje van de moordenaar van Frances staat. Als Frances erachter is gekomen wie Emily heeft vermoord, dan zou Rose de eerste zijn aan wie ze dit zou vertellen. En dat maakt Rose tot een doelwit – ook al had Frances niet de kans gehad om haar over welke conclusie dan ook te spreken. Ik weet zeker dat de moordenaar van Frances iemand is die haar goed kende, en dit betekent dat diegene weet dat Rose ook een risicofactor is.

Er is niemand bij de receptie, terwijl ik rondkijk waar de verpleegkundigen zijn gebleven valt me op dat het een mooie en lichte ruimte is. Het heeft een hoog plafond en lichtgeel behang dat er zijdeachtig uitziet. Achter de balie bevinden zich twee erkers met dubbele ramen die uitkijken op een tuin waar tafels met frisse kleedjes en witte canvas parasols in staan, maar ook daar valt niemand te bekennen. Er ontsnapt me een zucht als ik de trieste verlepte boeketten op standaarden opmerk; het is duidelijk dat Frances ze nog voor haar dood heeft gemaakt en dat Rose zich er niet toe kan zetten om ze weg te gooien.

Van achter een openstaande deur links hoor ik stemmen. Een man in een hoteluniform loopt de receptieruimte in, als hij me passeert klamp ik hem aan.

'Sorry,' zeg ik. 'Ik ben op zoek naar Rose, is ze hier?'

'Ze voelt zich niet zo lekker op het moment,' antwoordt hij. 'Haar zoon is nu bij haar, maar ik kan u helpen.'

'Gaat het met haar? Ik kwam eigenlijk kijken hoe het met haar ging,' zeg ik. 'Ik heb haar een paar dagen geleden ontmoet. Mijn oudtante Frances was haar beste vriendin.'

'Het gaat wel, ze is nogal geschrokken.' Hij dempt zijn stem. 'Onder ons gezegd en gezwegen, ik denk dat ze flink ondersteboven is van die hele toestand met Frances. En dat begrijp ik ook wel. Niemand is blij met het idee dat er in Castle Knoll een moordenaar rondloopt.'

'Als dat Laura is,' snerpt een stem vanuit de andere kamer, 'zeg haar dan maar dat ze terug naar Londen mag oprotten!'

Haar felheid overdondert me nogal. Maar dan herinner ik me het moment waarop Rose me voor het eerst zag en woedend reageerde voordat ze zich herstelde. Het lijkt me dat ze een moment lang gedacht moet hebben dat ik Laura was, en ik vraag me af wat mam haar heeft misdaan.

'Ik ben Laura niet,' roep ik terug. Ik probeer mijn toon opgewekt te houden om een volgende lading vitriool tegenwicht te kunnen bieden. 'Ik ben het, Annie, Laura's dochter. We hebben elkaar een paar dagen geleden in Gravesdown Hall ontmoet, weet u nog? Ik zag de ambulance bij het hotel staan en maakte me zorgen. Ik wilde alleen maar even kijken hoe het met u ging.'

Het blijft stil, en uiteindelijk steekt Joe zijn hoofd om de deur. Zijn groene verplegersuniform is ietwat verkreukeld en zijn ogen zijn roodomrand, hij ziet er wat slordiger uit dan eerst. 'Hallo, Annie,' zegt hij met een mager glimlachje. 'Aardig dat je even komt kijken.' Hij loopt naar de balie van de receptie en neemt me apart, waarbij ik bijna in een van de varens beland die er in grote potten naast staan. 'Moeder heeft zich aan een doorn van een van Frances' boeketten geprikt.' Zijn blik schiet naar een van de verlepte boeketten op de balie. 'Ze raakte in paniek omdat ze dacht dat ze vergiftigd was, maar er is niets aan de hand. Ze is radeloos vanwege Frances en maakt zich zorgen over haar eigen veiligheid. Daarbij heeft die rat van een Oliver de boel alleen maar erger gemaakt,' zegt hij rustig. 'Je kunt zo naar haar toe, maar alsjeblieft, ik zou het waarderen als je haar omzichtig behandelt. Frances was alles voor haar, en ma is alles voor mij. Ik wil niet meer dat ze gekwetst wordt.'

'Ik begrijp het,' zeg ik. Ik ben alleen maar benieuwder geworden naar Rose' antwoorden, er zijn zoveel vragen die ik voor haar heb. Maar ik wil haar niet te veel onder druk zetten, en ik wil ook niet de gemene achternicht zijn die Frances niet eens heeft gekend, maar wel veel vragen heeft omdat ze een erfenis wil veiligstellen.

Joe gaat me voor naar een smaakvolle salon met een eiken lambrisering en chesterfields. Een hotelmedewerkster volgt ons met een kar waarop thee en een etagère vol cupcakejes en sandwiches staan. Joe en ik wachten even tot ze alles heeft uitgestald. Hij gebaart naar een leunstoel tegenover de bank waar Rose op zit, gaat naast haar zitten, neemt haar hand vast in de zijne en slaat haar gade alsof ze een bom is die elk moment kan ontploffen.

Rose kijkt me een tijdlang aan. Haar blik is er een van herkenning, maar het lijkt of de bekende dingen die ze ziet haar kwaad maken.

'Adem in, moeder, diep ademhalen,' zegt Joe terwijl hij over haar rug wrijft. Ik ben zo geschokt dat ik niet weet wat ik moet doen. Als ze in deze toestand is kan ik niet over de moord beginnen.

'Ze lijkt zo op haar,' zegt Rose tegen Joe. Ze laat een boer, wat me nogal verbaast. Zou ze gedronken hebben? Ze richt zich tot mij. 'Laura mocht Frances niet. Maar weet je, als ik jou zo bekijk...' Er breekt een glimlach door op haar gezicht. 'Je doet me meer aan Frances denken dan aan haar. Dat is een goed teken, denk ik.' Dit is interessant, want Rose weet dat ik geen bloedband met Frances heb. Ze weet dat mam niet de biologische dochter van Peter en Tansy is. Ik vraag me opnieuw af wat mam heeft gedaan om Rose zo tegen zich in het harnas te jagen, maar ik vermoed dat het met haar persoonlijkheid heeft te maken. Mam weet altijd mensen te beledigen zonder dat ze het doorheeft.

Rose buigt zich naar me toe en geeft een klopje op de hand waarin ik een notitieboekje en een pen vasthoudt. 'Frances schreef ook graag in van die kleine boekjes,' zegt Rose. De huid rond haar ogen rimpelt bij de herinnering, die kennelijk aangenaam is.

'Ik wilde dat ik haar had gekend, ze moet een fascinerend leven hebben gehad. Saxon en Walt hebben me niet veel over haar verteld.'

Haar gezicht verstrakt direct. 'Saxon? Je moet niet naar Saxon luisteren. Hij is altijd een leugenaar en een gluurder geweest.'

'Goed, moeder, laten we... Annie, kunnen we het over iets anders hebben?' Joe kijkt me smekend aan en ik knik.

Maar Rose schudt haar hoofd en kijkt naar het plafond, haar ogen lopen vol. Als de tranen stromen zie ik het ingehouden verdriet naar buiten komen, en in de snik die volgt klinkt al haar hartzeer door. Ze wijst naar de verre muur, die met boekenplanken is gedecoreerd. 'Wil jij Annabelle dat fotoalbum geven, Joe? Ze zou het moeten zien. Dat ene bovenin rechts.'

Joe staat op, hij loopt naar de plek die ze aanwijst en komt terug met een groot fotoalbum. 'Weet je het zeker, moeder? We hebben het erover gehad, er liggen te veel van dat soort albums hier, ze zijn niet goed voor je.'

'Daarom geef ik dit aan Annabelle,' zegt ze. Haar blik gaat van mijn gezicht naar mijn handen, die nerveus met het notitieboekje en de pen spelen. 'Welke hoogte- en dieptepunten mijn relatie met Frances ook heeft gekend, Joe was er altijd. Als kleine jongen al.' Ze buigt zich naar hem toe en geeft hem een kneepje in zijn hand. 'Als Frances weer eens een lunch afzegde of... o, die ene keer dat ze niet op mijn verjaardag kwam...'

'Ze was dat jaar ziek, moeder,' zegt Joe onbewogen.

'Dat zal best,' zegt Rose met neergeslagen blik. 'Ik heb te veel van dit soort foto's. Foto's van vroeger. Ik moet altijd een fotoalbum bij de hand hebben, daarom ligt er hier ook een. En ik heb er thuis ook een liggen. Frances haatte het, ze zei altijd dat we vooruit moesten en naar de toekomst moesten kijken.' Rose glimlacht zwakjes. 'Altijd bezig met haar toekomst, die Frances. Maar eigenlijk leken we op elkaar, weet je. Ze bracht net zoveel tijd door als ik met het overpeinzen van ons verleden, misschien zelfs wel meer. Want we zijn nooit over de verdwijning van Emily heen gekomen.'

'Ik zou ze graag willen zien,' zeg ik. Joe werpt me een ietwat bezorgde blik toe, en ik krijg de indruk dat Rose een van die mensen is die in hun jeugd een stralende ster waren, en dat alles wat daarna kwam een beetje zijn glans heeft verloren. Of misschien dat het een mix van pijn en plezier is, omdat Emily het litteken is dat nooit zal helen.

Als ze me het fotoboek overhandigt zie ik dat haar hand trilt. Het is moeilijk voor haar om het me te geven, en ik weet niet hoe ik moet reageren. Ik wil een rouwende vrouw niet de momenten van haar verleden ontnemen, maar ze doet net alsof het schenken van de foto's een positieve stap in een therapieprogramma is.

'Goed,' zegt ze. 'Dat is gebeurd. Jij mag het houden, oké?'

Joe zoekt in zijn zakken en haalt er een pakje tissues voor haar uit. 'Dit maakt moeder van streek,' zegt hij. 'Ik moet haar naar huis brengen.'

'Nee,' zegt Rose, die zich herpakt op een manier waarop alleen eigenwijze oude dames dat kunnen. 'Ik heb nog genoeg te doen.' Ze geeft Joe een klopje op zijn knie. 'Ik verwerk de dingen beter als ik het druk heb. Blijven jullie maar hier en neem wat thee en cakejes, anders staat het er voor niets.' Rose staat op. Als Joe aanstalten maakt om haar voorbeeld te volgen en zich verder om haar te bekommeren, houdt ze hem met een handgebaar tegen. Net als ze resoluut de kamer uit loopt komt Magda binnen.

'Hoe was de oproep?' vraagt Joe aan haar.

'Hoi, Annie.' Ze wuift even met haar hand voordat ze haar aandacht weer op Joe richt. 'Stressvol, maar verder wel te doen. Een oude man die gevallen was, ik heb hem naar Sandview gereden. Ik denk dat hij een nieuwe heup moet krijgen.' Magda zucht. 'Maar terwijl jij hier was, kwam er een oproep binnen over een peuter met ademhalingsklachten. Dat kon ik alleen af, dus ik hoefde je niet op te roepen, maar we hebben maar twee ambulances, dus zo kunnen we niet meer op noodgevallen reageren.'

'Heb je weer problemen met de meldkamer gehad?' zegt Joe.

Magda haalt haar schouders op. 'Ze hebben een heel team in Little Dimber, en dat ligt echt niet in een andere tijdzone of zoiets. Het zou geen enkel probleem moeten zijn om personeel te sturen, ze mogen me daar gewoon niet.'

'Zijn er hier twee ambulances?' vraag ik.

'Ja, maar we werken altijd als team,' zegt Magda. 'Dus één ambulance blijft eigenlijk de hele tijd hier in Castle Knoll staan. Maar goed, dit is allemaal saaie materie die je niet wilt horen. We moeten trouwens vertrekken, Joe.'

'Oké,' zegt hij. Hij kijkt me aan alsof hij me nog iets wil zeggen, maar dan bedenkt hij zich en loopt hoofdschuddend Magda achterna.

Ik blijf achter met een fotoalbum dat de beelden van Frances' dagboek tot leven brengt. Als ik er vluchtig in blader verschijnt haar levensverhaal in kleur voor mijn geestesoog.

Vooral de foto op het omslag intrigeert: Rose en Frances, als oudere tieners of vroege twintigers, glimlachend en met twee mannen voor een glimmende Rolls-Royce. Ik herken de jonge Ford van de foto in tante Frances' werkkamer, maar de andere man heb ik nog nooit gezien. Zijn krullenbol en de liefdevolle manier waarop hij naar Rose kijkt doet me besluiten dat hij Joe's vader moet zijn. Ik trek de foto uit het plastic hoesje op de voorkant en inderdaad, op de achterkant staat: *Bill Leroy, Rose Forrester, Frances Adams, Rutherford Gravesdown. Juni 1966.*

Emily zat op dat moment nog in Londen, en ik vraag me af wanneer Rose haar toekomstige echtgenoot had ontmoet. De salon is leeg, en de thee is nog steeds warm. Niemand heeft de cakejes aangeraakt, dus ik neem er een en stort me op het fotoalbum. Misschien dat er op een van de foto's een aanwijzing is te zien wie Emily heeft vermoord, iets wat Frances wist maar dat ik nog niet heb ontdekt.

Ik kijk naar een foto van Emily, ze zit in de tuin van het huis in Chelsea en haar buik is enorm.

'Mam,' mompel ik terwijl ik mijn vinger over de zwelling laat glijden.

28

De Castle Knoll-dossiers, 5 oktober 1966

'Zo erg is het niet, Frances,' zei Rose.

We bevonden ons in de verzengende augustuszon, Rose zat naast me te kletsen terwijl ik mijn wekelijkse strafcorvee deed. Ik zag ma om de zoveel tijd aan de overkant de gordijnen openschuiven om te kijken of ik mijn werk wel deed en niet alleen maar aan het babbelen was. Rose mocht langskomen, zolang ze me niet te veel afleidde.

'Het is verschrikkelijk,' zei ik. 'Ik zweet als een paard en ik denk dat die oude mevrouw Simmons dit onkruid hier expres heeft laten woekeren. Of misschien dat ze een heks is die een spreuk heeft om alles in drievoud te laten opkomen.'

'Laten we er een spel van maken,' zei Rose glimlachend. 'Ik trek het onkruid eruit en jij let op de gordijnen. Als je je moeder ziet roep je een codewoord, zoiets als "klaver" of zo, en dan wisselen we snel.'

'Dat klinkt tamelijk stom, Rose,' zei ik. 'Maar ik ben tot alles bereid om dit wat leuker te maken.'

En het wérd leuker. Rose is goed in die dingen, ook al kan ze soms koel en afstandelijk zijn. Ze is niet zo'n durfal als Emily, maar ze weet van simpele dingen iets speciaals te maken.

En tijdens Emily's verblijf in Londen hadden we steeds meer zomerdagen als deze met elkaar doorgebracht.

Op het laatst konden we ons lachen niet meer inhouden, dus we moesten stoppen om bij te komen voordat ma zou komen om ons van alles toe te roepen. Als Rose niet meer langs mocht komen moest ik dit strafcorvee alleen ondergaan, en dat was nog veel erger.

'Heb je de baby al gezien?' vroeg ze.

'Nee, maar Peter en Tansy zijn nu in Chelsea. Ze mogen van Ford een paar dagen in het huis logeren, de huishoudster kan hen dan helpen met hun nieuwe ouderschap.'

'Je bent Emily nog niet tegengekomen?' vroeg ik. 'Nu ze hier terug is?' Zodra Emily fit genoeg was geweest om Chelsea te verlaten had ze de benen genomen om de draad van haar oude leven weer op te pakken. De gedachte dat Emily weer vrij in Castle Knoll kon rondlopen gaf me een ongemakkelijk gevoel. Ik had besloten dat ik over John heen was en dat mijn gevoelens voor hem verdampt waren, maar er waren nog steeds restanten bitterheid die ik niet van me af kon schudden.

'O, wist je het niet?' zei Rose. 'Ze is dit weekend naar Chelsea teruggegaan. Ze zei dat ze iets in het huis had laten liggen, en dat ze er zou blijven omdat ze de een of andere afspraak had.' Er verscheen een harde trek om haar mond, ik wist dat ze zich net zo zuur over de hele toestand voelde als ik. 'Ik heb haar niet gezien, hoor. Archie Foyle vertelde het me.'

In de hoop dat het me goed zou doen pakte ik een steen en gooide hem naar een boom. Het hielp niet echt. 'God, ik kan niet wachten tot dit allemaal voorbij is. Het doet me denken aan vroeger, zoals we nu plezier hebben. Alsof die hele toestand met Emily en John nooit heeft plaatsgevonden.'

'Nog even,' zei Rose. 'Maar ik begrijp wat je bedoelt. Ik wil dat de dingen weer zijn zoals ze eerst waren. Of eigenlijk niet helemaal. We hebben in ieder geval ons lesje geleerd met het verkeerde soort jongens. En het verkeerde soort vriendinnen.'

Ik sloeg mijn blik ten hemel en mepte naar een paar uitgebloeide paardenbloemen. De pluisjes zweefden nauwelijks weg op de hete lucht voordat ze het gras raakten.

'En Ford en Saxon zijn nog steeds op zoek naar een kostschool?' vroeg ze.

'Ja. Ze gaan de laatste tijd bijna elk weekend, ik mis mijn bezoekjes aan het huis. Maar jij bent er wel geweest, is het niet?' Ik glimlachte ondeugend, want Rose' affaire met Fords chauffeur kon je allang geen geheim meer noemen.

Rose bloosde altijd een beetje als ik haar vragen over chauffeur Bill stelde, maar we klonken als twee volwassenen wanneer we erover kletsten. We hadden de fase van de puisterige en grillige tienerjongens achter ons gelaten, en het voelde alsof onze toekomst op haar plek viel.

'Het lijkt de goede kant op te gaan,' zei ik. 'Geen fatale spelletjes of achterbakse streken van Emily meer.'

Rose glimlachte en opende haar mond om iets te zeggen, maar ze leek opeens te schrikken omdat ze iets achter mijn schouder zag.

'Nou, jij hebt lef zeg!' riep ze John kwaad toe, die uit het schemerduister van de overhangende treurwilg naast het huis van mevrouw Simmons stapte.

John hief zijn handen, alsof hij zich tegen haar woorden wilde beschermen. 'Ik wil alleen maar even met Frances praten,' zei hij. 'Het is belangrijk. Ik weet dat ze zal willen horen wat ik te zeggen heb.'

'Absoluut niet,' sputterde Rose tegen. 'Frances heeft wel wat beters te doen dan zich met jouw soort op te houden.'

'Alsjeblieft, Frances,' zei John.

Toen ik John daar zo zag staan kwam er blinde woede naar boven. Mijn bloed kookte als ik eraan dacht dat hij niet eens de moeite had genomen om voor me te vechten nadat ik het had uitgemaakt.

'Waarom zou ik een seconde van mijn tijd aan jou verspillen?' bitste ik. 'Je bent gewoon doorgegaan met je leventje; terwijl je wist dat er een baby kwam liet je Emily stikken en konden wij voor haar het probleem oplossen! Eigenlijk wilden we Emily nooit meer zien, maar Rose en ik konden jouw rotzooi opruimen!'

John keek me smekend aan. 'Het spijt me, Frances. Het was zwaar voor me om weg te blijven. Ik dacht dat het goed zou zijn je wens te respecteren, en ik hoorde van Walt dat je Ford Gravesdown zag en ik... ik dacht dat je zo beter af zou zijn. Je weet wel, met zo iemand als hij.'

Ik stamelde en wist niet waar ik moest beginnen. 'Waarom praat Walt eigenlijk nog met je? Je bent met zijn vriendin naar bed geweest. En Walt is niet zo vergevingsgezind.'

John knikte en beet op zijn lip. 'Ik weet dat het moeilijk te geloven is, maar Walt en ik hebben alles uitgepraat. Ik heb het hem uitgelegd van Emily, want... er klopt iets niet, Frannie.'

'Frances,' beet Rose hem toe. 'Dat koosnaampje ga jij niet gebruiken.'

Er verscheen een halve glimlach op mijn gezicht, het deed me deugd dat Rose het voor me opnam. Emily zou nooit zo fel een vriendin hebben verdedigd.

Maar John keek zeer bezorgd, en ik voelde dat er iets mis was. En als Walt hem had vergeven... Er was iets aan de hand.

'Wil je horen wat ik te zeggen heb?' vroeg hij voorzichtig. 'Ik zou graag een gesprek onder vier ogen met je willen hebben.' Zijn blik schoot naar Rose, en toen weer naar mij. 'Daarna hoef je me nooit meer te zien als je dat niet wilt.' Zijn zandkleurige haar zag er blonder uit in de zon, en voor één oog hing een lok. Ik spreidde mijn vingers, zo sterk was de impuls om hem van zijn voorhoofd weg te strijken.

'Goed,' zei ik. 'Maar je moet beloven dat je me hierna met rust laat.'

John knikte en beet weer op zijn lip; hij liep terug naar de treurwilg en stond weer enige meters van ons af. Ik keek Rose aan en fluisterde: 'Roep het codewoord als je ma het gordijn opzij ziet schuiven.'

Ze wierp me een ernstige blik toe en knikte.

'Ik heb geen uren de tijd, John, dus kom ter zake,' zei ik toen ik eenmaal naast hem onder de boom stond.

'Oké. Dank je, Frances. Ik moet je dit vertellen nu ik er de kans toe heb.' Hij haalde diep adem en begon te ijsberen, alsof hij zijn woorden zorgvuldig woog.

Ik maakte het hem niet makkelijk. 'Kom op, dan.'

'Oké, het gaat hierom. Ik weet dat je iets hebt met Rutherford Gravesdown, en ik weet dat ik geen recht heb om dit te zeggen, maar ik geef nog steeds om je en ik wil je beschermen. Er was iets in die tijd dat... God, dit is gênant en vervelend.' Hij klemde zijn kaken op elkaar, zijn hals kleurde enigszins. 'Er was iets in de tijd dat ik samen met Emily was.' Hij keek naar de grond, maar vervolgde zijn verhaal. 'Ik ben niet zo stom dat ik op haar kleine imitaties van jou kickte, Frances, hoezeer ze ook haar best deed die avond. Ze had jouw handtas bij zich, en ze droeg jouw parfum. Ze begon zelfs dingen te zeggen die jij ook zei, kleine dingen waar ik pas

later achter kwam. Maar waar het om ging: ze was vastbesloten dat we die avond met elkaar naar bed zouden gaan. Dat bleef ze maar zeggen: "Ik wil met jou zijn. Het moet vannacht zijn." Ik had een pakje condooms bij me, maar ze bleef volhouden dat we ze niet nodig hadden. Ze zei dat het veilig was, en dat we ons nergens druk over hoefden te maken.'

Ik keek van hem weg, want ik wilde niet dat hij zag hoezeer dit me van streek maakte. Maar mijn maag draaide om bij de gedachte aan hun samenzijn, zelfs nadat deze gedachte me al maandenlang had achtervolgd. Het was elke keer weer alsof je op een blauwe plek drukte.

'Ik weet hoe verschrikkelijk het is om dit te moeten horen, maar je moet het weten. Ik denk dat ze er alles aan deed om zwanger te worden. Ze was met Ford naar bed geweest en ze wilde hem erin luizen. Ze wilde hem of chanteren, of tot een huwelijk dwingen. En daar had ze dus een man voor nodig.'

'Als dat zo is, waarom dan niet Walt? Waarom moest jij het zijn?'

'Dat heb ik me ook afgevraagd, en dat is gedeeltelijk de reden waarom Walt en ik nu weer bevriend zijn. Al zijn woede is op Emily gericht, want... Ik denk dat ik het moest zijn omdat dat deel uitmaakte van haar obsessie, want ze is geobsedeerd, Frances, en niet door Ford. Nee, ze is geobsedeerd door jou.' Even liet hij een stilte tussen ons hangen.

'Want,' vervolgde hij, 'waarom zou Ford haar anders in zijn huis in Chelsea laten logeren en haar elk weekend bezoeken als hij niet zou denken dat ze zijn kind droeg?'

'Ford gaat niet bij haar langs, hij bezoekt kostscholen met Saxon.'

'Is dat wat hij je heeft gezegd? Want ik zag Saxon met de nieuwe chauffeur in het dorp, en hij zei me dat ze in Chelsea logeerden.'

Ik haalde scherp adem door mijn neus en probeerde mezelf onder controle te houden.

'Waarom moet ze alles kapotmaken?' Ik spoog de woorden uit, en mijn stem trilde.

'Daarom ben ik hier. Ik probeer ervoor te zorgen dat ze niet de levens van anderen kapotmaakt. Ik wil niet dat Emily ons ooit nog iets flikt. Want Frances, als ze in staat is om zwanger te worden en Ford tot een huwelijk of een financiële regeling te dwingen...'

'Peter en Tansy,' fluisterde ik. 'Ze gaat die baby helemaal niet afstaan, niet als hij een pressiemiddel is waarmee ze meer kan bereiken. Maar waarom heeft ze hen er dan toch bij betrokken?'

'Emily is een planner,' zei John. 'Ze houdt hen achter de hand voor het geval Ford haar volledig afwijst. Op die manier zal ze als zeventienjarige niet zonder geld en hulp met een baby achterblijven.'

'Peter en Tansy zijn nu in Chelsea, met de baby, en Emily is naar Castle Knoll teruggekomen. Behalve dat...' Mijn hart zonk. 'Rose zei dat Emily dit weekend nog een keer naar Chelsea terugging omdat ze iets was vergeten.'

'Ik denk dat ze Peter en Tansy gaat confronteren. Ze gaat haar baby terugeisen. Want toen ik Saxon zag zei hij ook dat Ford haar tegemoet wilde komen.'

Die vuile trut! Woede laaide in me op. Ik wilde niet denken aan de tegenstrijdige emoties die ik had als het om Ford en Emily ging, en of hij werkelijk geloofde dat de baby van hem was. Ik moest er niet aan denken dat hij erin was getrapt, en dat na alle gesprekken die we hadden gevoerd.

Ik zette die gedachte van me af, want in mijn blinde woede kon ik maar aan één ding denken. Iets wat veel belangrijker was dan al die stomme spelletjes.

Peter en Tansy.

'Ze zal ze verpletteren!' zei ik. 'Wat moet ik in godsnaam doen? Ik kan dit niet laten gebeuren!'

'Walt heeft zijn auto hier om de hoek staan, en hij is op oorlogspad. Ik ben bang dat hij Emily iets zal aandoen.' John weifelde even. 'Hij is mijn beste vriend, maar zoals je weet kan hij zijn woede slecht bedwingen. Dus ik ga met hem mee, om ervoor te zorgen dat hij niets stoms doet. En trouwens, ik weet echt niet van wie die baby is, maar ik zal verdomme niet toestaan dat Emily Sparrow nog meer levens kapotmaakt, inclusief dat van de baby. Jij verdient het om het laatste woord te hebben, dus wil je met Walt en mij meegaan naar Chelsea?'

'Ik dek je wel,' zei Rose, die bij ons onder de boom verscheen. 'Ga naar binnen, zeg dat je naar het toilet moet en pak dan wat oude kleren.

Vergeet vooral die verschrikkelijke strohoed niet die je altijd van haar moet dragen, daar kan ik mijn haar mee bedekken. Ik zal hier de hele middag staan met mijn rug naar het huis, en hopelijk zal je moeder denken dat ik niet wil verbranden in de zon. Haal dus wat kleren, zodat ik die vast kan aantrekken.'

'Dank je, Rose,' zei ik en ik omhelsde haar stevig. 'Ik moet nog tot vijf uur onkruid wieden, je hoeft mijn moeder dus nog maar tien minuten voor de gek te houden. Mijn god, wat een puinhoop!'

Het was een beetje in een paniekerig waas, maar ik pakte een bult kleding die achter in de kast lag en die ik niet meer droeg. Ik nam niet eens de moeite om het uit te zoeken. Gelukkig vond ik de strohoed, die was eigenlijk het belangrijkst. Ik gooide de berg jurken, poncho's en jassen onder de treurwilg, waarop Rose zich zo snel mogelijk in mij probeerde te veranderen.

'Mijn god, sorry, het zijn bijna allemaal winterkleren, je zult erin wegsmelten.'

'Het is goed zo, ik neem de rest van die kleren wel mee en breng ze later terug. Je hebt gedaan wat je kon. Ga maar. We moeten Emily op haar plaats zetten.'

Toen we bijna het dorp uit waren riep ik dat we moesten stoppen, ik zag Peters auto voor hun huis geparkeerd staan. Walt ging langs de kant van de weg staan omdat hij weigerde de lange oprit te nemen. Hij wilde zo snel mogelijk in Chelsea zijn, en hij zei me dat ik sowieso blij mocht zijn dat hij stopte.

'We zijn te laat,' zei ik terwijl ik naar Peters auto keek. 'Ze zijn al terug. Emily heeft al toegeslagen.' En om mijn punt te onderstrepen raasde Fords Phantom II voorbij, zijn chauffeur keek niet eens op. Mijn hart leek het te begeven nu alle gevoelens die ik voor Ford had zich tegen me keerden. Mijn genegenheid voor hem was een steek in mijn borst geworden nu ik zag hoeveel haast hij had om bij haar te zijn.

'Dit heeft alles met Emily te maken, Frances,' gromde Walt. 'Ze zit daar in Chelsea voor erfgename te spelen. Ik wil dat ze allemaal weten wat ze is. Ze is een hoer en een leugenares. Ford is onderweg naar haar.

Wil jij geen gerechtigheid?' Hij gaf een klap op het stuur en keek met een angstaanjagende blik naar de weg.

Natuurlijk wilde ik gerechtigheid. Maar toen ik over de oprit naar het huis van Peter en Tansy keek, besefte ik dat mijn tienerverdriet niets was in vergelijking met hoe zij zich moesten voelen nadat Emily hun eerst zoveel hoop had gegeven en er nu voor had gezorgd dat die de grond in was gestampt. Want het was duidelijk dat Ford onderweg was om haar bij te staan. Emily krijgt altijd haar zin. Ik was zo dom geweest om hem te vertrouwen tijdens de gesprekken die ik met hem had, maar ik was de hele tijd niets meer dan een schaakstuk geweest. Een bron van vermaak.

Ik had hem niet nodig. Ik wist waar mijn familie was. Ik had mijn broer, en ik had Rose.

'Ik moet Peter spreken,' zei ik. 'Ga maar zonder mij als jullie willen gaan.'

'Weet je het zeker, Frances?' vroeg John. 'Je komt mogelijk niet meer in de gelegenheid als dit allemaal is afgelopen.'

'Ja, ik weet het zeker. Emily zal het nog het ergste vinden dat haar bezigheden me hoegenaamd niet interesseren.'

De blik die John me toewierp was zo teder dat ik wel in duizend stukjes uit elkaar kon vallen. 'Jij bent de beste van ons, Frannie,' zei hij.

'Doe geen domme dingen, oké? Walt?' riep ik toen Walt ongeduldig de motor startte. 'Misschien iets meer vergevingsgezindheid?'

Walt klemde zijn kiezen op elkaar en zei: 'Jij bent te vergevingsgezind, Frances. Dat is niet normaal. Ik hoop dat je ooit nog eens een vechter zult worden.' Waarop de wagen in een stofwolk wegstoof.

Toen ik op de deur klopte had ik een wanhopige Peter verwacht, maar toen hij opendeed had ik hem nog nooit zo gelukkig gezien. Trots en vol bewondering stond hij voor me met baby Laura in zijn armen.

'O, mijn god, ik was zo bang dat Emily van gedachten zou zijn veranderd!' zei ik.

'Dat was ze ook,' zei Peter, en er viel even een schaduw over zijn gezicht. 'Maar ik heb het geregeld.' Hij glimlachte en kuste Laura op haar bolletje.

29

Rechercheur Crane heeft me drie keer gebeld, maar ik heb het geluid van mijn telefoon uitgezet om de foto's te bekijken. Bij de vierde keer zie ik het schermpje opflitsen, zijn stem klinkt dringend als ik opneem.

'Annie, godzijdank. Ik was bezorgd toen je niet in het huis was.'

'Genoeg om me vier keer te bellen? Alles is goed met me, hoor. Ik ben naar het dorp gegaan om Rose op te zoeken.'

'Nou, iemand is Frances' afgesloten dossierkast met een koevoet te lijf gegaan en heeft behoorlijk wat schade aangericht. Saxon en Elva zijn nergens te bekennen.'

'En Oliver?'

'Die is hier, hij zit gestrest in een hoek en krijgt af en toe een telefoontje van zijn foeterende baas. Hij zegt dat hij het grootste gedeelte van de ochtend telefonerend in de tuinen heeft doorgebracht.'

'Hebben ze de afgesloten dossierkast open gekregen?'

'Nee, en wie het ook was, was daar nogal pissig over. Het lijkt erop dat iemand zijn frustraties op de bibliotheek heeft afgereageerd. De ramen zijn ingeslagen en de boeken zijn van de planken geveegd.'

'Saxon,' zeg ik.

'Of Archie Foyle. Hij was eerder op de dag nog de heg aan het snoeien. Maar, inderdaad, ik weet bijna zeker dat het Saxon is geweest.'

'Archie was bij mij, hij heeft me geleerd om die beestachtige auto van tante Frances te besturen.'

'Wat, heb je díé auto genomen?' Rechercheur Crane kan er wel om lachen.

'Twijfel je aan mijn rijkunsten?'

'Nee, het is meer het beeld van jou achter het stuur van die wagen.'

'Goed, we laten deze beledigingen even voor wat ze zijn. Waarom denk je dat Saxon de bibliotheek kort en klein heeft geslagen? Ik ben het met je eens, maar ik ben benieuwd naar je redenatie erachter.'

'De forensisch onderzoekers hebben de stoffelijke resten van het skelet onderzocht. Ze bevestigen dat het Emily Sparrow is, ze is door het hoofd geschoten met de revolver die in haar jaszak is aangetroffen. Het ziet ernaar uit dat mijn theorie over Frances klopt, Annie. Ik denk dat het goed mogelijk is dat ze haar vriendin heeft vermoord.'

'Hoe zeker ben je daarvan?' Dit stemt niet overeen met wat Frances in haar dagboek heeft geschreven. Maar goed, ze zou een bezoek aan Chelsea hebben kunnen verzwijgen als ze Emily had vermoord.

'Frances kreeg de restanten van haar vermiste vriendin opgestuurd, maar ze verborg deze hutkoffer liever in de bijkeuken dan dat ze de politie belde. Saxon heeft bevestigd dat de jas die Emily aanhad van Frances was, hij herkende de hertjes op de knopen. Hij zag er... aangeslagen uit toen hij die link legde. Degene die de bibliotheek aan gort sloeg leefde zich vooral uit op foto's van Frances. Saxon kende Emily toen hij jonger was, dus ik neem aan dat hij nogal van streek was. Hij vertelde me ook nog een zeer interessant verhaal over zijn oom en een oude driehoeksverhouding.'

'Saxon vertelt je dat soort dingen alleen maar om je in de war te brengen. Het is niet in zijn belang als je deze zaken oplost, vergeet dat niet.'

'Het is ook niet in jouw belang, maar jij komt tenminste met duidelijke feiten.'

'Dat komt doordat ik minder controle heb over de eindoverwinning. En nu we het er toch over hebben, zie Frances' dagboek niet over het hoofd. Ik denk niet dat mijn tante Emily heeft vermoord. Ik denk dat het Walt of John is geweest, of misschien zelfs wel Ford... Maar goed, ik kom zo terug naar het huis, want ik wil nog eens naar dat slot op die dossierkast kijken. De cijfercombinatie is een puzzel die me bezig blijft houden, en wat erin zit is bijzonder belangrijk, dat weet ik zeker.'

'Ik ben bijna bij het dorp, ik haal je wel op. Zeg tegen Archie dat hij die oude wagen op zijn plek laat staan, waar dat ook mag zijn. Beth rijdt hem wel terug naar Gravesdown. Mocht je Joe zien, hij weet ook hoe je in die wagen moet rijden. Zijn vader heeft het hem jaren geleden geleerd.'

'Ik heb Joe net gezien, maar ik geloof dat hij nog aan het werk is. Fijn dat iemand zich over die auto wil ontfermen,' zeg ik opgelucht. 'Mij zul je er niet snel meer in zien zitten. Ik moest me zo nodig bewijzen, nou, dat is inmiddels gebeurd.'

Ik stop het fotoalbum van Rose in mijn tas, en binnen een paar minuten verschijnt de auto van rechercheur Crane voor het hotel.

Als we bij Gravesdown Hall aankomen zie ik dat hij niet heeft overdreven over de toestand van de bibliotheek – de plek is volledig kort en klein geslagen. Maar het is zeer gericht geweld, elke ingelijste foto van Frances is kapotgeslagen, en haar gezicht is soms weggekrast. Het is zo extreem dat ik alleen maar een moordenaar ertoe in staat acht.

Mijn gedachten keren terug naar de bizarre theorie die de rechercheur over Saxon had. Wat als hij al wist wat er in Frances' testament stond, haar had vermoord en iemand anders erin had geluisd, zodat hij de moord kon 'oplossen'?

'Ik denk… ik denk dat de politie op zoek moet gaan naar Saxon,' zeg ik langzaam. 'Hoewel hij overal kan zijn, in het huis of op het terrein. Hij kent deze plek goed en weet waar hij zich verborgen kan houden.'

'Er was nog een detail in het onderzoek naar Emily's stoffelijk overschot,' zegt Crane. 'Ze had twee enveloppen bij zich, op alle twee stond haar naam geschreven. Er zaten grote geldbedragen in. Duizenden ponden. Zegt dat jou iets?'

'Degene die haar vermoordde heeft het geld niet meegenomen?' zeg ik. 'De baby…' laat ik er fluisterend op volgen. Ik loop naar het kleinere prikbord in de aangrenzende kamer, die met Emily in het midden. 'Kijk.' Ik wijs op een draad die naar een foto van mijn grootvader Peter leidt. 'Op een gegeven moment verdacht mijn oudtante Frances haar eigen broer van de moord op Emily, omdat mijn opa en oma, Peter en Tansy, de baby van Emily zouden adopteren. Tante Frances was bang dat Emily hierover van gedachten zou veranderen omdat ze liever Ford Gravesdown met haar kind wilde chanteren. Maar tegen het einde van haar dagboek gaat Frances bij haar broer langs, die daar met mijn pasgeboren moeder in de armen staat en haar zegt dat hij het heeft geregeld.'

Ik kijk naar Peters naam op het prikbord. Er is een dikke en verse zwarte streep doorheen gegaan, hetzelfde is bij Tansy gebeurd. 'Frances heeft hen uitgesloten,' zeg ik. 'Ze moet het geld samen met het stoffelijk overschot hebben gevonden en haar conclusie hebben getrokken.'

Rechercheur Crane knippert met zijn ogen terwijl hij deze nieuwe informatie probeert te verwerken. 'Dus je wilt zeggen dat Frances de jaszakken checkte nadat ze het stoffelijk overschot aantrof in de koffer die jij haar had opgestuurd?' Ik huiver bij deze zin. 'En vervolgens de enveloppen met het geld terúgstopte?'

'Ja! En die daad pleit haar overduidelijk vrij, want als ze Emily in 1966 had vermoord, dan wist ze al wat er in die jaszakken zat, temeer omdat de moordenaar er die revolver in had gestopt, toch? En ze streepte na al die jaren haar broer Peter door als verdachte. Ze vond die enveloppen en herkende zijn handschrift. Ze besefte dat Peter met de woorden "ik heb het geregeld" niet bedoelde dat hij Emily iets had aangedaan om de baby te krijgen, maar dat hij haar gewoon had betaald.'

Wat ik me niet hardop afvraag is waarom Emily het geld had aangenomen als ze wist dat Ford onderweg was. Waarom deed ze dat en gaf ze de baby mee, haar grootste pressiemiddel om Ford ervan te overtuigen bij haar te blijven? Ik heb het allemaal bijna opgelost, ik kan het voelen.

'Ik moet nu alleen zijn om na te kunnen denken,' zeg ik.

'Ik loop wel met je mee naar je kamer,' antwoordt Crane.

'Echt, het gaat wel.' Ik snak naar wat ruimte, maar hij blijft aan me plakken als een bodyguard.

'Dit is geen spel, Annie,' zegt hij. 'Ook al heeft Frances het zo bedacht.' Crane wordt nu streng, hij heeft zijn armen over elkaar geslagen en gebruikt wat ik inmiddels zijn 'rechercheursstem' noem. Het toontje dat zegt 'vergeet niet dat ik hier de baas ben'. Het heeft eigenlijk wel iets aantrekkelijks, en daarom negeer ik hem en haast me naar mijn kleine slaapkamer.

'Doe je deur op slot,' hoor ik hem nog achter me zeggen, maar ik vlieg al over de trap naar boven.

Deze keer ligt het dreigbriefje niet eens onder mijn hoofdkussen – het ligt erbovenop.

Ik krijg een droge keel als ik stijf van de zenuwen eerst de garderobekast check, en daarna onder het bed kijk voor het geval er iemand naar me ligt te loeren. Ik zucht diep als ik zie dat er niemand is, dan loop ik terug om de deur op slot te doen.

Het is hetzelfde soort papiertje als eerst, vergeeld, en met een ouderwetse typletter.

> Jij stomme trut, denk je dat je zo belangrijk bent? Jij verdient niets beters dan een gat in de grond. Je bent een hoer en een leugenares, en ik zou er maar mee ophouden, want ik beloof je dat ik je magere nek als een takje zal breken.

Hoewel ik er nog steeds bijna zeker van ben dat deze bedreigingen niet bedoeld zijn om me bang te maken, bezorgen de woorden me de koude rillingen. Ik stel me voor hoe de tiener Frances dit met trillende handen leest. Dan zie ik de beelden van de met een koevoet mishandelde dossierkast en van al het gebroken glas in de bibliotheek voor me.

Geweld dat tegen Frances is gericht. Of tegen de herinnering aan haar.

Ik lees het briefje nog een keer en probeer in gedachten naar 1966 terug te keren. *Je bent een hoer en een leugenares* – Walt. Dit zijn Walts woorden. Hij had in Frances' dagboek gezegd dat hij ervoor zou zorgen dat iedereen wist hoe Emily was en haar voor deze twee dingen had uitgemaakt.

Ik haal mijn notitieboekjes tevoorschijn, met trillende handen leg ik ze op het bed. Daarna pak ik Rose' fotoalbum erbij.

Snel blader ik erdoorheen en probeer die ene wazige foto te vinden waarvan ik denk dat hij erin moet staan. De verzadigde kleurglans van Kodachrome-jarenzestigfoto's wordt waziger naarmate ik meer foto's zie. Ik zie mijn oudtante Frances in strakke topjes of blousejes, gedessineerde katoenen rokken en loshangend haar dat altijd glanst. Dan Rose, die gearmd staat met Bill Leroy, haar toekomstige echtgenoot. Mijn handen stoppen met trillen als ik al die foto's zie, en het vage idee van een aanwijzing die ik dacht te vinden begint te verdampen. Er is maar één foto van Walt, hij rookt en kijkt misprijzend in de lens, alsof hij er de pest over in heeft dat er een foto van hem wordt gemaakt.

Schuilt er nog iets van die gewelddadige tiener onder de huid van die bescheiden en overwerkte advocaat? Waarom nam tante Frances hem in vertrouwen en benoemde ze hem tot executeur-testamentair als zijn bedreigingen zo overduidelijk waren? *Een hoer en een leugenares.*

Want Walt staat, gezien het tijdstip van Frances' dood, min of meer boven alle verdenking, maar wat als hij niet alleen werkt?

Oliver. Hij was precies laat genoeg bij die eerste bijeenkomst, op de ochtend waarop tante Frances dood werd aangetroffen. En als zijn grootvader Emily in 1966 had vermoord, dan zou Oliver de perfecte handlanger zijn om ervoor te zorgen dat dit geheim nooit naar buiten zou komen. Want het verschafte hem het genoegen van een carrièrebevorderende overwinning als hij de verkoop van het landgoed mocht regelen.

Ik raak even de foto aan van Frances met een ijsje op het strand en voel een steek van verdriet omdat ik haar nooit heb leren kennen. En haar onrechtvaardige dood zorgt voor een wee gevoel in mijn maag, want het enige wat ze wilde was dat men haar serieus nam.

En het lijkt erop dat Frances als enige nog naar Emily op zoek was nadat ze was verdwenen. Ze is zestig jaar naar haar blijven zoeken, ook al verpestte Emily haar tienerjaren en verraadde ze mijn oudtante keer op keer. Frances trok voorwaarts en hechtte belang aan de toekomst, terwijl iedereen haar maar maf vond. Iedereen – van Elva Gravesdown tot de receptioniste van het politiebureau – had wel een sterk verhaal over haar bijgelovigheid.

'De toekomst,' mompel ik in mezelf. 'Waar dient deze hele oefening voor? Het is een opdracht van Frances die belangrijk voor haar was. Ze wilde gerechtigheid. En ze wilde geloofd worden, de brief bij haar testament was daar duidelijk over...'

Ik sla het notitieboekje met de paddenstoelen erop open en kijk naar mijn lijst van kleine dingen die me zijn opgevallen, mijn 'onbeantwoorde-vragen-lijstje':

De bloemen – wie heeft ze gestuurd, en waarom?
Het slot, xx-xx-xx, een standaard roterend combinatieslot.

Ik blader door tot waar ik tante Frances' voorspelling heb opgeschreven, en ik streep dezelfde zinnen door als zij:

~~In je toekomst verschijnen bleke botten. Het vooruitzicht van je langzame ondergang begint als je de koningin in één hand houdt. Laat de verraderlijke vogel niet zegevieren~~, want dan is er geen weg terug meer. Maar dochters vormen de sleutel tot gerechtigheid ~~en met één zul je vooruitkomen~~, houd de juiste dochter in de buurt. Alle tekens wijzen op je moord.

Ik voeg eraan toe waarom ze naar mijn idee dacht dat de doorgestreepte onderdelen van de voorspelling uit waren gekomen.

Bleke botten = Emily's stoffelijk overschot; de verraderlijke vogel = Emily's verraad; de koningin = Fords schaakstuk; (dochters vormen de sleutel tot gerechtigheid) en met één zul je vooruitkomen = ik, want ik heb haar het stoffelijk overschot gestuurd

De kwestie van het slot knaagt aan me, en ik denk aan die oude roterende combinatiesloten. Je draait de knop eerst rechtsom, dan de hele cirkel linksom, en daarna weer rechtsom. De cijfers lopen maar tot veertig, met de klok mee, waarbij nul en veertig hetzelfde vakje hebben. Toen Saxon verjaardagen als combinatie invoerde deed hij het helemaal verkeerd, hij draaide de knop te vaak heen en weer.

Als ik niet naar de bladzijde was gegaan waarop ik de voorspelling had overgeschreven, had ik het patroon waarschijnlijk nooit gezien.

Het woord 'vooruit', naar rechts dus, komt twee keer voor, en ik zie het getal één. 'Maar ik zie niets wat naar links gaat,' mompel ik in mezelf, 'en geen andere cijfers.'

In mijn hoofd buitelen de gedachten over elkaar heen om tot een oplossing te komen. Opeens is die er, en ik haast me terug naar beneden. Ik kijk over mijn schouder, maar gelukkig komt er niemand achter me aan.

Ik schrik als ik zie dat Oliver me beneden aan de trap staat op te wachten. Hij is niet op zijn telefoon bezig – hij staat er gewoon en kijkt naar me op. Ik houd mijn pas in als ik hem nader, en bij elke stap realiseer ik me dat hij groter en sterker is dan ik. Hij kan me in een oogwenk overweldigen, voordat ik zelfs maar kan gillen. Ik verdring deze gedachte en probeer er onbewogen uit te zien.

'Kan ik... er even langs?' Ik probeer me niet druk te maken over hem, maar ik geloof niet dat ik overtuigend overkom.

'Boek je enige vooruitgang?' zegt hij zacht. Hij doet geen stap opzij, wat me zwaar verontrust.

'Ik, eh...' Ik schraap mijn keel en weet niet wat ik moet zeggen.

Hij buigt zich naar me toe en laat zijn stem nog verder zakken. 'Ik zal je gratis advies geven,' zegt hij. 'Val niet voor dat geslijm van de rechercheur. Ik zie zo al dat je hem veel te veel informatie geeft.'

'Sorry?' Mijn onderliggende angst heeft plaatsgemaakt voor verontwaardiging. Maar dan raken zijn woorden me, en de angst is meteen terug. Oliver heeft me in de gaten gehouden. En goed ook, als hij van mijn gesprekken met Crane op de hoogte is.

'Annie?' Rechercheur Crane roept me vanuit de hal, alsof hij op mijn gedachten reageert. Oliver doet eindelijk een stap opzij, maar niet voordat hij me een neerbuigende blik toewerpt.

'Gaat het wel?' vraagt de rechercheur, maar ik wuif zijn vraag weg terwijl ik meteen naar de kamer met de dossierkasten doorloop. Hij volgt me met een bezorgde blik. 'Wat is er aan de hand? Heb je iets belangrijks ontdekt?'

Ik sla Olivers waarschuwing in de wind en besluit mijn gedachten met Crane te bespreken. Ik ben van streek en kom tot de conclusie dat het beter is om mijn informatie met de rechercheur te delen en hem aan mijn kant te hebben, anders zou ik wel eens ten onder kunnen gaan aan mijn roekeloosheid. 'Wat is dat ene ding waardoor mensen Frances niet serieus wilden nemen?'

Cranes blik schiet naar de voorspelling op de muur, ik loop erheen en onderstreep woorden met een pen.

'Het is zo maf. Ik was op mijn kamer over het slot aan het nadenken... Linksom, rechtsom en dat soort dingen. Maar mijn tante Frances geloofde echt in deze voorspelling, ze vormde het middelpunt van alle besluiten die ze nam.'

Al snel heb ik alle woorden onderstreept die we nodig hebben.

In je toekomst verschijnen bleke botten. Het vooruitzicht van je langzame ondergang begint als je de koningin in één hand houdt. Laat de verraderlijke vogel niet zegevieren, want dan is er geen weg terug meer. Maar dochters vormen de sleutel tot gerechtigheid en met één zul je vooruitkomen, houd haar in de buurt. Alle tekens wijzen op je moord.

'Ik was zo kwaad dat er geen andere cijfers waren,' zeg ik, enigszins buiten adem. 'Maar toen zag ik opeens "vier" en "terug", en ik dacht: wat als dat nu "vier naar links" betekent nadat je de knop op één hebt gezet?'

'Dan wordt het dus nul-één, zevenendertig, en dan achtendertig,' zegt rechercheur Crane terwijl hij aan de knop draait. Er klinkt een klik als de kast openspringt.

Er ontsnapt me een triomfantelijke zucht. 'Goed,' zeg ik, 'laten we kijken wat het is dat tante Frances alleen maar voor haar slimste en loyaalste familieleden had gereserveerd.'

Vanwege het gebeuk met de koevoet zit er een flinke buts in de dossierkast, en met de nodige moeite weet ik de la naar me toe te trekken. Ik kan niet anders dan verward fronsen, want ik hoopte conclusies over de moord op Emily aan te treffen, en misschien zelfs wel theorieën over haar eigen potentiële moordenaar. Maar tante Frances had het zelf al gezegd: als ze wist wie haar zou vermoorden had ze zich allang op het politiebureau gemeld om iedereen te waarschuwen.

Als ik de inhoud bekijk, weet ik zeker dat Saxon heeft geprobeerd de dossierkast te forceren. Want de inhoud vormt een vervolg op Frances' lijst van ontdekkingen. Alle laakbare zaken die ze over Saxon heeft weten te vinden, om precies te zijn. Hij moet geweten hebben dat ze hier waren opgeborgen.

Ik pak er een dossier uit dat voornamelijk uit surveillancefoto's bestaat, en het is niet alleen maar Saxon. Nee, hij staat er samen met Magda op, met datums die variëren van maanden terug tot aan enkele dagen voor Frances' dood.

'Weet jij waar ik naar zit te kijken?' zeg ik terwijl ik Crane de foto's aanreik.

Hij gaat er zwijgend doorheen en bestudeert ze nauwkeurig. Ondertussen kijk ik of er verder nog iets in de dossierkast ligt. Niets anders dan een klein schilderijtje, eentje van mam uit de tijd dat ze een rijzende ster in de kunstwereld was, hoewel het eruitziet alsof het niet voor de verkoop bestemd was. Het is misschien iets wat mam een keer heeft geschilderd om aan Frances cadeau te doen. Ik voel tranen in mijn ogen opwellen, want hieruit blijkt dat Frances iets van mam waarschijnlijk bijzonder genoeg achtte om het achter slot en grendel te bewaren.

Ik houd mijn hand op en rechercheur Crane geeft me de foto's terug. 'Medicijnen van de veterinaire kliniek,' zegt hij.

'Sorry?'

'Jij weet toch ondertussen ook dat er een inbraak is geweest bij Miyuki's veterinaire kliniek? En dat iemand allemaal medicijnen voor paarden heeft gestolen?'

'Ja, maar wat hebben deze foto's daarmee te maken?'

‘Op deze foto zie je Saxon doosjes aan Magda geven, en…’ Cranes stem sterft weg terwijl hij door tante Frances’ notities bladert. ‘In deze aantekeningen staat dat Saxon medicijnen heeft aangeleverd om als drugs te verkopen, en dat hij ze door Magda op verschillende locaties heeft laten afleveren.’

Magda. Ik moet aan dokter Owusu’s afsprakenboek denken, en de afspraak die tante Frances er die ochtend had. ‘Staat er ook iets over dokter Owusu in?’

Crane zwijgt een moment terwijl we beiden naar de bladzijden vol informatie kijken. Sommige stukken zijn getypt, en het lijkt alsof iemand anders dat heeft gedaan. ‘Het lijkt erop dat dokter Owusu je oudtante hielp om Saxons zaakjes tot op de bodem uit te zoeken.’

‘Bewijst dit dat Saxon de medicijnen heeft gestolen?’ vraag ik.

‘Er zijn geen foto’s van hem in de kliniek, maar de doosjes die hij hier aan Magda overhandigt bevatten opiaten, en al bewijst het niet dat hij Frances heeft vermoord, het is op zich al bezwarend genoeg. Het lijkt erop dat degene die deze foto’s heeft genomen deze hele operatie al op het spoor was, en dan komen Frances’ notities er nog bij… Als haar informatie klopt, dan is dit behoorlijk belastend.’

Crane kijkt naar de getypte notities. ‘Dit komt van een lokale privédetective,’ zegt hij. ‘Ik herken het briefhoofd. Het is een bekende van mij, ik kan hem dit laten bevestigen. Hij is betrouwbaar, en het verbaast me niet dat hij op Frances’ loonlijst staat.’

‘Kijk,’ zeg ik en ik reik hem een bladzijde aan. ‘Ze heeft hier nog dingen bij geschreven op de dag dat ze stierf.’ Ik wijs naar het handschrift onder de datum en mijn hart maakt een sprongetje. Het is hetzelfde handschrift als in het dagboek, en elke keer als ik het zie is het alsof ik haar ken. Alsof ze hier bij ons is.

‘Frances’ notities van de ochtend waarop ze stierf,’ zegt hij terwijl hij ze vluchtig doorkijkt. ‘Ze ging bij dokter Owusu op bezoek en hoorde dat Saxon de verpleegkundige Magda gebruikte om aan medische opiaten te komen. Het lijkt erop dat Magda aan dokter Owusu had verteld dat de ambulancepost in Little Dimber hun medicijnen via haar dokterspraktijk wilde bestellen omdat dat makkelijker was.

Magda toonde zelfs een e-mail van de ambulancepost en een officiële inventarislijst die ze konden gebruiken, kijk...'

Hij wijst hem aan. 'Frances maakte er een kopie van toen ze die ochtend dokter Owusu bezocht.'

'Waarom heeft dokter Owusu hen niet meteen bij de politie aangegeven? Of in elk geval Magda?'

'Misschien dat Frances haar niet alles had verteld. Misschien dat ze alleen maar een paar cruciale vragen had gesteld, en daarna naar huis ging om de informatie te verwerken en alles nog eens na te lopen?'

Het eurekagevoel keert terug. Het is prettig om verder te komen, ook al is het nog niet duidelijk wat het eindresultaat zal worden.

'Saxon zat op een eerdere veerboot, toch?' zeg ik. 'Hij was in Castle Knoll toen Frances werd vermoord. Ik heb Magda in de behandelkamer van dokter Owusu gezien, ze kwam binnengelopen toen de dokter mijn blaren behandelde. Maar...'

Crane zegt niets. Zijn vragende blik lijkt 'ga door' te willen zeggen. Het is die blik die me weer doet landen, ik schud mijn hoofd en ontspan enigszins. Ik denk aan mijn lijstje onbeantwoorde vragen; terwijl ik het combinatieslot heb afgehandeld zit het boeket me nog steeds dwars. En Emily's moordenaar. Walt is mijn hoofdverdachte, maar zou de tienjarige Saxon haar kunnen hebben vermoord? Ik dacht dat de moorden verband hielden met elkaar, maar als Saxon mijn oudtante heeft vermoord vanwege zijn rol in het verkopen van de drugs... misschien was het Frances' gewroet in andere levens dat haar uiteindelijk fataal was geworden.

Ik besluit de foto's en notities bij rechercheur Crane te laten – ik heb het gevoel dat ik dat moet doen omdat het bewijs is dat Saxon zich met criminele zaken heeft beziggehouden.

'Ik zal dit aan het bureau overdragen,' zegt hij. 'Annie, ga naar je kamer en doe de deur op slot. Ik ben straks terug, maar ik zal een agent oproepen om hierheen te komen terwijl ik weg ben.'

'Oké,' zeg ik. Een kort hoofdknikje en hij is weg.

Ik loop terug naar de kleine slaapkamer, ga naar binnen en doe meteen de deur weer op slot. Dan draai ik me om. Wat ik dan zie doet me naar adem happen. Ik was vergeten hoe belangrijk het was om mijn rugzak overal mee naartoe te nemen. Toen ik zo'n krankzinnige haast had om de code van het combinatieslot op de dossierkast te kraken had ik hem in de slaapkamer laten staan.

De laptop die ik eigenlijk nog maar nauwelijks heb gebruikt is aan barrels geslagen, waarschijnlijk met dezelfde koevoet waarmee in de werkkamer is huisgehouden. Maar wat me werkelijk ontzet doet terugdeinzen is dat al mijn notitieboekjes in stukken zijn gescheurd. Mijn hele onderzoek is weg, geruïneerd door een moment van onachtzaamheid.

Ik leg de sleutel op het nachtkastje en kniel tussen de verscheurde resten neer. Het is idioot om in tranen uit te barsten vanwege een verscheurd omslag met een schattige tekening van paddenstoelen erop. Ik knipper met mijn ogen, haal diep adem en probeer me niet ellendig te voelen. Alle notities zitten in mijn hoofd en echt, papier is maar papier.

Opeens dringt het tot me door dat ik een doelwit ben geworden. Degene die Frances heeft vermoord zal niet aarzelen om nogmaals toe te slaan als zijn geheim in gevaar dreigt te komen.

Net als mijn emoties de overhand dreigen te nemen hoor ik een bons aan de andere kant van de kamer. Ik zoek haastig naar een wapen – een brievenopener, een haarspeld, wat dan ook. Uiteindelijk vind ik een vulpen, waar ik de dop vanaf trek om hem als steekwapen te kunnen gebruiken. Als ik niet zo bang was zou ik gelachen hebben om de absurditeit ervan, maar in plaats daarvan beweeg ik me langzaam achteruit, in de richting van de deur.

Ik probeer de klink, klaar om de gang in te stormen, maar er gebeurt niets. Ik kijk naar het nachtkastje en vloek inwendig. Daar ligt de sleutel, naast de garderobekast van waaruit een volgende bons klinkt.

Er zit iemand in die kast, en ik heb ons beiden ingesloten.

30

Ik gil, langgerekt en ononderbroken, hoewel ik weet dat er niemand is die me kan horen. Oliver misschien, maar ja, zou hij me proberen te helpen als ik in gevaar was?

'Zo is het wel genoeg!' roept Saxon uit terwijl hij uit de garderobekast stapt. Als ik niet stop, doet hij een uitval en drukt zijn hand op mijn mond. De vulpen wordt met een simpele beweging uit mijn hand geslagen, en hij heeft me binnen een paar seconden overweldigd. Hij klemt mijn armen tegen mijn zij en houdt zijn andere hand nog steeds op mijn mond gedrukt. Ik gebruik al mijn kracht om me onder zijn greep uit te worstelen, maar hij is verrassend sterk voor iemand met zo'n sierlijk postuur.

Saxon blijft rustig, hij wacht tot ik stil ben. Wat ik uiteindelijk word omdat hij me verder geen pijn probeert te doen. Toch probeer ik me alle zelfverdedigingstechnieken die ik ken voor de geest te halen, voor het geval dat. Het verontrust me bijzonder dat hij gewoon stilletjes in die kast stond te wachten, en ik vraag me af hoelang het duurt voordat rechercheur Cranes agent hier zal zijn en op mijn deur klopt. Zal ik dan nog in leven zijn?

'Annabelle,' zegt hij kalm. 'Ik zal je niets aandoen. Het spijt me dat ik je heb laten schrikken, echt, dat was niet mijn bedoeling.' Hij haalt zijn hand van mijn mond af, maar hij blijft wel mijn armen vasthouden. 'Kunnen we praten als ik je loslaat? In alle rust, zonder commotie?'

Ik knik. Er is niet veel wat ik kan zeggen, en ik wil niet dat mijn stem me verraadt.

'Goed,' zegt hij en hij laat me los. Ik doe onmiddellijk een stap achteruit in de richting van de deur, hoewel ik niets kan beginnen zonder de sleutel. 'Ik ben hier niet verantwoordelijk voor trouwens,' zegt hij terwijl hij naar de verscheurde notitieboekjes wijst.

'Ook niet voor de bibliotheek?' vraag ik. Mijn blik schiet naar het raam, ik meen het geluid van voetstappen in het grind te horen. Is het een agent? Of Oliver? Ik overweeg weer te gaan gillen, maar in plaats daarvan hap ik trillend naar lucht. Als Saxon me iets wil aandoen, had hij dat allang gedaan. 'En wat heb je in godsnaam in mijn garderobekast te zoeken?'

'Die schade aan de dossierkasten is niet door mij veroorzaakt.' Hij schenkt me een enigszins onzeker glimlachje. 'En ik stond in die kast omdat ik op zoek was naar iets wat ik er jaren geleden heb verborgen. Ik hoorde je de trap op komen en heb de kastdeur dichtgetrokken in de verwachting dat je waarschijnlijk niet lang zou blijven en dat ik daarna weer je kamer kon verlaten.'

'Waar was je naar op zoek?' vraag ik. Het is tenminste iets om me op te concentreren, iets wat me afleidt van het feit dat ik nog steeds mijn hart in mijn keel voel bonzen.

Hij maakt een wegwerpgebaar. 'Dat doet er niet toe. Maar voor het geval je er in de toekomst gebruik van zou willen maken, die kast heeft een dubbele bodem. Dat zou een betere plek zijn om moordtheorieën in op te bergen.' Hij pakt een stukje papier van de vloer en ik zie de woorden 'vergif' en 'Saxon' in mijn nette handschrift staan voordat hij het omlaag laat dwarrelen.

'Dus wie heeft dan de bibliotheek kort en klein geslagen?' Ik huiver even, want ik voel me nog steeds geïntimideerd door Saxons griezelige opduiken. Maar dat heeft hij altijd al gehad – ik moet denken aan wat tante Frances in haar dagboek schreef, hoe ze zag dat hij John en haar aan het bespieden was toen ze elkaar onder die boom kusten.

'Ik denk dat het een van de Gordons is geweest,' antwoordt hij.

'Wie? Walt of Oliver?'

'Een van de twee, of allebei. Het doet er verder niet zo toe, want we verkloten het alle twee helaas. Ik denk dat het ons niet gaat lukken, tenzij we samen gaan werken,' zegt Saxon, die achteloos probeert te klinken.

'Nou, ga dan nog maar eens kijken waarom we het alle twee verkloten, want ik red me best wel op het moment,' werp ik tegen.

'Waarom, omdat je Frances' dagboek hebt gelezen? Het is de moeite van het lezen waard, ja. Ik heb het zelf wel eens vluchtig doorgekeken, een paar jaar geleden, gewoon om te kijken hoe ze zich alle gebeurtenissen herinnerde. Want vergeet niet, ik heb het allemaal meegemaakt.'

'Wat heb je allemaal meegemaakt? Was je ook in het huis in Chelsea, toen Emily stierf?'

'Nee, tegen de tijd dat oom Ford en ik daar aankwamen was er niemand meer. Ik heb geen idee wie Emily heeft vermoord, als ik het wist dan zou ik dat al jaren geleden hebben verteld. Eerlijk gezegd verwachtte ik dat ze op een dag gewoon weer op zou duiken nadat ze god-weet-waar was geweest.'

Hij zit maar wat te kletsen en vertelt me niets. 'Wat wil je van me, Saxon?' vraag ik op vermoeide toon. 'Als ik iemand anders was geweest, zou ik je alleen al om het feit dat je bij me in de garderobekast stond met een kandelaar hebben geslagen.' Ik werp een blik op het nachtkastje en zie dat er inderdaad een zware koperen kandelaar op staat. Waarom heb ik die niet gepakt toen ik een wapen nodig had? Heb ik dan niets geleerd van al die avondjes Cluedo met Jenny?

'Maar je bent niet iemand anders,' zegt hij breed glimlachend. 'En daarom zullen we het niet verkloten als we samenwerken.'

'Heb jij tante Frances vermoord?' Ik houd hem nauwkeurig in de gaten om te zien of hij liegt. Hij kijkt onbewogen terug.

'Nee,' zegt hij uiteindelijk. 'Zoiets zou ik nooit doen.'

'Maar je steelt wel medicijnen uit een veterinaire kliniek, om die vervolgens te verkopen?'

Saxon zegt niets en bestudeert zijn nagels.

'Waar zijn de medicijnen nu, Saxon?'

'Gaan we nu nog samenwerken of niet?'

'Daar heb je nog geen reden toe gegeven. Heb jij dan informatie die me ertoe zou kunnen brengen om een alliantie met je te vormen?'

'Het heeft allemaal met de Gordons te maken.' Hij kijkt me een tijdlang aan en trekt dan een wenkbrauw op.

'Hoe bedoel je?' vraag ik.

'Vind je het niet vreemd dat Walt het laatste woord in deze bizarre competitie heeft? En hij is ook nog eens de executeur-testamentair. Hij is al die jaren een van Frances' beste vrienden geweest, een van de weinigen die naar haar luisterden als ze maar door bleef gaan over Emily Sparrow, schaakstukken, bleke botten en al die andere onzin.'

'Voor haar was het geen onzin,' zeg ik.

'Ze zit in je hoofd!' zegt hij lachend. 'Maar dat is goed. Een van ons moet de schillen van haar bizarre psyche pellen. Walt heeft dit allemaal opgezet, hij speelt voor circusdirecteur.'

'Hoe dan?'

'Ik zat niet op de veerboot van elf uur, maar dat kon ik Walt niet vertellen. Ik was bij de bank toen Frances overleed. Dezelfde bank in Castle Knoll die Frances' belangen behartigt. Ik heb daar een trustfonds, dat heb ik al van kinds af aan en daarom staat het op naam van Frances, ik heb nooit de moeite genomen om het op mijn eigen naam te laten overzetten. Toen ik om een uitdraai van de laatste stand vroeg, printte de bankemployee per ongeluk ook recente afschriften van Frances' rekeningen. Haar juridische kosten vertellen een interessant verhaal.'

'Wil je soms zeggen dat Frances te veel aan Walt betaalde?'

'Zeker weten. Ik nam de prints aan zonder er iets van te zeggen, en toen Elva over Frances belde moest ik tijd zien te winnen, dus ik loog en zei dat ik nog steeds in Sandview was.'

'Waarom betaalde ze hem te veel?'

'Dat weet ik niet, maar ik denk dat ze het niet wist. Het was simpelweg bedrog.'

'Waarom heeft ze het niet gemerkt?' vraag ik. 'Ze merkte altijd alles…'

'Vanwege haar accountant. Frances gebruikte dezelfde accountant als het advocatenkantoor. Het is een oude vriend van hen beiden, iemand die, net als Walt, nog niet met pensioen wil, ook al heeft hij de pensioengerechtigde leeftijd allang bereikt. Is dat niet merkwaardig? Vijfenzeventig jaar en nog steeds aan het werk. Ik weet dat het zware tijden zijn, maar deze twee vertrouwen sommige van hun cliënten niet aan iemand anders toe.'

'Wie is deze accountant?'

'Onze oude vriend Teddy Crane.'

'De grootvader van de rechercheur?'

'Reken maar, en ik ben van plan om deze informatie als pressiemiddel te gebruiken om de rechercheur een serie foto's af te troggelen.'

'Je denkt dat Walt de moordenaar van Frances is,' zeg ik langzaam. Het past in mijn theorie, maar niet helemaal. Ik denk nog steeds dat Frances door Oliver is vermoord, met behulp van Walt. En dat dat gebeurde nadat Frances erachter kwam dat Walt de moordenaar van Emily was.

Saxon knikt fronsend.

'Maar hoe is hij aan de ijzerinjecties gekomen om de moord te plegen?'

'Dat is het ontbrekende puzzelstukje, hè? Deel de erfenis met me en ik zal het je vertellen.'

'Waarom heb je me nodig?' vraag ik. En dan verandert er eindelijk iets, hij kijkt schuldig. Hij kijkt naar buiten om mijn blik te ontwijken. 'Ah,' zeg ik, 'omdat ze je zullen pakken voor die toestand met die medicijnen.'

'Niet als jij me helpt,' zegt hij terwijl zijn blik naar me toe schiet.

'Ik ga je niet verdedigen!'

'Dat hoef je ook niet te doen, want ik ben geen dealer! Dat is Magda, zij werkt voor zichzelf. Maar ze zullen me pakken omdat ik verzonnen recepten voor haar uitschrijf, en vanwege de inbraak in de veterinaire kliniek. Die foto's van haar en mij samen? Het is duidelijk dat ik haar drugs overhandig, maar er is geen overtuigend bewijs als het om het dealen ervan gaat. Ik zal mijn licentie verliezen en kan mijn carrière verder wel vergeten, maar het is niet zo dat mijn leven voorbij is.'

'En Oliver dan? Denk je dat hij medeplichtig is als Walt tante Frances heeft vermoord?' Ik ben benieuwd of hij Oliver ergens van verdenkt.

'Nee.' Saxons toon is beslist, al ijsbeert hij wel door de kamer. 'Maar ik vertrouw Oliver niet, voor zover ik hem ken. Dat is het met ons allemaal, behalve met jou. We zijn allemaal wel schuldig aan iets.'

'Ja, en op dit moment vraag ik me af wie van jullie schuldig is aan moord.'

'Nou, dat heb ik je net verteld,' zegt Saxon schouderophalend.

'Je hebt me verteld waarom je Walt verdenkt, maar ik weet nog steeds niet hoe je denkt dat hij het heeft gedaan,' zeg ik.

'Ga je die erfenis met me delen? Het zou een goeie zet zijn, Annie. En mijn oom had een favoriete uitspraak over schaken.'

'Als je het spel speelt zonder plan, dan is de kans groot dat je verliest,' zeg ik, half in mezelf.

Mocht Saxon verrast zijn over dit citaat van zijn oom, dan laat hij het niet merken. 'Hoe is je onderzoek tot nu toe verlopen? Of heb je alleen maar wat rond lopen draven, opgeslokt door Frances' tieneravonturen?'

Ik kijk Saxon lang aan. Deze plek was zijn thuis, en hij had een hechte band met zijn oom. Vanuit zijn oogpunt zou het volslagen waanzin zijn als ik dit allemaal zou erven. Een huis waar ik nooit eerder ben geweest, van een oudtante die ik pas heb leren kennen na haar dood.

'Frances heeft die clausule over de gevangenis niet voor niets in haar testament opgenomen,' zegt Saxon. 'Ik denk dat ze wilde dat ik goed over mijn misstappen zou nadenken. Met een slechte advocaat en een strenge rechter zou ik inderdaad in de bak kunnen belanden. Als het aan mij ligt gebeurt het niet, maar als ik word opgesloten, zal het in elk geval niet voor lang zijn.'

'Maar je zult de erfenis dan niet kunnen krijgen. Tenzij ik ermee instem om die met je te delen,' zeg ik.

'Ik ben geen slecht mens, Annie,' antwoordt hij.

Ik zucht diep en denk na. 'We kunnen iets afspreken, Saxon. Ik zal overwegen om een gedeelte van de erfenis met je te delen, maar dan moet je wel weten dat ik degene ben die het hier voor het zeggen heeft. Je wilde me doen geloven dat we het samen verkloot hadden, maar daar ga ik niet in mee. Dus je vertelt me wat je weet, en je helpt me naar beste kunnen met het verslaan van Oliver en de rechercheur. Verder moet je maar hopen dat ik in een genereuze bui ben als dit allemaal voorbij is.'

Saxon verzuurt ietwat, maar hij knikt. 'Oké. Walt kon aan de ijzerinjecties komen omdat hij een van Magda's klanten uit Castle Knoll is. Als je iets van Magda wilt in deze plaats, dan bel je haar en dan komt ze in de ambulance om je te "behandelen".'

'Mijn god, dit is zo fout.' Ik werp hem een afkeurende blik toe om mijn gevoelens over zijn rol in deze toestand te onderstrepen. Maar ik herinner me dat ik Walt pijnstillers voor zijn rug heb zien innemen toen rechercheur Crane en ik hem gisteren tegenkwamen in de Dead Witch.

Saxon heeft in elk geval nog het fatsoen om berouwvol te kijken. 'Ik geef je alleen maar de feiten door.'

'Maar als je het zo bekijkt, dan kunnen al Magda's "klanten" aan die ijzerinjecties zijn gekomen.'

'Dat is waar, maar vanwege mijn betrokkenheid ken ik al haar andere klanten in Castle Knoll, en er zit niemand tussen die redenen had om Frances te vermoorden.'

'Dus wat doen we om het te kunnen bewijzen?'

'Dat is het moment waarop ons teamwerk een rol gaat spelen.' Saxon glimlacht alweer. 'Wij tweeën gaan samenwerken. En dan winnen we.'

31

Ik besluit een wandelingetje in de tuin te maken om mijn gedachten te verzetten. Ik gris het fotoalbum mee dat Rose me gegeven heeft en dat godzijdank onberoerd is gelaten door de persoon die zo'n puinhoop aangericht heeft in mijn kamer. Ik houd even halt bij het grote bureau in de bibliotheek en pak een pen en een paar vellen papier uit een van de laden. De agent die Crane heeft gestuurd praat in de keuken met Beth, dus ik ga weer terug en loop naar buiten via de bijkeuken, maar ik huiver als ik erdoorheen loop. Ik denk dat deze ruimte me voor eeuwig de stuipen op het lijf zal jagen.

Na één keer overgaan neemt Jenny op. 'Annie, eindelijk!' zegt ze. 'Weet je, als je niet terugbelt begin ik me zorgen te maken dat je iets verschrikkelijks overkomen is in dat moordhuis.'

'Nou ja, ik blijk ook in een moordhuis opgegroeid te zijn, dus misschien verklaart dat mijn doorzettingsvermogen.'

'Vertel me alles. Niets weglaten, want ik maak overal aantekeningen van en ik probeer het op te lossen.'

'Hoezo? Ben je aan het hengelen naar een uitgestrekt landgoed in een dorp waar het barst van de gestoorde lui?'

'Nee, ik wil gewoon meedoen. Net zoals met *The Great British Bake Off*, als ik de opdracht meebak, alleen gaat het nu over een moord. En ik kan je misschien helpen, toch?'

'Jenny, jouw baksels mislukken altijd. Weet je nog wel, die madeleines?'

'Dat kwam door mijn oven. En dit ligt me beter, dus kom maar door.'

Ik ben aangekomen bij een stenen bankje in de ommuurde rozentuin, en dit keer zie ik de lichtgekleurde paadjes die in een patroon om de buxushagen aangelegd zijn. Te midden daarvan bevindt zich een sierlijke vijver met lelies en een bescheiden fontein produceert een miezerig straaltje. De eerste keer dat ik hier was zag ik dat allemaal niet, maar toen was ik heel erg geconcentreerd aan het spioneren. Ik praat Jenny bij en maak aantekeningen op een nieuw vel papier. Ik heb al snel vellen vol geklad, mijn onbeantwoorde vragen heb ik er uit mijn hoofd bij geschreven. Ik heb zelfs het prikbord opnieuw getekend op basis van mijn notities. Maar ik haal geen foto's uit het fotoalbum van Rose om eraan toe te voegen.

'Saxon klinkt als een malafide verkoper uit zo'n ouderwetse strip,' zegt Jenny. 'Heeft hij je die bankafschriften laten zien waar hij het over had? Die zouden bewijzen dat Walt Frances besteelt? Want misschien liegt hij wel glashard.'

'Nee, maar ik ga hem dat nog wel vragen. Want ik vertrouw hem ook niet. Al is het inderdaad wél gek dat meneer Gordon maar door blijft ploeteren op zijn advocatenkantoor, en dat zijn ouwe vriend nog steeds accountant is.'

'Ik zou het liever niet zeggen, maar dat is een goed punt,' zegt Jenny. 'En er is een belangrijke overeenkomst tussen hen twee: ze waren allebei bevriend met Emily, Rose en Frances in die zomer dat Emily verdween. En ze werken ook op dit moment voor Frances, sorry, ze werktén voor Frances.'

'Iets wat ik maar niet begrijp is hoe het nou met die bloemen zit. Dat boeket met die dollekervel,' zeg ik. 'Ik snap totaal niet wat dat er nou mee te maken heeft.'

'Misschien heeft het er wel helemaal niets mee te maken,' zegt Jenny bedaard. 'Misschien is het gewoon toeval.'

'Ja, ik denk het,' zeg ik. Er lopen dingen door elkaar in mijn hoofd, en ik heb het gevoel dat ik in een cirkeltje ronddraai. 'Ik denk dat Walt de meest waarschijnlijke verdachte is voor allebei de moorden, met Oliver als zijn handlanger bij de moord op Frances. Maar ik ben benieuwd wat jij denkt, want ik zit er misschien te dicht bovenop om de details nog helder te kunnen onderscheiden.'

‘Ik probeer me voor te stellen dat dit zo’n politieserie op tv is,’ zegt Jenny. ‘De simpele verklaring klopt meestal. Ik bedoel, waarom plegen mensen een moord?’

‘Eh, uit hebzucht?’ probeer ik.

‘Dat is een van de redenen…’ Jenny zet haar onderwijzeressenstem op nu, alsof ze me probeert te helpen het antwoord op een lastige wiskundeopgave te vinden.

Ik sla mijn blik ten hemel, al weet ik dat ze me niet ziet. ‘Je hebt het gegoogeld, hè? Je zit op een of andere website gewijd aan seriemoordenaars of moordlustige huisvrouwen of zoiets, en je bent…’

‘En stel dat dat zo is? Het is eigenlijk ontzettend interessant! En seriemoordenaars zijn de buitenbeentjes; zij vermoorden mensen omdat ze psychopaten zijn. Ik denk niet dat dat hier aan de orde is, want dan zou de een na de ander doodgaan. Hoe dan ook, de meest voorkomende motieven voor het plegen van een moord zijn hebzucht, wraak, hartstocht en lijfsbehoud, volgens deze website die vol staat met… onzin. Waarschijnlijk heb ik er nog een virus door opgelopen ook.’

‘Goed, dan vertrouw ik die perverse website van jou niet, maar louter als gedachte-experiment zal ik een tabel met vier kolommen maken,’ zeg ik. ‘Laten we de verdachten van de moord op Frances in die kolommen zetten, en daarna zet ik sterretjes bij degenen die aan het moordwapen konden komen.’ Dit is de reden waarom ik zo graag dingen doorspreek met Jenny – ze is er altijd voor in om mijn rare plotideeën te bespreken en zegt zonder scrupules dat ik te ver ga. En meestal kijk ik na die gesprekken totaal anders tegen alles aan.

‘En wat was dat moordwapen hier ook alweer? Een kalmeringsmiddel voor paarden?’

‘Niet precies. Het was een ijzerinjectie, gestolen uit de kliniek van een dierenarts met nog een zootje andere medicijnen. Goed, laten we nu de eerste kolom even invullen: we hebben het over hebzucht.’ Het idee van de motieven en de kolommen staat me wel aan – ik had dit in het begin al moeten doen.

‘O, dit is echt leuk, ik speel het spel mee. Wacht, ik schrijf wat personen op en dan gaan we vergelijken.’

'Je zou bordspelen moeten ontwerpen, weet je dat?' zeg ik op neutrale toon.

'Grapje zeker, maar dit zou wel een heel goeie zijn! Zoals Cluedo, maar dan dat je de puzzel van een waarzegger moet oplossen om je vrienden te verslaan bij het veroveren van een erfenis. En dat je dan tegelijkertijd schuldig bent aan een geheim misdrijf en...'

'Jenny.'

'Goed, oké, mijn hebzuchtkolom staat. Wie staat er bij jou in?'

'Saxon, Elva, Walt en Oliver,' zeg ik langzaam, want ik denk hard na of ik nog iemand vergeten ben.

'Ik ook, maar ik heb ook nog die accountant over wie je het net had.'

'Teddy Crane. Natuurlijk, goed, laten we die er ook bij zetten. Volgende kolom: wraak,' zeg ik.

'Oké, vanuit technisch oogpunt gezien kan dat heel Castle Knoll zijn als iedereen wist dat Frances ertoe bereid was het landgoed te verkopen aan de hoogste bieder, of dat ze bewijs verzameld had van ieders geheimen. Maar laten we niet zover gaan. Want met roddels is het zo: het verpest het leven van mensen alleen maar als je ze verspreidt. Of ze gebruikt voor chantage. En ik denk niet dat Frances een chanteur was, toch?' vraagt Jenny.

'Om eerlijk te zijn was er wel een incident met de Cranes,' zeg ik. 'Maar ik heb er met rechercheur Crane over gesproken en Frances bleek het mis te hebben, het werd allemaal opgehelderd.'

'Weet je dat zeker? Niet dat ik die sexy rechercheur wil verdenken van moord, maar het is een mogelijkheid, toch?'

'Ik heb hem wel een poosje verdacht,' zeg ik. 'Maar nu niet meer. En ik denk dat Reggie Crane, en de belangstelling die Frances voor hem aan de dag legde, een uitzondering was; waarschijnlijk was ze gewoon allerlei geheimen aan het verzamelen en archiveren hier op haar landgoed, zonder iets te zeggen over wat ze allemaal had ontdekt. Ik bedoel, ze was niet gek, en het verborgen houden van geheimen zou wel de beste manier zijn om te voorkomen dat je heel veel vijanden maakt.'

'Ja,' zei Jenny langzaam, ik hoor dat ze de website weer zit te lezen.

'Dus in de kolom wraak, hoewel een goede planning zonder impulsief te zijn hierbij het best werkt...'

'Dat staat op de website, denk ik?'

Jenny snuift en zegt: 'Ik heb een T-shirt dat geknipt voor je is, er staat LEKKER BIJDEHAND op.'

'Perfect, ik zal het dragen als we ons nieuwe bordspel gaan spelen.'

'Hoe dan ook,' vervolgt ze, 'niet afdwalen. Ik denk dat iedereen die Frances uit wraak zou doden dat alleen zou doen om haar terug te pakken voor iets wat ze recentelijk heeft gedaan.'

'John, misschien? Ik zou hem in de kolom hartstocht zetten, maar wat ik al zei, dat is wel al lang geleden.'

'Niet noodzakelijkerwijs,' kaatst Jenny terug. 'Ik bedoel, oude liefdes laaien voortdurend weer op bij mensen. En hij is nu toch dominee? En die pinnen in die rozen... Ik begin er een heel hartstochtelijk gevoel bij te krijgen. Je zei dat ze altijd de bloemen voor de kerk verzorgde, toch?'

'Dat zei Walt tegen me op dag één, en... jezus, daar had ik helemaal niet aan gedacht. En dat had ik wel moeten doen, want een liefdesaffaire die stukloopt is een klassieke aanleiding voor een moord. Het is zelfs het motief in mijn laatste boek,' zeg ik een beetje schaapachtig. Mijn plot was waarschijnlijk te voorspelbaar.

'Misschien ontstak hij in grote woede nadat ze hem verleid had en hij het gewicht van de zonde voelde...' zegt Jenny. Er trilt iets in haar stem waardoor ik het vermoeden heb dat ze haar lachen inhoudt.

'Misschien had Frances, zoveel jaar later, John opnieuw afgewezen. Maar dan zitten we met het probleem van het moordwapen,' zeg ik.

We zijn beiden even stil, en dan zegt Jenny opgewekt: 'Goed, maar wie staat er dan in je wraakkolom? Ik vermoed Elva.'

'Goed punt. Elva past in twee kolommen,' zeg ik. 'Ze wilde Frances misschien vermoorden uit woede omdat ze Saxon onterfd had.'

'Ja, maar dat wist Saxon toch al een hele tijd?' vraagt Jenny. 'Ik bedoel, waarom haar dan nú pas vermoorden?'

'Klopt. Ik denk dat we ook de Foyles in overweging moeten nemen, Beth en Archie. Frances is er kortgeleden achter gekomen dat Archie wiet teelt, en ze dreigde hem van de boerderij te verwijderen als hij daar niet mee stopte. Archie lijkt een nogal koppige kerel, en Beth zou gemakkelijk toegang hebben kunnen krijgen tot de paardenmedicijnen van Miyuki. Waarschijnlijk wist ze zelfs wanneer de deuren niet op slot zaten. Maar de foto's die Frances van Saxon en Magda had, waaruit duidelijk bleek dat ze schuldig waren aan het stelen van medicijnen, zijn daarbij wel een probleem.'

'Om aan ijzerinjecties te komen had iemand dus alleen maar drugs van Magda hoeven te kopen, toch?' vraagt Jenny. 'Wacht, denk je dat Magda weet wie Frances vermoord heeft?'

'Ik denk dat zij ook een verdachte is, zeker weten. Ik wed dat Crane erbovenop zit nu,' zeg ik en ik kreun inwendig. 'Want hij heeft de hele dossiermap met de surveillancefoto's meegenomen. Maar volgens Saxon was Walt vaste klant van Magda. Hij zou ijzerinjecties van haar gestolen kunnen hebben op het moment dat hij wat anders bij haar kocht.'

'Klinkt logisch,' zegt ze. 'Anders is Magda de moordenaar, en zij zou het dan gedaan hebben om Frances het zwijgen op te leggen toen ze erachter kwam wat voor informatie Frances allemaal over haar had.'

'Ik bedenk net iets,' zeg ik. 'Toen je net Elva noemde, en je je afvroeg waarom ze pas nu de moord zou plegen? Misschien heeft dat te maken met het moment waarop het lichaam van Emily aankwam op het landgoed van Frances.'

'Ja, echt super dat je dat naar haar toe stuurde, Annie.'

'Ik had geen idee dat er een lichaam in die hutkoffer zat! Maar ik snap je ironische toon. Dat lichaam zette iets in gang, en ik denk dat Frances hierdoor wist wie Emily vermoord had.'

'Ja, dat is de link,' zegt Jenny. 'En dan zijn we nu aangekomen bij de kolom lijfsbehoud...'

'En zijn we weer terug bij Walter Gordon. Hij is de enige die met beide misdrijven in verband kan worden gebracht. Laten we zegen dat hij Emily vermoordde, en dat Frances daarachter kwam en er helemaal kapot van was, dus probeerde ze het met hem te bespreken in plaats van hem meteen aan te geven bij de politie. Ze hebben vast een tijdje zitten hakketakken, maar op de dag van de bijeenkomst over dat testament knapte er iets bij Walt. Stel dat die bijeenkomst het moment was waarop Frances alles zou openbaren, snap je, ze wilde iedereen in één ruimte bij elkaar om na al die jaren eindelijk te bewijzen wie Emily had vermoord. Agatha Christie-achtig.'

'En Walt deed net alsof ze gebeld had om het tijdstip van de bijeenkomst te veranderen, omdat hij wist dat ze al dood was, en omdat hij zo niet verdacht zou zijn. Dus zei hij dat ze hem had gebeld toen hij nog in Castle Knoll was. Je hebt de code gekraakt, Annie.'

'Het voelt niet helemaal kloppend dat Saxon het bij het rechte eind heeft,' zeg ik, kauwend op mijn lip. 'Ik ben het met je eens dat het allemaal past, maar ik geloof niet dat Saxon echt wil samenwerken om dit op te lossen. Ik weet wel zeker dat hij loog over het plunderen van de bibliotheek van Frances. Ik heb het gevoel dat hij met iets bezig is wat me ontgaat.' Ik zucht. 'En er is nog wel een belangrijk ding met Walt nu.'

Jenny zwijgt even. 'Bewijs. Je moet bewijzen dat hij het gedaan heeft,' zegt ze dan.

'Precies. En dat zal lastig zijn. Want wat Walt betreft vermoed ik nog iets anders: hij heeft het spel geleerd van een meester.' Ik sta op van de stenen bank en loop heen en weer om mijn benen te strekken.

'Welke meester? Ford?'

'Frances.'

32

'Goed, Saxon,' zeg ik. 'Wat had je in gedachten?'

We zitten in een schaars verlicht hoekje van de Dead Witch. Ik zit achter een glas bier en Saxon heeft een glas voor zich staan met daarin twee vingers van de duurste single malt, nog steeds geen geweldige whisky trouwens. De Rolls-Royce van oudtante Frances staat voor de deur geparkeerd, dus ik vermoed dat Archie besloten heeft zijn dag in de pub door te brengen nadat hij me eerder had afgezet bij het hotel om Rose op te zoeken. Toen we hier aankwamen parkeerde Saxon zijn sportwagen naast de Rolls, met een vragende blik naar de oude auto. Ik glimlachte hem zo raadselachtig mogelijk toe.

Archie wilde bij ons gaan zitten toen we binnenkwamen, maar Saxon duwde hem weg alsof hij een irritante terriër was. Onder mijn toeziend oog haalde Archie zijn schouders op en liep weg, maar ik had geen tijd om me met zijn eventueel gekrenkte gevoelens bezig te houden.

Ik draag mijn haar in twee ingevlochten vlechten en ik heb een versleten leren jasje aan over een enkellange jurk met lichtblauw bloemenpatroon, ook deze komen uit de kringloopwinkel in de hoofdstraat. Saxon zit tegenover me, hij laat zijn rechterenkel rusten op de knie van zijn andere been, een geruite sok is zichtbaar van onder zijn broekspijp. Het creëert de uitstraling van een vriendelijke opa, en dat is verrassend.

Ons verbond is ongemakkelijk, en ik heb nog wel mijn twijfels over hem. Hoewel ik er meer dan ooit van overtuigd ben dat Walt tante Frances heeft vermoord is Saxon ook ongetwijfeld nog steeds een mogelijke verdachte. Als ik denk aan het moment dat hij tevoorschijn sprong uit mijn kast, glijdt er nog steeds een rilling over mijn rug, dus ik probeer er niet aan te denken. Wat voor spelletje hij ook speelt, ik ben niet zomaar een pion. Ik ben nog steeds zijn tegenstander.

'Hoe voelt het nou om prooi te zijn?' vraagt hij en zijn grijns geeft me het gevoel dat hij me uitdaagt.

'Ik ben er niet echt dol op,' antwoord ik onaangedaan. 'Zou het kunnen dat jij de prooi bent? En wat heeft dit te maken met ons plan om gezamenlijk Walt te ontmaskeren?'

'Daar kom ik zo op, maar de medicijnen zijn het moordwapen, vergeet dat niet. En helaas kan ik geen prooi zijn, omdat het eerste gedeelte van ons plan als doel heeft Magda binnen te hengelen.'

'O nee, daar komt niets van in.'

'We moeten erachter komen of ze dat spul nog steeds heeft. En het zou nog beter zijn als een van ons de voorraad van haar kan stelen. Het zit in een afgesloten plastic bakje, zo'n tupperware-ding waar je eten in bewaart. Afgesloten, maar je kunt wel zien wat erin zit.'

'Kunnen we niet gewoon inbreken in de ambulance, of zoiets?

Er spreekt weinig enthousiasme uit zijn blik en hij zwijgt.

'Dus aan mij de taak om het nummer te bellen dat haar klanten hebben, en als ze dan aankomt in haar ambulance, stap ik daar naar binnen voor een... shot, of zoiets?' zeg ik uiteindelijk. 'Je realiseert je toch wel dat ik hier echt totaal ongeschikt voor ben. Ik kan niet tegen bloed, raak in paniek van ziekenhuizen en alleen al de geur van desinfecterende schoonmaakmiddelen staat me tegen.'

'Dus heb je een beetje ketamine nodig om je angsten in toom te houden. Dat zal Magda geloven, vooral als je een pak geld bij je hebt.'

'En dat heb ik niet.'

'Dat krijg je van mij.'

Mijn ongemak wordt steeds groter. Die bak drugs zal ons niet helpen bij de uiteindelijke oplossing van de moord op Frances, en de logica die Saxon hanteert is niet solide genoeg, het is beslist niet de sleutel tot alles. Hij is bezig me te manipuleren. Ik word in de val gelokt en ik weet niet waarom hij zelf niet ziet hoe overduidelijk dat is.

Ik zou kunnen zeggen dat ik het doorheb, maar ik wil weten wat hij hiermee allemaal denkt te kunnen bereiken. Wil hij me wegwerken, zodat hij de erfenis krijgt? Dat ik een gevangenisstraf opgelegd krijg waardoor ik er niet meer voor in aanmerking kom? Of wil hij nog wat ergers – de kans grijpen om mij uit te schakelen zodat ik me niet verder kan verdiepen in zijn mogelijke eigen rol in de moord op Frances?

'Maar hoe moet ik dan dat bakje drugs in handen krijgen als ik daar net zit te doen alsof ik een klant ben?' vraag ik.

'De klassieke afleidingsmanoeuvre. Magda is op haar hoede omdat ze niet gepakt zal willen worden met die spullen, dus ik ga de politie tippen.'

Hij moet toch weten hoe doorzichtig dit is. Ik besluit de proef op de som te nemen, om te zien wat hij aan gaat voeren als excuus. 'O, geweldig, dus dan ontbreekt nog steeds het bewijs dat we nodig hebben, en sta ik voortaan als drugsverslaafde genoteerd. Goed plan, Saxon.'

'Je vergeet dat er twee ambulances zijn. Magda zal de politiescanner aan hebben staan, maar hij staat altijd zacht. Dus het is belangrijk dat jij het bakje met drugs pakt als zij de cabine in gaat om het volume harder te zetten. Als ik de politie bel, zal ik een paar woorden gebruiken waarvan ze weet dat ze naar haar handel verwijzen, dus zal ze opeens met veel meer aandacht luisteren als ze die via de scanner hoort. Maar ik zal de politie een tip geven voor die andere ambulance, en ik wacht op je in de auto als je met die bak drugs naar buiten rent.'

'Goed.' Ik vouw mijn handen in mijn schoot en kijk Saxon strak aan. 'Laten we aannemen dat dit goed gaat, en we krijgen wat we willen. Hoe gaan we dan bewijzen dat Walt tante Frances een ijzerinjectie heeft gegeven?'

Saxon leunt achterover en walst het honingkleurige vocht in zijn glas, zijn andere arm hangt ontspannen over de leuning van de stoel. Zijn gezicht vertoont geen uitdrukking, staat enigszins behoedzaam. Maar als hij de rest van zijn plan uit de doeken doet, slaat mijn hart op hol.

'Walt is niet echt een chaoot, maar het wissen van sporen is niet zijn sterkste kant. Kijk bijvoorbeeld eens naar de bankafschriften. Ik kan je op een briefje geven dat hij geen handschoenen droeg toen hij die tupperware-bak met drugs vastpakte.'

'Dus je weet zeker dat zijn vingerafdrukken op de bak bewijs genoeg zijn?' Die vlieger gaat niet op, denk ik. 'Ik bedoel, Magda's vingerafdrukken zullen er ook op staan.' En de gebruikte injectiespuit zal er niet in zitten, hij zal hem niet teruggelegd hebben in die bak nadat hij Frances een injectie heeft toegediend. Dat moordwapen is waarschijnlijk allang weg, ergens in een afvoerput of afvalbak gegooid, twee dorpen verderop. Het is drie dagen geleden dat Frances is vermoord; het ligt waarschijnlijk al ergens ver en diep begraven.

'Maar Magda heeft niet zoals Walt een motief om Frances te vermoorden,' zegt Saxon.

'Ik wil de afschriften zien,' zeg ik. 'Die bankafschriften waar je het over had, die aantoonden dat Walt zijn oude vriendin Frances geld afhandig maakte.'

Saxon haalt zijn schouders op, maar hij pakt zijn leren koffertje dat op de vloer naast zijn stoel staat. Hij bladert even door wat papieren, en overhandigt me vervolgens een paar A4'tjes, het lijken authentieke kopieën van de rekening van oudtante Frances. De naam Gordon, Owens en Martlock, Advocaten, staat er een paar keer op, elke keer wordt er een bedrag van vijfhonderd pond afgeschreven. Interessant genoeg beginnen de betalingen meteen na het moment dat ik de hutkoffer met Emily's lichaam had laten bezorgen.

'Ik wil ze wel zo terug,' zegt Saxon, hij houdt me in de gaten.

Ik kijk hem zijdelings aan, maar pak dan mijn telefoon en neem van elke pagina een paar foto's. 'Hoe weet je dat hij haar bedroog? Advocaten zijn duur, het zou zijn normale tarief kunnen zijn.'

'Dat is het niet. Ik heb zijn kantoor gebeld en sprak zijn secretaresse onder het mom dat ik hem wilde inhuren voor het afhandelen van documenten voor een erfenis die ik in het vooruitzicht had. Ze stuurde me een complete lijst met hun tarieven, ook voor andere juridische klussen, gewoon als mogelijke cliënt.'

Ik kijk weer naar de documenten. Dit is geen enorm bedrag als je bedenkt hoeveel geld Frances had, maar met het verstrijken van de tijd zou het kunnen oplopen. En het blijft natuurlijk wel diefstal als Walt haar te veel berekent. 'Dus wat rekenen zij voor het afhandelen van een erfenis?'

'Driehonderd pond, alles bij elkaar. Voor andere juridische klussen is hun tarief honderd pond per uur, of een vast bedrag voor een project, maar een regelmatig terugkerende betaling van vijfhonderd pond? Dat is een mooi rond vast bedrag, vind je niet?'

Hij heeft gelijk, maar toch klopt er iets niet. Walt en Frances waren heel erg hecht, en als hij geld nodig had en zij hem weigerde te helpen, zou dat hem er dan toe drijven haar te bestelen? Ik heb het gevoel dat er meer achter zit, maar ik kan niet bedenken wat.

Maar iets zit me vreselijk dwars: als Frances erachter was gekomen dat Walt haar bestal, zou dat dan voor hem genoeg zijn als motief om haar te vermoorden?

Ik denk na over zijn gewelddadige verleden, dat hij Emily had geslagen en daarna in grote razernij naar Londen reed om haar in Chelsea de waarheid te zeggen. Als Walt haar dood wenste, was dat niet vanwege het geld. Het zou eerder zijn omdat zij ontdekt had dat hij Emily vermoord had. Al die demonen uit het verleden zouden haar overspoeld hebben, dingen waar ze zich jarenlang voor verstopt had.

Maar de manier waarop de moord gepleegd was… het was zorgvuldig gepland, dat moest ook wel. Ik richt mijn blik op Saxon. Hij was degene die op de foto's van de beveiligingscamera's stond waarop hij de gestolen medicijnen aan Magda geeft. Zijn oom leerde hem de regels van het spel, en hij komt op me over als iemand die zijn zaken zorgvuldig plant.

Hij heeft kennis van medische zaken, en een motief, en de middelen om de misdaad uit te voeren. En hij was een van degenen die niet in het kantoor van Walt Gordon was op het moment dat Frances stierf.

Ik geef hem de documenten terug. Ik wil niet dat hij weet dat ik hem verdenk, en ik heb twee mogelijkheden: ik kan meespelen en hopen dat ik zo meer bewijs in handen krijg, of ik kan gewoon beleefd weigeren en teruggaan naar Gravesdown Hall en daar proberen genoeg bewijs te vinden dat hij de moord heeft gepleegd. De tweede optie is veiliger, maar de eerste optie geeft me meer macht om Saxon dat duwtje te geven om zichzelf te verraden.

Als je het spel speelt zonder plan, dan is de kans groot dat je verliest.

Ik besluit mijn eigen plan te maken en het spelletje dat Saxon speelt te winnen.

'Het is gewoon...' begin ik, en ik kijk dan zenuwachtig uit het raam alsof ik daar de woorden kan vinden. 'Er moet toch een minder gevaarlijke manier zijn om Walt te ontmaskeren? Misschien zouden we kunnen beginnen met dat papieren spoor dat hij achterliet, die diefstal? Kunnen we de afschriften aan rechercheur Crane laten zien?'

'Nee, dat zou stom zijn, Annie. De rechercheur mag niet degene zijn die dit als eerste oplost!' Saxon kijkt me aan alsof ik een dom kind ben, en dat is goed. Hij moet me onderschatten.

'Dat is waar,' zeg ik langzaam. Ik drink het laatste restje bier uit mijn glas.

En dan komt, alsof mijn gedachten hem opgeroepen hebben, Crane de Dead Witch binnenlopen. Ik zie Saxon verstijven, waarna hij overdreven achteloos doet om niets te laten merken.

Saxon heeft mij met de rechercheur op het landgoed gezien, dus hij weet dat we onze aantekeningen naast elkaar gelegd hebben. Omdat Saxon de gewoonte heeft om te blijven hangen en mee te luisteren in de wandelgangen, zou ik er heel wat om durven te verwedden dat hij veel van wat we bespraken heeft gehoord. Crane geeft een stijf knikje en loopt dan meteen door naar Archie Foyle.

Ik staar naar de bodem van mijn glas. Hoe kan ik Saxon te slim af zijn? Ik zit hier net over te piekeren als er een groep tienermeisjes langsloopt. Ze kibbelen over kleren en make-up. Het zou me normaal gesproken niet opvallen, maar ik zit met mijn gedachten zo diep in de zomer van 1966 dat ik meteen Emily, Rose en Frances voor me zie. Ik hoor een van de meisjes in het voorbijgaan zeggen: 'Claire, je moet me mijn jurk teruggeven, je hebt hem nou al weken! Ik heb hem nodig voor de bruiloft van Andy!'

Ik schud mezelf wakker uit mijn dagdroom en neem een besluit. 'Goed dan.' Ik schenk Saxon een glimlach. 'Laten we het doen. Zeg maar waar en wanneer, dan ontmaskeren we Walt samen.'

33

Tegen de tijd dat we over het grind van de oprit rijden zakt de zon achter het huis onder de horizon. Saxon wenst me haastig goedenacht en verdwijnt in zijn kamer. Een gouden streep licht piept onder Olivers deur de gang in, en ik haast me er zo zachtjes mogelijk langs.

Terug op mijn kamer kijk ik naar mijn lijstje onbeantwoorde vragen en zie dat ik vergeten ben de getypte dreigementen eraan toe te voegen. Ik krabbel ze erbij:

Dreigementen – wie heeft ze toentertijd geuit (1966) (Walt),
En wie heeft ze in mijn kamer gelegd (onbekend)?

Op dat moment begint mijn hart sneller te bonzen, omdat ik het idee heb dat ik iets aan het ontdekken ben. Het eerste dreigement lijkt geschreven voor Frances – *voordat ik je te grazen neem pak ik alles van je af.* En het klinkt alsof Emily het zegt, degene die John van Frances afpakte, en ook bijna Ford, en de baby naar wie de broer van Frances zo wanhopig verlangde.

Eerst was ik ervan overtuigd (net zoals Frances, dat weet ik wel zeker) dat iemand Frances bedreigde door de briefjes in haar zakken te stoppen als ze niet keek. Maar de inhoud van de dreigementen maakte dat onlogisch. Er stond zo specifiek in wat er uiteindelijk met Emily gebeurde, met daarbij ook nog die manier van uitdrukken. 'Hoer' en 'leugenares', uit het tweede dreigbriefje, waren geen woorden die pasten bij Frances – ze werd geplaagd vanwege het feit dat ze de minst ervarene was in de groep, en de eerlijkste.

Daarvan uitgaand klinkt het tweede dreigement niet alsof het dóór maar vóór Emily geschreven is. In werkelijkheid echter waren beide dreigementen aan Emily gericht, en geuit door dezelfde persoon. Dat Frances ze op latere leeftijd in haar bezit had gekregen, zou me niet hebben verbaasd; ze hadden gewoon onderdeel kunnen zijn geweest van haar bewijsverzamelwoede voor haar eigen onderzoek naar de verdwijning van Emily. Maar Frances had er in haar tienerdagboek al naar verwezen. Dus hoe had Frances ze te pakken gekregen?

Toen ik de tienermeisjes in de pub hoorde bekvechten over hun kleren, gaf dat mijn geheugen een zetje. Een van hen vroeg haar vriendin om haar een geleende jurk terug te geven. En ik moest denken aan Emily, die altijd Frances' kleren droeg, en haar op een overdreven manier altijd imiteerde.

De bedreigingen waren zonder twijfel gericht aan Emily. Frances had ze alleen maar gekregen omdat Emily ze in haar zak had gedaan, de dag dat ze ze kreeg. En beide keren had ze iets van Frances aan.

Instinctief steek ik mijn handen in mijn zakken, hoewel ik mijn leren jasje vandaag heb gekocht. Maar de reflex doet me ergens aan denken: de eerste dag hier had ik een paar dingen uit de jaszakken van Elva gehaald. Post-its die ze van het prikbord gegrist had, en nog wat andere papiertjes. Mijn hart slaat over want het zou bewijs tegen Saxon kunnen zijn. Ik wed dat Elva mijn aantekeningen heeft verscheurd en mijn laptop kapotgesmeten. Ze waren allebei op zoek naar de inhoud van haar jaszak, en ik was totaal vergeten dat ik er iets uit had gepakt.

Ik snel naar de kast. Ik denk aan Saxon die zich daarin verstopt had en me vertelde dat hij iets zocht van jaren geleden. Ze waren allebei in mijn kamer geweest, op zoek naar iets – ik hoop alleen maar dat Saxon geen tijd genoeg had om het te vinden.

Ik zie mijn oude broek opgepropt in de hoek van de kast liggen, een stinkend hoopje stof.

‘Alsjeblieft,’ fluister ik, ‘als Saxon er maar niet in gekeken heeft…’ Ik graaf in mijn zakken en mijn vingers trekken er een opgevouwen papiertje uit. ‘Ja!’

Ik ga op bed zitten en kijk naar wat Elva van het bord getrokken heeft. Post-its met haar handschrift en een velletje papier dat ook door Frances was beschreven.

Het is een lijst van huishoudelijke spullen die weg zijn:

Een zilveren kettinkje (vogel)
Zilveren bestek – zeven stuks zijn weg
Zeldzame antieke editie van De sneeuwkoningin *van Hans Christian Andersen*
Porseleinen theeservies – vier kopjes ontbreken

Ik krijg even geen adem meer. Elva beschermde Saxon niet. Het lijkt of mijn eerste gevoel klopte en dat ze zichzelf beschermde. Onderaan de lijst heeft Frances *Elva* geschreven, het is een haastige krabbel. De post-its bevestigen het. Op de ene staat een rijtje data en tijden naast de woorden *Elva komt langs* en op de andere staan de vakanties van Saxon.

Mijn gedachten gaan weer naar Saxon. Ik weet voor honderd procent zeker dat de politie me op zal pakken op verdenking van de aanschaf van drugs als ik in Magda’s ambulance stap om de bak te stelen. En wat ik ook zal zeggen, ik zal mezelf niet uit een veroordeling tot gevangenisstraf kunnen praten. Saxon zal overduidelijk het ‘bewijs’ hebben dat me het recht op de erfenis zal ontnemen. Het testament van Frances is daar duidelijk over.

Ik pak mijn telefoon en zoek een paar zaken op waarin dokters zijn betrapt op het uitschrijven van valse recepten, geen van hen is veroordeeld tot gevangenisstraf. Ze waren wel hun vergunning kwijt, kregen zware boetes en werden op een soort lijst gezet, maar ze gingen niet naar de gevangenis. Ik vermoed dat het afhangt van de omstandigheden en de kwaliteit van je advocaat, maar het bewijs toont goed aan dat het vertrouwen van Saxon in een goede afloop voor hem niet misplaatst was, zolang ze hem maar niet in verband kunnen brengen met een inbraak in de kliniek.

Er zit niets anders op dan hem te slim af te zijn, en dat vereist een enorme berg moed. Ik moet nog wel wat voorbereidend onderzoek doen voordat ik me echt instel op het plan dat zich in mijn hoofd aan het vormen is, maar ik heb al een vermoeden waar ik op uit zal komen. Mijn plan is waarschijnlijk gevaarlijk en dom, maar in dit huis blijven en als schietschijf fungeren is nog veel erger.

Dus bel ik rechercheur Crane op, omdat hij de eerste is van wie ik informatie nodig heb voor mijn plan. Het is al laat, maar hij neemt bij de eerste keer overgaan al op.

'Crane.'

'Ha, Annie Adams hier. Sorry dat ik zo laat bel, maar ik vroeg me af of ik je een vraag kan stellen over de dag dat Frances stierf.'

'Natuurlijk. Ik ben bijna bij het landgoed. Ik neem het over van agent Evans vanavond. Gaat het allemaal goed? Ben je niet in gevaar? Ik zag je in de pub met Saxon, kijk wel uit, hè.'

Zijn stem klinkt bezorgd en dat doet me op een of andere manier wel goed, dus ik ga hem zeker niet vertellen dat ik in de Dead Witch was om Saxon een hak te zetten.

'Het gaat prima, dank. Saxon wilde me gewoon even spreken, niets belangrijks.' Ik probeer het luchtig te zeggen, maar ik heb geen talent voor het theater. 'Toen ik alles op een rijtje aan het zetten was, vroeg ik me ineens iets af.'

'Dat is altijd goed om te doen als je iets onderzoekt,' zegt hij. 'Waar kan ik je mee helpen?'

'Het zal wel dom klinken, maar weet je nog van die bijeenkomst die Frances had georganiseerd met iedereen? Waarvoor ze mij, Saxon en Oliver uitnodigde?'

'Ja, dat weet ik nog.'

'Had ze jou ook uitgenodigd? Of iemand anders van de politie?'

'Mij? Nee. Had ze dat moeten doen dan?'

Ik zwijg en kies mijn woorden zorgvuldig. 'Als ze je niet gebeld heeft, dan had ze je er niet bij nodig,' zeg ik. 'Dat is het enige wat ik wilde weten, dank je. Ik zie je later, of misschien morgenochtend.'

'Goed, Annie, slaap lekker.'

Ik hang op en haal mijn aantekeningen weer tevoorschijn. Ik zet een groot kruis naast Walter Gordon.

Als Frances de bijeenkomst had georganiseerd om hem te ontmaskeren in een klassieke onthullingscène waarin ze na zestig jaar onderzoek de zaak oploste, dan zou ze toch zeker ook de politie hebben uitgenodigd? Dat was tenslotte een van haar belangrijke karaktereigenschappen: ze had een duidelijk gevoel voor rechtvaardigheid, en ze was heilig overtuigd van het waarheidsgehalte van haar voorspelling, het was bijna religieus te noemen. Nee, als ze een klassieke ontknopingsscène voor de moord gepland had, dan zou ze rechercheur Crane daar ook voor uitgenodigd hebben.

Ik besluit mijn aantekeningen onder het matras te verstoppen, om ze vannacht een veilige plek te geven. Ik overweeg hetzelfde te doen met het fotoalbum, maar het is veel te dik. Ik doe het in mijn rugzak en kruip in bed.

Ik probeer wat te slapen, maar als mijn blik naar de kast glijdt denk ik steeds aan wat Saxon zei toen hij uit de kast stapte. Ik spring uit bed en doe het nachtlampje aan, het voelt een beetje sullig dat ik ineens impulsief de nepbodem van de kast wil bekijken.

Mijn vingers vinden al snel de losse plank op de bodem, en hij wipt omhoog als ik er aan één kant op druk.

Het is eigenlijk best een grote ruimte, iets van het formaat en de vorm van een middelgrote doos. Er zitten spullen in die verpakt zijn in afzonderlijke theedoeken. Ik haal diep adem als ik een antiek boek en zeven stuks tafelzilver tegenkom. Het enige wat ik niet vind zijn de theekoppen. Ik voel onder de stoffige planken of er nog meer ligt, en uiteindelijk voel ik een klein fluwelen zakje. Mijn adem stokt als er een zilveren hanger met een vogeltje uit rolt, in de palm van mijn hand.

Saxon moet geweten hebben dat Elva hier haar spullen bewaarde. Ze stal dingen van Frances, dat is wel duidelijk. Misschien bewaarde ze ze hier om ze later op te halen, als de kust veilig was? Maar waarom had Saxon me dan verteld over de nepbodem?

Misschien kan het hem niet schelen. Deze diefstallen lijken niet echt belangrijk, en ik denk dat het technisch gezien niet eens echt diefstal is, want alle spullen liggen nog in huis. Ik begrijp niet waarom Elva de spullen zou willen stelen, maar mijn hoofdconclusie is wel dat Elva dan misschien wel schimmig opereert, maar dat het geen motief voor moord is.

Ik leg de spullen terug en plaats de plank weer op zijn plek. Daarna kruip ik terug in bed en doe het licht uit, maar ik hoor voetstappen op de gang, ze houden me wakker. Ze zijn waarschijnlijk van rechercheur Crane die zich ervan vergewist dat ik in mijn kamer ben, hij zei tenslotte net dat hij eraan kwam. Maar toch controleer ik even of de sleutel veilig op het nachtkastje naast me ligt.

Ik val in een onrustige slaap, ik droom over voetstappen, gefluister en iemand die aan mijn deur rammelt.

Het is net na middernacht als ik wakker word omdat ik naar de wc moet. Ik struikel bijna over een klein pakketje dat voor de deur op de gang ligt. Een klein ingepakt boekvormig pakje. Ik scheur het papier onmiddellijk kapot, het dagboek van Frances komt tevoorschijn.

Ik ga weer op mijn bed liggen en lees het gretig uit tot de laatste bladzijde.

34

De Castle Knoll-dossiers, 7 oktober 1966

Triest feit van de verdwijning van Emily is dat het in eerste instantie een schok was voor het dorp, maar al snel niet meer.

Weken nadien leek het of er overal waar ik kwam roddels en theorieën rondzoemden. Emily was weggelopen, of Emily had zich ingelaten met de verkeerde man. Wat ze het vaakst zeiden was: 'Ze heeft haar dood aan zichzelf te danken.'

Elke keer dat ik dat hoorde balden mijn handen zich tot vuisten. En lopend door het dorp, in de hoop haar ergens in de menigte te ontwaren, begon ik me steeds meer met Emily bezig te houden, en steeds minder met Castle Knoll.

Want hoe meer ik luisterde en hoe meer ik keek, hoe meer me duidelijk werd. En alle dingen die ik ontdekte waren even verschrikkelijk.

We hadden allemaal van tijd tot tijd wel eens een hekel aan Emily, maar het was toch alsof zij de lijm was waarmee ons kleine groepje aan elkaar vastzat. En toen ze eenmaal verdwenen was, zagen we elkaar steeds minder. Behalve dan Rose en ik.

Ik weigerde met Ford te praten, maar Rose werd een soort verlengsnoer dat me met het landgoed Gravesdown verbond. Bill, de chauffeur, begon steeds meer op te trekken met Rose. En toen, na al die tijd, werd Rose degene die altijd opgewekt was en was ik degene die altijd alles somber inzag.

Ik vertrouwde niemand, vooral niet de mannen die aan het landgoed verbonden waren. John en ik verzoenden ons even, maar het was anders. Het zou nooit meer hetzelfde worden als vroeger.

Ford drong niet aan, maar via Bill stuurde hij me kleine cadeautjes. Een boek over Afghanistan. Een schaakspel. Elk cadeau dat hij me stuurde versterkte mijn besluit om hem nooit meer te zien. Want ik was veranderd door de gebeurtenissen die in de zomer hadden plaatsgevonden, ze hadden me de ogen geopend voor wat de mensen om ons heen wel niet allemaal verborgen houden. Drie maanden daarvoor zouden die cadeaus het gewenste effect hebben gehad. Ik zou me gevleid hebben gevoeld, en het zou indruk gemaakt hebben. Maar nu zag ik het anders: ze draaiden allemaal om hemzelf. Hij dacht niet aan mij, hij dacht aan zichzelf, en hij wilde het beeld van hemzelf terugzien in mijn ogen.

Ik haatte het.

En daar had ik des te meer reden voor toen John me uiteindelijk vertelde over de dag dat hij en Walt me achterlieten in het huis van mijn broer. De dag waarop iedereen zich naar Emily in Chelsea haastte, waarna niemand haar ooit nog gezien had.

Dat gebeurde toen John en ik het opnieuw maar dan anders met elkaar probeerden. Hij had veel moeite gedaan om me mee te nemen naar allerlei mooie plekken, en we dronken vaak koffie op het terras van het Castle House Hotel. De kwestie-Emily zweefde als een spook tussen ons in. Wekenlang wilde zowel ik als hij haar niet ter sprake brengen, maar we kwamen geen stap verder met zoveel onuitgesprokens tussen ons.

Johns hoogdravende en formele pogingen mij het hof te maken kwamen op mij over als toneelstukjes waarvan hij dacht dat Ford ze op zou voeren als die me mee uit zou nemen. Niet dat Ford dat gedaan zou hebben trouwens; hij wist dat hij de oorzaak was van de problemen die ik thuis ondervond. Mama had eindelijk uitgevogeld waar ik steeds naartoe sloop, en ze maakte duidelijk dat ze dat niet gepast vond. En dat was niet alleen vanwege haar bijgelovigheid, hoewel ze me eraan herinnerde dat de familie Gravesdown altijd achtervolgd werd door ongeluk. Maar ze zei ook dat het niet uitmaakte hoeveel geld een man had, als hij een gentleman is wacht hij tot de dame achttien is, en dan pas neemt hij haar fatsoenlijk mee uit.

'Zullen we taart bestellen?' vroeg John, en hij strekte zijn arm uit en pakte mijn hand.

'Ik heb niet echt honger,' zei ik. Ik schonk hem een zwak lachje en nipte aan mijn koffie, want hij deed zo zijn best.

We zwegen allebei even, en toen zei hij: 'Wist je dat Walt erover denkt om rechten te gaan studeren?'

Ik spuugde bijna mijn koffie uit. 'Walt? Onze Walt, die nog niet zo lang geleden helemaal de weg kwijt was vanwege Emily's verraad?'

'Ik had je alles over die dag al eerder willen vertellen,' zei John kalm, en het was alsof er een hamer naar beneden viel. 'Het was zo'n verschrikkelijke, moeizame dag. Ik zat te wachten totdat je zou vragen wat er gebeurd was toen we daar aankwamen.'

'Ik was bang. Bang dat je me misschien iets zou vertellen wat ik vervolgens niet meer zou kunnen vergeten.'

'Weet ik. En ik wilde je de waarheid vertellen, maar hoe ik het ook probeerde in woorden te vatten in mijn hoofd, uiteindelijk zitten er toch bepaalde implicaties aan vast met betrekking tot iemand om wie je, zoals ik goed weet, geeft. Maar Frances, je moet weten dat we nooit in Chelsea zijn aangekomen.'

Ik knipperde verrast met mijn ogen. 'Wat?'

'Walts auto begaf het op de A303, en we moesten hem naar de dichtstbijzijnde garage duwen. We liftten terug naar Castle Knoll, en de auto is de garage niet meer uitgekomen. Ik denk dat Walt geïnspireerd raakte om wat meer van zijn leven te maken omdat hij de afgelopen weken aan huis gekluisterd was, want je kent zijn familie.'

'Ja,' zei ik. 'Ze zijn net zo gestoord als de rest van dit dorp.'

'Maar het punt is, ik wilde niet dat je dacht dat wij de laatsten waren die Emily hadden gezien voordat ze verdween. Want dat was niet zo. We hebben haar helemaal niet gezien.'

'En we hebben allemaal de Rolls-Royce de stad uit zien rijden.' Ik verborg mijn gezicht in mijn handen, want ik wist dat John me dit niet had willen vertellen. De laatste mensen die Emily hadden gezien waren Peter en Tansy of Ford en Saxon.

'Ik lijk altijd zo verbitterd als ik het over Ford heb, en dat is vooral verkeerd omdat ik helemaal het recht niet heb om kwaad te zijn over met wie je al dan niet iets hebt, als je kijkt waar ik me allemaal schuldig *aan heb gemaakt. Maar het viel me op dat je de laatste tijd een beetje afstand van hem hebt genomen. Denk je dat het voorgoed is?' Hij keek me vragend aan.*

'Rose vindt het niet fair van me. Ze denkt dat ik hem nog een kans zou moeten geven, maar haar vallen al die details niet op. Mij wel. En je hebt gelijk, John, deze informatie maakt het allemaal maar erger.'

John knikte. 'Want stel je voor dat hij haar vermoord heeft, Frannie. Hij is een machtig man, en zulke mannen doen gewoon wat ze willen. Geen haan die ernaar kraait.'

'Dus jij denkt dat het onbestraft zal blijven als Ford haar vermoord heeft?'

De mond van John werd een streep. 'Ik heb zo vaak aan die dag teruggedacht, Frances, maar weet je wat ik me vooral nog herinner? Meer dan de woede van Walt of het manipulatieve gedrag van Emily? Dat jij zo aardig was. Net voor we wegreden, had je het over vergevingsgezindheid. En je woorden en de lieve en kalme uitdrukking op je gezicht zorgden even voor een vredig moment dat in me na is blijven klinken als muziek, wekenlang. Ik ben er vanaf dat moment steeds weer naar op zoek gegaan.

Er is een meisje geboren, en ik weet niet of ze hier is vanwege het gekonkel van Emily en mijn verraad, of vanwege Fords lust, maar je zette al je negatieve gevoelens over ons allemaal aan de kant en stond toe dat de baby een cadeautje werd voor iemand van wie je hield.'

Ik had John nooit eerder zo horen praten. Het nam me nog meer voor hem in, ik wist niet dat hij zo goed dingen onder woorden kon brengen. Ik zag wel voor me hoe hij mensen toesprak, misschien zou hij ooit nog eens een gooi doen naar een openbaar ambt.

Maar toen kwam er een gedachte bij me op die mijn handen deed trillen, want het zou heel goed kunnen dat de liefde waar John het over had terechtgekomen was bij mensen die het klakkeloos hadden aangenomen en er vervolgens een andere draai aan hadden gegeven. Ik sprak het hardop uit: 'Misschien was ik wel onderdeel van een keten van gebeurtenissen die een eind maakten aan het leven van Emily.'

'Ik heb meer vertrouwen in het fatsoenlijke karakter van je broer

dan in dat van Rutherford Gravesdown, misschien helpt dat. En onder deze omstandigheden heb je alles gedaan wat in je vermogen ligt, Frances. Je hebt het waardig afgehandeld. Dat zie ik wel. En ik wil dat je dat weet.'

Er rolde een traan over mijn wang, en John strekte zijn hand uit en veegde hem weg met zijn duim. 'Ik lig er 's nachts wakker van, weet je,' zei ik. 'Dat ik... dat ik niet weet wat er met haar gebeurd is, en ook nog iets anders. Er was veel op haar aan te merken, en ze behandelde me niet goed maar ze was wel een méns. En om nu te zien hoe de hele stad verhalen over haar rondvertelt, dingen die ze denken te weten, allemaal van die sappige roddelverhalen...'

'Sommige zijn waar,' zei John, maar hij leek zich meteen daarna voor zijn uitspraak te schamen.

'Zelfs als het waar is, het is weerzinwekkend om te horen hoe ze haar met hun verhalen kapotmaken. Walt kan advocaat worden als hij dat wil – Walt, die seksblaadjes stal bij de kiosk en voortdurend spiekte bij examens. Walt drinkt, rookt en vloekt, maar hij kan worden wat hij wil. Dat zou voor Emily ook moeten gelden. Ze had gewoon door kunnen leven. Maar nu lijkt ze gereduceerd tot een gruwelijk verhaal dat mensen vertellen.'

'Frances, je hebt een goed hart,' zei John en zijn voorhoofd plooide zich in een aantal rimpels, 'maar zorg dat het niet je vertrouwen in mensen in de weg staat.'

Maar ik was verdiept in mijn gedachten. 'Laura werd op 8 augustus geboren. Weet je ook dat Emily haar haar naam gaf? Dat heeft Peter me verteld. Hij zei dat ze erop stond. Ze heet Laura Frances Adams. Laura is de naam van Emily's zus, maar mijn naam zit er ook in.'

John maakte zijn vertrouwde vermoeide gebaar: met zijn hand streek hij door zijn haar, bijna alsof hij eraan trok. 'Ik snap dat je je gevleid voelde, Frances, en ik weet dat ik net zei dat je het vertrouwen in mensen niet moet kwijtraken, maar je zou het ook als wreed kunnen zien dat ze die naam gaf. Dat ze de baby jouw naam gaf nadat ze met twee mannen gevreeën had die om jou geven. Vergeet niet dat ze een onvoorspelbare en obsessieve aard had. En haar focus was áltijd op jou.'

'Weet ik, je hebt het eerder gezegd. Emily had één obsessie, en die was niet gericht op Ford of geld.'

'Jij was haar obsessie.'

'Misschien is het in dat opzicht dan wel zo eerlijk dat ík nu alleen maar aan háár kan denken.'

'Wellicht heeft iemand je een gunst verleend.'

'John! Dat is harteloos!'

'Weet ik, het spijt me, maar het moest gezegd!' De handen van John balden zich tot vuisten, ontspannen en worden dan weer een vuist. 'Je vindt het misschien niet leuk om te horen, Frances, maar Emily zou niet gewoon verder zijn gegaan met haar leven zoals wij. Ze zou je pijn zijn blijven doen. Walts toekomst ligt in de advocatuur, en ik overweeg... hier ga je om lachen, Frances, maar ik overweeg serieus om me bij de Kerk te voegen.'

'De...' Ik knipperde een paar keer met mijn ogen, ik weet niet zeker of ik het goed gehoord had.

'Ik ben nog onzeker over een carrière in de Kerk, maar ik wil in ieder geval theologie gaan studeren. Het is het enige in mijn leven dat me het gevoel geeft van een anker. Ik weet zeker dat jij ook wel zoiets hebt. En Rose heeft een baantje hier in het hotel, al heeft ze je dat nog niet verteld. Doe net alsof je verbaasd bent als ze het vertelt, oké?'

Mijn koffie is koud geworden, maar ik neem er een slokje van om iets met mijn handen te kunnen doen. In het voorjaar word ik achttien, en ook ik was bezig een anker te vinden. Maar het was wel een anker waar John niet veel mee op zou hebben. Het was het anker van het onbekende, van vragen en theorieën. Van raadsels en voorspellingen. En het was het anker van een voorspelling die ik uit alle macht te slim af wilde zijn.

Toen ik opkeek van mijn kop koffie en mijn blik de zijne kruiste, zijn heldere ogen vol vertrouwen, voelde ik al hoe ik het duister in getrokken werd. En ik zag de hoop in zijn ogen. Hij was zo mooi.

In je toekomst verschijnen bleke botten.

De dag dat ik naar die waarzegster was geweest was zo ingewikkeld. Had ik beter naar de voorspelling moeten luisteren? Ik raakte met mijn vinger het halskettinkje met de vogel aan dat ik nog droeg, ik kon me er niet toe zetten het af te doen.

Was Emily's lot eigenlijk voor mij bedoeld? Had het lot het verkeerde meisje getroffen?

Toen gaf ik John een kus, gewoon omdat ik dat nog een laatste keer wilde doen. Hij was ouder dan ik, negentien, en probeerde tevergeefs zijn partijtje mee te blazen in Castle Knoll. Misschien was de Kerk uiteindelijk nog niet zo'n slechte keus. Of een of andere universiteit.

Nog een traan rolde over mijn wang nadat ik me weer terug had getrokken, en ik voelde een steek door mijn hart schieten. Het was meer dan alleen een afscheid van John; ik wist dat ik afscheid nam van datgene in mij waar ik het meest trots op was.

Het was mijn keus om alle onplezierige verhalen over Emily aan te horen, om me met al die draden met het weefsel van Castle Knoll te verbinden, en om alles over iedereen te weten te komen tot ik de waarheid had gevonden.

Want ik voelde dieper dan ik ooit had gevoeld dat ons lot met elkaar verbonden was – dat van Emily en van mij. Ik kon het geloof niet van me afschudden dat ik eigenlijk onder al het uiterlijke vertoon gewoon Emily in vermomming was.

Dus zou ik uitzoeken wat haar overkomen was, zelfs als het mijn eigen dood betekende. En ik aanvaardde dat dat ook waarschijnlijk wel zou gebeuren, gezien mijn voorspelling.

35

Het felle ochtendlicht verblindt me als ik met veel lawaai van de metalen ringen het gordijn opentrek. Ik heb nauwelijks geslapen. Ik was te druk met het lezen in het dagboek. Toen ik eenmaal aan het eind gekomen was, ging ik weer terug en las een paar stukken opnieuw, met af en toe een pauze waarbij ik Rose' fotoalbum erbij pakte. Zo leek het bijna alsof Frances een verhaal vertelde bij de foto's, totdat er een verontrustend patroon ontstond. Totdat de foto's niet meer bij haar woorden leken te passen.

En uiteindelijk begrijp ik, natuurlijk pas om drie uur – het tijdstip van de heldere inzichten – wat Frances had ontdekt toen ze Emily's lichaam vond. Daarna bleven de stukjes van de puzzel in mijn hoofd maar op hun plek vallen, en in de resterende vroege uurtjes bleef ik koortsachtig mijn eigen plan aanpassen om het raadsel op te lossen.

Ik kleed me snel aan en knik nerveus naar mijn spiegelbeeld in de kleine wazige spiegel aan de muur. Ik ga dit doen, echt. Saxon en ik hebben later op de avond met elkaar afgesproken, en ik weet dat het lastig gaat worden om tot dat tijdstip mijn zenuwen in bedwang te houden.

Er komen heerlijke geuren uit de keuken, en mijn maag rammelt. Ik ren met twee treden tegelijk de trap af.

'Beth,' zeg ik als ik bij de keuken ben. Een oprecht glimlachend gezicht kijkt me aan.

'Annie, hallo! Ik heb net muffins gebakken. Wil je er eentje?'

'Ze ruiken heerlijk,' zeg ik. Ik weet niet of mijn nerveuze maag ontbijt aankan, maar ik heb zo'n honger dat ik het probeer. Beth schenkt zonder te vragen een kop koffie voor me in en zet er melk en suiker bij. Ik negeer beide en neem een grote slok. Het geeft me een beetje kracht.

'Ik wilde je vragen naar het onderzoek,' zegt Beth voorzichtig, 'maar ik wil ook niet al te bemoeizuchtig overkomen.'

Ik knik en probeer haar een geruststellende blik te geven. 'Je zit in een zenuwslopende positie, en ik wil niet dat je je zorgen maakt. Ik doe mijn uiterste best om oudtante Frances recht te doen, en ervoor te zorgen dat de toekomst van het landgoed veiliggesteld wordt.'

'Bedoel je dat je de zaken laat zoals ze nu zijn, als je dat spel van Frances wint? En dat wij de boerderij kunnen houden?' Ze leunt voorover om een muffin voor me neer te zetten, en ik kijk over de tafel naar het porseleinen servies dat er al staat, zo te zien voor de anderen, wanneer die na het opstaan naar de keuken komen om iets warms te drinken. Ik moet denken aan de lijst van ontbrekende voorwerpen die ik in Elva's zak vond, maar er moeten meerdere porseleinen theeserviezen zijn in dit huis. Toch zie ik zes koppen en schotels staan, en dat lijkt me een volledig servies.

'Beth,' ik strek mijn hand uit en pak een kopje, 'het is misschien een stomme vraag, maar heb je ooit gemerkt dat er een theekopje ontbrak?'

Ik kijk haar aandachtig aan. Haar wangen worden rood, en ze doet geen poging om de schuldige uitdrukking op haar gezicht te verbergen. 'Ik heb ze weer teruggezet,' zegt ze kalm.

Ik doe geen moeite om mijn verbazing te verbergen, want ik maak me zorgen dat dit opbiechten bewijst dat al mijn conclusies over wie de moordenaar van Frances is misschien niet kloppen. Beth heeft sleutels van alle deuren van het huis, ze kan in Miyuki's praktijk komen... stel dat ik haar helemaal verkeerd heb ingeschat? Ik ging ervan uit dat ze gewoon behulpzaam was en zich zorgen maakte over de boerderij van haar familie. Al die tijd heeft ze dingen gestolen, dingen die veel betekenden voor Frances.

Ik bekijk haar nauwgezet. 'Ik vond een hele lijst met spullen die ontbraken. Elva probeerde de lijst mee te nemen en te verstoppen, misschien gewoon om alle briefjes met informatie over Frances door de war te schoppen.'

Beth laat zich in een stoel tegenover mij zakken. 'Ik probeerde Frances echt alleen maar tegen zichzelf te beschermen. Alles wat ik pakte waren dingen die haar stress gaven, dingen die ze in verband bracht met haar voorspelling. Er waren zelfs vorken waar ze de zenuwen van kreeg omdat ze er zo vorstelijk uitzagen, zoals ze zei. Ze had er tientallen jaren mee gegeten; ik weet niet waarom ze ineens zo paranoïde werd. Maar hoe dan ook, ik dacht: uit het oog, uit het hart. En de spullen bleven in huis, ik heb ze alleen maar verstopt.' Ze zwijgt, kijkt me vragend aan. 'Ik vermoed dat je het gevonden hebt, gezien je besluit om in die kamer te blijven?'

Ik knik.

Ik kijk naar Beth. Ze lijkt open en eerlijk, en ik denk niet dat ze Frances vermoord heeft. Ik voel hoe mijn middernachtelijke openbaringen weer stevig op hun plaats vallen, dus het kan volgens mij geen kwaad dat ik haar mijn eerlijke antwoord geef over wat ik met de boerderij zal doen als ik de erfenis krijg. 'Beth, ik wil de boerderij niet van jullie afpakken. En ik weet wat je grootvader daar teelt.' Beth spert haar ogen iets verder open, maar ze blijft zwijgen. 'Hij zou daarmee moeten stoppen, maar ik ben bereid hem te helpen om andere – legale – manieren te vinden om geld te verdienen. Ik was al bezig te regelen dat jullie die Rolls krijgen, want ik kan er verder toch niks mee.'

De uitdrukking op het gezicht van Beth klaart op. 'Zou je dat doen? Het zou veel voor ons betekenen. We zijn dol op die auto.'

'Natuurlijk,' zeg ik. 'Ik bedoel, zolang niemand van jullie verder Frances heeft vermoord.'

Beth moet lachen, maar het is half serieus bedoeld. Hoe dan ook is de lucht hierdoor wel een beetje geklaard. Ik slaag erin wat ontbijt naar binnen te werken en ik besluit de gok te wagen met Beth.

'Kun je me een plezier doen?' vraag ik, en ik hoop uit alle macht dat mijn gevoel me niet bedriegt. 'Kun je mijn tas naar meneer Gordon brengen, alsjeblieft?' Ik pak mijn rugzak van onder de tafel vandaan. Alles wat ik ontdekt heb moet naar hem, voor als er vanavond iets fout gaat. 'Het zijn alleen maar een paar saaie formulieren die ik moest tekenen omdat we achterliepen met de elektriciteitsrekeningen voor ons huis in Chelsea.' Het is een slap verhaal, maar er staat te veel voor me op het spel om haar de waarheid te vertellen.

'Natuurlijk,' zegt ze, en ze pakt mijn tas.

Ik kan alleen maar hopen dat ze de rugzak ook echt aan hem geeft, en wel snel ook, en zonder erin te kijken.

'Dank je,' zeg ik en ik loop naar een stil plekje in de tuin om wat telefoontjes te plegen. Het is tijd voor de volgende stap van mijn plan.

Ik zoek het nummer op van de dokterspraktijk in Castle Knoll, de telefoon gaat twee keer over voordat dokter Owusu opneemt.

'Hallo, met Annie Adams,' zeg ik.

'O, hallo Annie. Hoe gaat het met die uitslag? Ik ga ervan uit dat het al snel beter werd.'

'Zeker, dank je. Maar ik bel eigenlijk voor wat anders. Ik weet niet hoeveel tante Frances je verteld heeft over al het onderzoek dat ze voor haar dood heeft gedaan, maar ze had dus bewijs dat Magda drugs dealde. Ik weet dat ze bij jouw praktijk aanklopt voor haar voorraad, maar uit de dossiers van Frances kan ik opmaken dat Magda valide redenen verzon om bepaalde spullen via jou te krijgen. Ik bel je dus niet om je te beschuldigen van enige betrokkenheid.'

Ze is even stil, ik hoor iets wat klinkt als een vloek. Als dokter Owusu weer begint te praten, hoor ik de ingehouden woede in haar stem. 'Magda vertelde me dat de bestelwijze en de opslag van medicijnen veranderd waren,' zegt ze. 'Ze had bestellijsten en facturen en het zag er allemaal prima uit. En ze bestelde niet gewoon alleen maar oxycodon of vloeibare morfine, de meeste spullen waren heel normaal voor de standaarduitrusting van een ambulance. Insulinepennen en insuline, dat werk.' Ze zwijgt even. 'Weet je het zeker?'

'Heel zeker, ja,' zeg ik.

'Dan moet ik Rowan bellen. Hij moet hiermee aan de slag.'

'Hij weet het al,' zeg ik en mijn maag trekt samen. Ik vraag me af hoe ver rechercheur Crane al is met het achterhalen wie de moordenaar van Frances is. Er is in nog maar drie dagen zoveel gebeurd, en er zijn nog maar vier dagen over om het op te lossen. Maar die dagen doen er niet toe als Crane al het nodige ontdekt heeft en het vandaag oplost. Ik kan mezelf er niet eens toe brengen de wens uit te spreken dat hij een slechte rechercheur is, laat staan dat ik hem op een of andere manier wil saboteren. Ik moet gewoon vasthouden aan mijn plan en hopen dat ik zo sneller antwoord krijg. 'Maar ik wil je wel om een gunst vragen. Zou je met Magda willen praten zonder te laten merken dat je weet wat ze van plan is? Zou je dat voor me willen doen? Het is voor Frances.'

'Je stelt jezelf toch niet aan allerlei gevaren bloot, Annie? Want ik heb er geen probleem mee om Rowan te bellen en hem te vertellen je een beetje in te tomen als het je allemaal te veel wordt.'

'En hem dan de moord voor mij laten oplossen? Waarmee je Jessop Fields het landgoed en het huis in de schoot zou werpen, zodat ze de boel kunnen omtoveren tot een winstgevende onderneming, iets waarmee ze zich de woede van het hele dorp op de hals zullen halen?'

'Rowan verdient wat meer krediet,' zegt ze. 'Hij gaat heel voorzichtig te werk, Annie, hij probeert iedereen te beschermen terwijl hij verder gewoon zijn werk doet, en jou ook nog ruimte verleent om je onderzoek te doen. Maar als jij het loodje legt schiet niemand daar iets mee op.'

Ik doe mijn best mijn zenuwen weer onder controle te krijgen, want hoe meer ik over mijn plan nadenken, hoe dommer het klinkt. 'Je moet een kleine roddel voor me verspreiden, alleen maar naar Magda. Laat haar weten dat ik de moord op Frances heb opgelost. Wil je dat doen?'

'Heb je ontdekt wie de moordenaar is? Want als dat zo is, moet je Walt Gordon bellen,' zegt ze.

'Ik denk dat ik het opgelost heb, maar ik heb nog een paar dingen nodig om het te bewijzen. Dus kun je dit ene dingetje doen voor mij?'

Weer een lang moment van stilte, daarna een diepe zucht. 'Goed dan.'

'Dank je.'

'Maar ik ga ook alles doen wat in mijn vermogen ligt om je veiligheid te garanderen, en dat betekent ook dat ik Rowan ga vertellen over dit gesprek.'

Ik huiver. 'Je moet doen wat je moet doen,' zeg ik.

'Jij ook,' zegt ze, en dan hangt ze op.

36

Handenwringend laat ik het gebeier van de kerkklokken over me heen komen, en ik besef hoe zenuwachtig ik ben om John Oxley te ontmoeten. De tijd kroop voorbij in Gravesdown Hall, en ik hield het geijsbeer door de kamers niet meer vol. Dus belde ik een taxi, en besloot dat het tijd was om de kerk en mijn familiebanden niet langer meer te negeren. De kerk staat op een klein heuveltje, als een echo van de kasteelruïne op de grotere heuvel aan het andere eind van het dorp. Langzaam loop ik heuvelop, omgeven door scheefstaande grafstenen en brede taxusbomen.

Een stroom mensen verlaat de kerk – vrouwen met lila en lichtblauwe hoedjes staan te praten met mannen in verkreukelde pakken. Ik werp een blik over mijn schouder naar de voet van de heuvel en zie een snelle glimp van een volumineuze witte jurk, voordat de deur van een snelle zwarte oldtimer dichtslaat. Het voelt niet echt als het juiste moment om naar John toe te lopen en te zeggen: 'Hé, John, ik ben Annie, je kleindochter.' Dus ga ik op een bankje zitten een stukje van de kerk af, waar ik alles kan overzien. Het duurt niet lang voordat de meeste mensen weg zijn, en ik zie dat de rij auto's naar het eind van de weg rijdt, naar het Castle House Hotel.

Ik zie John praten met een wat oudere vrouw, maar hij kijkt haar niet aan – hij kijkt naar mij. Hij ziet er precies zo uit als op de foto op de website van de kerk, met zijn witte netjes gekamde haar en zijn tanige lichaam dat lijkt te zeggen dat hij een actief leven leidt. Ik weet niet waarom, maar ik heb het gevoel dat hij tennist, of roeit. Ik probeer me hem voor te stellen op zijn achttiende, dat hij rondhing met Emily, een stereotiep schurkachtig leven vol bedrog. Ik probeer me voor te stellen dat hij een moord heeft gepleegd, tevreden merk ik dat dat me niet lukt.

Maar het volgende dat me opvalt zijn de bloemen – rozen, allemaal rozen, en wel een speciale soort. Aan de voorkant van de kerk staan twee grote bloemstukken op voetstukken, en ik vermoed dat binnen ook rozen staan. Het zijn allemaal, tot het allerkleinste knopje aan toe, dezelfde rozen als die ik zag op de boerderij van Archie Foyle. Archie moet de traditie hebben voortgezet na de dood van Frances, en de rozen zelf bij de kerk hebben afgeleverd, want de bloemen zijn nog vers.

Uiteindelijk is de dominee uitgepraat en komt naar me toe gelopen. Ik vouw mijn handen, daarna laat ik ze weer los, ondertussen me afvragend of ik moet laten doorschemeren hoeveel ik van zijn verleden weet.

'Ik vroeg me al af of ik je een keer zou tegenkomen,' zegt hij, met een vriendelijke uitdrukking op zijn gezicht. 'Ik hoorde dat je in de stad was, maar ik wist zeker dat je geen aanleiding zou zien om op bezoek te komen. Laura en haar ouders kwamen nooit in de kerk. Mag ik?' Hij gebaart naar het bankje, de plek naast me. Hij glimlacht, warm maar bijna verlegen. Er moeten wel duizend dingen door zijn hoofd razen. Hij schenkt me een lange nadenkende blik.

'Natuurlijk,' zeg ik. Ik vraag me af wat hij ziet als hij naar me kijkt. Mijn blonde haar, de wijd uit elkaar staande ogen, de hoge jukbeenderen – ziet hij Emily Sparrow? Of gewoon die paar dingetjes die hem bekend voorkomen? En nu ik hem eens goed bekijk zie ik dat mijn jukbeenderen en ogen een blauwdruk zijn van die van hem. Daarom zag ik misschien geen overeenkomst op Emily's foto tussen mama en haar. Het blonde haar is het enige dat we gemeen hebben met Emily, onze beider gezichten lijken meer op dat van John. Een golf warmte stroomt door me heen, want ik heb Peter en Tansy nooit gekend, noch mijn vader. En dan is hier ineens die vriendelijke oude man die me zo verbaasd bekijkt dat ik me heel bijzonder voel, hoewel ik hier alleen maar zit. Hij kijkt naar me alsof ik een buitengewoon schepsel ben, louter vanwege mijn bestaan.

Ik ken dit gevoel niet, en het is iets als het vrolijke knetteren van blokken hout als je een haardvuur aanmaakt, of de troostende geur van versgebakken brood. Beide heb ik nooit echt ervaren in mijn leven. Het is een ander familiegevoel dan ik ken, realiseer ik me. Het leven dat mam me gegeven heeft is nog net zo onconventioneel, maar er is nu opeens een nieuwe dimensie aan het woord toegevoegd.

Ik besluit er met gestrekt been in te gaan. 'Peter en Tansy maakten zich waarschijnlijk zorgen dat mam erachter zou komen... dat u haar echte vader bent, bedoel ik. Dat bent u toch?'

Als mijn openhartigheid hem schokt, dan weet hij dat goed te verbergen. Hij maakt een geluid dat klinkt alsof hij opgelucht is.

'Peter en Tansy...' John bolt zijn wangen, hij wikt en weegt zijn woorden. 'Ze waren heel voorzichtig met Laura. Ik denk dat zij, als hun enige kind, een teer evenwicht in hun geluk betekende, en als ik terugkijk zie ik dat ze al het mogelijke deden om ervoor te zorgen dat dat evenwicht gehandhaafd bleef. Ik heb ze sinds mijn aanstelling nooit in de kerk gezien. Ze betaalden meer dan ze verdienden om de privéschool te betalen in Little Dimber, dus ze had heel weinig vriendjes in Castle Knoll. Reggie Crane was waarschijnlijk haar enige vriendje hier, maar dat was omdat hij korte tijd naar dezelfde school ging als zij. En wanneer Peter en Tansy op bezoek gingen bij Frances was dat altijd kort, plezierig en zonder wanklanken.'

'Hoe weet u dat? Van die school en de bezoekjes aan oudtante Frances bedoel ik. En bent u nou de vader van mijn moeder, of hoe zit dat?' Ik slaag er niet in het woord 'grootvader' over mijn lippen te krijgen.

'Ik ontdekte dat ik Laura's echte vader was omdat Ford een DNA-test deed vlak nadat ze was geboren. Het was wetenschappelijk nog een nieuw fenomeen, zo'n test, maar hij wilde het zeker weten. Frances vertelde het me, en ik was blij dat ze dat deed. Frances en ik dronken elke week koffie met elkaar, jarenlang, en ze hield me op de hoogte van het reilen en zeilen van Laura en van jou. We gingen altijd naar het Castle House Hotel, het was een soort traditie.' Hij glimlachte warm.

'Het deed me zoveel verdriet toen ik hoorde dat ze dood was, en ik was woedend toen ik hoorde hoe het gebeurd was.' Hij knippert zijn tranen weg, maar hij wendt zijn blik niet af. 'Ik ben altijd van haar blijven houden.'

Ik weet niet goed wat ik daarop moet zeggen, dus zeg ik maar even niks. John draagt geen trouwring en ik voel een trilling door mijn borst als ik hem voor me zie, al die jaren vol liefde voor Frances terwijl hij haar verder zag leven, op enige afstand van hemzelf. Ze waren in elk geval vrienden gebleven.

'Ik vind het verdrietig dat ik Laura nooit heb kunnen vertellen dat ik haar vader ben,' zegt hij uiteindelijk, 'maar ik heb Peter en Tansy een belofte gedaan, en ik begreep hun motieven voor de gang van zaken.'

'Ik weet zeker dat mam heel graag op bezoek zou willen komen en uit uw mond de waarheid zou willen horen,' begin ik. Er zijn nog wel meer dingen waarvan ik mam op de hoogte moet brengen, en nu de opening van haar expositie inmiddels achter de rug is heb ik niet echt een excuus meer om haar op afstand te houden.

'Ik las in de krant over haar succes,' zegt John, en hij lacht trots. 'En toen jij werd geboren, liet Frances me foto's zien tijdens onze wekelijkse kopjes koffie.' Hij zwijgt even, en zijn stem stokt. 'Het is stom, maar ik zal onze koffieafspraken zo missen.'

'Ik weet dat ik Frances niet kan vervangen, maar misschien wilt u een keer met mij koffiedrinken?' zeg ik zwakjes.

'Ben je van plan in Castle Knoll te blijven?' vraagt hij. Zijn hele gezicht klaart op, en een gevoel van verwantschap trekt zo sterk aan me dat ik precies weet waar ik wil zijn.

'Ja,' zeg ik, vol overtuiging. 'Ik blijf hier.'

37

Als ik terug ben op Gravesdown Hall, bel ik mam vanuit de ruimte waar alle dossiers van Frances zich bevinden.

'Sorry dat ik niet eerder belde,' zeg ik. 'Hoe was de opening?'

'O, het was geweldig!' zegt mam. 'Echt, de kritieken zijn geweldig en de verkoop gaat echt goed. Ik heb nu geld om mijn eigen werkruimte te huren, dus ik hoef niet langer de kelder te gebruiken. O, voordat ik het vergeet, Annie, kun je de advocaat van tante Frances zeggen dat hij die toelage niet meer hoeft te storten? Ik denk dat er vorige week iets op de rekening tussendoor geglipt is. Ik kreeg weer een storting van tweehonderd pond, en ik heb het gewoon niet nodig.'

'Wacht, die toelage van Frances liep toch altijd al via Gordon, Owens en Martlock?' vraag ik. Ik denk aan de afschriften van de bank, en er begint me iets te dagen.

'Nee, hij kwam altijd direct van Frances, maar een paar weken voordat je die brief kreeg – je weet wel, over die bijeenkomst – kwam het ineens van het advocatenkantoor. Ik besteedde er eerst geen aandacht aan; ik kon het geld wel gebruiken, en geld is geld, toch?' Mam klinkt opgewekt, bijna ademloos. 'Maar Annie, je gelooft gewoon niet voor hoeveel geld ik een schilderij verkocht heb. Het stond zelfs in *The Times*! Al gaat het niet alleen om het geld hoor. Mijn carrière zit weer in de lift. Ik was bang dat deze expositie een flop zou zijn, maar het is zo fijn om te merken dat mensen mijn kunst echt begrijpen, en dat was mijn bedoeling met deze expositie.'

Ik glimlach, want het is goed om mam weer in zulke positieve bewoordingen over haar werk te horen praten. 'Dat is fantastisch, mam, ik wist dat het goed zou gaan.'

'Maar hoezo ben je nog steeds in Castle Knoll?' zegt ze. 'Probeert Saxon het testament van tante Frances aan te vechten? Of wordt het landgoed opgesplitst?'

Ik heb niet de kracht om haar over mijn situatie te vertellen, hoe ik in een complexe strijd verwikkeld ben met Saxon, hem probeer te slim af te zijn om ons huis in Chelsea veilig te stellen en het Graves-down-landgoed uit handen van projectontwikkelaars te houden. De laatste wens van oudtante Frances is nu met te veel emoties verweven. Nu ik weet van Emily, en alle ups en downs van wat er die zomer toen ze zeventien waren allemaal gebeurde, vind ik het mijn plicht om het gevecht te winnen. En ik wil een zo helder mogelijk hoofd hebben.

'Er wordt nog over gekibbeld. Ik blijf hier en hou een oogje in het zeil, en ik zal alles doen wat in mijn vermogen ligt om ons huis te behouden,' zeg ik. 'Ik bel je snel weer, goed?'

Ik hang op en klik op de foto's van de bankafschriften die ik nam. Mam bevestigde wat ik ook de eerste keer al zag: de eerste overmaking voor juridische kosten was een week voordat ik de brief kreeg. De dag dat Frances de hutkoffer ontving die ik stuurde. De dag dat ze Emily's overblijfselen vond en alles voor haar veranderde.

Ze moet in alle staten geweest zijn, dat ze Emily na al die jaren zoeken ineens gevonden had. Ik zie haar voor me, paniekerig heen en weer lopend in haar kamer, in zichzelf de voorspelling herhalend en zich volledig laten overmannen door het verschrikkelijke van alles.

Dat ze haar testament veranderde, was een daad van wanhoop geweest, een bijgelovige actie om te proberen een naar haar idee spoedige dood te voorkomen. Iedereen zou het wreed vinden dat ze mam uit het testament schrapte terwijl ze niets fout had gedaan, iedereen behalve Frances. Ik zie voor me hoe Walt haar probeert om te praten, terwijl Beth boeken met 'koningin' in de titel verborg, en theekopjes van porselein en zelfs vorken die er fout uitzagen – alles om Frances te behoeden voor haar eigen paranoia.

En toen het Walt niet lukte om haar om te praten, besloot hij zelf een manier te vinden om mam te steunen. Mam, die Walt nauwelijks kende. Die laatste paar betalingen hadden ervoor gezorgd dat ze de laatste schilderijen kon maken en een expositie kon inrichten. Mijn ogen branden, en ik knipper een paar keer om de tranen weg te drukken. Frances had gelijk – Emily heeft nooit de kans gekregen om haar leven te beteren die zomer, maar alle anderen die fouten maakten wel. En ik denk dat Walt dat ook zag. Mam helpen lijkt Walts manier om te laten zien dat hij nog steeds om Emily gaf, dat hij haar de verbroken belofte vergaf, en dat hij besefte hoeveel haar was afgenomen.

Ik denk aan het fotoalbum van Rose. Er is een bepaalde foto van Frances, waarop ze haar wollen jas draagt – de jas die ze van Emily's lichaam rukte op de dag dat ze allemaal ontdekten dat ze zwanger was. Dat, plus de informatie dat John en Walt nooit aangekomen waren in Chelsea, en de Phantom II die hun voorbij gescheurd was… Ik hoop maar dat ik niet fout zit. Saxon wil alleen maar mijn voortgang in de zaak kapotmaken en vertragen, zodat ik de moed verlies en makkelijker te manipuleren ben. Maar Walt heeft Emily niet vermoord. Walt was er niet eens.

'Klaar?' De stem van Saxon die over mijn schouder mijn oor bereikt. Ik draai me om en zie dat hij naar me kijkt. Hoelang staat hij daar al zonder dat ik hem opmerkte? Hij stapt in een straal licht die zich een weg baant door de deur van het kantoor van Frances.

Saxon vraagt niet waarom ik mijn rugzak niet bij me heb. Ik weet niet of dat me vertrouwen zou moeten geven dat ik er misschien wel in zou kunnen slagen hem te slim af te zijn, of dat hij gewoon wacht op het juiste moment om zelf een zet te doen. Maar de inhoud van die rugzak is mijn vangnet, en ik heb vooruitgedacht. Ik kan niet riskeren dat opnieuw al mijn werk vernietigd wordt, en de sleutel tot alles zijn mijn aantekeningen – mits ze in de juiste handen terechtkomen.

Het enige wat ik heb is mijn telefoon – met stembediening – en een 'wegwerptelefoon' die ik in een winkel in het dorp heb gekocht. Heerlijk om die te kopen; ik heb me echt moeten inhouden om niet opgewonden te zeggen: 'Een wegwerptelefoon, alstublieft!'

Jenny wacht tot precies acht uur voordat ze de politie van Castle

Knoll belt en hun alles vertelt. Ik wilde ze net voldoende informatie geven om mezelf niet in gevaar te brengen, maar niet zoveel dat rechercheur Crane de lege plekken in kan vullen en de zaak sneller oplost dan ik. Maar hopelijk heeft Walt tegen achten al mijn informatie die voldoet aan de voorwaarden van het testament van Frances.

'Klaar,' zeg ik. Ik heb mijn oude leren jasje van de kringloopwinkel weer aan, en ik zie dat Saxon het maar niks vindt. Hij doet verwoede pogingen om zijn gezicht in de plooi te houden, maar hij wil me graag het huis uit hebben. Voor altijd.

We gaan in zijn sportauto zitten en rijden een paar minuten in stilte. Ik kijk op mijn wegwerptelefoon hoe laat het is: 19.25 uur. Het is niet gewoon een standaard Nokia, want ik kan niet het risico nemen dat er niet genoeg geheugen in zit, of geen geavanceerd microfoontje dat alles goed opneemt. Ik kwam wel flink rood te staan toen ik deze splinternieuwe iPhone kocht, maar ik kon hem verbinden met mijn eigen huidige iPhone als tweede telefoon, en zo was hij binnen een paar minuten klaar voor gebruik. Ik denk dat dit technisch gezien betekent dat het geen wegwerptelefoon is, maar het blijft een mooi woord. En ik vermoed dat ik de telefoons onder Saxons neus om moet wisselen, dus ze moeten er hetzelfde uitzien. Ik druk op 'opnemen' terwijl ik zogenaamd zit te appen. Saxon houdt zijn ogen op de weg gericht, een strakke uitdrukking op zijn gezicht. Ik laat mijn telefoon in mijn binnenzak glippen en pak de andere, waarop ik verder app alsof er niks veranderd is.

Ik vraag me wel af hoe het zit met mijn timing. Ik moet het misschien een beetje rekken en ik hoop maar dat de microfoon het geluid door het leer heen kan opnemen. Als ik eenmaal op de plaats van bestemming ben kan ik 'm niet zomaar tevoorschijn halen om een betere opname te krijgen. Ik maak me ook zorgen dat het fout zal lopen en dat ik aan het eind van de avond opgepakt zal worden voor het kopen van drugs.

Ik kom in de verleiding om Saxon nog wat te testen en hem te vragen hóé ik door mijn diefstal van drugs kan ontmaskeren wie de moordenaar van Frances is. Maar voor hem gaat dit plan niet over

Frances; het gaat erom mij uit te schakelen. En als ik hem te veel op de huid zit, zal hij weten dat ik hem doorheb.

'Doe het handschoenenkastje maar open,' zegt Saxon. 'Daar zit het geld in. Magda zal je vragen of je vooraf wilt betalen, voordat je zelfs maar de ambulance in gestapt bent.'

Er ligt een stapel briefjes, opgerold met een elastiekje eromheen. Het ziet er viezig en verfrommeld uit, precies wat junkies bij zich zouden hebben, maar als ik het elastiekje eraf haal en het gezicht van koningin Elizabeth me aankijkt, hoor ik in mijn hoofd weer de voorspelling van oudtante Frances:

Het vooruitzicht van je langzame ondergang begint als je de koningin in één hand houdt.

Ik huiver en schuif alle bijgelovige gedachten opzij voordat ze bezit van me nemen en mijn angst gaan voeden.

Ik stop het geld in de zak van mijn jasje en werp weer zijdelings een blik op Saxon. Ik wed dat er geen enkele vingerafdruk van hem te vinden is op het geld, en hij heeft zijn uiterste best gedaan om ervoor te zorgen dat die van mij talrijk zullen zijn. Geen enveloppen of tupperware-bakken hier.

'Als je eenmaal binnen bent, zal ze vragen wat je wilt hebben. Hou je aan wat we afgesproken hebben en vraag naar iets wat afkomstig is uit de dierenkliniek. Vraag om ketamine.'

'Begrepen,' zeg ik. *Niet aan naalden denken, niet aan injectiespuiten denken... rustig blijven, Annie. Je moet Annie het centrale personage laten zijn om dit te kunnen doen. Annie de rechercheur.*

We komen aan in het dorp en hij zet zijn auto neer op een kleine parkeerplaats achter de slijterij. Die lijkt alleen gebruikt te worden door werknemers, en er staan al wel een paar auto's maar dat stoort Saxon niet. Ik vermoed eigenlijk dat de ambulance duidelijk zichtbaar ergens zal staan. Als iemand zijn auto komt ophalen, dan zien ze alleen maar een ambulance geparkeerd staan, dat zullen ze niet verdacht vinden.

Hij parkeert de sportwagen achteruit op een open plek achter een vuilnisbak, waar we het hele parkeerterrein kunnen overzien zonder zelf zichtbaar te zijn, of ze moeten echt goed kijken. 'Ik blijf hier staan, klaar om weg te rijden als je de plastic bak hebt. Als die afleidingsmanoeuvre met de politiescanner niet lukt, en ze de bak de hele tijd in de gaten houdt, stop dan gewoon die ketamine die ze je verkocht heeft in je zak en doe alsof het een gewone drugsdeal is, oké?'

Hij moet toch wel denken dat ik een stomkop ben. 'Waarom zou ik niet ineens van gedachten kunnen veranderen, mijn geld terugvragen en weggaan zonder drugs?'

'Omdat Magda dan achterdochtig zal worden. Zo gaat dat nou eenmaal als je iets illegaals doet – het gaat erom dat je allebei iets illegaals doet. Als je net zo illegaal bezig bent als zij, dan weet ze dat je haar niet zult verraden.'

Eigenlijk wil ik hem de gebrekkigheid van die logica aanwrijven, maar hij mag niet denken dat ik geen vertrouwen in hem heb.

'Goed, dat klinkt volgens mij wel logisch.' Ik knik en bijt op mijn lip. Ik hoop maar dat dokter Owusu heeft rondgebazuind dat ik de moord heb opgelost. Alles hangt af van het feit of die informatie Magda bereikt heeft.

'Dat is goed, je moet er wel een beetje bang uitzien,' zegt hij. 'Doe alsof je een paniekaanval hebt gehad, want Magda zal ervan uitgaan dat je niet echt een drugsverslaafde bent. Geef me je telefoon eens, dan zet ik haar nummer er voor je in.'

Hij steekt zijn hand uit, en dit is het moment waarop ik had voorzien dat het fout zou gaan als ik er niet alert op was geweest. Hij is slim, en hij wil even controleren of ik niet alles aan het opnemen ben. Hij zal de telefoon ook niet teruggeven als ik de auto uit stap.

Mijn gezicht geeft niks weg en ik ontgrendel mijn telefoon. Ik kijk hem recht aan en overhandig hem. Hij lijkt een beetje van zijn stuk want hij verwachtte waarschijnlijk dat ik zou aarzelen.

Hij zet het nummer erin, belt het en zet de telefoon op speaker – hij wil meeluisteren met het gesprek met Magda, maar ik zal het voeren. Ik twijfel er niet aan dat Saxon zelf alles opneemt met zijn eigen telefoon die wel ergens in de auto zal liggen.

De telefoon gaat een paar keer over, en dan hoor ik Magda's stem, traag komt hij uit de speaker. 'Magda's hulplijn voor kleine ongevallen,' zegt ze, en het achteloos zangerige van het zinnetje maakt duidelijk dat er meer achter zit.

'Hi Magda, Annie Adams hier. Ik hoorde dat ik dit nummer kon bellen als ik, eh... een beetje farmaceutische hulp nodig heb?'

'Dan zit je goed,' zegt ze opgewekt. 'Heb je nu meteen iets nodig? Hangt ervan af wat je zoekt maar ik heb op dit moment niet heel veel keus...'

Saxon knikt me bemoedigend toe, dus ik probeer mijn rol zo goed mogelijk te spelen. 'Ik raak een beetje in paniek over al dat gedoe met de moord, ik zou graag iets hebben waar ik echt rustig van word. Heb je wat K?' Zo bestel je volgens het straatwoordenboek ketamine, en plotseling voel ik me de gespannen brave burger die ik ben als dat 'K' nogal bekakt en fout uit mijn mond rolt.

'Ik denk dat ik je dat wel kan leveren,' zegt ze. Ze zegt hoeveel het kost en vraagt of ik tijd nodig heb om te pinnen.

'Nee,' zeg ik.

En dan gaat alles heel erg snel.

'Een goede plek om klein letsel te behandelen is een van de parkeerterreinen. Ben je nu in het dorp?'

'Ja,' zeg ik. 'Ik heb net iets gekocht bij de slijterij. Is er hier dichtbij iets?'

'Het parkeerterrein achter de winkel is perfect. Ik zie je daar over tien minuten.'

'Heel goed.'

Saxon drukt op het rode telefoontje en stopt daarna mijn telefoon in zijn zak. 'Magda zal je daar niet met telefoon binnenlaten,' zegt hij. 'Dat begrijp je vast wel. Voor haar eigen veiligheid. Maar maak je geen zorgen, ik zit hier en let op, en het ergste wat kan gebeuren is dat je uiteindelijk naar buiten komt met wat K.' Zijn 'K' klinkt veel soepeler.

Ik slik, mijn keel is plots droog. 'Ja,' zeg ik. Ik probeer te verhullen dat ik zenuwachtig ben, want ik voel dat de sfeer in de auto nu gespannen is. Hoe zenuwachtiger en banger ik lijk, hoe meer hij meester van de situatie is. Ik prent mezelf in dat hij alleen maar dénkt dat hij aan de winnende hand is, maar in mijn hoofd gaan alarmbellen af.

'Het gaat helemaal goed komen,' zegt Saxon. 'Maar je kunt beter uitstappen en hier wachten, want ze mag niet zien dat ik hier geparkeerd sta.'

Ik stap uit alsof de auto zo meteen gaat ontploffen, maar ik kom weer tot mezelf als ik de koele avondlucht tegen mijn gezicht voel. Ik loop zo'n dertig meter het parkeerterrein op, en als ik me omdraai zie ik dat de auto van Saxon alleen maar zichtbaar is vanuit de verre hoek. Ik loop naar de andere kant, waar hij me niet kan zien, en voel in mijn binnenzak. Misschien is er niets van de instructie van Saxon opgenomen door de demping van het leer, maar het is de enige plek voor de telefoon, dus ik moet maar bidden dat het zo werkt. Ik kijk hoe laat het is: 19.45 uur. Nog een kwartier en Jenny gaat over naar fase twee. Als ik in deze vijftien minuten niet krijg wat ik nodig heb, dan liggen al mijn kaarten op tafel en zal rechercheur Crane eraan komen om de zaak over te nemen. Of erger nog: ik word opgepakt voor iets wat ik niet gedaan heb, en Saxon gaat er met de buit vandoor als hij uitvogelt wie de moordenaar van Frances is. Want dat zal hem wel lukken.

Ik haal diep adem. Saxon mag dan denken dat hij mij in de val lokt, ik lok de moordenaar van Frances in de val. Ik leid iedereen naar het eindspel.

Ik reken op het feit dat roddels razendsnel rondgaan in dit dorp. Ik reken er ook op dat Magda's handel een publiek geheim is, vooral voor degenen met wie ze veel tijd doorbrengt. Als ik een van beide zaken heb overschat, dan heb ik een groot probleem.

'Waar ben je?' mompel ik met opeengeklemde kaken. De ambulance moet opschieten, want ik moet erin zitten voordat het kwartier voorbij is. Ik had wellicht een beetje vertraging moeten incalculeren.

Eindelijk rijdt de ambulance het parkeerterrein op, en ik kan er niks aan doen dat er een tevreden lachje rond mijn mond speelt als ik zie dat ik toch wel iets goed gepland heb. Nu Joe en niet Magda is gekomen zal Saxon wel zitten vloeken in zijn kleine sportwagen, helemaal in de war. Ik controleer snel of de recorder nog aan staat en stop de telefoon in mijn zak.

'Hi,' zeg ik als Joe Leroy uit de bestuurdersstoel stapt. 'Ik had Magda gebeld,' zeg ik, en doe net alsof ik in de war ben.

'Ja, dat weet ik,' zegt hij. 'Maar ik zei dat ik je wel zou helpen. Ze had het over een klein noodgeval, een paniekaanval? Je ziet er prima uit,' zegt hij, met een vriendelijke uitdrukking op zijn gezicht.

'Ik, eh, heb een paar ademoefeningen gedaan.' Ik probeer wat meer spanning in mijn stem te stoppen, en dat is niet zo moeilijk. Ik kijk naar de blauwe handschoenen die hij aanheeft, en hoe hij zijn gezicht in de plooi lijkt te hebben. Ik ben roekeloos bezig, maar nu moet ik doorzetten. *Vijftien minuten.* Ik moet hem gewoon vijftien minuten aan de praat houden, en hopelijk krijg ik wat ik nodig heb en kan ik hier ook nog wegkomen. 'Ik ben nog een beetje duizelig. Kan ik even ergens zitten?'

Joe loopt naar de achterkant van de ambulance en doet de deur open. De fluorescerende lampen knipperen aan en verworden dan tot een zwak ziekenhuislicht, mijn maag draait om. 'Natuurlijk,' zegt hij, en hij pakt mijn arm en helpt me naar binnen. Zijn latex handschoenen piepen als hij het leer van mijn jasje aanraakt, en ik ruik hoe de geur van desinfectans zich met die van zijn aftershave mengt. Hij is de vos die een angstig konijntje zijn hol binnenleidt. Ik ril als ik achter in de ambulance op de met papier bedekte brancard ga liggen, maar mijn hoofd wordt wat helderder als ik de plastic bakjes zie staan onder een voorraad spullen tegenover me. Het ziet er precies zo uit als Saxon beschreef, maar dat wist ik ook wel.

Ik hoor dat hij de deuren dichtdoet. Op professionele toon zegt Joe: 'Goed dan, Annie.' Als ik mijn blik op hem richt, wordt het me duidelijk dat de hele timing eigenlijk totaal niet klopt. Want Joe verspilt geen tijd. Hij heeft al een injectiespuit in zijn hand als hij zegt: 'Helaas staat je vanavond een overdosis te wachten.'

38

De Castle Knoll-dossiers, 10 januari 1967

Het was de eerste Kerstmis nadat Emily verdwenen was, en ik had kennelijk een gulle bui want ik had eindelijk beloofd om met Rose naar Gravesdown Hall te komen. Ik had wel door dat Ford met haar dingen had zitten te bekonkelen, want hij stuurde vanaf september brieven in plaats van cadeautjes. Hij schreef in prachtige bewoordingen en de brieven waren interessant, en hij was nieuwsgierig naar mij en mijn toekomstdromen. Met elke brief ontdooide ik een beetje meer, en tegen het eind van september begon ik aarzelend terug te schrijven. Geen persoonlijke dingen, aanvankelijk, maar hij had zo zijn methodes om me uit mijn schulp te trekken, het voelde soms bijna erotisch, al waren zijn brieven dat niet zo openlijk. O, het is zo lastig uit te leggen!

Toen we met Kerstmis naar het landgoed gingen, voelde ik de kracht van zijn affectie, maar wel op meters afstand. Het was alsof hij me dat schaakstuk weer gaf, met de woorden: 'Hier, jij mag de koningin vasthouden.' Ik besefte dat hij daarmee niet een zin uit mijn voorspelling aanhaalde, maar dat hij wilde zeggen dat er ruimte voor mij was aan zijn zijde. Ik had het mezelf aangerekend toen ik hem voor het eerst ontmoette, want de gedachte dat hij op die manier in mij geïnteresseerd was leek me onzinnig. En nadat ik wist dat hij met Emily was geweest, probeerde ik me hen samen voor te stellen om hem uit mijn hoofd te krijgen.

In oktober was ik nog steeds bang dat hij haar misschien wel vermoord had. En toen werd het me duidelijk dat ik de koningin kon pakken en gewoon op het bord kon zetten. Want als ik dicht bij hem in de buurt was, zou ik er misschien achter kunnen komen wat er nu echt met Emily was gebeurd.

Maar ik wist dat het essentieel was dat ik mijn hoofd erbij hield. Dus als hij zou proberen me te paaien en vleien, dan zou ik me voorstellen hoe hij met Emily op het grote vloerkleed voor de haard lag. De schapenvacht in de eetkamer was er het meest geschikt voor, want ik had me altijd afgevraagd hoe het zou zijn als ik er gelukzalig met hem op zou liggen. Het was mijn beschamendste dagdroom over Ford, dus zette ik er in gedachten Emily middenin om het beeld van Ford met mij morsdood te maken. Zo bleef mijn houding tegenover Ford koeltjes, en concentreerde ik me erop dat Emily niet de controle over hem zou krijgen waarop ze hoopte.

Want als hij een andere vrouw wilde, dan zou hij die kunnen krijgen.

En hij schreef me over eenzaamheid. En ook nog eens in zulke prachtige bewoordingen, zijn handschrift mannelijk en netjes, voor elke regel had hij moeite gedaan. Natuurlijk bewaarde ik alle brieven.

In november deed Rose haar best om mijn gedachten af te leiden van Emily. Ik vermoed dat John haar vanaf de universiteit waar hij studeerde had geschreven, en haar had uitgelegd dat ik het veel te vaak had over toekomstvoorspellingen en moord.

Dus praatte ik er niet meer met hen over, en zo werd ik ook eenzaam.

Toen het bijna december was, werd ik wat minder afhoudend, en de brieven werden een soort ruimte waarin we onze geheimen kwijt konden. Ford verzekerde me dat hij en Saxon niet bij Emily in Chelsea waren geweest, zoals Saxon afgelopen zomer aan John had verteld. Saxon had gelogen; ze hadden in werkelijkheid een bezoek gebracht aan een paar kostscholen.

Hij begon de brieven af te sluiten met 'liefs van...' en hij richtte ze aan 'mijn lieve Frances'. Hij zei dat hij ernaar verlangde me te zien, maar dat hij na zo lange tijd wel zenuwachtig was. Na alles wat er gebeurd was. De tijd verstreek, en het werd steeds moeilijker om een voorstelling in mijn hoofd op te roepen van hen samen. Hoe beter ik hem leerde kennen, hoe onwaarschijnlijker het leek dat hij zich ooit voor haar had geïnteresseerd.

Ik raakte er steeds meer van overtuigd dat hij haar helemaal doorzag. Net zoals hij mij helemaal doorzag. En dat beslechtte uiteindelijk mijn lot en zorgde ervoor dat ik me aan hem verbond.

'Niet zo aan je haar frutten, Frances,' zei moeder toen ze zag dat ik het probeerde op te steken. 'Als hij het los mooier vindt, draag het dan los.' Moeders toon was veranderd toen de brieven begonnen te komen; ze vond het heel respectvol van hem. Het was ouderwets, maar het deed haar denken aan haar eigen verleden. Ze vertelde dat zij en vader elkaar tijdens de oorlog schreven, en hoe jonge mensen in de huidige tijd een fatsoenlijke trage romance niet meer echt waardeerden. Dus liet ik haar een brief lezen (een van de eerste, waarin hij vroeg wat mijn favoriete wandelroutes waren en van welke bloemen ik hield), en je zou bijna denken dat Ford haar ook had betoverd.

'Ik probeer het er een beetje aantrekkelijker uit te laten zien,' zei ik. 'Het is tenslotte een kerstdiner.'

Moeder frunnikte aan de zoom van mijn groene fluwelen jurk, ze was van streek omdat ik hem ingekort had, maar ze probeerde er uit alle macht niets van te zeggen.

'Als hij je vraagt wat je wilt drinken, vraag dan een champagnecocktail,' zei ze. 'Maar drink er niet meer dan eentje. Er is waarschijnlijk ook wijn bij het eten, en je moet niet al te aangeschoten raken. Ik wil dat de chauffeur je rond middernacht terugbrengt – het maakt niet uit dat je nu oud genoeg bent. Die toestanden van afgelopen zomer...' De rimpel in haar voorhoofd verdiepte zich. 'Als je een affaire aangaat met een man die zoveel geld heeft en ook nog een titel, dan moet het wel allemaal fatsoenlijk gebeuren.'

'Ja, natuurlijk,' zei ik, en een golf van warmte stroomde door me heen.

Rose belde aan en al snel stond ze naast me, opgewonden prees ze mijn haar, mijn jurk, de kleur van mijn lippen. Toen moeder mijn jas pakte, gaf ik Rose de lippenstift en ze deed voorzichtig iets op, tuitte haar lippen in de spiegel om er zeker van te zijn dat het niet over de randjes zat.

'Geef Ford vanavond een kus met deze lippenstift, Frannie, en als ik Bill een kus geef dan zal dat een soort echo daarvan zijn,' zei ze.

'Je denkt altijd in het extreme, Rose!' zei ik, maar ik moest lachen.

'Hij heeft me ten huwelijk gevraagd, weet je.' Ze sprak op gedempte toon, maar haar wangen gloeiden.

'Rose!' Ik glimlachte naar haar, en ze gaf een gilletje en kneep in mijn hand.

'En je hebt ja gezegd, toch?'

'Ik zei ja, maar alleen als jij en Ford ook gaan trouwen.'

Ik probeerde mijn gezicht in de plooi te houden, want ik kende Rose. Ze was gelukkig, dus wilde ze mij haar geluk in trekken. Het was echt lief van haar. Maar ze begreep niet waar ik allemaal doorheen ging. Op dat moment dacht ik dat niemand dat wist, al zei iets me dat dat absoluut niet waar was.

'Rose, laat je geluk alsjeblieft niet afhangen van het mijne, goed? Ik weet niet hoe het zit met Ford en mij. Het is allemaal erg ingewikkeld.'

'Dat komt allemaal wel goed, ik voel het,' zei ze. 'En ondertussen kan Bill je wanneer je maar wilt naar het landgoed rijden. Ford laat Bill me overal naartoe rijden, wanneer ik maar wil, het is fantastisch! Het voelt bijna alsof de auto van ons is. En wacht maar af tot je de kerstboom ziet bij Ford. Ik denk dat hij een beetje al te enthousiast zijn best heeft gedaan voor ons, maar dat is omdat hij jou voor het eerst sinds tijden weer ziet. Hij is zenuwachtig, Frannie. Hij houdt van je, echt waar.'

'Zijn wij de enigen die komen? Is het niet vreemd, een kerstdiner waarop je je chauffeur uitnodigt?'

'Ford blikte of bloosde niet. Zolang jij er blij mee was, was hij er ook blij mee. En hij wist dat je zonder mij niet zou komen.'

Ik knikte. 'Ik ben blij dat jij erbij bent,' zei ik. 'En met Bill erbij hebben we een leuk groepje.'

'Het is misschien een beetje ongewoon, maar Ford doet echt zijn best, Frances.'

Moeder kwam terug, blosjes op haar wangen, ze had mijn beige regenjas in haar hand. 'Ik kan je winterjas niet vinden, Frances. Die ene met die gouden knopen.'

'O,' ik probeerde de gedachte uit mijn hoofd te bannen. 'Die ben ik al zo lang kwijt. Ik weet niet waar ik hem gelaten heb.'

'Wat droeg je dan de hele tijd met dit weer?' vroeg moeder ineens. 'Ik zou zweren dat ik je in een jas heb gezien.'

'Dat was de jas van Rose, maar ik vergat hem in het hotel toen ik gister een kopje koffie ging drinken. Maar het is goed zo, hoor.'

'Die jas was ook al oud volgens mij,' zei moeder. 'En het was ook niet echt een heel flatterend model, hij hing een beetje af. Nou ja,' zei ze terwijl ze me de regenjas gaf, 'je bent toch maar heel even buiten. Ik zal eens kijken of ik iets beters voor je kan vinden, misschien met een leuke ceintuur om de taille.'

'Dank je, mam,' zei ik, en ik gaf haar een kus op de wang. Toen stak ik mijn arm door die van Rose en liep weg, naar de warme Rolls-Royce, naar Bill, die het portier voor ons openhield.

Rose had gelijk over de kerstboom in Gravesdown – het was een hoge toren van twinkelende lichtjes die midden in de eetkamer stond. Hij kwam bijna tot het gewelfde plafond, en de kristallen ster bovenin raakte de onderkant van de kroonluchter, daar was vast en zeker zorgvuldig over nagedacht.

Aan beide kanten van de kamer laaide het haardvuur hoog op, maar het was niet te heet. Bill had de auto weggezet, en daarna verkleedde hij zich nog. 'Hij stond erop,' zei Rose. 'Hij wilde zeker weten dat hij als gast beschouwd werd, al had Ford tegen hem gezegd dat hij voor die rit van ons zijn chauffeursuniform niet aan had hoeven doen.'

Ik zag nieuwe personeelsleden geruisloos komen en gaan. Eentje pakte mijn jas aan, en een ander bood me zwijgend een glas champagne aan van een zilveren blad. Rose en ik pakten elk een glas, we stonden naar de boom te staren.

'Ik zou er helemaal in kunnen verdwalen,' zei ik.

'Ik ben blij dat je hem mooi vindt.' Van achter me klonk de stem van Ford; ik schrok niet want hij klonk vriendelijk, maar prikkelend genoeg om mijn hartslag te versnellen.

Toen ik me omdraaide keek ik in zijn heldere ogen, zijn glimlach was zacht. Zijn mond verraadde zijn zenuwen, en ook een glimpje hoop. Het was ontwapenend, en toen hij me ter begroeting op mijn wang kuste, moest ik de geur van zijn aftershave wel opsnuiven, en ik fluisterde 'hallo' in zijn oor.

Na twee glazen champagne verliep de avond wat soepeler.

Ik denk dat mensen om die reden van champagne houden, toch? Al snel voelden de formaliteit en chique dingen als canapés en kaviaar bijna normaal. We hadden levendiger gesprekken dan anders; ze knapperden mee met de haardvuren. Ik voelde de hand van Ford tegen de onderkant van mijn rug toen we na het eten van de eetkamer naar de bibliotheek liepen, naar de koffie met petitfours die lagen te wachten op zilveren schalen. Er stonden twee banken rond een lage tafel, en het voelde als een weldoordachte verandering van de inrichting. Ford had besloten dat het een plek was voor amusement in plaats van een plek om je tussen de boeken te verschuilen.

Het leek alsof hij mijn gedachten kon lezen toen hij zei: 'Hoe vind je de veranderde inrichting van de bibliotheek, Frances?'

Ik keek om me heen, merkte de bloemstukken op bij het raam, en de kleur van de nieuwe gordijnen. Ik schrok van de veranderingen. Ik zag mezelf weerspiegeld in de ruimte. De stukken van mezelf die ik had geopenbaard in de brieven – hij had ze in dit huis neergezet. Rose keek me stralend aan, en mijn gezicht liet zien wat ik voelde. Het was nogal een schok om me zo gezíén te voelen. En toen ik naar Ford keek merkte ik dat ik me ook door hem begeerd voelde.

'Het is prachtig,' zei ik. 'Ik heb me altijd heel erg thuis gevoeld in deze ruimte.'

Ford leunde naar me over en kuste me vervolgens. Het was een snel gebaar, maar het was lief en verrassend. Ik hoorde de echo van Rose die Bill kuste op de bank tegenover ons, en het irriteerde me gek genoeg. Dit was mijn moment, niet dat van Rose. Ik had haar nooit mijn lippenstift moeten geven.

Toen Ford achteroverleunde, ontspanden eindelijk zijn schouders zich. Hij sloot even zijn ogen, een tevreden lachje op zijn gezicht. Eén arm rustte achteloos op de rug van de bank, achter me, maar hij raakte me niet aan.

'Ik heb een cadeau voor je, Frances,' zei hij, toen hij eindelijk zijn ogen weer opendeed. Het was me bijna ontgaan dat hij subtiel wuifde in de richting van de deur van de bibliotheek, waar iemand van het personeel stond met een grote rechthoekige doos. Er zat een dik goud lint netjes omheen, en ik aarzelde toen hij op mijn schoot werd gezet.

'Toe maar,' drong Rose aan. 'Maak open.' Ze lachte geruststellend.

Ik tilde het deksel op en onder lagen vloeipapier dat zo dun was als de vleugels van een vlinder lag een perfecte wollen jas met een bontrandje. Hij was diepgroen, en ik wist toen ik ernaar keek dat hij gekozen was om mijn ogen beter te doen uitkomen.

'Hij is prachtig,' stamelde ik. En ik meende het, want het was waar. Ik haalde hem uit de doos en hij voelde zwaar en warm, maar ik zag dat hij strak gesneden was en elegant zou staan. Niet te ouderwets, maar klassiek.

Ford glimlachte naar me en hief zijn glas. 'Als vervanging van de jas die je kwijt bent,' zei hij, en hij leegde zijn glas in één slok.

39

'Maak je geen zorgen, Annie, ik zal wel een paar halfslachtige pogingen doen om je bij te brengen,' zegt Joe. 'Maar als onervaren drugsgebruiker heb je gewoon te veel in te korte tijd genomen. Arme ziel... Hadden we dat maar geweten, en waren we maar sneller bij je geweest.'

In een reflex kruip ik helemaal naar de andere kant van de ambulance. De dubbele deuren achter Joe zien eruit als een muur, een blokkade. Ineens besef ik hoe weinig ruimte er hier eigenlijk is. Tussen de brancard en de laden met medische spullen, de infusen en de zuurstoftanks is zo weinig ruimte dat ik me overal binnen armlengte van hem bevind. Mijn keel knijpt dicht als ik zie dat de enige mogelijkheid om te ontsnappen de deuren achter Joe zijn. Ik probeer niet naar de injectiespuit in Joe's hand te kijken als hij een stap in mijn richting zet, maar ik moet wel als ik er geen slachtoffer van wil worden. Ik had geen idee dat hij deze weg zou inslaan, maar ik had het moeten weten. Als je een moordenaar in de hoek drijft, dan wordt de kans dat je zelf ondertussen vermoord wordt levensgroot. En Joe heeft al eerder een moord gepleegd door middel van een injectie.

Het kwam door de bloemen dat ik uiteindelijk bij hem uitkwam. Dat, tezamen met wat Frances in haar dagboek schreef over wie ze achter het stuur zag van de Rolls-Royce die naar Chelsea reed, de dag dat Emily voor het laatst gezien was. Al die dingen toonden voor mij aan dat er een link zat tussen de twee moorden. Oudtante Frances was emotioneel zo verstrikt geraakt in het hele gedoe met Ford, en of Emily hem nou weer voor zich zou winnen of niet, dat ze eenvoudigweg de gedachtesprong maakte dat Ford zich gehaast had om Emily bij te staan.

Maar ze had alleen maar Fords chauffeur achter het stuur gezien: Bill Leroy.

Het waren de woorden van Rose in Frances' dagboek die de puzzelstukjes op hun plaats deden vallen. *Ford laat Bill me overal naartoe rijden, wanneer ik maar wil, het is fantastisch! Het voelt bijna alsof de auto van ons is.*

Ik dreig overmand te worden door paniek, maar probeer mijn hoofd koel te houden. Als ik ga hyperventileren vanwege die naald, de geur in de ambulance en de dreiging dat ik het loodje ga leggen, dan val ik flauw en dan wordt het nog makkelijker voor Joe.

Ik denk aan Frances, en de woede over wat Joe haar aan heeft gedaan zorgt ervoor dat ik mijn concentratie behoud. Ik houd me eraan vast, peuter eraan alsof het een korstje is om mezelf tot kalmte te brengen.

'Hoe gaat het met Rose?' vraag ik. Mijn stem klinkt verstikt en schril, maar het is belangrijk om Joe kwaad te krijgen. Kwaaie mensen gaan praten. 'Hoe gaat zij om met wat je haar beste vriendin hebt aangedaan? Frances was haar wéreld, toch, Joe? En sterker nog, Frances was de obsessie van Rose. Veel meer dan Emily.'

'Ik heb gezorgd dat moeder vríj is, Annabelle,' hij spuwt zijn woorden uit als gif. 'Je hebt echt geen idéé wat al die jaren dat ze helemaal gericht was op Frances met haar deden. Elke dag ging ze een beetje meer dood als ze zag hoe Frances geobsedeerd was door die verdomde Emily Sparrow. Moeder heeft Frances de grootste gunst van haar leven verleend, ze zorgde ervoor dat Emily haar nooit meer pijn kon doen. Sterke mensen kunnen dat! Ze beschermen degenen van wie ze houden! En Frances was bezig moeder kapot te maken. Het was tijd dat ik haar ging beschermen.' Hij springt naar me toe en grijpt mijn arm, maar dankzij mijn dikke leren jas weet ik me los te wringen. Ik trek mijn arm uit mijn jas, en als ik me eruit heb gewurmd probeer ik me verder naar voren te bewegen in de ambulance; ik loer op de claxon of de boordradio. Ik hoor dat mijn telefoon uit mijn zak valt en op de vloer valt.

Een hand pakt mijn blote arm en trekt me naar achteren. Dan klemt hij zijn arm om mijn nek, drukt me tegen zijn borst en richt de spuit op mijn keel. Ik probeer te slikken maar stik bijna.

'Joe,' pers ik eruit, 'ze komen eraan.'

'Je lult uit je nek,' zegt hij, maar hij begint nu haast te maken. Hij heeft besloten dat ik me toch niet stil genoeg zal houden voor een injectie, dus legt hij de spuit weg en maakt een bak met medische spullen open. De andere arm zit nog stevig om mijn nek, en hoe hard ik ook worstel en trek, het lukt me niet om los te komen. 'Frances zat tenminste stil!' brult hij. 'Moet ik je soms knock-out slaan?'

'Frances dacht dat ze vergiftigd was door de dollekervel!' zeg ik schor. Zijn greep verslapt een beetje als hij iets uit het bakje pakt. 'Jij had haar dat boeket gestuurd omdat je wist dat ze in paniek zou raken en jou zou bellen! Je wist dat ze het je makkelijk zou maken omdat ze zo paranoïde was over het feit dat ze vermoord zou worden! Je maakte gebruik van haar grootste angst.' Eindelijk lukt het me een elleboogstoot tegen Joe's ribben te geven, maar hij draait me om, zodat mijn gezicht naar het zijne gekeerd is en duwt me op de brancard. Zijn knie boort zich zo hard in mijn borstkas dat er volgens mij een rib breekt.

'Gewoon stil blijven liggen, Annie. Het is zo voorbij.' Zijn stem klinkt angstaanjagend vlak, en ik slaak een kreet die zwakker klinkt dan ik had verwacht. Ik had minuten geleden moeten schreeuwen, maar ik was er zo op gericht om Joe te laten zeggen dat hij Frances heeft vermoord dat ik de situatie niet goed heb ingeschat.

'Ik heb mijn bevindingen naar de politie gestuurd,' zeg ik. 'Ze zijn onderweg. Ik lieg niet.'

'Ik zie niet hoe je erachter zou kunnen zijn gekomen,' sist Joe. Mijn armen zijn nu vrij, maar zijn knie perst alle lucht uit me. Ik krab aan zijn been en probeer zijn arm te grijpen, hij pakt mijn pols. Ik schop maar raak alleen maar lucht – hij steunt op zijn andere been waardoor hij nog harder met zijn knie tegen mijn borstbeen kan drukken. 'Het is gewoon een gok. Je hebt geen enkel bewijs! Ik geloof niet dat jij ontdekt hebt waar Frances zestig jaar voor nodig had, om daarna haar dood aan mij te linken.'

'Laat me dan gaan,' hijg ik. Ik zie de veelzeggende witte vlekjes in mijn beeld verschijnen en weet dat ik ga flauwvallen. De pijn is afgrijselijk, en ik denk dat ik moet overgeven, mijn ledematen voelen zwaar en Joe's knie blijft me naar beneden drukken. Zijn andere hand grijpt naar mijn keel, ik probeer hem slap weg te trekken. De verschrikkelijke gedachte overvalt me dat ik misschien nog maar een minuut te leven heb. Ik ben net een lappenpop en ben sterk in het nadeel met mijn kleine gestalte. De tranen stromen over mijn wangen en ik voel een steek van woede dat ik zo makkelijk te overmeesteren ben. Als hij een beetje gaat knijpen ben ik er geweest.

'Daar is het nu te laat voor,' zegt hij. 'Uiteindelijk komt moeder er wel weer bovenop. Ze heeft veel te veel te verduren gekregen in al die jaren... die heks van een Frances heeft haar leven tot een hel gemaakt! Altijd weer ging het over Emily. Nooit zag Frances hoeveel moeder voor haar deed, hoe mooi hun leven had kunnen zijn als Frances die stomme zoektocht opgegeven had. Moeder dacht aan elke verjaardag, elk jubileum, elk klein dingetje dat iets voor Frances betekende, en Frances gaf daar níks voor terug. Het was mijn moeder die de hand van Frances vasthield toen ze rouwde om haar man, maar toen mijn vader stierf? Toen stuurde Frances gewoon zo'n stomme bos bloemen! Blóémen! Na alles wat ze samen hadden meegemaakt. Na alles wat moeder had opgeofferd door zich van Emily te ontdoen en ervoor te zorgen dat Frances zich niet meer druk zou maken om die stomme Laura en haar kitscherige schilderijen! Weet je dat Frances altijd naar dat rommelige doek zat te staren dat Laura voor haar gemaakt had, ze raakte helemaal de weg kwijt met dat zoeken naar het symbolisme dat "de juiste dochter" erin zou kunnen hebben gelegd.'

Ik hap naar lucht en mijn gedachten schieten alle kanten op, maar ik heb Joe wel af weten te leiden, en tijdens zijn boze tirade is zijn greep op mijn keel even verslapt. Het moment dat ik mams schilderij uit de afgesloten dossierkast trok passeert even de revue, en verdwijnt dan weer in een zee van andere gedachten. Maar het raakt me dat Frances wel dégelijk om mam gaf. Hoeveel schade heeft Rose wel niet aangericht aan de relatie tussen mam en Frances.

Ik kokhals als Joe zijn greep weer verstevigt.

'En denk maar niet dat ik zo naïef ben om te geloven dat Frances haar niet aangegeven zou hebben! Nog een paar dagen en ze zou het hebben gedaan, het was alleen maar een kwestie van tijd.'

'Hoe... hoe wist je het? Dat Frances...' Elk woord komt er moeizaam uit, en ik bid dat het nu zo ongeveer acht uur is. Ik moet het gewoon volhouden tot rechercheur Crane het telefoontje van Jenny heeft gehad. En Saxon! Als de opzet van Saxon was geweest om me erin te luizen, om me uit te schakelen zodat hij de erfenis zou krijgen door me op te laten pakken voor het kopen van drugs, dan zou de politie al onderweg kunnen zijn. Maar ik krimp in elkaar als mijn longen verder worden ingedrukt, want misschien had ik het wat betreft Saxon bij het verkeerde eind. En het enige wat Jenny aan Crane zal vertellen is wat ik ontdekt heb, en waar ik ben. Ze zal niet weten hoe hoog de nood is. En zelfs als de rechercheur te horen krijgt hoe gevaarlijk de situatie is waarin ik me bevind, dan duurt het nog steeds wel een paar minuten voordat hij hier is. En die minuten heb ik waarschijnlijk niet.

'Ze heeft het moeder verteld. Frances ging naar moeder toe en vertelde wat ze ontdekt had. Het was het begin van het einde voor moeder, ze raakte totaal de weg kwijt. Toen wist ik dat moeder nooit vrede zou vinden zolang Frances nog leefde. *En ze verdient vrede!*' Hij schreeuwt de woorden in mijn gezicht, en dat zijn hete smerige adem misschien wel het laatste is wat ik voel en dat daarna het leven uit me weg zal glippen doet mijn woede oplaaien. 'Moeder heeft vanaf haar zeventiende geen rust gekend, toen ze zag dat Frances niet op prijs stelde wat ze had gedaan door Emily te laten verdwijnen. Zo lang als ik leef domineert Frances de zorgen en gedachten van mijn moeder. En daar moest een einde aan komen.' Zijn stem breekt en zijn gezicht vertoont hevige emotie. 'Ik moest er een eind aan maken,' zegt hij, en zijn woorden klinken rustiger nu, maar de snik die zijn stem verstikt voelt net zo gevaarlijk als zijn geschreeuw.

'Je vingerafdrukken op de... accu,' pers ik eruit. De ogen van Joe sperren zich open, en zijn knie glijdt ietsje weg. 'Je bent de zoon van een chauffeur.' Ik hoest. Gretig zuig ik de lucht naar binnen nu zijn hand zich niet meer om mijn keel klemt. Ik haal nog snel een keer adem en breng met moeite nog meer uit. 'Je weet wel hoe,' hijg ik. 'Je hebt haar ontsnapping belemmerd met een accu die je simpelweg had losgekoppeld. Ze had de auto die ochtend al een keer gestart, en belde Walt om te vertellen dat hij ons naar het landgoed moest brengen. Ze zullen het controleren en je vingerafdrukken vinden.'

'Nee, dat kan niet. Ik had handschoenen aan,' zegt hij. Maar het heeft hem wel gealarmeerd, waardoor hij nog sneller te werk gaat. Zijn knie drukt weer hard op mijn horst, nog harder, en ik probeer te schreeuwen, maar ik heb niet veel volume meer.

'Wie...' Ik wil nog één laatste ding weten, dat ene ding dat ik niet begreep. 'Wie heeft de bloemen voor je bezorgd?'

Joe's gezicht is vlak bij het mijne, zijn blik brandt in mijn ogen. 'Elva,' zegt hij.

Ik stik bijna, wat een stommeling was ik. Ik voel dat hij iets om mijn rechterarm bindt, zo'n rubberen band die je aders afbindt, en al die keren dat ik bloed moest geven komen terug. Het beeld wordt wazig, en ik probeer mijn arm te bewegen om de naald te ontwijken, maar mijn hele lichaam voelt zwaar. Het laatste wat ik Joe hoor zeggen is: 'Net zoals Frances, Annie... heb ook jij dit aan jezelf te danken.'

Ik voel dat iets door mijn huid prikt, en vreemd genoeg zorgt precies dát ervoor dat de mij vertrouwde naaldangst eindelijk een steek paniek door mijn lichaam jaagt. Het is een snelle scheut en ik voel dat mijn bewustzijn op het punt staat overmand te worden door een doezelig gevoel. Dus ik aarzel niet, ik kom in actie.

Joe is zo geconcentreerd op mijn arm, om hem stil te houden om de overdosis toe te dienen, dat hij wankel over me heen gebogen staat en zijn greep op mijn andere arm verslapt is. Zijn knie rust niet meer op mijn borst, en het lukt me om één been vrij te worstelen en hem een razendsnelle schop te geven. En omdat hij al uit balans boven me hangt, tuimelt hij over me heen naar de andere kant van de brancard.

Ik weet dat hij snel weer op zal staan, maar die schop heeft alles van mijn krachten gevergd en ik zink weg. Ik vraag me nog af of ik het me verbeeld dat ik ambulancedeuren open hoor gaan – daarna wordt alles zwart.

40

Het eerste wat ik zie is het gezicht van Walt, alsof ik door bewasemd glas kijk. Ik lig nog steeds op de brancard in de ambulance, Joe ligt op de vloer. Hij doet zijn best om overeind te komen, dus probeert Walt me met zijn armen onder mijn oksels weg te krijgen. Mijn hoofd bevindt zich in de richting van de ambulancedeuren, dus helpt Beth hem en sleept me uit de auto, weg bij de deuren, voordat het Joe lukt om op te staan. Ik zie niet wie de deuren dichtslaat en ze op slot doet.

Wat betreft rechercheur Crane had ik gelijk – die paar minuten die het duurde voordat hij er was waren een beetje te lang. Politieauto's scheuren het parkeerterrein op als ik op straat in elkaar zak. De opluchting over hun komst verlicht mijn paniek enigszins. Maar er gutst bloed uit mijn arm en de lange schram die de spuit heeft veroorzaakt, doet me flauwvallen.

Ik ben nog nooit twee keer zo snel achter elkaar flauwgevallen, en het misselijke gevoel dat het me geeft is afgrijselijk. Ik hoor het doffe gedreun van de stem van de rechercheur als ik voor de tweede keer bijkom, want mijn oor zit tegen zijn borst geperst. Hij ruikt naar schone was met een zweem van een soort aardse aftershave. Iemand is met hem aan het ruziën, en ik beweeg een beetje.

'Maar niet naar dat kloteziekenhuis, waarom zou je in vredesnaam... o, sorry, Annie.' Beth ziet er een beetje onthutst uit. 'Dat "klote" schoot er per ongeluk uit.' Ze krimpt in elkaar als ze beseft dat ze het nóg een keer heeft gezegd. 'Ik probeer gewoon voor elkaar te krijgen dat ze je naar een aangename plek brengen waar je niet in paniek raakt.'

'Het is goed, hoor,' zeg ik, maar mijn mond is droog en als ik mijn hoofd beweeg komt er gal omhoog. Tijd om me te schamen heb ik niet, want de rechercheur houdt meteen mijn haar weg voor mijn gezicht als ik overgeef op het parkeerterrein. Ik zit nog steeds op zijn schoot, wat het allemaal nog erger maakt.

'Je kunt er zeker van zijn dat er niets in je gespoten is,' zegt hij ferm. 'We zijn allereerst op zoek gegaan naar de injectiespuit die Joe gebruikte, en die was nog vol.'

'Niet "injectiespuit" zeggen,' fluister ik, terwijl Beth een strak gestreken katoenen zakdoek uit haar tas haalt. Ik schud mijn hoofd, want ik voel me te vies voor zoiets moois. Maar het is geen goed idee om mijn hoofd te bewegen, en voor de tweede keer houdt rechercheur Crane me vast alsof ik een gewond dier ben, en geef ik opnieuw over.

Het hele parkeerterrein baadt in het blauwe licht van de zwaailichten van de politie, en ik voorzie dat ze uren bezig zullen zijn met het onderzoeken van de ambulance. Het is niet alleen de setting van de moordpoging op Annie Adams, het is meer, en ik zie Magda achter in een politieauto zitten, en Joe in een andere.

'Wat gaat er met Rose gebeuren?' fluister ik tegen rechercheur Crane.

'Daar gaan we het over hebben als je je wat beter voelt,' zegt hij.

Beth loopt te bellen nu, haar blik kruist de mijne. 'Dokter Owusu komt zo meteen en ze zal je onderzoeken op een plek waar jij dat het liefst wilt,' zegt ze.

'Kunnen we dan teruggaan naar het huis van Frances?' vraag ik.

'Natuurlijk,' zegt Crane. Ik sla mijn arm om zijn schouder, ik wil hem als ondersteuning gebruiken om naar een auto te lopen, maar hij is sterker dan hij eruitziet en tilt me op. Het irriteert me dat ik eruitzie als een of ander vrouwtje dat in de war is, maar ik kan er niet veel aan doen. Voorzichtig zet hij me neer, voor in de auto van Beth, die me naar Gravesdown Hall rijdt. Walt en Crane rijden achter ons aan. Ik sta erop om zelf het huis binnen te lopen als we aan zijn gekomen, en ik weiger ondersteuning van wie dan ook als we de bibliotheek in schuifelen.

Dan pas merk ik op dat Saxon in geen velden of wegen te bekennen is. Ik verwachtte dat hij, met de arrestatie van Joe en Magda, wel een verhaal zou verzinnen over zijn rol, om te beginnen met de losse afspraak die we maakten toen we dat halfzachte verbond sloten. Ik vraag me af of hij ook in een politieauto zit, onder de hoede van rechercheur Crane en dankzij het fotografische bewijs van zijn betrokkenheid bij de drugshandel van Magda.

Ondertussen heeft Beth zo ongeveer alle kussens in het hele huis opgesnord en opgestapeld op de bank in de bibliotheek, en wordt me verteld dat ik moet gaan liggen. Walt is weer achter het grote bureau gaan zitten, zijn aktetas open naast mijn rugzak. Ik moet me een onderzoek van dokter Owusu laten welgevallen. Ze wil een röntgenfoto van mijn borstkas laten maken en staat erop dat ik me echt goed laat verzorgen, ook als ik daar helemaal geen zin in heb.

Zelfs Archie Foyle is er, naast hem zit Oliver Gordon met een nogal bezorgde blik.

'Annie,' zegt Walt, 'ik zou denken dat het nooit de bedoeling van Frances is geweest dat iemand zich gevaren op de hals zou halen in de zoektocht om de moord op haar op te lossen. Misschien had ze zich voorgesteld dat alles op klassieke wijze zou verlopen – dat eind van de week iedereen bij elkaar zou komen en dat dan bekend zou worden wie de moordenaar was. Of dat de rechercheur zou binnenwaaien en alles stopzetten omdat hij de zaak had opgelost.'

Walt schenkt Crane een zelfingenomen lachje, want het was uiteindelijk aan zijn snelle denkwerk te danken dat ik gered ben. Ik had alleen maar Beth gevraagd hem mijn rugzak te brengen. 'Maar ik kende Frances goed genoeg om te weten hoe paranoïde ze was, en ik had die dagen voor de moord, toen ze zich haastte om jou in haar testament op te nemen, moeten zien dat ze ervan overtuigd was geraakt dat jij de onoverwinnelijke redder in het geheel was. De júíste dochter die het recht zou doen zegevieren. Het spijt me dat het je bijna fataal werd, en als ik terug in de tijd kon gaan om dat te veranderen, zou ik dat doen.'

'Het is niet jouw schuld,' zeg ik. 'En ik geef Frances ook niet de schuld. Ik raakte hier totaal in verstrikt omdat ik nou eenmaal ben wie ik ben. En Frances verdacht Joe er niet van haar te willen vermoorden, totdat het te laat was. Ik denk dat ze ervan uitging dat hij niet wist dat Rose toentertijd Emily had vermoord. Ik had geen hard bewijs dat Joe mijn oudtante had vermoord, dus moest ik de confrontatie aangaan. Ik kon hem niet zomaar in jullie aanwezigheid beschuldigen; dan zou hij alles gewoon ontkend hebben.'

'Nog even terug, Annie,' zegt rechercheur Crane. 'Hoe wist je dat het Rose was?'

'Vooral door het dagboek, maar ook vanwege de auto, de jas en het fotoalbum.'

'Kun je het nog een beetje uitleggen? Want ik denk dat, afgezien van Walt, niemand op de hoogte is van de denkwijze van Frances.'

'De belangrijke vraag was niet wie Emily Sparrow had vermoord, hoewel dat er natuurlijk ook toe deed. De sleutel was hoe Frances er opeens achter was gekomen,' zeg ik. Ik neem een slokje uit het glas water dat Crane me overhandigt. 'Wat telkens terugkwam waren de kleren van Frances. Rose had het over Emily die dingen van Frances stal en haar nadeed. En in het dagboek werd die nadruk op de kleding steeds meer een indicatie van de giftige aard van de vriendschap tussen de drie vriendinnen. Emily had de jas van Frances aangedaan en een revolver uit de wapenkast van haar vader meegenomen. Dit was ogenschijnlijk uit verveling, maar ik denk dat de echte reden was dat ze zich wilde beschermen, want ze had al maanden dreigementen ontvangen van een onbekende.'

'Dreigementen van Rose?'

'Daar kom ik zo op, maar inderdaad. Hoe dan ook, die jas zat me dwars. Emily was vermoord met de revolver die in de zak van die wollen jas van Frances zat. En toen Rose me het fotoalbum gaf, werd het me eindelijk duidelijk. Róse was degene die de kleren van Frances droeg. En dan in het bijzonder een heleboel winterkleren die Frances aan Rose had gegeven die dag dat ze probeerde weg te sluipen naar Chelsea in plaats van onkruid te wieden in de tuin van de buren. Haar moeder hield haar tijdens het werk in de gaten, want Frances had straf voor het weglippen naar Gravesdown om Ford te zien.'

'Dus Rose had de jas, maar hoe kwam ze in Chelsea?' vraagt Beth.

'Toen ik in het dagboek voor het eerst las dat ze Fords auto langs het huis van Peter en Tansy had zien rijden, op weg de stad uit, dacht ik dat dat automatisch betekende dat Ford en Saxon achterin zaten. Maar Frances schreef dat Bill achter het stuur zat, en dat was niet ongewoon, en daarna las ik dat Bill zijn Rose overal met de auto heen mocht brengen, wanneer ze maar wilde. Híj heeft haar naar Chelsea gebracht die dag.'

'Denk je dat Bill medeplichtig was aan de moord?' vraagt Crane.

Ik denk erover na en bijt op mijn lip.

'Ik betwijfel of Bill wist wat Rose van plan was,' is Walt me voor. 'Ik stel me zo voor dat hij gewoon op haar gewacht heeft daar, als ze dat gevraagd had, gezien de aard van hun relatie.'

'Dus Bill reed Rose naar het huis in Chelsea, waar ze Emily vermoordde en haar lichaam verborg in die hutkoffer in de kelder, met die jas en het moordwapen,' zeg ik. 'Het enige wat ik niet begreep was de rol van Ford en Saxon, want Saxon vertelde me dat er niemand was toen ze aankwamen in Chelsea. Maar toen herinnerde ik me dat Ford nooit de Phantom bestuurde; hij reed liever in de Mercedes. Saxon deed er alles aan om me op een dwaalspoor te brengen met betrekking tot de moord op Emily Sparrow. Ik dacht een tijdje dat dat was omdat hij de nagedachtenis van zijn oom wilde beschermen, of zichzelf, maar hij wilde me gewoon in de war brengen.'

'Maar Emily vertelde John dat ze iets vergeten was in het huis in Chelsea, en dat zette de hele machine in beweging,' zegt Walt. 'In jouw aantekeningen had je daar nog geen verklaring voor. Weet je inmiddels waarom Emily terugging?'

'John dacht dat Emily echt bedoelde dat ze Laura weg wilde halen bij Peter en Tansy, maar het was iets veel simpelers. Ze was de typemachine vergeten die haar ouders haar hadden gegeven om mee naar Londen te nemen. En ik weet dat die typemachine nooit teruggegaan is naar Castle Knoll, want ik heb haar jaren geleden gevonden en in mijn kamer gezet om er een beetje mee te spelen. De beschrijving van de koffer in het dagboek van Frances komt overeen met die van de typemachine die ik vond – hij was van plastic en had een Schots ruitjespatroon. Ik denk dat de moeder van Emily had gevraagd waarom ze hem niet bij zich had toen ze weer thuiskwam na de geboorte van Laura, en toen Emily zich terug haastte naar Chelsea was de huishoudster net aan het inpakken en alle voorbereidingen aan het treffen om het huis af te sluiten. Rose had het perfecte excuus, want Bill zat in de auto te wachten en dit betekende dat mevrouw Blanchard met hem mee terug kon naar Castle Knoll in plaats van de trein te nemen. Rose zou haar naar de auto gestuurd hebben om samen met hem in de auto te wachten, terwijl zij nog iets moest bespreken met Emily, en met de belofte dat zij zou afsluiten.'

'Maar waarom vroegen zij zich dan niet af waarom Emily niet bij Rose was toen ze het huis afsloot?' vraagt Oliver. Ik ben verrast dat hij dat wil weten, maar hij heeft een uitdrukking op zijn gezicht die bijna iets van ontzag uitstraalt, alsof ik een magiër ben die een toverkunst uitvoert. Ik vraag me af of hij Castle Knoll uiteindelijk in zijn hart gesloten heeft, en of hij zich niet gewoon verschuilt achter een dun laagje nonchalance om de afschuwelijke situatie waarin Frances hem heeft gebracht te doorstaan. Dus zwijg ik en kijk ik hem aan.

'De parkeergelegenheid bij het huis,' zegt hij langzaam.

'Je denkt al als een echte projectontwikkelaar,' zeg ik grinnikend.

'Er is niet echt een parkeerplek, toen waarschijnlijk ook niet. Bill Leroy kon zijn auto niet langer dan een minuutje of zoiets voor het huis zetten, als dat al mogelijk was. Hij moest zijn auto helemaal aan het eind van de weg zetten.'

'Precies,' zeg ik, en het is leuk om te zien dat Oliver nu een beetje rechter gaat zitten en ingenomen is met zichzelf. 'Dat gaf Rose de tijd om af te sluiten en in haar eentje terug te lopen naar de auto, met een verhaal over Emily die besloten had dat ze nog wat moest doen, typisch Emily. Naar een voorstelling, boodschappen doen, later met de trein naar huis, wat dan ook.'

'Maar hoe kwam ze zo snel van dat lichaam af, en kon ze alle troep van de moord zo snel opruimen?' vraagt Crane. Onder zijn blik voel ik de wind die ik in de zeilen had iets afzwakken. Hij probeert me niet van het spoor af te duwen, hij kijkt alleen maar geïnteresseerd, maar ik vergeet steeds dat ik hier niet de touwtjes in handen heb.

Maar dan is daar ineens Walt. 'Het is maar een gok, en de rechercheur zal de kelder van het huis in Chelsea moeten onderzoeken om het allemaal in kaart te brengen, maar ik denk dat Rose Emily daar vermoord heeft. En als dat zo is, weet alleen Rose waarom ze daar waren, maar het is wel het meest waarschijnlijke scenario.'

'Er zit een afvoer in de vloer van de kelder,' herinner ik me plots. 'Dat is de reden dat mam daar zo graag wilde schilderen. Als er bloed was na de moord, dan zouden een paar emmers water dat redelijk snel weggespoeld hebben.'

Iedereen is ineens stil, omdat ik niets meer weet te zeggen. Ik voel me uitgewrongen, maar ik ben blij dat er gerechtigheid komt voor oudtante Frances en Emily Sparrow. En ik voel me bijna trots dat ik daar de aanstichter van ben.

Daarna kijk ik uit het raam naar de golvende gazons voor het huis, en ik voel een steek schuldgevoel naar Archie Foyle en zijn familie. 'Het spijt me,' zeg ik tegen Beth. 'Ik heb mijn best gedaan, maar ik moest op het eind de politie erbij betrekken. Ik ben bang dat dat voor iedereen alles verpest heeft nu. Jessop Fields zal het overnemen en het zal één grote golfbaan worden.'

'Hoe bedoel je?' zegt Oliver, voordat Beth ook maar iets kan zeggen.

Walt schraapt zijn keel, en we kijken hem allemaal gespannen aan als hij door de papieren in zijn aktetas rommelt. 'Annie, ik denk dat je vergeten bent dat Frances mij het laatste woord gaf over wie als eerste de moord heeft opgelost. En het is ontegenzeggelijk een onbetwistbaar feit dat jij dat bent.'

Beth slaakt een opgetogen kreet, maar ik kan alleen maar met mijn ogen knipperen als ik probeer te bevatten dat een erfenis van zo'n grote omvang de mijne is.

Mijn eerste gevoel is een enorme opluchting dat mam in het huis kan blijven wonen waar ze zo zielsveel van houdt. En ook ik voel me de beschermdame van het huis – ik heb mijn jeugd daar doorgebracht, vond allerlei vreemde dingen achter kasten, zoals oude blikjes haarvet en manchetknopen. In die tijd begon ik verhalen te verzinnen over geesten of wie ook maar die spullen daar kwijtgeraakt was. Nu, met stukken van het verhaal van wat er werkelijk is gebeurd, voel ik me nog meer gedwongen het te behouden.

We moeten misschien wel de kelder definitief afsluiten, en mam kan een atelierruimte elders huren.

Maar ik merk ook tot mijn verbazing dat ik een beetje triest ben over het feit dat ik de erfenis heb gewonnen, want het geeft me het gevoel dat tante Frances nu echt helemaal weg is. Toen de moord op haar nog moest worden opgelost, was ze een constante aanwezigheid voor me. Ik bekeek alles in dit huis als sleutels tot haar leven, en haar dood. Ik wist het toen nog niet, maar dat ik zo opgeslokt werd komt denk ik niet door het raadsel van Emily Sparrow, of de opdracht om uit te zoeken wat er met Frances was gebeurd.

Wat me opslokte was het raadsel van Frances zelf – haar leven, haar liefdes en haar vele obsessies. Ze praatte met me via haar behoedzame karakter en haar scherpe observaties. Ik zag in haar iemand die zich op een catastrofale manier van zichzelf bewust was, en die neiging deel ik met haar. En even erfde ik bijna haar lot, net zoals ik haar fortuin erfde.

Ik zucht en besef dat ik echt de juiste dochter ben. Ik heb het recht doen zegevieren voor tante Frances. En voor Emily, mijn echte grootmoeder. Dat geeft me een vredig gevoel, zelfs nu ik ook Frances' pijn om het verlies van Emily Sparrow geërfd heb, samen met de woede over haar leven, hoe het in de knop is gebroken.

Iedereen feliciteert me, maar ik merk dat rechercheur Crane me behoedzaam bekijkt. Het voelt goed dat ten minste één iemand in de kamer zich realiseert dat ik even een moment van rouw heb over alles wat nu voorbij is. Want ik heb mijn oudtante pas leren kennen nadat ik haar al kwijt was.

Ik loop door de kamer naar de planken aan de muur achter het bureau, waar het schaakspel op staat. Ik pak de koningin en loop terug. Walt kijkt naar me, gezeten aan het bureau. Ik zet de koningin midden op het bureaublad neer, haal diep adem, knipper de tranen weg en probeer de juiste woorden te vinden.

‘We moeten ervoor zorgen dat er een fatsoenlijk afscheid komt,’ zeg ik. ‘En ik wil dat het hele dorp daarbij is. Ik wil dat ze allemaal weten dat ze het wat betreft Frances heel erg mis hadden. Want ze was heel bijzonder.’

41

'Mijn god, ik kreeg altijd de koude rillingen van deze plek,' zegt mam als we op het gazon voor Gravesdown Hall staan. Twee weken geleden heb ik de moord op Frances opgelost, en de zon is niet van plan zich uit het veld te laten slaan in de overgang van augustus naar september. Ik hunker naar frisse herfstochtenden, en ik voel me gesterkt door de wetenschap dat ik die mee zal maken in Castle Knoll. Ik stel me het gazon voor vol gele bladeren, en daarna met een laagje vorst als het winter is. 'Ik ben hier maar een paar keer geweest,' zegt mam, 'maar het ziet er nu wel leuker uit.' Ze speelt met een van de lange kettingen die ze om heeft, en de schakels maken een metalig geluid, alsof het haar persoonlijke windmobiel is. 'Ik denk dat het helpt dat ik nu geen zeven meer ben, en niet meer bang dat Archie Foyle mijn vingers af gaat knippen met een heggenschaar als ik iets stouts doe.' Ze huivert. 'Saxon vertelde me altijd allerlei verzinsels als hij hier was. Hij was een heel rare jongen.'

'Bah, wat naar om dat van een kind te zeggen,' zeg ik.

'Nou ja, uit wat Frances geschreven heeft blijkt toch wel dat Saxon zelf nooit echt kind is geweest, dus mijn woede jegens hem is nu wel een beetje bekoeld.' Ze wrijft over haar armen, alsof ze een kille wind voelt, terwijl het zo warm is dat ik zou willen dat ik onder de sproeiers door kon lopen, als een kind.

Een van de eerste dingen die ik deed nadat ik mam alle gebeurtenissen verteld had, was haar het dagboek geven. Ze nam de tijd om het te lezen, en toen ze het uit had wilde ze het er niet met me over hebben.

Maar onlangs is ze begonnen haar eigen verleden in het hele verhaal te vertellen. Ik denk dat haar kunst haar helpt om het allemaal te verwerken. Ze is niet zo iemand die over haar gevoelens praat; ze visualiseert ze en deelt ze op die manier.

'Maar dat hij jou probeerde erin te luizen door je drugs te laten kopen, dat is pure slechtheid,' zegt ze nog wel.

Elva werd vrijgepleit van enige betrokkenheid bij de dood van Frances, maar dat was gewoon vanwege de plausibele ontkenning: er was geen definitief bewijs gevonden. Elva beweerde dat Joe haar de bloemen had gegeven toen hij langskwam, met de mededeling dat ze verkeerd afgeleverd waren bij het hotel en voor Frances waren bedoeld, de afzender was anoniem. Dat was een slimme zet van hem – Elva kwam vaak op het landgoed, dus Frances zou ervan uitgegaan zijn dat het boeket van haar kwam. Ik stel me zo voor dat Elva Frances met eerbied behandelde, zich plooiend naar de vrouw die haar man zijn geëigende erfenis zou kunnen bezorgen, en ze corrigeerde de aanname van Frances dus niet. Daarom belde Elva de politie ook niet toen we Frances vonden – ze was bang dat die haar zou verdenken toen ze besefte wat er gebeurd was.

Ik had verwacht dat Saxon mij en dit huis zou vermijden, maar dat is niet het geval. Nadat hij gearresteerd was voor betrokkenheid bij drugshandel, kwam hij op borgtocht vrij en is in afwachting van zijn rechtszaak. Hij vond het belangrijk om een paar keer op bezoek te komen, en ik houd hem goed in de gaten omdat ik denk dat hij nog niet klaar is met zijn spelletjes.

Ik hield me aan mijn woord en gaf de Rolls-Royce aan de familie Foyle. Archie ruimde zijn tunnelkassen op, maar ik besloot verder niet al te veel vragen te stellen over wat hij met al die wiet ging doen. Hij heeft besloten het tuinieren achter zich te laten – hij zei dat hij het alleen maar was blijven doen omdat de bloemen zoveel betekenden voor Frances. Hij heeft een van de schuren omgetoverd tot een werkplaats waar hij zijn hobby kan uitoefenen: oldtimers restaureren. Ik investeerde met plezier in zijn nieuwe zaak; ik denk dat dat het enige was wat hij wilde – iemand die een onderneming van hem wilde ondersteunen. Hij had bij Frances alleen gewoon de verkeerde zaak gekozen om zich op te storten.

'Maak je niet druk om Saxon,' zeg ik. Dat mijn pogingen om hem te slim af te zijn me bijna het leven hadden gekost heb ik haar niet verteld, ik wilde haar niet bezorgd maken. Mam is op haar eigen manier ook roekeloos, al gaat het dan om avonturen zoals een theater op West End binnensluipen tijdens de pauze, of mij uitdagen om met een Frans accent te gaan flirten met een ober. Niet iets wat ze met de dood zou kunnen bekopen. Ze zou niet begrijpen hoe toegewijd ik bezig was om de moordenaar van Frances op te sporen. 'Rechercheur Crane houdt hem scherp in de gaten nu.'

'Over de duivel gesproken,' zegt ze. De auto van de rechercheur rijdt het pad op, en ik zie Walt naast de bestuurder zitten.

'Weet je zeker dat je niet mee wilt?' vraag ik. Rechercheur Crane gaat me naar de inrichting brengen waar Rose nu woont, nadat ze niet in staat werd geacht terecht te staan. Ik twijfelde of ik sowieso moest gaan, maar ik denk dat het me misschien kan helpen bij een goede afronding van de gebeurtenissen. Ik denk dat sommigen dat 'afsluiten' noemen, maar Crane waarschuwde me voorzichtig dat mijn bezoek aan Rose me dat niet zou geven.

Ik weet wat hij bedoelt. Er is niets bevredigends aan om iemands leven zo in te zien storten, zoals bij Rose gebeurd is. Ze heeft een vriendin vermoord, en daarna heeft haar zoon haar beste vriendin vermoord. Ik weet niet wat ik verwacht van een gesprek met Rose, maar ik heb nog steeds wel het idee dat ik het aan moet gaan.

'Ik weet het zeker,' zegt ze. 'In plaats daarvan heb ik een afspraak met John. Ik heb het gevoel dat dat beter is voor me.'

'Ik begrijp het,' zeg ik kalm. 'O, en ik vergat dit nog bijna.' Ik graaf in de canvas schoudertas. Er zitten een paar pennen en notitieboekjes in, voor het geval dat ik mijn gedachten over de ontmoeting met Rose op moet schrijven. Ik ben mijn eigen ervaringen gaan bijhouden net zoals Frances dat deed, en daardoor is het me duidelijk geworden dat mijn eigen verhaal een levend iets is. Het vouwt zich uit, het draait, en vouwt zich dan weer op. Als je het allemaal opschrijft, dan kun je het nog eens overlezen en zie je van iets wat er allang was soms ineens wat het betekent.

Ik geef mam het dikke dossier met pa's naam erop. 'Voor jou,' zeg ik. 'Je vroeg me om het eruit te halen; ik heb er een beetje in gebladerd, maar op dit moment ben ik er denk ik niet zo nieuwsgierig naar.'

Ze kijkt naar de map, en er glijdt een triest lachje over haar gezicht. 'Goed. Ik zal het bij me houden tot je er klaar voor bent, want...'

'Ja?'

'Hij loopt ergens rond, je vader. Hij is niet echt een aardige man, en nu we allebei aandacht in de pers krijgen, vermoed ik dat hij wel weer op zal duiken.'

Ik heb me dit afgevraagd, maar ik zeg niks. Mams herintrede in de kunstscene zorgt al voor behoorlijk wat beroering, maar mijn verhaal haalt zelfs de internationale pers. Dat ik twee moorden heb opgelost en in één moeite door erfgenaam ben geworden is op zichzelf al nieuws, maar daarbij komt dan nog dat het de moord op een grootmoeder betrof die ik helemaal niet kende. De koppen schrijven zichzelf: ANNIE ADAMS: HOE DE GEHEIME KLEINDOCHTER VAN EEN VERMOORDE TIENER CASTLE KNOLL SCHOKTE.

'Kom je daarna naar Gravesdown Hall, voor het eten?' vraag ik mam.

Ze zucht. 'Ik zou graag naar mijn nieuwe atelier gaan,' zegt ze. 'Dus ik ga gewoon naar huis, als je het goedvindt. Maar ik kom in oktober, voor de herdenkingsdienst, dat beloof ik.'

Walt nadert ons behoedzaam, er verschijnt een weemoedige blik in zijn ogen als hij mam ziet. Ik kan het hem niet kwalijk nemen. Mam zou de dochter kunnen zijn die hij nooit heeft gehad, of een verre echo van de vrouw die hij liefhad en kwijtraakte. Als hij zich tot me wendt sperren zijn ogen zich een fractie van een seconde verder open als hij mijn tweedehands T-shirt ziet. Ik draag de kleren die ik tijdens mijn eerste bezoek aan de kringloopwinkel in Castle Knoll heb gekocht: de corduroy rok met het vale retro-T-shirt erin gestopt. Je kunt nog net de woorden zien: THE KINKS: LIVE AT KELVIN HALL, GLASGOW, 1967.

'Ik dacht dat ik dat T-shirt had weggedaan,' mompelt hij, met zelfs een klein blosje.

'Ik vond het in de kringloopwinkel,' zeg ik trots. 'Ik vond dat altijd zo'n goed liedje, je weet wel, "You Really Got Me".'

Walt lacht en knikt. 'Ik ben blij dat het zijn weg naar jou heeft gevonden dan.'

'Als je er nog een paar hebt, ik neem ze graag van je over,' bied ik glimlachend aan.

'Misschien heb ik nog ergens een Pink Floyd-T-shirt,' zegt hij. 'Oliver waardeerde het niet echt. Ik kijk wel of ik het kan vinden. Goed om het nog een tweede leven te geven.'

Ik wil hem bedanken dat hij geld naar mijn moeder en mij gestuurd heeft om ons te helpen, al was het maar voor korte tijd. Hij deed het buiten Frances om, omdat hij het niet eens was met haar beslissing over het testament. Ik denk dat hij Emily's familie gewoon een beetje wilde helpen. Maar ik besluit dat het maar beter is als hij denkt dat ik het niet weet.

Er valt een ongemakkelijke stilte, en uiteindelijk kijkt rechercheur Crane me strak aan. 'We moeten gaan, Annie, als we op tijd willen zijn. Ze hebben speciaal een afspraak met ons gemaakt, en we willen niet te laat zijn.'

'Goed,' zeg ik.

Rose zit in elkaar gedoken timide aan het kleine tafeltje tegenover mij en rechercheur Crane. Ze kijkt meestal de rechercheur aan, en haar ogen stralen opmerkelijk genoeg vertrouwen uit. Ze heeft besloten dat ze hem wel mag, zo lijkt het. Elke keer dat ze naar mij kijkt verandert haar gezicht, maar haar gezichtsuitdrukkingen volgen elkaar snel op. Het lijkt wel alsof ze niet weet naar wie ze kijkt, welke van de vrouwen die haar onrecht gedaan hebben ik eigenlijk ben.

Er zit een therapeut naast haar, een veertiger die er volgens mij bij is om haar rechten te beschermen en haar rustig te houden.

Ik weet niet waar ik moet beginnen. Ik zou kunnen zeggen: 'Dank voor deze afspraak,' maar ze had niet echt een keus. Ik zou kunnen zeggen: 'Goed je te zien,' maar dat is niet waar. Gelukkig voelt Crane dit wel aan, en hij neemt het voortouw. Ik ben er alleen maar omdat ik mee mocht met hem, uiteindelijk. En hij bezoekt Rose alleen maar omdat hij de rechercheur is die de verantwoordelijkheid heeft de twee moordzaken af te sluiten.

'Dag Rose,' zegt hij. 'We dachten dat het wellicht goed zou zijn als we met z'n drieën een gesprek zouden hebben. Om elkaar even te zien en de lucht te klaren. Niemand zal je vragen iets te delen wat je niet wilt delen. Nu je bekend hebt en er geen rechtszaak komt, dachten we dat het misschien heilzaam was om oude wonden te laten helen. Wat denk je?'

Als Rose' ogen naar mij schieten, verandert haar houding, ze stort in elkaar. 'Ik wilde je aardig vinden,' zegt ze. 'Ik heb het geprobeerd, maar je hebt het me echt moeilijk gemaakt.' Ik weet niet zeker of ze nou tegen Emily praat, tegen mam of tegen mij. Ik dacht dat ik misschien boos zou zijn op Rose, maar mijn gevoelens zijn zo verward dat ik er geen wijs uit kan worden. Ze was zeventien toen ze Emily vermoordde. Ik denk dat ik alleen maar wil weten of ze er spijt van heeft.

'Ik vond het fijn om de foto's te zien in het album dat je me gaf,' zeg ik. Dat is in elk geval waar. Ik koester dat boek, al word ik er ook wel een beetje triest van. Ik heb de foto van Emily – zwanger van mam – in laten lijsten en in de bibliotheek gezet met nog wat andere herinneringen van Frances.

Rose kijkt in de verte, maar dan schiet haar blik weer terug naar mij, en haar donkere ogen priemen zich in de mijne. 'Je wilt een verontschuldiging,' zegt ze ineens. 'Die krijg je niet. Emily moest tegengehouden worden.'

Dit zorgt in ieder geval voor iets minder verwarring in mijn gevoelens. Ik aarzel niet om haar nu te vertellen wat ik denk.

'Rose,' zeg ik kalm. 'Je begrijpt toch wel dat Frances misschien die hele voorspelling was vergeten als jij Emily niet had vermoord? Ik heb haar dagboek gelezen. Ze begon in haar noodlot te geloven doordat ze de dreigbriefjes die jij schreef in de zakken van haar rok vond. En daarna, toen Emily verdween, voedde het alleen maar haar angst. Ze vroeg zich af of er iemand achter haar aan zat en in plaats van haar Emily had omgebracht. Je dacht dat je Frances beschermde voor een leven dat verpest zou worden door Emily, maar uiteindelijk bleef ze zitten met de angst die jij mede hebt veroorzaakt.'

Er gaat een schok door Rose als ik mijn woorden op haar afvuur, en ze knippert met haar ogen. Maar ik zie geen tranen, en haar uitdrukking verandert voortdurend, ik kan zien dat ze mijn woorden ombuigt tot een verhaal dat haar beter bevalt.

Crane pakt me zachtjes bij mijn elleboog, onder tafel waar niemand het ziet. Het vuur van mijn woede dooft, en uiteindelijk zijn er alleen nog maar wat gloeiende kooltjes vijandigheid naar Rose toe, en ik voel dat die nog jaren kunnen blijven smeulen.

Maar ik vermoed dat het zo gaat als je een moord oplost. De woede van de misdaad zelf gaat niet weg omdat je de zaak hebt opgelost. Dat is een trieste waarheid die ik geleerd heb, en het zorgt ervoor dat ik anders naar mijn leven en mijn schrijven kijk.

'Ik denk dat het wel genoeg is voor vandaag,' zegt de therapeut.

Ik kijk nog een keer naar Rose voordat ze teruggebracht wordt naar haar kamer, maar ze neemt niet de moeite me aan te kijken. Ik denk dat mijn gezicht in haar herinnering gebrand staat, en dat het nu vermengd is met dat van Emily.

42

Ik had ervoor gekozen om de herdenkingsdienst in oktober te houden, omdat Frances het in haar testament over de herfst had. En ik begrijp wel waarom – het landgoed is prachtig in dat gouden licht, met rond de velden de bomen met hun oranje en rode bladertooi.

Nadat de toespraken zijn gehouden sta ik het tafereel te bekijken, een glas goede champagne uit de wijnkelders van Gravesdown in mijn hand. Het maakt me blij om het allemaal zo van terzijde te observeren nu. John Oxley had iedereen aan het huilen gebracht, maar op een hartverwarmende manier, en tevreden zie ik dat iedereen wat neemt van het eten dat Beth heeft verzorgd.

De wake wordt gehouden op de grote gazons voor het landgoed, en dat is goed want het hele dorp is gekomen. Het huis voelt als de perfecte achtergrond om afscheid te nemen van oudtante Frances. De kleine studeerkamer, die midden op het grasveld is nagebouwd, wordt de hele wake bewonderd. Jenny heeft het tableau gemaakt, en het is een passend kunststukje. Alles staat op oosterse tapijten, de staande schemerlamp van Tiffany's en Frances' leren fauteuil staan in het midden. Ik wilde ervoor zorgen dat – te midden van nieuwsberichten en de dorpsroddels die de ronde deden – iedereen zich zou herinneren dat er een vrouw centraal stond die gemist zou worden.

Een aantal van haar boeken – allemaal detectives over het oplossen van een moord – staan in wankele stapels, en Jenny heeft in de plooien van de fauteuil, en in de typemachine van Emily (mam heeft die meegenomen uit Chelsea, op mijn verzoek), heel kunstig bloemen gestopt.

De typemachine staat op een plantenstandaard, met daarbij een foto van Emily in een zilveren lijstje. Ik wilde ook dat er afscheid genomen werd van Emily, vooral omdat ik denk dat Frances dat gewild had.

De zus van Emily, Laura, is uit Brighton gekomen, en ze houdt zich afzijdig. Voordat de toespraken begonnen, kwam ze naar me toe en omhelsde me. 'Dank je wel,' fluisterde ze, en daarna verdween ze weer. Steeds als mijn blik op mam valt, zie ik dat ze in gesprek is met haar naamgenoot, en dat vind ik een hartverwarmende ontwikkeling.

Saxon en Elva zijn er ook, ze lopen rond, delen complimentjes uit voor het eten van Beth en laven zich net iets te gulzig aan de champagne. Miyuki helpt Beth met de aanvoer van dienblad na dienblad uit de keuken naar de lange tafels die we in een groot vierkant hebben neergezet rond het pronkstuk van Jenny op het gazon.

Ik zie dat Oliver dicht bij Jenny staat, hij probeert met haar in gesprek te raken. Jenny lijkt enigszins geïnteresseerd, dus ik loop naar ze toe om haar tegen zichzelf in bescherming te nemen. Er is een overeenkomst tussen Jenny en mam: beiden voelen zich aangetrokken tot foute mannen. Gelukkig heeft ze mij om haar daarvoor te behoeden en die magnetische aantrekkingskracht op te heffen, als de juiste tegenpool.

'Dit is prachtig, Annie,' zegt Jenny als ze me ziet.

'Dank je,' zeg ik. 'Maar het is voor een groot deel aan jou te danken, dat weet je toch.' Ik strijk de voorkant van mijn jas recht. Met gefronst voorhoofd kijk ik om me heen.

'Waarom kijk je zo zorgelijk?' vraagt Oliver.

'Nou ja... ik hou gewoon niet zo van losse eindjes. En nu iedereen hier zo bij elkaar is en ik nadenk over wat ons hier gebracht heeft...' Ik zucht. 'Ik ben er nooit achter gekomen wie me die dreigbriefjes heeft gegeven.'

'O.' Oliver krabt aan zijn nek, een grimmige uitdrukking op zijn gezicht. 'Dat was ik.'

'Jij... jíj? Waarom? En waar had je ze gevonden? Wacht even, heb jij mijn laptop kapotgegooid en al mijn notitieboekjes kapotgescheurd?'

'Nee! Ik heb niks kapotgegooid. Dat heeft Saxon gedaan. Als hij gezegd heeft dat hij het niet gedaan heeft, dan liegt hij. Ik snap wel dat het een rare actie was om die dreigbriefjes zonder uitleg in je kamer achter te laten. Maar ik had gewoon het gevoel dat ik iets moest doen in plaats van toe te kijken hoe alles zich om me heen ontvouwde. Ik kon maar niet besluiten of ik je moest intimideren of helpen. En toen ik die briefjes in het kantoor van Frances vond, leek het of ze... daar prima geschikt voor waren, voor alle twee de doeleinden. En dat klopt, toch?'

Oliver heeft even zo'n open uitdrukking op zijn gezicht, zonder enig oordeel, dat ik me bijna weet in te houden. Maar dan zeg ik het toch.

'Oliver, het voelde alsof ik in de gaten gehouden werd... Het was echt griezelig!'

Hij lijkt een beetje ontmoedigd, maar dan knikt hij. 'Sorry, Annie. Ik zag geen andere mogelijkheid... Echt, ik heb altijd een hekel gehad aan mijn werk. En ik was niet dapper genoeg om eruit te stappen. Maar ik wist dat ik geen harde keuzes hoefde te maken als jij de moord op zou lossen. Dan zouden al die keuzes voor me gemaakt worden. En dat...' hij stokt even en zucht. 'Ik weet dat het ongelooflijk laf is, maar mijn baas zat voortdurend in mijn nek te hijgen, en het was het enige wat ik kon doen.'

Ik knik, want als ik terugkijk dan zie ik nu wel dat Oliver voortdurend gestrest was en aan de telefoon zat, die dagen in augustus. 'Ik bedoel, je hebt me wel geholpen,' zeg ik langzaam. 'Maar ik denk echt dat je ontslag moet nemen.'

'O.' Hij lacht, maar met een cynische ondertoon. 'Ik ben ontslagen. Maar daar stuurde ik ook min of meer op aan, dus ik geloof dat het wel goed is gekomen.'

Ik hoor een beleefd kuchje achter me en draai me om. Rechercheur Crane staat geduldig te wachten om me te spreken. Jenny trekt een wenkbrauw naar me op, dus ik werp haar een blik toe die zegt: *stel je niet zo aan, alsjeblieft*. Zij en Oliver excuseren zich en lopen naar de groep mensen die het eten staan te bewonderen dat Beth heeft neergezet.

'Annie,' zegt Crane. Hij heeft beide handen in zijn zakken en wipt langzaam op zijn hakken op en neer. Hij ziet er beter gekleed uit dan anders, een lichte chino en een das die een beetje scheef hangt, alsof hij de hele dag aan zijn kraag getrokken heeft. Zijn donkere baard is wat korter, en zijn haar is netjes geknipt. Ik vermoed dat hij speciaal voor deze gelegenheid naar de kapper is geweest.

Maar door de aanblik van rechercheur Crane, die zo voorzichtig probeert een manier te vinden om me iets te vertellen, ben ik me er plots van bewust dat ik wel een beetje laf ben als ik nu niet doorzet. Dus ik kijk hem in zijn donkere ogen en haal diep adem.

'Ik moet getuigen in Joe's rechtszaak, hè?' Mijn stem is vlak, want ik wil niet denken aan wat zich in de ambulance heeft afgespeeld.

De schouders van Crane ontspannen zich, want hij is zo iemand die graag open is, en om de hete brij heen draaien zou bijna voelen alsof ik tegen hem lieg. Ik glimlach in mezelf, want ik begin te begrijpen hoe zeldzaam het is dat iemand zo eerlijk is.

'De officier van justitie belde vanochtend,' zegt hij. 'Ze vermoedt dat de advocaat van de gedaagde je zal aanklagen, omdat je een bekentenis uitgelokt zou hebben van Joe. Maar onze zaak is zo sterk dat het onwaarschijnlijk is dat ze daarin zal slagen. Maar ze wil dat je klaar bent voor de confrontatie in de rechtbank.'

Ik knik. 'Dank voor de informatie.' Ik merk dat de meeste tegenstrijdige gevoelens over de moord op Frances verbonden zijn met Rose. Maar ik zie Joe als de overduidelijke schurk, iemand die dacht dat hij de situatie met geweld onder controle kon houden. Ik heb geen probleem met een mogelijke veroordeling van hem, dus als de tijd daar is dan zal ik me daarvoor inzetten.

Crane strekt zijn arm uit, alsof hij mijn hand wil pakken, maar het gaat zo snel dat ik het me misschien heb ingebeeld. Hij legt zijn hand op mijn schouder, geeft snel een kneepje en laat dan zijn arm weer zakken.

Het is oktober, de zon schijnt maar de lucht is kil en ik heb me warm aangekleed. Ik heb een nieuwe jas, een mooi bruine regenjas, uitgezocht door Jenny. Ik vond de donkere groene wollen jas van Frances die ze van Ford had gekregen, hij hing in haar kast naast de groene fluwelen jurk die ze met kerst droeg. Ik kwam in de verleiding om hem aan te doen, maar omdat het lenen van kleding zo'n grote rol speelde in mijn onderzoek voelde dat niet als juist. Bovendien was ik instinctief meteen geneigd de zakken te checken, of er geen wapens of dreigbriefjes in zaten.

Het feit dat Frances sinds 1966 elk kledingstuk lijkt te hebben bewaard, is nog iets wat me verbaast. Er zijn nog een paar andere leren boekjes vol met schrijfsels van haar. Ik vond ze ergens anders in het huis. Ik denk dat Frances ze apart hield, omdat ze niet gaan over Emily Sparrow of over moord. Maar toen ik naar haar kledingkast keek en me afvroeg wat ik aan zou kunnen trekken, besloot ik dat ik het niet wilde riskeren iets te dragen wat deel uit zou kunnen maken van een ander misdrijf dat ze onderzocht. Want dat zou echt iets voor haar zijn, om verwikkeld te raken in het oplossen van een andere moord terwijl ze bezig was haar eigen moord te voorkomen.

Maar ik stuitte wel op iets wat me deed vermoeden dat Frances me verwacht had, na al die tijd. In het cederhouten kastje in haar slaapkamer, waar ik de andere opschrijfboekjes vond, lagen een paar ongebruikte leren notitieboekjes, allemaal leeg, in afwachting van iemand die ze zou gaan gebruiken.

Net voordat ik naar buiten ging voor de herdenkingsdienst, sloeg ik het bovenste open. Ik pakte een pen, en begon te schrijven.

Dankwoord

Heel veel geweldige mensen hebben ongelooflijk hard gewerkt om de stemmen van Annie en Frances te laten klinken in deze wereld. Als ik denk aan hoe het begon – en als je verder leest zul je begrijpen wat ik hiermee bedoel – zeg ik vol overtuiging dat dit een teamprestatie was.

Allereerst moet ik mijn fantastische agent bedanken, Zoë Plant, want het is echt dankzij haar dat dit boek vorm gekregen heeft. In 2021, midden in de pandemie, ik gaf mijn twee jonge kinderen thuis les, viel mijn schrijversbrein uiteen in kleine stukjes en ik begon Zoë kladstukjes te sturen van elk wild idee dat in me opkwam. Geduldig verzamelde ze alles, van plaatjesboeken tot grappige kinderboeken over vampiers, en hoewel het merendeel van mijn pandemieschrijfsels objectief gezien vreselijk slecht was, bleef ze me aanmoedigen om vast te houden aan mijn ideeën. Uiteindelijk stuurde ik haar een half afgemaakt youngadultverhaal, waarin een brutale New Yorkse die Annie heette, op reis ging naar Engeland om een moord op te lossen vanwege iets wat een waarzegster ooit aan een vervreemd familielid had verteld. Na drie verschillende versies van dit boek lang bleef Zoë het hardnekkig volhouden, terwijl ze op elk moment had kunnen zeggen: 'Het is nu echt wel genoeg,' maar dat deed ze niet. En ik ben haar daar eeuwig dankbaar voor.

Ook veel dank aan Jenny Bent en het geweldige team van Bent Agency, die dit boek in Amerika hebben uitgebracht en in nog veel meer landen. Jenny is een fantastische voorvechtster van mijn werk en ik voel me in zeer goede handen bij haar. Ook wil ik Emma Lagarde, Victoria Cappello en Nissa Cullen bedanken voor hun steun, alsook Gemma Cooper, en alle anderen van het TBA-team die vroege versies van dit boek hebben gelezen en bemoedigend bleven roepen dat er 'echt iets in zat'.

Dank aan mijn fantastische filmagent, Emily Hayward Whitlock, en haar team van Artist's Partnership, die er zo geweldig voor hebben gezorgd dat Annie en Frances in de juiste cinematografische handen terechtkwamen.

Ik heb enorm geluk gehad met mijn redacteuren, twee fenomenaal getalenteerde dames wier enthousiasme voor dit boek me op de beste manier overweldigde. Elke keer als mijn animo een beetje daalde, dacht ik gewoon aan al hun energie en het enthousiasme dat zij voor mijn boek voelden, en dan kon ik weer door. Florence Hare van Quercus in het Verenigd Koninkrijk, en Cassidy Sachs van Dutton in de Verenigde Staten, jullie zijn mijn redactionele dreamteam.

Dank aan het team van Quercus – Stefanie Bierwerth, Katy Blott, Ella Patel, Lipfon Tang, voor jullie onvermoeibare promotie van het boek en voor de indrukwekkend creatieve manier waarop jullie dat deden. Veel dank ook aan de correctoren, omslagontwerpers en iedereen die zo hard werkte aan het ontwerpen van prachtig promotiemateriaal; jullie hebben een geweldige prestatie geleverd.

Het team in de Verenigde Staten – Emily Canders, Isabel DaSilva, Erika Semprun, John Parsley, Christine Ball, Ryan Richardson, Susan Schwartz, LeeAnn Pemberton, Ashley Tucker en Tiffany Estreicher – en de Amerikaanse omslagontwerpers, correctoren en iedereen die ik verder nog zal ontmoeten: ik vind alles wat jullie met het boek hebben gedaan prachtig, het heeft mijn verwachtingen ver overtroffen.

Ik heb een paar geweldige schrijfvrienden die me hielpen bij het schrijven van dit boek, en ik ben zo dankbaar voor de steun, de scherpe blik en het advies van onschatbare waarde van mijn dames uit Texas – Lisa Gant, Tyffany Neiheiser en Mary Osteen. Ook veel dank aan Ashley Chalmers, mijn mede-Amerikaanse Londenaar, wier vriendschap, sprankelende conversatie en rake feedback me al bij verschillende boeken geholpen hebben.

Dank aan Roger Sweet voor de grote hulp bij een paar details in het verhaal; hij leerde me dingen over oude auto's – al is de Rolls-Royce

Phantom II niet zijn favoriete auto, hij had een goede kijk op hoe het zou zijn om achter het stuur ervan te zitten en hoe hij in elkaar zit - en zijn gesprekken met hem waren altijd aangenaam. Fouten met betrekking tot de Rolls komen voor mijn rekening.

Hannah Roberts, al zo lang mijn vriendin en kritische sparringpartner die me al bij zoveel ups en downs in het schrijfgebeuren (en in het leven!) gesteund heeft – ik ben je eeuwig dankbaar. Het is zeldzaam om zo'n goede vriendin te hebben die successen meeviert, luistert naar mijn geklaag, boeken met me uitpluist en alle willekeurige opzetjes leest die zo onaf zijn dat het eigenlijk gewoon rommel is, maar me dan toch nog vertrouwen weet te schenken. Veel liefs en dankbaarheid voor jou.

Mijn geweldige echtgenoot, Tom, wiens geduld, liefde en steun mijn schrijverscarrière mogelijk hebben gemaakt. Je weet hoeveel je voor me betekent, ik hoef dat hier niet op te schrijven, maar ik wil wel zeggen hoe onuitsprekelijk veel ik je harde werk waardeer, en ik voel grote dankbaarheid dat ik iemand heb die me zo perfect begrijpt. Onze twee geweldige kinderen, Eloise en Quentin, jullie zullen dit voorlopig nog niet lezen, als jullie dat al ooit zullen doen (ik vind het niet erg als dat niet gebeurt), maar ik zal hier zwart-op-wit zeggen dat ik me geen betere kinderen had kunnen wensen. Jullie verbazen en inspireren me dagelijks.

Dank aan de boekverkopers die zoveel enthousiasme hebben getoond voor mijn boek en hard gewerkt hebben om het te verkopen. Ik zie jullie inspanningen, ik weet hoe bijzonder jullie werk is, en ik heb altijd groot ontzag voor jullie kennis en passie voor boeken als ik in een boekhandel ben. Hetzelfde geldt voor de vertalers, die een zo complexe en genuanceerde klus klaren door mijn woorden in andere talen om te zetten – eeuwig ontzag voor al jullie talenten.

En ten slotte, omdat jullie zo belangrijk zijn komen jullie helemaal als laatste (zoals de belangrijkste onderscheidingen altijd aan het eind worden uitgereikt), dank aan alle lezers, dat jullie mijn boek hebben opgepakt. Ik schrijf voor jullie, en ik heb jullie dan ook hoog zitten.

Over de auteur

Kristen Perrin is afkomstig uit Seattle, Washington, waar ze een aantal jaar werkte als boekverkoper. Daarna verhuisde ze naar het Verenigd Koninkrijk voor haar master, en ze schreef daar haar proefschrift. Ze woont met haar gezin in Surrey, waar ze in tweedehandsboekwinkels rondhangt, door de modder ploegt met haar twee kinderen en veel te veel planten verzamelt.